GEMMA BURGESS

Augen zu und glücklich

Buch

Angie ist fast 23 und hatte sich fest vorgenommen, in diesem Alter bereits den Grundstein für ihre Karriere als Modedesignerin gelegt zu haben. Stattdessen findet sie keinen Job, ihre Eltern haben ihr gerade mitgeteilt, dass sie sich scheiden lassen, und ihre Freundinnen Pia, Coco, Madeleine und Julia, mit denen sie in einem gemütlichen alten Haus in New York zusammenlebt, haben genug von ihrer verantwortungslosen Art und reden nicht mehr mit ihr. Als sie nach einer weiteren durchfeierten Nacht in einem Hotelzimmer aufwacht, ohne Erinnerungen an den Abend, aber mit 3000 Dollar auf dem Nachttisch, wird ihr klar, dass sich etwas ändern muss. Doch das ist leichter gesagt als getan. Glücklicherweise sind ihre Freundinnen nicht nachtragend und starten mit ihr einen Bewerbungsmarathon. Und dann lernt Angie bei einem ziemlich chaotischen Bootsausflug auch noch Sam kennen, der immer zur Stelle ist, wenn Angie ihn braucht, und mit dem sie bald eine tiefe Freundschaft verbindet. Bis sie erfährt, dass Sam etwas vor ihr verheimlicht hat und offenbar nicht der ist, der er vorgibt zu sein …

Autorin

Gemma Burgess zog mit 22 Jahren nach London. Sie arbeitete in einer Werbeagentur und suchte das Glück. Acht Jahre später entschloss sie sich, die wichtigsten Erkenntnisse dieser schönen und turbulenten Zeit schriftlich zu verarbeiten. Ihre Romane hat die Autorin für selbstbewusste, kluge und witzige Frauen mit Stil geschrieben. *Augen zu und glücklich* ist nach *Da haben wir den Glückssalat* der zweite Band der erfolgreichen *Brooklyn-Girls*-Reihe.

Außerdem von Gemma Burgess erhältlich:

Männerfrei (37561) – Der letzte Single fängt den Mann (37777) – Da haben wir den Glückssalat (37965)

Gemma Burgess

Augen zu und glücklich

Roman

Aus dem Amerikanischen
von Claudia Geng

blanvalet

Die Originalausgabe erschien 2014 unter dem Titel
»Love and Chaos«
bei St. Martin's Press, New York.

MIX
Papier aus verantwortungsvollen Quellen
FSC® C014496
FSC
www.fsc.org

Verlagsgruppe Random House FSC® N001967
Das FSC®-zertifizierte Papier *Holmen Book Cream*
für dieses Buch liefert Holmen Paper, Hallstavik, Schweden.

2. Auflage
Deutsche Erstausgabe Januar 2015
bei Blanvalet, einem Unternehmen der
Verlagsgruppe Random House GmbH, München

Dieses Werk wurde vermittelt durch die
Literarische Agentur Thomas Schlück GmbH, 30827 Garbsen.

Umschlaggestaltung: © Johannes Wiebel | punchdesign,
unter Verwendung von Motiven von Shutterstock.com
Redaktion: Margit von Cossart
Herstellung: sam
Satz: DTP Service Apel, Hannover
Druck und Bindung: GGP Media GmbH, Pößneck
Printed in Germany
ISBN: 978-3-442-38376-4

www.blanvalet.de

FÜR UNS

1

Ich wollte es wirklich zu etwas gebracht haben, bevor ich dreiundzwanzig bin. Eine Karriere haben. In etwas gut sein. Glücklich sein.

Aber hier sitze ich nun, weniger als zwei Monate vor meinem dreiundzwanzigsten Geburtstag bei Waffeln und Fruchtsaft in einem kleinen Café, zusammen mit meiner Mutter Annabel, weil ich arbeitslos bin und nichts Besseres zu tun habe.

Der Waffelteig ist übrigens mit Vollkornmehl und Eiern von glücklichen Hühnern zubereitet, und der Saft ist frisch gepresst aus Biopreiselbeeren – eine lächerliche Beerensorte aus Skandinavien, die für ihre Antioxidantien berühmt ist. Wir sind hier in Brooklyn, wo gilt: Je obskurer, desto glaubwürdiger. Ich persönlich habe kein Problem mit »ungesundem« Fruchtsaft oder guter alter Coca Cola mit vollem Zuckergehalt. Aber jedem das Seine, richtig?

Und selbstverständlich gerät der Kellner, den Annabel bereits zweimal angeschrien hat, ins Stolpern, als er mit der Kanne herbeieilt, um unsere Gläser aufzufüllen – und schwups, ergießt sich der Inhalt über mich. So bin ich nun in Preiselbeersaft getränkt. Der Höhepunkt eines bereits nicht wirklich erfreulichen Vormittags.

Dem Kellner ist sein Missgeschick äußerst peinlich. »Ach du meine Güte! Das tut mir schrecklich leid, lassen Sie mich das kurz säubern …«

»Ihr Trinkgeld können Sie vergessen!« Annabel ist stinksauer.

»Reg dich nicht auf«, sage ich. »Das war ein Unfall.«

»Aber dein Oberteil ist ruiniert!«

»Ich mag es ohnehin nicht besonders.«

»Mir ist schleierhaft, warum du immer darauf bestehst, dass wir uns in so albernen Lokalen treffen.« Gott, sie hat schlechte Laune. Ihr Handy klingelt. »Bethany! … Nein, Darling, ich bin noch hier mit Angelique. Irgendwo in Brooklyn. Ich weiß, ich weiß …«

Der Kellner hat Tränen in den Augen, während er hektisch die Saftflecken abtupft. »Es tut mir so leid. Ich verschütte ständig etwas, weil ich so nervös bin«, flüstert er mir zu. »Heute ist nämlich mein erster Tag hier.«

»Kein Problem«, erwidere ich, genauso leise. »Vergieß nie Tränen wegen etwas, das keine Tränen deinetwegen vergießt.«

Sein Gesicht hellt sich auf. »Das ist eine richtig gute Lebensphilosophie! Darf ich die übernehmen?«

»Sie gehört dir. Lass sie dir auf dein Lieblingsshirt drucken. Oder auf einen Aufkleber für dein Auto. Tu dir keinen Zwang an.«

Er kichert. »Hey, du bist echt witzig! Ich bin übrigens Adrian.«

»Angie.«

Annabel legt auf und blinzelt mich an, bis Adrian wieder verschwindet. Sie blinzelt immer, wenn sie verärgert ist. Und sich mit einem Kellner zu solidarisieren ist genau eins der Dinge, die sie ärgern.

»Nun, ich habe Neuigkeiten für dich. Dein Vater und ich … wir lassen uns scheiden.«

Was?

Um mir das zu sagen, ist sie aus Boston gekommen? Ich

bin dermaßen geschockt, dass ich kein Wort herausbringe. Ich starre sie lediglich an, einen halb gekauten Waffelbissen im Mund.

»Die Formalitäten sind bereits erledigt.« Sie untersucht ihr Glas nach Lippenstiftspuren. »Die Papiere sind unterschrieben, alles ist in die Wege geleitet.«

Ich schlucke schließlich meinen Bissen hinunter. »Ihr … lasst euch scheiden?«

»Das ist keine große Überraschung, oder? Nach allem, was dein Vater sich in all den Jahren geleistet hat. Darüber hinaus bist du inzwischen zu alt, um Daddys kleines Mädchen zu sein, deshalb verstehe ich nicht, warum dich das schockiert.«

»Ja, klar.« Ich nehme eine Zigarette aus der Schachtel, die vor mir auf dem Tisch liegt, und stecke sie mir unangezündet in den Mundwinkel. Ich finde Zigaretten beruhigend. Ja, ich weiß, sie sind schädlich. »Ihr lasst euch also scheiden. Krass.«

Meine Mutter blinzelt mich wieder an. Prinzessin Diana hatte einen prägenden Einfluss auf Annabels Schminkphilosophie: jede Menge dunkelblauer Eyeliner. *Sie lassen sich scheiden* … spielt in einer Endlosschleife in meinem Kopf. Warum hat mein Vater mir nichts davon gesagt?

Annabel räuspert sich. »Du hast dich von Mani getrennt, nehme ich an? Du bist wieder Single?«

Ich gebe keine Antwort. Letztes Jahr habe ich ihr in einem Moment der totalen geistigen Umnachtung unachtsam von dem Mann erzählt, in den ich verliebt zu sein glaubte. Kurz danach gab er mir den Laufpass.

»Kein Glück in der Liebe, das gilt wohl für uns beide«, fährt sie unbekümmert fort. »Vielleicht können wir ja mal zusammen auf Männerpirsch gehen, hm? Wie geht es eigentlich unserem Goldstück Pia? Warum tun wir uns nicht mit ihr zusammen und machen einen lustigen Mädelsabend zu dritt?«

Ich starre sie mehrere Sekunden lang an. Nun hat sie endgültig den Verstand verloren.

Sobald sie auf die Toilette verschwindet, suche ich Adrians Blick und kritzle die internationale Geste für »Die Rechnung, bitte« in die Luft.

Er kommt sofort herübergeeilt. »Ich möchte mich noch mal bei dir entschuldigen. Die Rechnung übernehme ich natürlich, ich bin wirklich …«

»Sei nicht verrückt«, unterbreche ich ihn und gebe ihm einen Fünfzig-Dollar-Schein. Dann stehe ich auf und ziehe meine Jacke an. »Den Rest kannst du behalten.«

»Oh Angie, danke!« Adrian macht ein Gesicht, als würden ihm gleich wieder die Tränen kommen, aber dann blickt er mich besorgt an. »Warte, ist alles okay?«

Ich nicke, aber ich kann ihn nicht einmal ansehen, ohne die Nerven zu verlieren, ich schwöre bei Gott. Ich muss jetzt allein sein.

Während meine Mutter noch auf der Toilette ist, verschwinde ich. Annabel wird schon allein zurück nach Manhattan in ihr Hotel finden. Meine Mutter ist Engländerin. Sie lebt die meiste Zeit in Boston und kennt New York nur von der Zeit, in der sie mit meinem Vater in der Upper East Side wohnte und mich zur Welt brachte. Während der Schwangerschaft nahm sie so sehr zu, dass sie die Wohnung nicht mehr verließ aus Angst, sie könnte jemandem begegnen, der sie kannte. Also habe ich die Sonne anscheinend erst fünf Monate nach meiner Geburt zum ersten Mal zu sehen bekommen, nämlich als Annabel ihre Schwangerschaftspfunde losgeworden war. Und das, meine Freunde, steht sinnbildlich für Annabels gesamte Herangehensweise an die Mutterschaft.

Kaum bin ich draußen, zünde ich mir meine Zigarette an. Schon besser. Es ist Ende Februar, und draußen ist es verdammt kalt, aber mir ist wohlig warm in meiner Pelzjacke. Sie gehörte früher meiner verstorbenen Großmutter, und ich habe daraus einen unscheinbaren Parka gemacht, indem ich sie auf links gedreht und von Hand umgenäht habe, als ich sechzehn war.

Sie lassen sich scheiden.

Tja, endlich, schätze ich. Richtig? Dad war schließlich nicht gerade ein musterhafter Ehemann. Nicht dass Annabel etwas davon ahnen würde. Ich frage mich, ob er es ihr nun beichten wird. Wahrscheinlich nicht. Wozu ein sinkendes Boot ins Wanken bringen, oder wie auch immer dieser Spruch lautet.

Einen Moment lang überlege ich, ob ich Dad anrufen soll. Aber was soll ich zu ihm sagen? Glückwunsch? Mein Beileid? Besser, ich warte, bis er sich meldet.

Aber wie geht es nun weiter? Wo werden wir zum Beispiel das nächste Weihnachtsfest feiern? Was bewirkt eine Scheidung, wenn das Kind bereits erwachsen ist? Es ist ja nicht so, als könnten meine Eltern sich um das Besuchsrecht oder um das Sorgerecht oder so streiten, richtig? Werden wir nun einfach aufhören, als Familie zu existieren?

Als ich ein Kind war, verbrachten wir Weihnachten immer bei meiner Großmutter in Boston. Die Bescherung fand auf dem Bett meiner Eltern statt. Ich saß zwischen ihnen, sie tranken Kaffee, ich eine heiße Schokolade, und wir teilten uns gebutterten Rosinentoast. Ich holte jedes Geschenk einzeln aus dem Strumpf, eins nach dem anderen. Meine Eltern staunten mit mir, und wir fragten uns, woher der Weihnachtsmann so genau wusste, was ich mir gewünscht hatte, und wie er es schaffte, in einer einzigen

Nacht jedes Haus auf der Welt zu besuchen. Ziemlicher Standardkram, wette ich, aber bei der Erinnerung durchströmt mich ein warmes Glücksgefühl. Es fühlte sich damals einfach … gut an. Ich kann mich immer noch daran erinnern, wie geborgen ich mich fühlte.

Nun kann ich mir nicht vorstellen, dass ich diese Dreisamkeit jemals wieder erleben werde. Tief in meinem Bauch ist dort, wo früher das Glücksgefühl seinen Platz hatte, eine seltsame Leere.

Teufel, vielleicht sollte ich endlich erwachsen werden. Unsere Familie fühlt sich schon seit einer langen Zeit nicht mehr gut an. Ich bin inzwischen in dem Alter, das für mich immer die Schwelle in das richtige Erwachsenenleben war, das Ende der sorglosen ungekämmten BH-vergessen-nicht-viel-Ahnung-vom Leben-dann-improvisiere-ich-halt-Phase Anfang zwanzig und der Beginn der Dessous-Sets-Krankenversicherung-Karriere-ernste-Beziehung-Phase Mitte zwanzig. Und ich bin keinem dieser Dinge aus der zweiten Phase auch nur ansatzweise nah.

Sie lassen sich scheiden.

Ich hole mein Handy heraus und wähle Stefs Nummer. Stef ist ein Bekannter von mir, ein Sohn reicher Eltern mit jeder Menge schlechter Freunde und guter Drogen. Bei Stef ist immer Spaß angesagt. Aber heute geht er nicht ans Telefon.

Ich wohne mit vier anderen Mädels in einem alten Sandsteinhaus, auch »Nest« genannt, in Carroll Gardens, einem Viertel in Brooklyn, New York. Ich würde liebend gern in Manhattan wohnen, aber das kann ich mir nicht leisten. Nach unserem Studium hat meine beste Freundin Pia mir eine günstige Unterkunft in ihrer WG besorgt.

Zuerst dachte ich, dass ich es dort nicht lange aushalten würde, aber das Haus gehört zu der Sorte, in der man sich schnell heimisch fühlt. Die Einrichtung ist zwar von anno dazumal und ziemlich kitschig, aber ich wohne hier schon seit letztem August, und inzwischen gefällt mir sogar das an unserem Nest. Was kann schon Schlimmes in einer Küche passieren, in der es immer nach Vanille und Zimt duftet?

Ich schließe die Haustür auf und gehe die Treppe hoch. »Ist jemand da?«

Keine Antwort. Nicht verwunderlich. Die anderen sind alle arbeiten. Vor ein paar Wochen habe auch ich noch gearbeitet. Na ja, gejobbt – als persönliche Assistentin von Cornelia Archer, der verwöhnten Tochter einer High-Society-Lady, die mit meiner Mutter befreundet ist. Im Prinzip war ich Cornelias Laufmädchen (chemische Reinigung, Schneider, Xanax besorgen), und sie bezahlte mich dafür in bar, wenn sie daran dachte. Cornelia macht gerade Skiurlaub in Europa und wird ungefähr einen Monat lang weg sein. Sie will sich nach ihrer Rückkehr bei mir melden. Bis dahin komme ich mit meinem Geld noch über die Runden. Hoffe ich.

Und nein, ich erhalte keine finanzielle Unterstützung von meinen Eltern. Als ich letzten Sommer nach New York zog, bezahlten sie anfangs noch meine Miete und gaben mir ein großzügiges Taschengeld, aber, unter uns gesagt, das können sie sich jetzt nicht mehr leisten. Mein Vater hat in den letzten Jahren ein paar Investitionen in den Sand gesetzt, und er erklärte mir Weihnachten, dass wir praktisch pleite seien, was mich total geschockt hat. Ich habe meinen Vater noch nie so niedergeschmettert erlebt, und ich kann ihm nun einfach nicht länger auf der Tasche liegen. Erst recht nicht nach der Bombe, die meine Mutter gerade hat platzen lassen.

Sie lassen sich scheiden …

Findet ihr nicht auch, dass es im ganzen verdammten Universum fast nichts Deprimierenderes gibt, als an einem kalten Februarnachmittag in einem leeren grauen Haus zu sitzen, ohne eine richtige Beschäftigung zu haben oder jemanden zum Chatten? Finde ich zumindest. Meine Zehen fühlen sich an, als wären sie für immer erfroren.

O Gott, ich brauche dringend Urlaub. Ich wünsche mir Sand unter den Füßen und einen klaren blauen Himmel und die Sonne auf meiner Haut und dieses glückselige, prickelnde Hochgefühl, das einen überkommt, wenn man im Meer untertaucht und das kalte Wasser auf der Kopfhaut spürt. Ich lechze förmlich danach. Früher, als ich noch klein war, hatten wir fantastische Familienferien. Mein Vater brachte mir das Segeln und das Angeln bei, und Annabel verzichtete während der ganzen Zeit auf Make-up und machte sich keine Gedanken um ihre Frisur. So nah kamen wir dem Ideal einer perfekten Familie nie wieder.

Ich lasse mich auf mein Bett plumpsen und blicke mich in meinem Zimmer um. Schrank, Kommode, Regal, auf dem sich ältere Ausgaben der *Women's Wear Daily* und der italienischen *Vogue* stapeln, ein alter Holztisch mit meiner Nähmaschine, Skizzen und Fotos, die ich schon seit einer Ewigkeit sortieren will, und schließlich haufenweise Klamotten, die jede freie Oberfläche bedecken. Vor allem den Boden.

Mode ist mein Leben, aber nicht, weil ich damit angeben will wie eine Designerhure. Ich liebe H&M genauso, wie ich Hermès liebe (mein einziges Stück von Hermès war leider ein Geschenk von meinem Ex). Kleider selbst zu nähen – beziehungsweise zu kombinieren oder mir darüber Gedanken zu machen oder im Geiste zu planen, wie ich meine vorhandene Garderobe, meine zukünftige Garderobe, die Klamotten meiner Freundinnen und manchmal, um ehrlich zu sein, auch die Kleidung wildfremder Leute auseinandernehme und neu zusammenfüge – ist meine Lieblingsbeschäftigung. Ich kann stundenlang einfach ins Leere starren, während ich im Kopf Kleider entwerfe.

Anscheinend verleiht diese modische Tagträumerei meinem Gesicht eine Art gleichgültigen »Du kannst mich mal«-Ausdruck.

Ich frage mich, wie viele meiner Probleme durch den Umstand bedingt sind, dass ich einen superzickigen Eindruck mache, obwohl ich in Wirklichkeit gedanklich ganz woanders bin.

Seufzend sehe ich auf meinen Nachttisch, wo ich immer meine aktuelle Lektüre, M&Ms, Zigaretten und eine Flasche Wodka aufbewahre. Ich verschlinge Unmengen von Liebesromanen, sie sind mein heimliches Laster. Aber heute nicht. Das Einzige, was ich jetzt möchte – nein, was ich jetzt *brauche* –, ist, alles zu vergessen, was in meinem Leben gerade schiefläuft. Ich muss der Wirklichkeit entfliehen.

Und ich weiß auch schon genau, wie.

Prost. Auf mich.

2

»Ihr Süßen, was steht an?«

Ich schlendere mit meinem Glas in die Küche und mache zur Begrüßung eine kleine Drehung. Es ist kurz nach sieben, und die anderen sind alle von der Arbeit zurück. Sie haben ihre üblichen Plätze in der Küche eingenommen: Pia schreibt ihrem Freund eine SMS, Madeleine liest in der *New York Times*, Julia isst Pasta und beantwortet nebenher E-Mails auf ihrem BlackBerry, und Coco steht am Herd und backt. Wie produktiv. Na, großartig.

»Angelface!«, ruft Julia. »Du kommst gerade richtig. Gib mir auch was.«

Julia ist die laute, sportliche, kameradschaftliche, hart arbeitende Bankauszubildende, die früher in der Schule die Debattierkurse leitete. Ihr wisst bestimmt, welchen Typ ich meine. Ich glaube, Julias Haare springen von selbst in einen schwungvollen Pferdeschwanz, wenn sie morgens aufsteht. Anfangs verstanden Julia und ich uns nicht so gut, aber inzwischen finde ich sie verdammt cool. Sie bringt mich wirklich zum Lachen. Vielleicht brauche ich einfach länger, um andere Menschen besser kennenzulernen. Beziehungsweise dafür, dass andere mich besser kennenlernen.

»Oh, und ob ich's dir gebe«, erwidere ich und greife nach dem Kartenstapel, den ich immer auf dem Kühlschrank deponiere. »Und zwar so richtig, genau wie du es magst.«

Julia prustet los. »Aus deinem Mund klingt alles immer so versaut.«

»Weil alles versaut ist«, sage ich.

»Was sind das für Flecken auf deinem Oberteil?«

»Preiselbeersaft. Sieht man doch.«

»Hast du getrunken?«, fragt Pia und hebt den Kopf.

Pia ist meine beste Freundin. Früher war sie auch ein verlässliches Partygirl, eine anspruchsvolle und zum Brüllen komische Dramaqueen, die von Debakel zu Debakel taumelte, aber irgendwann hat sie sich in den Griff bekommen und ihr Leben geregelt. Inzwischen macht sie ganz seriös Karriere in der Food-Truck-Branche und hat eine seriöse Beziehung zu Aidan. Wenn Aidan weg ist, kümmert sie sich sogar um seinen Hund, so ernst ist es mit den beiden. Ernst, ernst, ernst. Ich freue mich für sie – nein, wirklich, das tue ich. Ich kenne Pia schon mein ganzes Leben lang, sie ist so klug und witzig, und sie hat es verdient, glücklich zu sein. Aber sie fehlt mir. Selbst wenn sie zu Hause ist, fühlt es sich irgendwie an, als wäre sie nicht wirklich da. Falls das einen Sinn ergibt.

Pia starrt mich nun an. Sie ist eine Schönheit halb schweizer, halb indischer Abstammung, mit grünen Augen und langen schwarzen Haaren.

»Ernsthaft, Süße, hast du?«

»Nein!«, sage ich. »Na schön, das ist gelogen. Ja, ich habe getrunken. Eigentlich habe ich genäht und getrunken.«

Ich mische die Karten so schnell, dass sie wie ein Ziehharmonikaband aussehen. Das Trinken und Nähen war tatsächlich irgendwie lustig. Ein Teil meines Gehirns war auf das Nähen konzentriert, während der andere um mein Unterbewusstsein herumhüpfte und über Filme und Bücher und Mani – den Oberarsch, der mich letztes Jahr abserviert hat – nachdachte und darüber, was meine Großmutter mir über Schnittmuster beigebracht hatte, und sich außerdem fragte, wann mein Vater sich melden würde.

»Angie, morgen beginnt die Schule wieder«, sagt Pia. Sie trägt ihre Version von Arbeitskleidung: Röhrenjeans, Stiefeletten und eine sehr hübsche Jacke, die – Augenblick, das ist *meine* sehr hübsche Jacke. »Musst du nicht für Cornelia arbeiten?«

»Cornelia braucht mich nicht wirklich, um auf allen vier Zylindern zu laufen«, sage ich, »beziehungsweise, um überhaupt zu laufen.« Ich habe den Mädels meine aktuelle berufliche Situation nicht näher erklärt. »Hübsche Jacke übrigens.«

»Danke. Ich hab dich heute Morgen um Erlaubnis gefragt, aber du hast noch geschlafen.«

»Ich glaube, ich werde Vic die restliche Lasagne bringen«, sagt Coco.

Vic, eigentlich Vittorio Bartolo, ist unser uralter Nachbar. Er lebt im Erdgeschoss des Hauses, und das schon seit der Zeit, bevor wir alle auf der Welt waren. Zu Coco und Julia hat er eine besondere Beziehung.

»Gute Idee, Cuckoo«, sagt Julia.

Coco strahlt. Was für ein Anerkennungsjunkie. Coco ist Julias kleine Schwester und ein absoluter Schatz. Sie arbeitet als Erzieherin. Immer wenn ich an Coco denke, denke ich unwillkürlich an Fräulein Honig aus *Matilda*, dem Kinderroman von Roald Dahl.

Ich nehme einen Schluck von meinem Drink und lasse den Blick über die Mädels schweifen. Wie kommt es, dass ich mich in einem Raum voller Menschen allein fühle?

»Und, meine Lieben, wie war euer Tag im Büro?«

»Beschissen«, sagen Julia und Madeleine gleichzeitig, während Pia »Super!« kräht.

»Ich arbeite gerade an einem dermaßen langweiligen Projekt, dass ich mich wahrscheinlich bald selbst in eine Excel-Tabelle verwandle«, fügt Madeleine hinzu.

Madeleine ist eine Art Rätsel. Ein Rätsel innerhalb eines Geheimnisses, umgeben von einem Mysterium oder wie auch immer dieses Zitat lautet. Sie arbeitet als Buchhalterin, ist chinesisch-irischer Abstammung, klug und zynisch, und sie macht viel Laufsport und Yoga und so einen Kram. Pia hat sie einmal als »nett, aber kompliziert« beschrieben. Seit Kurzem singt Madeleine in einer Band, aber wir haben sie noch nie live gesehen. Wer zum Teufel möchte Sängerin sein, aber nicht vor anderen Leuten singen?

»Wenigstens ist euer Arbeitsklima nicht feindselig. Ich sitze den ganzen Tag mit 'nem Vollpfosten im Büro, der mir ständig auf die Titten glotzt«, sagt Julia.

»Fairerweise muss man sagen, das ist kein Wunder, bei deinem Vorbau«, bemerke ich.

Julia sieht mich stirnrunzelnd an. Ups. Dieser Kommentar kam wohl nicht gut bei ihr an. O bitte, wenn man schon über seine eigenen Möpse nicht lachen kann, worüber dann? Stimmt's?

»Nun, ich habe jedenfalls keinen Grund zu klagen. Das SchlankMobil Miami hat in kürzester Zeit seine Umsätze verdoppelt«, sagt Pia.

Das SchlankMobil ist ein Food-Truck-Imperium, das Pia vor ein paar Monaten gegründet hat – mit der Unterstützung von Carus International, einer großen Hotel- und Restaurantkette, konnte sie ihr Konzept durchsetzen und finanzieren. Es basiert auf schmackhafter, schnell zubereiteter Kost, die nicht dick macht. Manchmal glaube ich, Pia hat unsere Freundschaft buchstäblich durch einen Truck ersetzt. Na ja, durch einen Truck und einen scharfen Engländer mit einer eigenen Wohnung, in der sie mittlerweile praktisch lebt. Aber es ist nicht so, als könnte ich Pia bitten, wieder meine beste Freundin zu sein, richtig? Ich bin schließlich schon groß. Erwachsen. Was auch immer. Der Punkt ist, wir sind keine verdammten zwölf mehr.

»Eigentlich hab ich auch keinen Grund zu klagen. Heute hat mein Chef mich sogar wieder gelobt. Das ist schon das zweite Mal in diesem Jahr!« Julia schaut unheimlich stolz drein und kleckert gleich darauf Pastasoße auf ihren Blazer. »Scheiße! Das passiert mir ständig!«

»Möchte jemand einen Kräutertee?«, fragt Madeleine und steht auf.

Ich hebe mein Glas. »Kann ich den Teebeutel in meinem Wodka haben?«

Madeleine starrt mich an.

»Soll das etwa ein vernichtender Blick sein?«, spotte ich. »Den musst du aber noch üben. So siehst du nämlich nur ein bisschen verkniffen aus. Vielleicht solltest du … Nein, schon gut. *Das* nenne ich mal einen vernichtenden Blick.«

Madeleine ignoriert mich.

»Und was ist mit dir, Coconut?« Ich sehe hinüber zu Coco. »Hattest du denn einen schönen Tag beim Formen junger Herzen und Hirne?«

Sie grinst mich an, mit ihren Sommersprossen und ihrem blonden Pagenkopf und den Ofenhandschuhen und den üblichen Schichten aus dunklen »Ich verstecke mich!«-Klamotten.

»Ich wurde heute angepinkelt.«

»Du wurdest angepinkelt?« Ich mache eine kurze Pause. »Dafür zahlen manche Leute viel Geld.«

»Pfui! Der Kleine ist erst vier! Und es war ein Versehen. Hoffe ich.«

Niemand fragt mich, wie mein Tag war, und alle wenden sich wieder ihrer ursprünglichen Beschäftigung zu, also stehe ich auf und öffne das Eisfach, in dem ich immer eine Flasche Wodka aufbewahre, um mir jederzeit den nächsten Drink on the rocks zuzubereiten, garniert mit einer Gurkenscheibe und ein paar Körnern Meersalz. Mein Vater hat mir das in der Minetta Tavern beigebracht, bei seinem letzten Besuch in New York ungefähr vor einem Monat. Aber da hat er nichts von einer Scheidung erwähnt.

Prost. Auf mich.

Nach einem großen Schluck nehme ich eine Zigarette aus der Schachtel und stecke sie mir in den Mundwinkel, während mein Blick erneut über die Mädels schweift. Sie wirken zusammen so zufrieden, so sicher, dass sie sich aufeinander verlassen können und ihren Platz in der Welt gefunden haben. Ich kann mich nicht erinnern, wann ich mich das letzte Mal so gefühlt habe. Gibt es etwas Schlimmeres, als sich allein zu fühlen, wenn man von seinen besten Freundinnen umgeben ist?

Mein Handy summt. Endlich! Eine Nachricht von Stef.

Bin gerade erst aufgestanden. Werde mir was überlegen. Kussi

Schräg, dass Stef zum Schluss immer *Kussi* schreibt, denke ich, während ich mir den nächsten Drink eingieße. Was ist er? Ein neunjähriges Schulmädchen?

»Ach, Angie, du hast übrigens Post.« Julia deutet auf ein paar Päckchen auf der Küchenanrichte. »Was zum Teufel bestellst du da eigentlich ständig?«

»Alles Mögliche.«

Ich fange an, die Sendungen zu öffnen. Knöpfe von einem kleinen Laden in Savannah, eine Rolle gelber Baumwollstoff von einem Kleidergeschäft in Jersey und ein herrliches Hochzeitskleid aus elfenbeinfarbener Spitze, das aus den 1930ern stammt. Das habe ich letztes Wochenende für zweihundert Dollar bei eBay ersteigert, als ich betrunken war.

Julia zieht eine Grimasse, als sie das Kleid sieht. »Wow, das Ding ist echt scheußlich.«

Diese Bemerkung regt mich aus irgendeinem Grund auf, obwohl die Schulterpolster und die Puffärmel in der Tat ein wenig verstaubt aussehen.

»Das ist eine ganz erlesene Spitze«, erwidere ich beleidigt. »Und die Verarbeitung des Mieders ist einfach großartig. Ich werde es abtrennen und ein ärmelloses Top daraus machen.«

»Viel Glück damit«, sagt Julia mit einem lachenden Unterton, der mich noch mehr ärgert.

»Ich werde sicher keine modischen Ratschläge von jemandem annehmen, der einen grünen Zweireiher zur Arbeit anzieht.«

»Der ist von Macy's! Und seit wann bist du die neue Karla Lagerfeld?«

»Du meinst Karl Lagerfeld.«

»Das weiß ich auch! Das sollte ein Scherz sein.«

»Ernsthaft?«

»Kinder, seid nett zueinander«, sagt Pia in warnendem Ton.

»Ich bin nett«, sagt Julia. »Angie ist diejenige, die in einer wodkaumnebelten Traumwelt lebt. Ich kann mich nicht einmal mehr erinnern, wann ich sie das letzte Mal nüchtern gesehen habe.«

»Das ist gelogen! Heute Morgen zum Beispiel war ich nüchtern, als wir uns begegnet sind. Kurz bevor du in deinem grünen Hosenanzug mit Sporttasche und Laptop bewaffnet aus dem Haus geeilt bist, ganz das emsige Arbeitsbienchen!«

»Okay, das reicht!«, sagt Pia. »Ihr entschuldigt euch jetzt beide und vertragt euch wieder.«

Ich stehe auf. »Könnte dir so passen. Ich bin weg.«

Ich kippe meinen Wodka in einem Zug runter, stürme hoch in mein Zimmer, schlüpfe in mein verführerischstes weißes Minikleid von Isabel Marant, extrem hohe Stilettos und meine Felljacke, nehme mir einen Moment Zeit, um meinen schwarzen Eyeliner nachzuziehen, und poltere anschließend wieder die Treppe hinunter in Richtung Haustür. Ich liebe es, Weiß zu tragen. In Weiß fühle ich mich sauber und rein, als könnte mich nichts berühren.

Ich kann hören, dass die Mädels in der Küche zu ihrem fröhlichen Geplauder zurückgekehrt sind, nachdem die Aufregung sich gelegt hat. Ohne mich.

Als ich die Haustür hinter mir zuziehe, werde ich plötzlich von dem Bedürfnis übermannt, in die Küche zurückzulaufen, mich dafür zu entschuldigen, dass ich mich wie ein betrunkenes Gör aufgeführt habe, und mich in die Gruppe einzufügen, in die Leichtigkeit und Fröhlichkeit, die damit verbunden sind … Aber ich passe nicht zu den anderen. Nicht wirklich. Pia ist meine einzige Verbindung zu ihnen, und selbst sie verhält sich in letzter Zeit, als könnte sie mich nicht mehr leiden. Obwohl, ich kann mich selbst nicht besonders gut leiden in letzter Zeit. Außerdem habe ich bereits angekündigt, dass ich verschwinde. Also muss ich zu meinem Wort stehen.

Ich rufe Stef an, als ich im Taxi sitze. Dieses Mal geht er dran.

»Mein Engel … Ich hab einen neuen Geheimtipp für dich, auf der Tenth Avenue, Ecke Sechsundvierzigste Straße. Geh in das Café namens Westies und dann durch die rote Tür ganz hinten.«

Stef kennt immer die besten Locations.

Ich checke im Taxi kurz mein Outfit. Das Kleid ist einfach fantastisch – eine Art punkig-lässiger Pariser Chic. Ich habe letzte Woche versucht, es zu kopieren, aber ohne Erfolg. Ich bekomme die Ärmel einfach nicht richtig hin.

In meiner Anfangszeit in New York habe ich mich übrigens bemüht, einen Job in der Modebranche zu finden. Ich habe meinen Lebenslauf, Fotos von meinen selbst entworfenen Sachen und ein paar Modeskizzen an alle meine New Yorker Lieblingsdesigner geschickt. Keine Reaktion. Also habe ich den ganzen Kram an meine zweitliebsten Designer gesandt. Dann an meine drittliebsten. Und so weiter. Kein einziger hat geantwortet. Ich habe nichts mit Modedesign studiert – meine Eltern wollten, dass ich zuerst eine, ich zitiere, »normale« Ausbildung mache, und so habe ich keinerlei praktische Erfahrung im Fashion Business. Ich glaubte, meinen Job bei einer Lebensmittelfotografin, für die ich anfangs hier arbeitete, als Sprungbrett nutzen zu können, aber dann feuerte sie mich. Na ja, ich habe selbst gekündigt. Aber sie hätte mich so oder so gefeuert.

Das Problem ist, wenn man ganz am Anfang steht, weiß man nicht, wo man anfangen soll. Und es gibt Tausende – womöglich Zehntausende – Zweiundzwanzigjährige, die in der New Yorker Haute Couture arbeiten wollen. Junge Frauen, die Kleider auf dem Papier entwerfen und fotografieren und modevernarrt sind. Ich passe total in das Klischee, und ich hasse das. Ich finde, ich bin … *anders*. Ich kann es nicht erklären, ich weiß nur, dass mir das mein Gefühl sagt.

Aus diesem Grund rede ich nie über meinen heimlichen Traum von einer Karriere in der Modebranche. Das ist einfacher. Sich seinen heimlichen Traum nicht erfüllen zu können ist eine Sache. Damit kann ich umgehen, gut sogar. Aber über seinen Wunschtraum zu reden, ihn öffentlich zu machen, ihn real zu machen und dann zu scheitern? Mit so einem Misserfolg käme ich nicht klar.

Das Westies befindet sich in Hell's Kitchen, einem Viertel in Manhattan, in dem ich mich nicht so gut auskenne, aber an diesem Tag scheint es der passende Ort zu sein. Die Straßen sind kalt und leer und gesäumt von schmutzig grauen Schneeresten. Manhattan sieht im Februar ziemlich schäbig aus.

Stefs roter Ferrari 308 GTS parkt vor dem Eingang. Es versteht sich von selbst, dass der Wagen sein ganzer Stolz ist. Zugegeben, das ist wirklich ein Wahnsinnsschlitten. Für meinen Geschmack zwar ein bisschen *too much*, aber Stef steht auf so was.

Ich betrete das leere Café und gehe direkt nach hinten durch – vorbei an einer schmierigen Glastheke und einem vollgekrümelten Kuchenständer mit ein paar armseligen Cupcakes zu der roten Tür, öffne sie, steige eine Treppe hinunter, wo mich ein eigenartiger Geruch aus Kohl und Hefe empfängt, schiebe dann einen dunkelroten Samtvorhang zur Seite und finde mich schließlich in einem warmen, schummrigen kleinen Raum wieder. An einer dunkelrot tapezierten Wand lehnt eine Leiter. Eine Handvoll Bistrotische, eine verspiegelte Theke, Kerzen, und im Hintergrund läuft Musik von den Ramones. Die perfekte geheime Bar.

Stef ist der einzige Besucher hier. Er sitzt an der Theke. Stef ist süß, wenn auch für meinen Geschmack ein bisschen zu affig. Zu selbstsicher, zu aufdringlicher Blickkontakt. Ihr kennt die Sorte.

»Hey, was geht?« Ich begrüße ihn mit drei Wangenküsschen, so wie er das immer macht.

»Nichts, mein Engel«, antwortet er, während er mit einer Hand durch seine Haare streift und sich dann eine Zigarette anzündet. Wow, diese Bar muss wirklich geheim sein, wenn man hier rauchen darf. »Und bei dir? Wie läuft es mit Cornie? Echt schräg, dass du für sie arbeitest. Begrüßt sie dich morgens auch immer mit einem ›Hu-hu‹?«

»Sie ist gerade im Urlaub.« Stef gehört zu der Upper-East-Side-Clique von Kindern aus reichem Haus, die sich alle untereinander kennen, sich schon immer gekannt haben und sich immer kennen werden, und Cornelia gehört auch dazu. »Ich muss Geld verdienen, und zwar schnell.«

»Sollen wir uns eine Adderall teilen?«

»Klar.« Ich blicke mich um. »Okay, wem muss ich hier einen blasen, um einen Drink zu bekommen?«

»Du bist wirklich witzig. Der Laden gehört meinem Kumpel. Er ist noch nicht offiziell eröffnet, aber die Bar ist schon voll bestückt. Bedien dich einfach.« Stef nimmt seine Brieftasche heraus und kramt darin herum. Er spricht in einem leiernden Ton, sodass er immer irgendwie leicht stoned klingt. Wahrscheinlich ist er das auch. »Mach mir auch einen Drink, wenn du schon dabei bist. Ich verschwinde mal kurz aufs Klo.«

Zwei Wodka Martini und eine halbe Adderall später sieht die Welt schon viel freundlicher aus.

Ich mag Stef, wirklich. Ich glaube, hinter seiner geleckten Fassade steckt ein netter Kerl. Außerdem läuft zwischen uns nichts. Und durch Stef lerne ich viele Typen kennen. Wie zum Beispiel Mani im letzten Jahr. Mani ist übrigens derjenige, der mir dieses Kleid hier geschenkt hat. Er ist gern mit mir einkaufen gegangen, aber er hat mir den Laufpass gegeben, ohne groß darüber nachzudenken oder sich danach jemals wieder zu melden. Ich hatte wirklich gedacht, das mit uns sei was Ernstes, deshalb war ich wohl … äh … echt überrascht.

Manis Vorgänger, Marc, war verheiratet und hat mich lange an der Nase herumgeführt, aber in Mani glaubte ich den Richtigen gefunden zu haben. Ein Irrtum. Ich hab im Prinzip den ganzen November durchgefeiert, um über ihn hinwegzukommen. Kurz vor Weihnachten hab ich dann etwas mit einem anderen Kumpel von Stef angefangen, Jessop aus L.A. Aber Jessop meldete sich nur bei mir, wenn er in New York war, was selten vorkam, und so schlief diese Beziehung schließlich ein.

Mein Liebesleben ist wie ein billiges Streichholz – viele Funken, aber keiner zündet. Natürlich tue ich so, als würde mir das nichts ausmachen. Selbst wenn mir innerlich nach Sterben zumute ist, stecke ich mir einfach eine Zigarette in den Mund und lass einen blöden Spruch ab, damit keiner etwas merkt. Na ja, Pia hat schon immer was gemerkt. Früher jedenfalls.

»Angie, du kannst übelst gut Martinis mixen«, bemerkt Stef und nimmt wieder einen Schluck aus seinem Glas.

»Eins meiner nicht so verborgenen Talente«, erwidere ich. Alkohol macht mich immer übermütig.

»Darauf wette ich.«

»Hey, Leute«, sagt jemand, und zwei Kerle, ein dicker und ein dünner, betreten die Bar.

»Angie, das sind Busey und Emmett. Emmett gehört dieses besondere Etablissement hier.«

»Hey«, sage ich. »Gefällt mir, dein Laden. Hat er schon einen Namen?«

»Noch nicht«, antwortet Emmett, der Dünne der beiden, während er sich einen Drink eingießt auf diese selbstsichere, arrogante Art, die Barbesitzer immer an sich haben. »Warum? Irgendwelche Vorschläge?«

»Benenn ihn nach mir«, sage ich. »The Angie.«

Die Jungs lachen. »Scheiße, warum nicht?« Emmett lächelt mich an und hält meinen Blick einen winzigen Tick zu lange fest. »Vielleicht mach ich das.«

»Emmett, kommst du kurz in mein Büro?«, fragt Busey.

Ich sehe zu ihm hinüber. Er bereitet gerade ein paar Lines vor, auf einem der Bistrotische. Bah, über Koks bin ich so was von hinweg.

»Angie? Ladys first.«

»Für mich nicht«, sage ich. »Nicht meine Abteilung.«

»Ich bin im Moment gut versorgt, Kumpel.« Stef holt einen kleinen Lederbeutel hervor. »Lass uns was rauchen, und für danach hab ich noch ein bisschen Speed.«

»Okay«, sage ich. »Und was rauchen wir?« Das sieht nicht aus wie gutes altes Gras.

»Es genügt, wenn ich es weiß und du es einfach genießt.«

Einen Moment lang überlege ich, ob ich mich darauf einlassen soll. Ich bin seit wann … seit zwei Uhr heute Nachmittag mit Wodka zugange. Und Adderall … Dieses ganze Aufputschzeugs macht mich ganz gaga.

Dann fällt mir wieder ein, warum ich heute Nachmittag zu trinken angefangen habe. Und dass mein Vater sich immer noch nicht gemeldet hat. Ich möchte mich im Moment nicht allein fühlen.

»Meine Eltern trennen sich«, sage ich zu Stef, als er mir den Joint gibt.

»Masel tov! Willkommen im Club. Lass uns das feiern.«

3

Ich wache nackt auf. Und allein.

Mein erster Gedanke ist: noch einundvierzig Tage, bis ich dreiundzwanzig werde. Mein zweiter Gedanke ist: Irgendwas stimmt hier nicht.

Ich liege nicht auf meinem Kopfkissen. Ich benutze immer dasselbe Kissen zum Schlafen. Es passt sich meinem Kopf perfekt an. Aber dieses Kissen hier ist höher, fester.

Ich öffne die Augen und setze mich ruckartig auf, während mein Herz vor Panik zu hämmern beginnt. Wo zum Teufel bin ich? Großes Bett, eckige Fenster, braungraue Rollos, riesiger Fernseher, Tisch, eins dieser seltsamen Telefone mit den zwei Tasten für Leitung 1 und Leitung 2.

Ein Hotelzimmer. NacktineinemHotelzimmerichbinnacktineinemHotelzimmer …

Okay, atme tief durch, Angie, atme …

Auf dem Nachttisch liegt ein kleiner Notizblock mit dem Logo »SOHO GRAND«. Ich kenne das Hotel. Es ist in Downtown Manhattan.

Ich sehe auf meine Uhr. Es ist zehn Uhr morgens.

Fuck.

Was mache ich hier? Ich versuche, mich an den vorherigen Abend zu erinnern.

Stef, die beiden Typen und ich haben zuerst eine Weile in der Bar ohne Namen herumgehangen und getrunken, dann trafen wir zwei Freunde von Stef. War er Italiener? Und sie Kroatin? Irgendwie so was. Danach sind wir in eine neue Bar auf der Lafayette Street gegangen, oder vielleicht war es die Hudson Street? Oder haben wir ein Taxi nach Uptown genommen?

Nichts. Ich kann mich an nichts erinnern.

Auf dem anderen Kissen, dem neben meinem, entdecke ich einen Kopfabdruck. Ich habe hier nicht allein geschlafen. Ein dumpfer Schlag trifft mich in den Magen.

Vielleicht liegt es nur an dem Kissen. Oder vielleicht habe ich heute Nacht zuerst auf der anderen Seite gelegen.

Ich gehe in das Bad, weil ich pinkeln muss. Es hat eine coole Tapete – stilisierte Vögel auf weißem Hintergrund. Hübsch. Das würde auch als Stoffmuster niedlich aussehen.

Dann, mit einem noch dumpferen Schlag in meinem Magen, entdecke ich etwas auf dem Grund der Kloschüssel.

Ein gebrauchtes Kondom.

Wahrscheinlich von Stef. Wir haben schon einmal miteinander geschlafen. Das ist Jahre her, auf einer Hausparty in Boston, und es war nicht schön, aber *shit happens*. Wenigstens haben wir ein Kondom benutzt.

Verdammter Mist. Ich lande mit meinen männlichen Bekannten immer in der Kiste. Ein paar Drinks, und schon glaube ich, etwas für sie zu empfinden, während sie mir diesen bestimmten Blick schenken, und dann … zack. Ich weiß, das ist völlig falsch. Aber anscheinend passiert mir das immer wieder. Weil ich jedes Mal denke, dass es dieses Mal anders sein wird. Ich bin eine sexuelle Optimistin.

Ich stelle mich kurz unter die Dusche und seife meinen ganzen Körper ein, um das klebrige, verkaterte Am-Morgen-danach-Gefühl loszuwerden. Für meine Haare benutze ich das Shampoo und den Conditioner vom Hotel.

Meine Haare sind hellblond und sehr lang, und sie vertragen so gut wie jedes Pflegeprodukt. So wie meine Leber fast jede Alkoholsorte verträgt.

Ha.

Ich wünschte, ich hätte eine Zahnbürste. Mein Gesicht sieht übel aus, aber ich mache mir so etwas Ähnliches wie Smoky Eyes, indem ich die Wimperntusche und den Lidstrich vom Tag zuvor auf meinen Lidern verreibe. Halb Panda, halb Rockgroupie. Prima.

Erst als ich mich anziehe, bemerke ich es, direkt drüben auf dem Fernseher. Mein Handy, sorgfältig auf einem Soho-Grand-Briefumschlag deponiert, auf dem »A xx« steht.

Zuerst checke ich mein Handy. Zwei entgangene Anrufe und eine SMS von Pia, die wissen will, wo ich stecke. Sie hat sich erst heute Morgen dazu aufgerafft, mich anzurufen. Herzlichen Dank auch, Süße. Würde Pia betrunken und aufgebracht das Haus verlassen, würde ich mich hundertprozentig direkt an ihre Fersen heften. Aber Pia passiert so was natürlich nicht. Nicht mehr.

Dann öffne ich den Umschlag. Er ist prall gefüllt mit Hundert-Dollar-Scheinen. Insgesamt sind es dreißig.

Dreitausend verfluchte Dollar.

Ich zähle die Scheine rasch ein zweites Mal, wobei ich ein seltsames, brennendes Gefühl auf der Haut verspüre. So viel Geld! Es ist nur ein kleines Bündel Scheine, aber man stelle sich nur einmal vor, was man sich damit kaufen könnte … Heilige Scheiße, das ist ein Haufen Kohle. Das ist mehr, als Cornelia mir im Monat bezahlt hat. Wenn sie daran dachte, mich zu bezahlen.

Dreitausend Dollar.

Ich verharre kurz und schaue aus dem Hotelfenster auf SoHo. Ich kann auf die Dächer Downtowns blicken, manche davon mit diesen für Manhattan typischen komischen Wassertanks, und ich sehe ein Stück vom West Broadway und Menschen, die dort entlangschlendern und einkaufen und im Felix brunchen gehen und ein normales Leben führen. Wahrscheinlich ist keiner von ihnen nackt, allein und verwirrt in einem Hotelzimmer aufgewacht.

Warum würde Stef mir dreitausend Dollar geben?

Mein Handy summt.

Eine Nachricht von Stef.

Hey, Engelchen! War ein toller Abend. Sorry, dass ich einfach abgehauen bin, hoffe aber, ihr zwei hattet Spaß ;-). Fliege morgen auf die Turks zu einer Party, falls du mitkommen willst. Kussi

Was meint er mit »... hoffe aber, ihr zwei hattet Spaß«? Wer sind »ihr zwei«? Ich und wer? Und Stef hat sich verpisst? Dann habe ich nicht mit ihm geschlafen? Und das Geld ist nicht von ihm? Von wem ist es dann? Und mit wem zum Teufel war ich im Bett?

Ich drehe den Umschlag um. Keine Unterschrift. Nichts weiter.

Mir ist schlecht.

Ich will jetzt nicht darüber nachdenken, also schlüpfe ich rasch in mein weißes Minikleid, winde meine feuchten Haare zu einem straffen kleinen Knoten, den ich mit dem Soho-Grand-Kugelschreiber fixiere, stecke den Umschlag in meine Felljacke und verlasse das Zimmer. Ich hoffe, ich laufe unten in der Lobby nicht zufällig Mani über den Weg. Er hing damals oft in Hotellounges rum. Er war so ... Verdammt, warum denke ich ausgerechnet in diesem Moment an meinen Exfreund?

Zwölf Zentimeter hohe Absätze am Vormittag: nicht cool. Wenigstens hat die Lobby im Soho Grand ein leicht verruchtes, schummriges Flair, sodass ich mir nicht allzu fehl am Platz vorkomme, aber als ich draußen stehe, trifft mich der Schlag. Das kalte weiße Februarlicht ist einfach grausam. Ich habe das Gefühl, als würden alle mich anstarren und denken: Was für eine Schlampe!

Ich versuche wie immer in solchen Situationen, Haltung anzunehmen und so zu tun, als würde ich über diesem ganzen Mist stehen, aber heute funktioniert es nicht.

Tief in meinem Innern ist mir nämlich kotzübel ... In meiner Seele oder in meinem Herzen oder in meinem Gehirn oder so.

Ein kalter Brechreiz überkommt mich.

Ich mache immer alles falsch. Immer.

Es passiert immer aus Versehen.

Aber es ist immer falsch.

Ein großer Portier mit freundlichen Augen geleitet mich zu einem Taxi, und ich steige ein und sage: »Nach Brooklyn, bitte. Union Street.«

Und dann, als das Taxi losfährt, beuge ich mich hinunter und vergrabe mein Gesicht zwischen den Knien, damit der Fahrer mich nicht sehen kann, und ich lasse meinen Tränen freien Lauf.

4

Zu Hause angekommen, pfeffere ich mein Kleid und meine Schuhe in den hintersten Winkel meines Schranks, damit ich mir keine Gedanken mehr machen muss. Dann ziehe ich meine alte Lieblingsjeans an und ein hellgraues Kapuzensweatshirt mit dem Princeton-Wappen der Rudermannschaft. Das Sweatshirt gehörte früher meinem Vater. Ich habe es vor Jahren davor bewahrt, einer von Annabels Haussäuberungen zum Opfer zu fallen, und ich trage es immer zu besonderen Gelegenheiten – wenn meine Seele kalt und verängstigt ist und ich wirklich Trost brauche. Es ist eine Art textiles Xanax.

Dreitausend Dollar. Dreitausend Dollar.

Ich schnappe mir meinen neuesten Liebesroman, *Aufruhr der Herzen*, und überfliege die Rückseite.

Die missmutige, störrische Ivy verabscheut den selbstherrlichen Captain Drummond fast genauso sehr, wie sie die Liebe verabscheut. Als eine Heirat mit dem Captain der einzige Ausweg ist, um ihre schwerkranke Tante zu retten, glaubt Ivy zu wissen, was sie erwartet. Aber sie ahnt nicht, dass sie ihrem Traummann begegnen wird …

In den Klappentexten von Liebesromanen steht immer, dass die Heldin ihrem Traummann begegnen wird. Ist euch das schon mal aufgefallen?

Ja, ich weiß, es ist total uncool, Liebesromane zu lesen,

und ja, ich weiß, es ist total abgedroschen, dass der Held immer reich ist und die Heldin eine einfache Sekretärin und so weiter. Aber das ist mir egal. Eine gute Liebesgeschichte ist einfach, vorhersehbar und bringt mich zum Lächeln. Die perfekte Realitätsflucht.

Nur heute klappt es nicht. Ich fange ständig Absätze wieder von vorn an, aber bereits nach der Hälfte habe ich vergessen, was ich gerade gelesen habe.

Dreitausend Dollar.

Ich ertrage es nicht, mit meinen Gedanken allein zu sein. Und es gibt nur eine Lösung.

Prost. Auf mich.

Während ich regelmäßig einen Schluck aus meiner Wodkaflasche nehme und mich hin und wieder ans offene Fenster stelle, um eine zu rauchen, wenn das Bedürfnis mich übermannt, experimentiere ich mit ein paar alten Seidentüchern in verblasstem Art-déco-Muster herum, die ich letzte Woche in diesem kleinen Secondhandladen auf der Court Street entdeckt habe, und beginne, daraus eine coole kleine Clutch zu nähen.

Ich muss die Tasche viermal auftrennen und wieder neu zusammennähen, aber bis zum frühen Abend, als die Wodkaflasche leer ist, sieht sie genau so aus, wie ich mir das vorgestellt habe. Sie hat die perfekte Größe, um Handy, Schlüssel, Zigaretten, Geld und Lippenstift darin unterzubringen, und sie ist schön flach und griffig und liegt richtig gut in meiner Hand. Die vielen Lagen Seide machen sie weich und knautschbar.

Draußen gießt es in Strömen, es ist kalt und dunkel und endloser, endloser Februar. Aber im Moment kümmert mich das nicht. Ich habe Wunschbilder in meinem Kopf Realität werden lassen, praktisch aus dem Nichts etwas Neues und Reales und Schönes erschaffen.

Mein Handy klingelt. Ich werfe einen Blick darauf und drücke den Anrufer rasch weg. Annabel. Meine Mutter. Wahrscheinlich will sie mich zur Schnecke machen, weil ich gestern einfach verduftet bin. Ich möchte nicht mit ihr reden, bevor ich nicht mit meinem Vater gesprochen habe. Noch habe ich nichts von ihm gehört, aber vielleicht wartet er ab, bis wir uns persönlich unterhalten können. Gewöhnlich kommt er ungefähr einmal im Monat geschäftlich nach New York.

Die Kombination aus Kater und Wodka bewirkt, dass ich plötzlich Heißhunger bekomme. Also werfe ich lächelnd einen letzten Blick auf meine neueste Handarbeit und gehe anschließend in die Küche hinunter, um mir Rosinentoast mit Butter, Zimt und braunem Zucker (übrigens eins der besten Dinge auf der Welt) zu machen.

Dreitausend Dollar. Dreitausend Dollar.

Es ist nicht so, als wäre ich ein schlechter Mensch, nur weil ich einen Filmriss habe, richtig?

Mein Wodkavorrat ist aufgebraucht, also öffne ich eine Flasche Merlot, die irgendwer mal hier angeschleppt hat. Der Wein schmeckt ziemlich scheußlich – sehr säurebetont, was ein Merlot nicht sein sollte (ich weiß, ich höre mich an wie ein verdammter Weingourmet, aber damit kann ich leben). Trotzdem, wenigstens ist es Alkohol, also genau das, was ich brauche, um den restlichen Tag zu überstehen. Ich werde die Flasche später ersetzen. Mir fällt auf, dass der grüne alte Vorhang am Küchenfenster eingerissen ist. Sogar richtig schlimm eingerissen. Ich könnte ihn flicken! Das wäre ein schönes Friedensangebot an Julia. Vielleicht kann sie mich dann wieder leiden.

Also klettere ich auf die Küchenanrichte, etwas wackelig, und nehme vorsichtig den Vorhang ab. Dann steige ich wieder hinunter, klemme mir den Vorhang unter den

Arm, schnappe mir meinen Toast und den Wein und gehe die Treppe hoch.

Na, großartig! Dem Himmel sei Dank für den Wein, richtig? Ich wette, es wäre auch nicht schwer, einen neuen Vorhang für mein Zimmer zu nähen. Vielleicht kann ich … Oh … Scheiße.

Ich bin gestolpert und habe den Wein verschüttet. Auf dem Küchenvorhang und dem Teppichboden und der Wand zwischen den Zimmertüren von Julia und Pia. Alles ist rot.

Ich werde den Vorhang einfach direkt von Hand waschen und anschließend flicken, und den Rest mache ich dann später sauber. Der Vorhang hat wahrscheinlich ohnehin längst eine Wäsche nötig, richtig? Schließlich ist er bestimmt schon hundert Jahre alt!

Ich versuche, die Flecken aus dem Stoff herauszurubbeln. Ich strenge mich wirklich an. Aber sie gehen nicht raus.

Augenblick! Geistesblitz! Ich werde stattdessen einfach einen neuen Vorhang nähen, aus dem gelben Baumwollstoff, den ich vor Kurzem bestellt habe. Das wäre ein sogar noch besseres Friedensangebot an Julia, und Gelb würde auch toll in die Küche passen! Genau!

Ich sollte immer nähen und gleichzeitig trinken.

Weil ich mich so, als ich eine Stunde später wieder in die Küche hinuntergehe, um unseren brandneuen, hübschen gelben Vorhang aufzuhängen, warm und locker und absolut spitzenmäßig fühle.

Ich klettere wieder auf die Anrichte, leicht schwankend. Die Küche sieht von hier oben ganz anders aus! Dann recke ich mich, um den Vorhang anzubringen.

RUMS!

Die Haustür fällt krachend ins Schloss. Vor Schreck

verliere ich das Gleichgewicht, halte mich instinktiv an dem Vorhang fest, während ich rücklings von der Anrichte falle. Ich reiße die ganze Gardinenstange mit mir und knalle schließlich mit dem Kopf gegen einen Stuhl. Ich lande hart auf dem Rücken, Putz und Holzsplitter rieseln wie Konfetti auf mich herunter.

Der Schmerz folgt sofort.

Genau wie der schrille Schrei.

Julia. Natürlich. »Was zum Teufel tust du da? Du hast meine verdammte Küche ruiniert!«

Ich kann mich nicht bewegen, also bleibe ich einfach auf dem Boden liegen und schließe die Augen. Mein Schädel dröhnt. Es tut wirklich weh. Das Pochen hallt in meinen Wangenknochen wider, von dem Schreck über den Sturz bildet sich ein schmerzhafter Kloß in meiner Kehle, und Tränen treten mir in die Augen.

Wer fängt schon gleich an zu heulen, wenn er hinfällt? Was bin ich, eine Mimose?

Gott, ich fühle mich wie losgelöst von meinem Körper. Es ist, als würde ich mich selbst betrachten, während ich auf dem Küchenboden liege, alle viere von mir gestreckt. Allein. Immer, immer allein.

Ich frage mich, wann mein Vater sich melden wird.

»Du bist schon wieder betrunken«, sagt Julia. »Und du stinkst nach Zigaretten.«

Ich hebe langsam die Arme über den Kopf, um mein Gesicht in den Armbeugen zu vergraben. Vielleicht geht Julia weg, wenn ich lange genug hier liegen bleibe. Ich wünschte, ich wäre nicht hier.

Dann höre ich wieder die Haustür ins Schloss fallen. Es ist Pia. Am Handy mit Aidan, wie üblich.

»Nein, such du das Restaurant aus. Warum? Weil ich nicht die Göttin der Ernährung bin! … Ha, du alter Charmeur …« Ich höre ihre Schritte, die sich der Küche nähern. »Oh … *merde*. Aidan? Ich melde mich gleich wieder.«

Julia: »Sie ist betrunken.«

Pia: »Angie, alles okay?«

Julia: »Ihr fehlt nichts! Alkoholiker überleben sogar draußen in einem Tornado!«

Julia verlässt die Küche, und ich höre sie polternd die Treppe hochstapfen. »Klär das, Pia! Das ist dein verdammtes Problem!«

Ich bin nicht Pias Problem. Ich bin niemandes Problem, außer mein eigenes.

»Süße?«, sagt Pia sanft. Aber ich gebe keine Antwort. Ich rühre mich nicht einmal. Ich kann nicht. Ich liege einfach still da, in meiner Blase des Alleinseins, die Arme immer noch über dem Gesicht, und horche auf den dumpf pochenden Schmerz in meinem Kopf, spüre ein seltsames schaukelndes Gefühl tief in meinem Hals. Aus meinem rechten Auge kullert eine Träne und rinnt zu meinem Ohr hinunter. »Angie? Möchtest du reden?«

Etwas Warmes und Klebriges läuft hinter meinem Ohr den Nacken hinunter. Es fühlt sich anders an als ein Tränenrinnsal. Blut.

»HERRGOTT NOCH MAL!«, brüllt Julia oben. »Der ganze Treppenabsatz ist versaut! Was zur Hölle ist das?«

O Gott. Der Wein. Ich habe vergessen, sauber zu machen.

»Die Flecken sind schon eingetrocknet. Das wird nie wieder rausgehen! Und die Tapete ist auch versaut. Was fällt dieser verfluchten Eiskönigin ein, mein Haus so zu verunstalten!«

»Beruhige dich, Jules«, ruft Pia. Ich höre, dass sie den Schrank unter der Spüle öffnet und die Putzsachen herausnimmt. »Angie, ich liebe dich, aber du musst mit mir reden. *Sofort.*« Klar. Weil sie mir kaum länger als fünf Minuten zuhören und danach verschwinden würde. Was für einen Sinn hat es überhaupt, mit anderen über seine Probleme zu reden? Hinterher haben sie deine Geheimnisse, und du bekommst sie nie wieder zurück. »Angie. Ich meine es ernst.«

Ich ignoriere sie, das Gesicht immer noch unter meinen Armen versteckt. Als sie den Raum verlässt, rolle ich mich langsam auf den Bauch und befühle meinen Kopf, um herauszufinden, woher das Blut kommt. Eine kleine Platzwunde an meiner Schläfe, mehr nicht. Der Linoleumboden an meiner Wange fühlt sich kalt an. Aus diesem ungewohnten Blickwinkel kann ich sehen, dass überall Dreck und Krümel liegen. Hier müsste mal dringend gefegt oder geswiffert oder gewischt werden oder so, und wahrscheinlich bin ich an der Reihe. Ich habe seit Wochen keinen Blick auf den dummen Haushaltsplan geworfen.

Dreitausend Dollar.

Denk nicht darüber nach.

»Sie ist eine verdammte Zumutung, Pia«, höre ich Julia oben schimpfen. »Sie ist unzuverlässig, sie ist egoistisch, sie macht nur, was sie will. Alle anderen können ihr den Buckel runterrutschen. Ich halte es nicht länger aus, mit ihr unter einem Dach zu wohnen.«

»Jules, würdest du damit aufhören? Angie und ich sind beste Freundinnen seit unserer Geburt.«

»Und sie ist ständig betrunken. Sie hat ein Problem, Pia.«

»Sie ist *nicht* ständig betrunken. O Mann! Und du nennst mich eine Dramaqueen. Sie ist einfach nur … eine harte Nuss, die man nicht so leicht knacken kann.«

»Härter als ein Sargnagel und kalt wie Eis, meinst du.«

Ich will nicht mehr hier sein.

Ich rapple mich vom Boden auf und stütze mich auf der Anrichte ab. Wuuh! In meinem Kopf dreht sich alles. Ich schnappe mir ein Geschirrtuch und drücke es an meine blutende Schläfe, dann gehe ich so schnell nach oben in mein Zimmer, wie ich kann – vorbei an dem Treppenabsatz im ersten Stock, wo Julia und Pia gerade den Teppich und die Tapete schrubben.

Oben angekommen, schnappe ich mir meine große Reisetasche und stopfe eilig meine Clutch, ein paar Bikinis, Sommerkleider, Pumps, meinen Kulturbeutel, mein Schminktäschchen und meinen Reisepass hinein. Auf den letzten Drücker packe ich zwei Schachteln Marlboro Lights dazu, nehme eine Zigarette heraus, stecke sie mir in den Mundwinkel und greife nach der angebrochenen Weinflasche. Zum Schluss tausche ich noch rasch das Princeton-Sweatshirt meines Vaters gegen einen weißen Kaschmirpullover, schlüpfe in meine Felljacke und setze meine Sonnenbrille auf. Mit der Tasche über der Schulter marschiere ich zurück zur Treppe und zünde mir im Gehen die Zigarette an.

»Wo willst du hin?«, schnauzt Julia mich an.

Ich stoße den Rauch aus, nehme einen Schluck aus der Weinflasche und verziehe angestrengt das Gesicht zu einem kühlen Lächeln. »Ich gehe an den verdammten Strand.«

5

Gute Entscheidung.

Auf die Turks- und Caicosinseln zu fliegen ist eine gute Entscheidung.

Richtig?

Richtig.

Kaum habe ich das Haus verlassen, rufe ich Stef an. Er klingt, als wäre er gerade im Bad.

»Babe! Ich hab ein paar Leute zu Besuch. Und mein Kumpel Hal gibt eine Party. Er kann es kaum erwarten, dich kennenzulernen!«

Am liebsten würde ich Stef fragen, mit wem ich im Soho Grand geschlafen habe. Am liebsten würde ich ihn fragen, ob er weiß, warum mir jemand ohne Grund dreitausend Dollar hinterlassen hat. Aber ich frage ihn nicht. Ich halte einfach den Mund, trinke meinen Wein aus der Flasche, stecke dem Fahrer einen Zwanziger zu, damit er mich in seinem Wagen rauchen lässt, und versuche, nicht mehr daran zu denken. Ich bemühe mich wirklich sehr.

Stef begrüßt mich mit einer Handvoll Tabletten und einer Flasche Grey Goose. Die nächsten paar Stunden bekomme ich nur verschwommen mit. Eine Party, ein Auto, ein Flughafen, ein Charterflugzeug, lachende und kreischende Menschen. Ich behalte einfach meine Sonnenbrille auf und versuche, einen kontrollierten Eindruck zu machen.

Als wir in das Flugzeug steigen, habe ich für den Bruchteil einer Sekunde das Bedürfnis, mich umzudrehen und in unser Nest zurückzulaufen. Aber ich habe verkündet, an den Strand zu gehen. Und ich hasse es, mein Wort zurückzunehmen.

Ich setze mich in eine ruhige Ecke und klinke mich aus, während die anderen alle weiterfeiern, und das Nächste, was ich mitbekomme, ist, dass wir landen. Alles liegt im Schimmer der frühen Morgendämmerung, ich kann das Meer riechen. Wir haben die Turks erreicht, ein kleines, rustikales Archipel irgendwo in der Karibik, der totale Gegensatz zu New York. Sonnenschein und barfuß laufen. Genau das, was ich brauche.

Vierzig Tage, bis ich dreiundzwanzig werde.

Wenige Minuten nach der Landung sind wir bereits in offenen Geländewagen unterwegs zu der Party. Ich sitze in einem kleineren Jeep auf der Rückbank, neben einem Schweden namens Lars, der allerdings die meiste Zeit telefoniert. Stef sitzt vorn. Er ist verkatert und sehr still. Ich mustere mit hochgezogenen Augenbrauen seinen Strohhut. Ein bisschen albern sieht er aus.

Ich *liebe* die Karibik. Ich liebe die sandigen Pisten und die Holzhäuser mit ihrer abblätternden Farbe und den blauen Himmel, der aussieht, als würde er unendlich weit reichen. Ich liebe die großen, seltsamen, blockförmigen Gebäude, die hier und da neben dem Highway auftauchen, die Banken und Krankenhäuser und Supermärkte mit ihren riesigen Parkplätzen für Hunderte von Fahrzeugen, als würde man hier jeden Moment mit einer Bevölkerungsexplosion rechnen. Ich liebe das helle Tageslicht, das in den Augen schmerzt, und ich liebe die Luft, die sich beim Einatmen so rein und warm anfühlt …

Ich habe New York wirklich verdammt satt.

Und Brooklyn erst recht.

Die warme Sonne auf meiner Haut ist wahrscheinlich das Beste, was ich jemals gespürt habe. Ich sitze auf meiner Felljacke in einem knappen weißen Sommerkleid, das ich mir kurz vor der Landung übergestreift habe, und in meinen Nieten-Chucks, weil ich vergessen habe, meine Flip-Flops einzupacken. Mit jedem Atemzug warmer salziger Luft spüre ich, dass meine Knochen auftauen, mein Kiefer sich entspannt und die kalte Angst in meiner Seele nachlässt, zum ersten Mal seit Wochen.

Der Jachthafen in Turtle Cove wirkt neu und seltsam deplatziert in der Hitze der Insel. Drei junge Männer in weißen Poloshirts, weißen Shorts und weißen Kniestrümpfen – die Art von Uniform, die darauf hinweist, dass derjenige, der in ihr steckt, auf einer sehr, sehr, *sehr* großen Jacht arbeitet – kommen uns entgegen und nehmen sich unseres Gepäcks an.

Die ganze Meute stürmt los und rast den Pier entlang, als würde an dessen Ende ein Preis auf sie warten. Wir sind insgesamt acht Leute – vier junge Frauen, alle ungefähr in meinem Alter, alle hübsch, die sich wie beste Freundinnen benehmen, mich aber ignorieren, und die ständig den Lipgloss auf ihren verdächtig prallen Lippen erneuern, außerdem Lars, der Schwede, dann noch irgendein Typ namens Beecher, der beim Start in New York lauter unlustige Sprüche über den Mile High Club gemacht hat, Stef. Und natürlich ich.

Dreitausend Dollar.

Denk nicht darüber nach.

Ich schaue an das Ende des Piers, wo die drei Matrosen gerade unser Gepäck in ein beschissen aussehendes Speedboat laden. Die Mädels stoßen spitze Schreie aus.

»Wo zum Teufel hast du die aufgetrieben?«, zische ich Stef zu.

»Alte Bekannte, Babe, alte Bekannte.«

Stef sieht jämmerlich aus, das Gesicht blass und fleckig, die Mundwinkel eingerissen. Mir wird bewusst, dass ich ihn nie zuvor bei Tageslicht gesehen habe. Und dabei kenne ich ihn seit sechs Jahren.

Wow. Diese Erkenntnis haut mich um.

Was mache ich hier? Auf diesem Kurzurlaub mit Stef, dem immer zu Späßen aufgelegten, zugedröhnten Playboy, und einer Gruppe fremder Leute?

Während ich dastehe und versuche, meine fünf Sinne zusammenzunehmen oder wie viel davon noch übrig ist, beobachte ich, wie die anderen weitermarschieren. Die Mädels steigen bereits in das Boot, während sie wieder spitze Schreie ausstoßen vor Begeisterung oder Angst oder auch beidem, obwohl zwei Matrosen parat stehen, um ihnen an Bord zu helfen. Der dritte bietet ihnen Champagner an.

Aber wohin bringen sie uns?

Und wo ist der Gastgeber? Hal, oder wie auch immer er heißt?

Ist es die schlechteste Idee aller Zeiten, in ein Speedboat zu steigen mit Leuten, die man nicht wirklich kennt? Oder die beste, angesichts der beschissenen Lage, in der ich mich derzeit befinde?

Um mir Zeit zum Überlegen zu verschaffen, zünde ich mir eine Zigarette an.

»Hey, im Hafen ist das Rauchen verboten«, ruft jemand. Ich drehe den Kopf. Einer der Matrosen. Groß, gebräunt, gepflegt, blond, mit absurd kantigen Gesichtszügen, als wäre er als Prototyp des perfekten, durch und durch amerikanischen Sonnyboys herangezüchtet worden. »Wegen der Brandgefahr. Falls Benzin ausläuft.«

Ich blicke auf den Boden. Der Steg ist knochentrocken.

Sonnyboy liest offenbar meine Gedanken. »Ich weiß, das ist unwahrscheinlich. Ich sage ja nur, dass es gegen die Vorschriften verstößt. Darauf steht eine Geldstrafe.«

»Gegen die Vorschriften? Wessen Vorschriften? Was bist du? So eine Art nautischer Hitlerjunge?«

Er zieht überrascht eine Augenbraue hoch, bevor er wieder seine professionelle amerikanische Sonnyboy-Maske aufsetzt. »So etwas Ähnliches.«

Ich ziehe ein letztes Mal an meiner Zigarette, trete sie dann aus und gehe weiter in Richtung Boot, während ich den blonden Schönling ignoriere. Wie schlimm wird wohl erst eine Party auf einer Jacht sein, wenn ein Matrose mit einem Gesicht wie ein Engel schon wegen einer blöden Kippe einen Aufstand macht? Das hier ist sicher bloß wieder so eine Schnapsidee von irgendeinem reichen Typen. Irgendeinem Bekannten von Stef mit viel Geld und wenig Selbstvertrauen, der seine Kumpels und ein paar Frauen beeindrucken möchte, indem er ihnen einen tollen Kurztrip in die karibische Sonne spendiert. Ich wette zwanzig Mäuse, dass dieser Hal sein Hemd halb aufgeknöpft trägt und Sachen sagt wie »Jo, Mann, das ist echtes Inselfeeling«.

Nachdem ich an Bord geklettert bin, nehme ich mir ein Glas Champagner. Auf mich.

Und wie gesagt, es war eine gute Entscheidung. Denn kaum haben wir den Hafen verlassen, kommt die Jacht – sorry, die Superjacht – in Sicht, die wir gleich betreten werden. Sie sieht atemberaubend aus, wie aus einem Film, über siebzig Meter lang, mit drei Decks, aufeinandergetürmt wie eine Hochzeitstorte.

»Insgesamt achtzehn Crewmitglieder sorgen für das Wohl von zwölf Gästen, von denen jeder über eine eigene Privatkabine verfügt.« Ein Routinevortrag von einem der

Matrosen. Ich sehe mich nach meinem blonden Saubermann um. Er steht am Bug und starrt in den Wind. »Neben einem Swimmingpool und einem Hubschrauberlandeplatz hat die *Harmatia* außerdem neun Gemeinschaftsräume zu bieten, darunter ein Heimkino und einen voll ausgestatteten Fitnessraum mit zwei hochmodernen Pilates-Reformern.«

»Oh, prima, dann kann ich an meiner Körpermitte arbeiten«, sage ich zu niemandem speziell. Was gut ist, weil niemand mir zuhört.

»Leute, ich flipp gleich aus, *im wahrsten Sinne des Wortes!*«, quiekt eins der Mädels. »*Im wahrsten Sinne des Wortes!* Echt jetzt, ich flipp aus, *im wahrsten Sinne des Wortes!*«

Wir legen seitlich an der *Harmatia* an und klettern an Bord. Aus der Nähe wirkt die Jacht noch gigantischer: glänzend, weiß und picobello sauber, wie ein Badezimmer, das von innen nach außen gekehrt wurde.

Die anderen klatschen begeistert in die Hände, während ihnen ein Steward die nächste Runde Champagner anbietet. Die Besatzung ist ausschließlich männlich, fällt mir auf. Und von dem Gastgeber ist nichts zu sehen.

Irgendwas stimmt hier nicht.

Ich sehe Stef an. »Warum sind wir wirklich hier?«

Er lächelt, während er so unattraktiv wirkt, wie ich ihn noch nie gesehen habe. »Einfach nur zu unserem Vergnügen, Babe.«

Hm.

Nachdenklich schaue ich zur Küste zurück. Ich kann gerade noch so die Luxushotels in der Grace Bay ausmachen und die Strandhütten. Und winzige Menschen, die an ihrer Bräune arbeiten oder an ihrer Ehe oder was auch immer die Leute in ihrem Urlaub tun.

In Schwimmdistanz liegen drei weitere Jachten, und auf einer davon sehe ich eine Familie herumklettern, während der Daddy seinen Kindern zeigt, wie man das Großsegel setzt oder was weiß ich. Mein Vater hat mir auch gezeigt, wie man segelt, aber er hat es nicht nötig, mich anzurufen und mit mir über die Scheidung zu reden.

Meine Eltern lassen sich scheiden.

Wow. Ab und zu kommt es mir schlagartig wieder in den Sinn, wie sehr ich mich auch bemühe, es zu verdrängen. Mein Vater meldet sich nicht, und meine Mutter wartet immer noch auf meinen Rückruf … Es ist, als wäre unsere Familie gestorben oder so.

Plötzlich spüre ich heftige Kopfschmerzen, gegen die der Schampus bestimmt nicht hilft. Koffein. Ich brauche Koffein. Und Zucker.

»Könnte ich bitte eine Coke haben?«, frage ich den Steward mit dem Champagnertablett, ein kleiner Kerl mit einem schrecklich klischeehaften Ziegenbart.

»*Si.*«

Ziegenbart zieht ein kleines Plastiktütchen mit einem weißen Pulver aus seiner Hosentasche und lässt es in meine Hand fallen. Ich starre einen Moment lang darauf.

»Nein … äh … ich meinte eine Coca Cola«, sage ich, immer noch auf das Pulver starrend.

Kokain. Leck mich, die Crew teilt tatsächlich harte Drogen aus?

»Das nehme ich, für später«, sagt Stef und sackt sich das Tütchen ein. Dann legt er den Arm an meinen Rücken. Eine nervige, besitzergreifende Geste, aber gleichzeitig auch beruhigend beschützerisch. »Ich gehe jetzt mit Dr. Ambien und Dr. Dramamine ins Bett, Babe. Wir sehen uns in acht Stunden.«

»Äh … okay …«, sage ich, während plötzlich Panik in

mir hochsteigt. Stef ist meine einzige Verbindung zur Quasinormalität.

»Amüsier dich einfach, Süße.«

Stef drückt kurz meine Taille und verschwindet dann in Richtung Unterdeck.

Ich blicke mich um und sehe, dass der blonde Sonnyboy mich wieder anstarrt, aber ich ignoriere ihn. Ich habe die Situation im Griff. Ich kann damit umgehen. Ich werde mit allem fertig.

»Ich führe Sie nun zu Ihren Kabinen«, sagt Ziegenbart, und wir folgen ihm alle nach unten. Die Mädels gickeln.

Das Unterdeck ist gewissermaßen panasiatisch gestaltet – schummrige Beleuchtung, chinesische Illustrationen, Thai-Skulpturen und japanische Blütenmuster auf der Bettwäsche. Innenausstatter legen nicht immer Wert auf die kulturelle Unantastbarkeit ihrer Kreationen, ist mir aufgefallen.

Die Mädels bilden zwei Paare für je eine Doppelkabine. Ich bekomme eine Einzelkabine mit einem winzigen Bad. Auf meiner Kommode, in einem mit Eis gefüllten Eimer, warten bereits drei gekühlte Flaschen Coca Cola. Wow. Das nenne ich einen guten Service.

Nachdem ich die Tür hinter mir abgeschlossen habe, lege ich mich auf das Bett, mit Chucks und Sonnenbrille. Ich spüre diese gedankenleere Trägheit, die mich nach einem Drogen- und Saufexzess immer überkommt. Ich sollte wirklich damit aufhören. Ich werde, ich werde damit aufhören …

Die Jacht schaukelt sanft, das Bett ist weich und sauber, und … ich schließe einfach die Augen.

6

Ich werde von fröhlichem Geschrei vor meinem Kabinenfenster (Bullauge, von mir aus) geweckt. Ich sehe, dass draußen auf dem Wasser das Speedboat herumkurvt und zwei Leute auf einem dieser aufblasbaren Riesendonuts hinter sich herzieht. Mann, ich bin es allmählich ernsthaft leid, diese Hühner kreischen zu hören.

Es ist jetzt Nachmittag, kurz nach drei. Ich sollte Pia darüber verständigen, wo ich bin, aber hier draußen auf dem gottverdammten Meer habe ich keinen Handyempfang. Außerdem will sie wahrscheinlich gar nicht mit mir reden nach meinem Benehmen gestern Abend. Im Moment ist sie ohnehin noch auf der Arbeit. Und ich bin ganz weit weg in der Karibik. Schräg. Die Welt ist so groß. Es ist leicht, darin verloren zu gehen.

Ich trinke eine Cola, dusche ausgiebig, flechte meine Haare zu einem französischen Zopf und binde einfach so zum Spaß ein rotes Band um das Zopfende, ziehe meinen weißen Bikini und mein weißes Strandkleid an und setze meine Sonnenbrille auf. Ich habe vergessen, Sonnencreme einzupacken, was ärgerlich ist. Meine Haut ist so weiß, dass sie beinahe transparent wirkt. Ich schwöre bei Gott, ich kann nicht einmal Selbstbräuner benutzen, es ist, als würde meine Epidermis ihn abstoßen. Da sich an meiner Ferse eine kleine Blase gebildet hat – ich war zu lange ohne Socken in meinen Chucks unterwegs – und ich das Gefühl habe, dass hohe Absätze auf dem Außendeck nicht angebracht sind, bleibe ich barfuß. Ich werfe einen letzten Blick in den Spiegel, bevor ich meine Kabine verlasse.

»Keine Drogen und keine Medis«, sage ich streng zu meinem Spiegelbild. Angie im Spiegel nickt gehorsam.

Als ich oben ankomme, ist die Party schon in vollem Gange. Beecher knutscht mit einer der Frauen herum, Lars trinkt mit einer anderen Margaritas, und die Kreischhühner sind von ihrer Spritztour auf dem Donut zurück. Sie wringen in der Sonne das Wasser aus ihren Haaren, um ihre von Personal Trainern und Chirurgen modellierten Körper an der Luft trocknen zu lassen, ohne auf so etwas Unerotisches wie ein Handtuch zurückgreifen zu müssen. Stef ist nicht da. Niemand sieht auch nur auf, als ich komme.

»Könnte ich bitte eine Margarita haben?«, sage ich zu dem Steward, der an der Bar bedient. »Und wo ist eigentlich der Gastgeber? Hal, richtig?«

»Ich bin hier«, höre ich eine Stimme. Ich drehe mich um und sehe einen dunkelhäutigen Mann mit einer großen, seitlich geschlossenen Sonnenbrille, in einer weißen Hose und einem weißen Leinenhemd (bis unter die Brust aufgeknöpft, ha, ich wusste es). Er sieht heißer aus, als ich ihn mir vorgestellt habe. »Angie, richtig? Endlich lernen wir uns kennen. Ich freue mich, dass wir passend zueinander angezogen sind.«

Ich lasse mein nettestes Lächeln aufblitzen. »Jungfräuliches Weiß. Absolut meine Farbe.«

»Darauf wette ich.« Hal blickt sich um. »Lars! Immer schön locker bleiben, mein Freund! Beecher, Mann, geht in eine Kabine.«

Hal ist normal! Na ja, Sohn-von-reichen-Eltern-normal.

Ich kann mich entspannen. Dies hier ist nur ein gelangweilter, unsicherer reicher Sprössling, der eine Party feiert. Dieses Szenario beherrsche ich wie eine verdammte Gitarre. Okay, na schön, ich kann nicht Gitarre spielen. Dann eben wie eine Mundharmonika. Was auch immer.

Meine Margarita und ich folgen Hal in einen schattigen Lounge-Bereich, wo leise, chillige Trancemusik läuft.

»Die Mucke ist ziemlich nervig«, sage ich. »So ganz ohne Gesang und ohne richtige Band.«

»Was möchtest du denn gern hören, Angie?« Hal grinst mich träge an. Er ist definitiv süß.

»Im Moment habe ich gerade eine Neunziger-Elektrodance-Phase.«

Ich sehe ihm direkt in die Augen und spiele auf eine hoffentlich nicht affektierte und doch verführerische Art an meinen Haaren, so wie ich das immer mache, wenn mir ein Mann sympathisch ist.

»Vielleicht The Prodigy?« Hal sieht sich um und winkt dem dealenden Steward mit dem Ziegenbart zu. »Hey, Carlos!«, ruft er. »Leg mal The Prodigy auf! Und könnten wir neue Drinks bekommen? Was ist das hier, ist die Crew jetzt auch schon vom Inselfeeling befallen?«

Zwei Richtige von zwei.

Hal und ich zünden uns eine Zigarette an, lehnen uns zurück und genießen die Aussicht. Sie ist atemberaubend: Das beruhigende Blau des Himmels und des Meeres trifft in einer perfekten Linie fern am Horizont aufeinander, während die Sonne das Gehirn mit Glückshormonen flutet. Ich bin froh, dass ich auf diese Party mitgekommen bin. Lächelnd greife ich nach meiner Margarita. Prost. Auf mich.

»Ich liebe es, auf dem Meer zu sein«, sagt Hal. »Wenn

ich zu lange davon weg bin, habe ich geradezu körperliche Entzugserscheinungen. Mir ist schleierhaft, wie man es im Mittleren Westen aushalten kann. Zum Beispiel die ganzen Farmer und Cowboys, die dort leben.«

»Ja, ich wette, Farmer und Cowboys haben jeden Morgen nach dem Aufwachen Sehnsucht nach dem Meer.«

»Das hübscheste Mädel an Bord ist auch noch witzig, was?«

»Mit mir bekommst du das ganze Paket.«

Nach und nach gesellen sich die anderen Partygäste zu uns, mit Ausnahme von Stef, und machen es sich um uns herum gemütlich. Aus irgendeinem Grund bilden Hal und ich den Mittelpunkt der Aufmerksamkeit. Selbst die Mädels, die mich während der Anreise allesamt ignoriert haben, versuchen plötzlich, mit mir ins Gespräch zu kommen. All ihre Sätze enden mit Ausrufezeichen. Selbst die Fragen.

»Wie bekommst du nur diesen französischen Zopf allein hin!«, fragt eine begeistert. »Ich finde das total schwierig, schließlich hat man ja hinten keine Augen!«

»Ich mache einfach die Augen zu und taste mich voran«, antworte ich.

»Das entspricht absolut meinem Lebensmotto«, sagt Hal, während er seinen Arm hinter mir auf die Lehne legt.

Ich drehe den Kopf zu ihm, um Blickkontakt herzustellen, und einen Moment lang grinsen wir uns an. Super. Die Beute ist im Sack, Baby. Ist das nicht der schrecklichste und arroganteste Spruch, den man über einen Typen ablassen kann? Pia und ich haben ihn früher als Teenager oft benutzt und hatten dann meistens einfach zu viel Spaß zu zweit, um uns mit dem besagten Kerl abzugeben. Verdammt, mit Pia war es immer echt lustig. Ich vermisse sie.

Hal streichelt mit einem Finger sanft über meinen Oberarm. Ich glaube, er versucht mit mir zu flirten, aber seine Berührung jagt mir nur einen unangenehmen Schauer über den Rücken … Vielleicht können wir beide mal zusammen essen gehen oder so, wenn wir wieder in New York sind. Oder vielleicht werden wir später ein bisschen miteinander herumknutschen. Aber mehr ist nicht drin, schließlich hatte ich in dieser Woche schon genug Schuldgefühle aufgrund von bedeutungslosem Sex.

Denk nicht darüber nach.

Ich küsse für mein Leben gern. Moment, nein, wisst ihr, was ich eigentlich daran liebe? Ich liebe den Moment direkt vor dem ersten Kuss, wenn man sich tief in die Augen schaut und dieses Knistern spürt, dieses seltsame Kribbeln im ganzen Körper, und wenn man weiß, dass man nur Sekunden davon entfernt ist, sich mit den Lippen zu berühren. Dieser Moment ist so romantisch, so atemberaubend perfekt …

Es ist der Moment der Vorfreude. Der Moment, in dem man weiß, dass man gleich wirklich und wahrhaftig miteinander verbunden sein wird. Und die Vorfreude ist fast immer besser als der Kuss selbst.

»Was bist du für ein Sternzeichen, Angie?«, fragt mich eins der Mädels, eine Brünette mit einem süßen Gesicht, die ein Kleid aus der DVF-Kollektion der letzten Saison trägt.

»Widder«, antworte ich.

»Ah, Feuerzeichen«, sagt Hal. Ich finde es seltsam, wenn Männer sich mit Horoskopen auskennen, ihr nicht auch? »Dann hast du ja bald Geburtstag. Wie alt wirst du denn?«

»Dreiundzwanzig.«

»Das sieht man dir gar nicht an!«, sagen zwei der Mädels im Chor.

»Danke«, sage ich. »Zurzeit stehe ich auf den vorpubertären Look. Wisst ihr, praktisch noch ein Kind, aber mit Brüsten.«

Die anderen sind sich nicht sicher, ob ich einen Witz gemacht habe oder nicht. Ich ignoriere ihre Blicke und nehme mir eine Zigarette heraus, während Hal mir Feuer gibt. Ich sehe ihm dabei tief in die Augen. Ah, flirten.

»Noch eine Margarita?«, fragt der ziegenbärtige Steward ein paar Minuten später.

Er sorgt wirklich zügig für Nachschub, und die Drinks haben es echt in sich. Ich sollte vielleicht etwas essen. Kurz darauf, als hätte jemand meine Gedanken gelesen, werden uns Häppchen auf großen Speiseplatten serviert und eine riesige Kanne Eiswasser.

»Muschelfleischkroketten, eine hiesige Spezialität.« Es ist wieder dieser nervige blonde Sonnyboy. »Und Snapper-Sandwiches.«

»Danke! Ich habe tierischen Hunger!«

Ich schnappe mir einen Teller. Die Kroketten schmecken irgendwie seltsam, aber die Sandwiches sind absolut köstlich: weiches Brot, gesalzene Butter und warmer, knuspriger Fisch. Keins der anderen Mädels greift zu. Ich frage mich immer, ob solche Frauen in der Gegenwart von Männern nichts essen, weil sie den Eindruck erwecken möchten, dass sie kein Verdauungssystem haben oder nie pupsen müssen oder so. Mich kümmert so was nicht. Ich esse gern. Und ich pupse. Kommt damit klar!

Während ich mein drittes Sandwich esse, fange ich wieder den Blick des blonden Matrosen auf. Er starrt mich eindringlich an, irgendwie missbilligend. Bestimmt ist er es nicht gewohnt, Frauen essen zu sehen.

Ich stopfe mir das restliche Sandwich in den Mund, in einem Stück, schiebe es mir links und rechts hinter die Kiemen und sehe dann wieder den Sonnyboy an, mit vollen Backen wie eine Zeichentrickfigur. Dann klimpere ich ein paar Mal mit den Wimpern wie Bambi. Sein Gesicht hellt sich auf, und er grinst bis über beide Ohren. Ha! Ich pruste los, und Sandwichkrümel spritzen aus meinem Mund, sodass der Sonnyboy den Kopf einzieht und sich wegdreht, um die Tatsache zu verbergen, dass er lachen muss.

»Wow, das nenne ich mal einen attraktiven Anblick«, sagt Hal.

Wie die anderen hat er sich nur ein paar Kroketten herausgepickt. Er ist auf Koks, wird mir plötzlich bewusst, während ich mich durch das halbe Sandwich in meinem Mund kaue. Die anderen sind es auch. Darum essen sie nichts. Beecher verzieht sich mit zwei Mädels unter Deck. Ach, von mir aus. Bleibt für mich noch mehr zu essen übrig.

Als mein Mund schließlich leer ist, spüle ich mit Wasser nach und schenke Hal anschließend ein Lächeln. »Ich habe einen gesunden Appetit. Ist das ein Problem?«

Er grinst. »Absolut nicht.«

Ein, zwei weitere Margaritas und mehr seltsame europäische Trancemusik später beginnt die Sonne unterzugehen. Lars verschwindet mit einer der übrigen beiden Mädels, während ihre Freundin auf einer Liege einschläft. Diese Leute hier sind irgendwie schräg, aber ich bin an Stefs durchgeknallten Freundeskreis gewöhnt. Ich kann mir nicht einmal ansatzweise vorstellen, woher die anderen sich kennen.

Hal dreht sich zu mir. »Du solltest dir mal meine Kabine ansehen. Sie ist der Hammer. Mit eigener Bar und allem Drum und Dran.«

»Wirklich«, sage ich ausdruckslos. Wie plump ist das denn? Hals Einladung ist so durchsichtig, dass sie schon fast wieder charmant ist. »Machst du mir dann einen Cocktail?«

»Ja«, sagt er und grinst mich an. »Ja, sicher.«

Wir gehen hinunter in seine Kabine, wo der Luftstrom der Klimaanlage meine von der Sonne aufgewärmte Haut attackiert. Wie man das auf einer Superjacht erwartet, ist die Hauptkabine absurd geräumig und auf Hochglanz poliert, mit einem riesigen Bett, einer großen Sitzlounge, einer Bar und sogar einer Terrasse.

»Wow«, sage ich. »nicht schlecht.«

Hal verschwindet sofort im Bad. Ich glaube nicht, dass ich mit ihm herumknutschen werde. Er hat eindeutig mehr Interesse daran, Drogen zu nehmen, als sich mit mir zu unterhalten.

Vielleicht werde ich Stef wecken, um herauszufinden, wann wir morgen abreisen. Brooklyn scheint plötzlich wahnsinnig weit weg zu sein, und das auf keine gute Art. Diese Jachtszenerie hier finde ich ein bisschen … keine Ahnung, unheimlich. Außerdem liegt mir wirklich daran, mich mit Julia versöhnen. Und auch mit den anderen. Nachdem ich mich nun ein wenig entspannt habe, erscheint mir die Situation zu Hause nicht mehr ganz so katastrophal. Alles wird gut. Es muss wieder gut werden. Richtig?

Hal kommt aus dem Bad geschlurft und reibt sich seine Nase.

»Wie war es im Puderzimmer, mein Lieber?«

»Möchtest du auch?«, fragt er und deutet mit dem Daumen auf das Bad.

Ich schüttle den Kopf. »Ich werde mich jetzt auf die Suche nach Stef machen.«

»Mixt du mir zuerst einen Martini? Stef hat mir erzählt, dass du das am besten kannst.«

»Äh … klar. Warum nicht.«

Ich gehe hinüber an die Bar und greife hoch zu den Martinigläsern im obersten Regal, als ich von hinten hart gegen die Theke gepresst werde und Hal anfängt, meinen Nacken zu liebkosen.

»Hey, mach mal langsam«, sage ich und versuche, ihn von mir wegzustoßen. Ich hasse es, wenn Kerle Gewalt mit Leidenschaft verwechseln. »Hör auf. Das ist mein Ernst.«

»Ich habe eine Überraschung für dich«, flüstert er mir ins Ohr und dreht mich dann langsam um, bis wir uns gegenüberstehen.

Ich sehe nach unten.

Er ist draußen.

In seiner Hand.

Klein, rosa, und erigiert.

O. Mein. Gott.

Hal lächelt mich an, dann seinen Penis. »Möchtest du ihn mal anfassen? Er mag dich.«

Ich lache laut auf. »Nein!«

»Nein?«

»Nein danke.« Nein danke? Wie lehnt man höflich einen erigierten Penis ab? »Nett von dir, dass du mir das anbietest, aber … äh … nein. Lass uns wieder nach oben gehen.«

Hal steckt seinen Penis Gott sei Dank wieder in die Hose, doch als ich mich an ihm vorbeizwängen will, packt er mich, hebt mich hoch, setzt mich auf die Theke, drückt meine Beine auseinander und schiebt mein Kleid hoch.

»Stop«, sage ich. Er küsst trotzdem meinen Hals, während seine Hände meine Oberschenkel betatschen, und das ist jetzt nicht mehr lustig. Hal sieht mir nicht einmal in die Augen, sondern rammelt einfach wild drauflos wie ein unbeherrschter Teenager. »Hal, hör auf. Sofort. Aufhören!«

Ich schubse ihn von mir weg, rutsche von der Theke herunter und quetsche mich an ihm vorbei. Nichts wie raus hier.

»Tut mir leid!«, sagt er. »Angie, hör zu, es tut mir leid, wirklich.«

Ich bleibe mitten im Raum stehen. »Das sollte dir auch leidtun. Herrgott noch mal.«

Hal schnieft. »Hör zu, lass uns einfach offen sein, okay? Wir sind beide erwachsen. Vielleicht bin ich es falsch angegangen. Du bist nämlich anders.«

Ich sehe ihn stirnrunzelnd an. Was meint er damit? Anders als was?

»Lass uns die Grenzen abstecken. Wir köpfen eine Flasche Veuve, setzen uns draußen auf die Terrasse und klären das in Ruhe.«

»Was für Grenzen?«

»Dreitausend, richtig? Das volle Programm, und ich will zuerst einen Blowjob.«

Ich starre ihn an. Wäre ich eine Zeichentrickfigur, würde über meinem Kopf jetzt ein kleines Ausrufezeichen stehen.

»Was?« Hal wirkt überrascht über meine Reaktion. »Scheiße, habe ich mich vertan? Waren es viertausend? Stef hat gesagt …«

In diesem Moment wird mir alles klar.

Ich bin auf einen Schlag nüchtern.

Und.

Ich.

Bin.

Wütend.

7

Ich drehe mich um, marschiere aus Hals Kabine und stürme über das Deck. Ich bin so wütend, dass es sich anfühlt, als würde mein Körper Funken sprühen.

»STEF!«, brülle ich. »STEF, DU MIESES STÜCK SCHEISSE! WACH AUF, VERDAMMT!«

Ich erreiche die erste Gästekabine und trete die Tür auf. Lars und eins der Mädels, die gerade eine Line ziehen.

»STEF! WO ZUR HÖLLE BIST DU?«

Ich trete die nächste Kabinentür auf. Beecher und zwei Mädels, nackt.

»STEF! KOMM RAUS UND ZEIG DICH!«

Ich trete die nächste Kabinentür auf. Leer. Aber ich kann Stefs albernen Strohhut sehen. Dies hier ist seine Kabine. Was bedeutet, dass er inzwischen aufgestanden ist.

Meine Fäuste sind so fest geballt, dass meine Nägel sich in das Fleisch bohren. Als ich die Treppe am Ende des Gangs hochstapfe, begegnet mir der blonde Sonnyboy.

Er sieht mich stirnrunzelnd an. »Alles okay?«

»Nein, nichts ist okay!« Ich drängle mich rücksichtslos an ihm vorbei.

»Kann ich etwas für dich tun?«

»Ja. Halt dich verdammt noch mal von mir fern!«

Ich betrete das Hauptdeck und blicke mich wild um, bis ich Stef entdecke. Er sitzt an der Bar und macht einen völlig normalen Eindruck, während der ziegenbärtige, dealende Steward ihm gerade einen gekühlten Rosé serviert. Ich marschiere direkt zu ihm hinüber.

»Warum zum Teufel hast du mich hierhergebracht, Stef?« Meine Stimme zittert plötzlich. »Hal hält mich für eine verfluchte Nutte!«

»Was für ein hässliches Wort, Angie.« Stefs Stimme klingt noch leiernder als sonst.

»Hast du Hal gesagt, ich sei eine Nutte?«

»Du brauchst Kohle, und Hal braucht eine Frau. Vielleicht war er ein bisschen zu direkt und hat dich aufgeregt, aber komm schon, Angie. Damit musst du doch gerechnet haben.«

»Ich hab verdammt noch mal *nicht* damit gerechnet«, zische ich. »Wie kannst du es wagen! Ich hab dich gefragt, warum wir hier sind, und du hast gesagt: Einfach nur zu unserem Vergnügen, Babe. Du beschissener LÜGNER! Ich dachte …«

»Mani ist öfter mit dir shoppen gegangen, richtig?«, unterbricht Stef mich. Mani? Warum bringt er jetzt plötzlich meinen Ex ins Spiel? Stef hat uns damals miteinander bekannt gemacht, aber … »Ich wette, du hast ein besonders hübsches Geschenk von ihm bekommen, nachdem du das erste Mal die Beine für ihn breit gemacht hast. Und was war mit Jessop? Ein Wochenende in Aspen und ein großzügiger Einkauf im Bergdorf Goodman, der ein paar Riesen gekostet hat, richtig?«

»Das war … Er hat gesagt, das ginge alles auf Kosten seiner Firma. Er … er hat gesagt …« Ich gerate ins Stottern.

»Sex als Gegenleistung für alles, was du dir wünschst.«

»Nein.« Plötzlich kriege ich keine Luft mehr. »So war das nicht.«

»Ach nein? Spielt das überhaupt eine Rolle?«

»Für mich schon. Sie waren beide einfach … großzügig … » Meine Stimme versiegt, als mir bewusst wird, wie lächerlich ich klinge.

»Und ich nehme an, gestern Morgen bist du in einem Hotelzimmer aufgewacht, und neben dem Bett lag ein Batzen Geld.« Stefs Stimme nimmt nun einen unheimlich beherrschten Ton an. »Komm schon, du bist doch ein toughes Mädchen. Und du bist nicht auf den Kopf gefallen. Hast du wirklich geglaubt, du wärst wegen deiner Konversationskünste hier? Hal braucht für das Wochenende eine Freundin. Und du hast zu mir gesagt, dass du Kohle brauchst. Also profitiert jeder davon.«

»Nein …« Meine Stimme ist nur noch ein Flüstern.

In Stefs Augen glimmt kontrollierte Wut, und er spricht nun sehr leise, mit zusammengebissenen Zähnen. »Setz dich einfach hin und reiß dich verdammt noch mal zusammen. Ich hab mir große Mühe gegeben, um für meinen Kumpel Hal diese Party hier zu organisieren. Du blamierst mich gerade.«

Totales Schweigen.

Wir starren uns an.

Plötzlich bekomme ich es richtig mit der Angst zu tun. Ich kenne Stef im Grunde gar nicht, nicht wirklich. Ich habe keine Ahnung, wozu er fähig ist. Und ich bin hier auf mich allein gestellt. Ganz auf mich allein.

Panik steigt in mir hoch wie Gallensäure. Ich taumle ein paar Schritte rückwärts und blicke mich verzweifelt um. Die Sonne versinkt gerade im Meer, und die anderen drei Jachten, die in unserer Nähe geankert hatten, sind verschwunden. Sie sind einfach weg, abgerauscht. Ich habe es nicht einmal mitbekommen! Oder sind wir weiter aufs Meer hinausgefahren? Ich habe nicht aufgepasst.

Sind wir etwa mitten auf das verdammte Meer hinausgefahren? Ich drehe mich um zur anderen Seite und halte verzweifelt nach Land Ausschau.

Da drüben ist es. Gott sei Dank. Jenseits des Hecks kann ich den langen weißen Strand der Grace Bay sehen und die funkelnden Lichter der Hotels in der sanften Abenddämmerung. Wie weit ist die Bucht entfernt? Eine Meile? Eine halbe?

Ich schaue einen Moment zu Stef zurück. Er steht auf und öffnet den Mund, um etwas zu sagen.

Bevor er dazu kommt, sehe ich ihm direkt ins Gesicht und sage: »Fick dich, Stef.«

Dann drehe ich mich wieder um, laufe zum Heck, hole tief Luft und springe.

8

In dem Moment, in dem mein Kopf unter Wasser taucht, fällt mir seltsamerweise der Wunsch ein, den ich vor zwei Tagen hatte. Als ich dachte, mir ginge es so elend im kalten grauen Brooklyn, sehnte ich mich nur noch nach dem herrlichen Gefühl, ins Meer zu tauchen.

Man sollte vorsichtig sein mit dem, was man sich wünscht.

Mein Kleid verheddert sich um meine Beine und behindert mich beim Schwimmen, also streife ich es rasch ab. Dann, nur noch im Bikini, fange ich an, in Richtung Küste zu kraulen.

»Angie!«, höre ich Stef hinter mir auf der Jacht brüllen. »Komm verdammt noch mal zurück, du verrücktes Weib!«

Es hat keinen Sinn, etwas zurückzurufen – ich muss meine Atemluft sparen –, also trete ich kurz auf der Stelle, ohne mich umzudrehen, hebe meine Arme aus dem Wasser und zeige Stef beide Mittelfinger.

Dann kraule ich weiter.

Fick dich, Stef, denke ich, bei jedem einzelnen Zug. Das wirst du mir büßen.

Ich bin nicht gerade der Typ, der regelmäßig Runden um den Fußballplatz dreht, und die obligatorischen Mannschaftssportarten in meiner Schulzeit fand ich stressig, weil ich wirklich unkoordiniert war und meistens vor mich hin träumte und Dinge vergaß, wie zum Beispiel, in welche Richtung ich laufen musste, wenn ich tatsächlich einmal den Ball bekam. Aber Schwimmen ist der perfekte Sport für kreative Einzelgänger. Und ich bin ziemlich gut darin – auch wenn ich betrunken bin.

Alle paar Atemzüge hebe ich den Kopf, um zu schauen, ob ich noch in die richtige Richtung kraule. Ich glaube schon, aber es ist schwer zu sagen. Die Insel ist viel weiter entfernt, als ich dachte. Alles, was ich will, ist, zurück an Land zu kommen, und von dort aus werde ich mich dann schon irgendwie nach Brooklyn durchschlagen. Ich will nach Hause.

Fünf oder vielleicht zehn Minuten später – ich kann es nicht sagen – höre ich eine Stimme hinter mir.

»Hey!«

Ich drehe mich um. Es ist wieder dieser verdammte Matrose, der blonde Sonnyboy, der mich den ganzen Tag schon beobachtet hat. Er sitzt in einem kleinen Schlauchboot. Sie haben ihn losgeschickt, um mich einzusammeln.

»Hau ab!«, rufe ich. »Ich gehe nicht auf das Schiff zurück.«

»Ich bin nicht hier, um dich auf die *Harmatia* zurückzubringen«, ruft er zurück. »Ich bringe dich an Land. Versprochen.«

Für den Bruchteil einer Sekunde ziehe ich es in Erwägung. Aber dann holt mich die Realität wieder ein: Wie oft muss ich mich noch verarschen lassen, bis mir klar wird, dass jeder lügt?

»Ich vertraue bestimmt keinem Matrosen von einer beschissenen Superjacht«, zische ich. »Paddel zurück und sag denen, ich sei ertrunken.«

Er lacht. »Die wissen gar nicht, dass ich hier bin.«

»Warum zum Teufel sollte ich dir glauben?«, sage ich.

»Ich fliege heute Abend zurück nach New York. Lass mich in Ruhe.«

»Heute Abend geht kein Flug mehr nach New York.«

»Dann fliege ich eben nach Chicago und nehme von da aus den verdammten Bus.«

Bevor er darauf antworten kann, hole ich tief Luft und kraule weiter. Vom Reden geht mir nämlich die Puste aus, und außerdem ist es Zeitverschwendung.

Ein paar Minuten später werfe ich einen Blick zurück. Der Kerl ist immer noch hinter mir. Er lässt sich einfach in seinem blöden kleinen Schlauchboot treiben und benutzt das Paddel nur, um an mir dranzubleiben.

Von mir aus.

Meine Arme und Beine werden langsam schwer, aber ich mache keine Pause. Ich schätze, das ist die Strafe dafür, dass ich so unglaublich dämlich war. Dass ich einem Kerl mit der Moral eines Geiers vertraut habe. Dass ich nicht erkannt habe, dass es so was wie ein kostenloses Mittagessen nicht gibt. (Beziehungsweise ein kostenloses Kleid. Beziehungsweise einen kostenlosen Kurztrip nach Aspen. Beziehungsweise einen kostenlosen Einkaufsbummel im Bergdorf Goodman. Beziehungsweise …)

Während ich darüber nachdenke, was ich alles getan habe, sei es aus Versehen oder mit Absicht, aber immer in grenzenloser Blödheit, sammeln sich Tränen in meinen Augen. Die letzten drei Männer, mit denen ich geschlafen habe – Mani, Jessop und mit wem auch immer ich im Soho Grand war –, haben mich für eine Hure gehalten. Beziehungsweise für etwas, das einer Hure ziemlich nahekommt.

Aber ich dachte, sie hätten mich gern. Das habe ich wirklich geglaubt. Ich dachte, ich hätte einfach nur Pech in der Liebe.

Was würden meine Eltern davon halten? Was wäre, wenn mein Vater das wüsste? Wie konnte ich nur so *dumm* sein?

Ich fange an zu schluchzen, und Salzwasser dringt mir in den Mund, sodass ich kurz gezwungen bin, auf der Stelle zu treten, während ich dramatische, erstickte Würgelaute von mir gebe.

Der blonde Matrose/Stalker ist direkt hinter mir. »Hör zu, Angie, so heißt du doch, richtig? Ich heiße Sam, und ich …«

»Bitte, Sam, hau endlich ab!« Ich strenge mich an, so gut ich kann, um normal und tough zu klingen.

Hör auf zu heulen, schimpfe ich stumm mit mir selbst. Du packst das. Gib nicht auf. Schwimm einfach weiter.

Und so kraule ich weiter. Ich konzentriere mich auf das Schwimmen und Atmen und verbanne jeden anderen Gedanken aus meinem Kopf.

»Angie?«, ruft Sam der Matrose wieder. »Alles okay?«

»Und falls nicht, was wirst du dann tun, Sam?«, rufe ich über meine Schulter zurück. »Mich retten? Ich brauche nicht gerettet zu werden. Ich muss nur nach Hause kommen.«

Ungefähr fünfzig bis sechzig Meter vor der Bucht, gerade als die Sonne ganz untergeht, fällt mir das Schwimmen plötzlich leichter. Es hat den Anschein, als würde mir die Strömung helfen. Ich steuere auf eine der kleineren Hotelanlagen zu, in der Hoffnung, dass es sich um eins dieser exklusiven Luxusresorts handelt, wo die Gäste eher unter sich bleiben und keinen Kontakt zu den anderen suchen. Ich habe inzwischen Krämpfe in den Armen und Beinen, und ich bin völlig erschöpft, aber ich mache keine Pause. Ich bin fest entschlossen, es an Land zu schaffen.

Schließlich spüre ich zum ersten Mal Boden unter den

Füßen. Ich drehe mich um und sehe Sam, den blonden Matrosen, der in seinem dämlichen Schlauchboot nach wie vor wenige Meter hinter mir ist. Gott, worauf ist er eigentlich aus? Auf eine Mr.-Perfect-Medaille oder so was?

»Du kannst jetzt verschwinden«, rufe ich ihm zu. »Ich bin in Sicherheit.«

»Ich glaube nicht, dass du schon in Sicherheit bist.«

Ich ignoriere ihn, kraule weiter, bis ich mich mühelos hinstellen kann. Mein Körper ragt mehr als zur Hälfte aus dem Wasser, und ich wate das letzte Stück an den Strand. Dort angekommen, schaue ich wieder zurück aufs Meer. Sam hat schließlich kehrtgemacht, er steuert bereits wieder auf die *Harmatia* zu. Sayonara, nerviger Sonnyboy.

Erst in diesem Moment fällt mir ein, dass mein Pass, meine Klamotten, meine Schuhe und mein Geld – die dreitausend Dollar – in meiner Kabine liegen. O shit, mein Handy! Wie konnte ich das alles auf der Jacht zurücklassen, ohne einen Gedanken daran zu verschwenden?

Scheiß drauf. Ich komme auch so klar. Ich kann jetzt nicht mehr zurück. Mir wird schon was einfallen.

Mit so viel Würde, wie ich vortäuschen kann, stapfe ich durch den Sand auf das Hotel zu. Ich trage nichts weiter als meinen weißen Bikini, aber dies hier ist ein Strandresort, es ist also nicht so, als würde ich fehl am Platz wirken, richtig?

Zwischen Strand und Hotel befindet sich eine auf schäbig getrimmte Beach Bar, in der leise Reggaemusik spielt. Die Szenerie wirkt entspannt, und es stinkt hier förmlich nach Geld. Die Gäste machen vorhersehbarerweise alle einen selbstzufriedenen Eindruck. Die Männer sind ein bisschen zu braun gebrannt, darunter die allgegenwärtigen Dicken, die teure Zigarren qualmen. Die Frauen tragen Tunikas wie auf Ibiza und ihre Haare im Wetlook. In Wahrheit haben sie kein Gel benutzt, sondern eine Intensivkur für die vom Salzwasser und Chlor strapazierten Haare. Und alle blicken in ruheloser Langeweile auf das Meer hinaus, auf die einzige Jacht, die in Sichtweite ist. Die *Harmatia*. Es ist total seltsam, das Schiff aus der Ferne zu sehen, als wäre es ein Spielzeug. Ein dummes kleines Spielzeug.

Bemüht, den Eindruck zu erwecken, als wüsste ich genau, was ich gerade tue, steuere ich die Theke an. »Ich hätte gern eine Coke ... äh ... eine Coca Cola, bitte«, sage ich. »Setzen Sie sie bitte auf die Zimmerrechnung.«

»Zimmernummer?«

»Oh, die habe ich vergessen!« Ich lache fröhlich und versuche, auf charmant zu machen. »Aber mein Freund kommt gleich.«

Der Barmann nickt und serviert mir die Cola in einem eisgekühlten Plastikbecher.

Ich trinke in großen, gierigen Schlucken – ah, süßer Zuckerkick! –, während ich nebenbei den Blick um mich schweifen lasse und hoffe, dass ich aussehe, als würde ich hierhergehören. Ich brauche einen Internetzugang, dann kann ich Pia eine E-Mail schreiben und sie bitten, mir ein Rückflugticket zu besorgen. Vielleicht kann sie mir sogar dabei helfen, einen Ersatzpass zu organisieren ... Gott, ich wünschte, ich hätte in letzter Zeit öfter mit ihr geredet. Pia ist meine beste Freundin, aber ich erzähle ihr nie, was mit mir los ist. Ich weiß nicht einmal, warum nicht. Ich behalte einfach alles immer für mich.

»Hey, darf ich Sie zu einem Drink einladen?«

Ich drehe mich um. Ein dunkelhaariger Mann Anfang dreißig, mit dunkelbraunen Augen, absurd langen Wimpern und einem Bartschatten. Er hat einen Akzent. Südamerikaner, vielleicht auch Spanier, Typ Supermacho, auf diese nette Art, die für Südländer typisch ist.

»Alles gut.« Ich halte meinen Becher hoch.

»Schade«, sagt er. »Alles, was ich mir wünsche, seit ich hier bin, ist, einer blonden Frau in einem weißen Bikini zu begegnen und ihr einen Drink auszugeben.« Er setzt einen traurigen Hundeblick auf.

»Oh, okay. Dann hätte ich gern noch eine Cola.« Und vielleicht übernimmt er auch die erste.

»Ich nehme dasselbe.« Er nickt dem Barmann zu. »Ich bin Gabriel«, stellt er sich vor.

»Angie.«

»Ich würde Sie liebend gern zum Abendessen einladen, Angie. Aber ich muss noch heute zurück nach New York. Meine Schwestern haben irgendeine Schulveranstaltung.«

Ich sehe zwei bockig wirkende Teenies. Die beiden haben langes Haar, tief gebräunte Haut und schreiben hektisch auf ihren Smartphones.

Dann fällt mir etwas ein.

»Ich dachte, heute Abend würde kein Flug mehr nach New York gehen.«

»Ah«, sagt Gabriel und nimmt seinen Colabecher von der Theke. »Na ja, ich habe mein eigenes Flugzeug.«

9

Ein paar Stunden später sitze ich an Bord einer Gulfstream, auf halber Strecke in Richtung New York.

Aus irgendeinem Grund finden diese Geschwister es überhaupt nicht beunruhigend, einen blinden Passagier zurück nach New York zu schmuggeln. Gabriel hat mir eine Jeans und ein Sweatshirt geliehen und seine Schwester Lucia ein Paar flauschige Pantoffeln. Ich gebe ein komisches Bild ab, aber so werde ich wenigstens nicht erfrieren, bis ich wieder zu Hause bin. Gabriel telefoniert seit einer halben Stunde, während die Mädchen und ich es uns in der Sitzecke unter Decken gemütlich gemacht haben, versorgt mit Klatschzeitschriften, Kräutertee und Erdnussbutterkeksen. Die Gesellschaft der Mädchen und ihr Geplauder bewirken, dass ich mich zum ersten Mal an diesem Tag wohlfühle. Es ist fast, als wäre ich zu Hause in unserem Nest.

»Über Bieber bin ich komplett hinweg«, sagt Amada.

Sie ist zwölf, trägt eine Zahnspange, und obwohl sie sehr aufgeblasen daherredet, huscht ihr Blick ständig nervös umher. Es ist hinreißend.

»Quatsch. Bieber war praktisch dein erstes Wort! Du hast bei seinen Konzerten geschrien!«, sagt Lucia, die vierzehn ist.

Lucia ist unglaublich schüchtern, spricht aber mit ihren Geschwistern, als ob sie mich beeindrucken wollte. Ich habe vorhin ihren individuellen Stil bewundert –

sie trägt eine Lederjacke und darüber eine klassische ärmellose Jeansweste, und das Resultat ist unglaublich stylish –, und das hat sie bestimmt zehn Minuten lang zum Erröten gebracht. Gott, um nichts auf der Welt möchte ich wieder ein Teenager sein.

Andererseits, zweiundzwanzig zu sein ist auch nicht gerade ein Vergnügen. Mein Geburtstag rückt viel zu rasch näher. Ich dachte immer, mit dreiundzwanzig würde ich bereits richtig Karriere machen und eine feste Beziehung haben – mit anderen Worten, ein Leben. Ein Leben, zu dem nicht gehört, auf Partys eingeladen und dafür bezahlt zu werden, mit dem Gastgeber zu schlafen.

Denk nicht darüber nach.

»Wo ist eigentlich dein Gepäck?«, fragt Gabriel, der zum ersten Mal seit dem Start zu mir herüberkommt, um mit mir zu plaudern. »Wie kann man nur in einem knappen Stück Stoff verreisen?«

Falls ihr jemals die Gelegenheit habt, jemanden aus Madrid »Stück Stoff« sagen zu hören, kann ich euch das nur empfehlen. Ich zucke mit den Achseln und versuche, einen lässigen Eindruck zu machen.

»Ich nehme an, ich gehöre wohl einfach zu dieser Sorte Frauen.«

»Cool, gelassen und entspannt.«

»Mhm.« Wenn er nur von dem Chaos in mir wüsste. Ich wende mich wieder meiner Zeitschrift zu. »Gibt es jemanden, der Angelina Jolie sympathisch findet? Ich kann diesen Hype nicht so richtig nachvollziehen.«

»Sie ist eine Göttin, eine Ikone«, sagt Gabriel, während er mir über die Schulter schaut. »Eine Ikone, die man verehrt. Sympathie spielt dabei keine Rolle.«

Warum können Spanier sich ungestraft solche Kommentare erlauben?

Ach ja, hier sind die Facts zu Gabriel. Das alles habe ich erfahren, bevor wir das Hotel verließen. Also, Gabriel ist vierunddreißig, gebürtiger Spanier, unverheiratet und kinderlos. Mit fünfundzwanzig hat er seine erste Softwarefirma verkauft. Er pendelt beruflich zwischen New York und dem Silicon Valley hin und her, und er besitzt ein Apartment auf dem Columbus Circle. Im Grunde ist er ein ganz normaler, durchschnittlicher Superreicher. Die Mädchen sind seine Halbschwestern aus der zweiten Ehe seines Vaters mit einer Amerikanerin. Ich habe den Eindruck, die Schwestern wachsen im Wohlstand auf, während Gabriel sich seinen selbst erarbeiten musste.

Gabriel setzt sich nun zu uns und schnappt sich die *Us Weekly*, und für ein paar Minuten lesen wir alle schweigend.

»Hast du Hunger?«, fragt er mich dann.

»Fast immer.«

»Das Hotel hat uns Lunchpakete mitgegeben. Zwar können sie nicht mit dem Avocado-Garnelen-Salat mithalten, den ich immer vom Eden Rock auf St. Barts mitbekomme, aber sie sind auch nicht schlecht.«

Er holt ein paar Sandwiches heraus, die die Hotelküche offenbar für ihn zubereitet hat. Frisch gekochter Fisch auf weichem gebuttertem Weißbrot. Wie die Sandwiches, die ich nur vor wenigen Stunden auf der *Harmatia* gegessen habe.

Plötzlich ist mir der Appetit vergangen. Aber ich nehme mir trotzdem eins und zwinge mich, es ganz zu verdrücken. Die Mädchen fangen währenddessen wieder an zu plappern.

»St. Barts ist öde. Mir gefallen die Turks viel besser.«

»Mir gefällt Antigua am besten.«

»Bloß nicht!«

Sie verstummen schließlich wieder und vertiefen sich in ihre Zeitschriften, während Gabriel sich mit einem kleinen Grinsen zu mir dreht. Ich erwidere sein Lächeln. Seine Haare sind immer noch zerzaust, wahrscheinlich weil er den ganzen Tag am Strand verbracht hat, und er hat ein nettes Gesicht.

»So, wir müssen uns noch einigen, was du mir für diesen Trip schuldest.«

Eine kalte Angst durchzuckt mich. »Was?«

»Ich fliege dich zurück nach New York und schmuggle dich durch die Passkontrolle, und du glaubst, das ist alles gratis?«

Mein Herz schlägt mir bis zum Hals. Heilige Scheiße, nicht schon wieder …

»Als Gegenleistung musst du mich irgendwann zum Essen einladen.«

Oh. Er meint nur ein Essen.

Ich lächle ihn glasig an, bemüht, einen gefassten Eindruck zu machen, während sich meine Gedanken überschlagen.

Was habe ich mir eigentlich dabei gedacht, in nichts weiter als einem Bikini in eine Hotelbar zu schlendern wie ein gottverdammtes Bond Girl, in dem Glauben, dass ich schon irgendwie nach Hause komme? Ich bin Gott weiß wie weit geschwommen und habe dabei die ganze Zeit darüber nachgedacht, wie dumm es von mir war, dass ich mich in so eine schreckliche Situation gebracht habe, und wie schlau von mir, dass ich diesem gottverdammten Sonnyboy, der mir gefolgt ist, nicht getraut habe … Aber wie dumm war es dann erst, direkt dem erstbesten Fremden zu vertrauen, der mir begegnet ist? Nur weil Gabriel seine Schwestern dabeihat, nur weil er einen netten und höflichen Eindruck macht, hatte ich keinerlei Bedenken, in seinen Privatjet zu steigen? Was zum Henker stimmt nicht mit mir?

Ich mache immer wieder dieselben Fehler. Aus diesem Grund hänge ich in dieser absurden, destruktiven Warteschleife fest. Ich treffe grundsätzlich die falschen Entscheidungen. Jedes Mal.

Ich sehe Gabriel an. Noch vor einer Woche hätte ich mich mit ihm eingelassen, bis er mich abserviert hätte. Das weiß ich. Aber jetzt will ich das nicht mehr. Das ist nämlich definitiv nicht das, was ich brauche.

»Tut mir leid, Gabriel, ich wollte keinen falschen Eindruck bei dir wecken. Aber ich bin nicht ... auf der Suche. Äh ... in romantischer Hinsicht.« Interessante Wortwahl.

»Okay«, sagt er mit einem »Wie gewonnen, so zerronnen«-Achselzucken. »Dann möchtest du also einfach nur zurück nach New York und dich verabschieden, und das war's dann?«

Nun bekomme ich ein schlechtes Gewissen. Warum habe ich ein schlechtes Gewissen? Als wäre ich ihm ein Essen schuldig. Als hätte er einen Anspruch auf meine Gesellschaft als Gegenleistung dafür, dass er mich mit nach Hause nimmt. Warum zum Teufel denke ich so? Sex als Gegenleistung für das, was ich mir wünsche. Das waren Stefs Worte. Bin ich wirklich so drauf? Nein, sicher nicht. Ich habe diese Geschenke angenommen, weil ich nie viel Geld zur Verfügung hatte und die Männer schon. Weil ich Kleider und hübsche Sachen mag, und die Männer sie mir gern gekauft haben. Weil ich dachte, die Männer mochten mich, und ich sie wirklich gernhatte, besonders Mani. Und vor allem weil ich dachte, dass ihre Geschenke bedeuteten, dass meine Gesellschaft ihnen etwas wert war.

Ich habe mich getäuscht.

Das war's. Mein Leben hat sich viel zu lange um Männer gedreht.

Ich möchte, dass mein Leben sich um mich dreht.

Ich möchte Single sein. Ich möchte mein Zuhause. Ich möchte einen richtigen Job. Ich möchte meine Freundinnen.

Und wenn ich dreiundzwanzig werde, möchte ich etwas tun, das eine *Bedeutung* hat. Entweder habe ich dann ein Leben, auf das ich stolz sein kann, das ich mir durch meine eigene Leistung verdient habe, oder … oder … oder ich weiß nicht, was.

Dreiundzwanzig ist meine Deadline.

»Und du bist dir ganz sicher, dass du das und nichts anderes willst?«, fragt Gabriel.

Ich sehe ihn an. »Ja, das bin ich.«

10

Nachdem wir gelandet sind, bietet Gabriel mir an, mich mit seinem Wagen nach Hause zu fahren. Er gibt mir seine Visitenkarte, nicht ahnend, dass ich nicht die geringste Absicht habe, ihn anzurufen, und ich bedanke mich bei ihm und seinen Schwestern überschwänglich dafür, dass sie so gute Samariter waren. Sie setzen mich an der Smith Street Ecke Union ab und fahren dann weiter zu Gabriels Wohnung auf dem Columbus Circle, während ich, bibbernd vor Kälte, die letzten paar Meter zu Fuß nach Hause gehe.

Es ist nach Mitternacht. Alle schlafen bereits, und einen Moment lang, als ich in der schwärzer als schwarzen, klirrend kalten Februarnacht die Vordertreppe unseres Hauses hochsteige, kommt mir die sonnenbeschienene Episode auf der Superjacht wie ein Traum vor. Beziehungsweise wie ein Albtraum.

Mit dem versteckten Ersatzschlüssel schließe ich die Haustür auf und atme den warmen, tröstenden Geruch unseres Nests ein. Vanille und Zimt aus der Küche, die Holzpolitur, die Coco für die Möbel benutzt, gemischt mit den Shampoos und Parfüms der fünf Bewohnerinnen und einem eigenartigen Geruch, den ich immer mit alten Tapeten in Verbindung bringe.

Ich war noch nie so glücklich, zu Hause zu sein, wie in diesem Moment.

Minuten später fege ich durch mein Zimmer wie der

tasmanische Teufel aus der Zeichentrickserie. Ich reiße Kleider von den Bügeln, werfe Schmuck aus meinen Schubladen, sammle hektisch Schuhe und Unterwäsche ein, jedes einzelne Geschenk von einem Exfreund, Exlover, Ex... was auch immer. All meine Designersachen, meine teuersten Klamotten ... Nachdem ich nun weiß, warum ich sie bekommen habe, verursacht es mir ein kaltes Angstgefühl tief in meinem Bauch, wenn ich sie anfasse.

Ich bin so dumm.

Wie konnte ich jemals glauben, dass die Männer mich tatsächlich um meiner selbst willen mochten? Ich werde nie wieder einem Mann vertrauen. Nie wieder. Sie sind alle Lügner. Sie lügen und lügen und lügen. Mein Vater lügt, Stef lügt, Mani und Jessop und Marc und, o Gott, jeder von ihnen lügt. Alle sind sie Lügner.

In meinem Schrank befinden sich jetzt nur noch Sachen von H&M und Urban Outfitters und anderen Billigmarken, neben Kram, den ich mir von Annabel geliehen und nie zurückgegeben habe, und Einzelstücken, die ich im Secondhandladen und auf Flohmärkten entdeckt und umgeändert habe, speziell für mich maßgeschneidert. Ich stopfe die ganzen Designerklamotten in eine Tasche, um sie am kommenden Morgen als Spende zu Goodwill zu bringen.

Ich kann es nicht einmal ertragen, das weiße Kleid von meiner Nacht im Soho Grand zu behalten. Es ist von Mani, dem Mann, in den ich wirklich glaubte, verliebt zu sein, dem Mann, der mich zum Essen ausführte und der mit mir redete, als würde ich ihm etwas bedeuten ... Das Kleid wurde mit Bullshit gekauft.

Ich schnappe es mir, gehe damit nach unten und dann aus dem Haus. Draußen werfe ich es in die Mülltonne.

»Vorsichtig, Mädchen, sonst zerbricht noch der Deckel«, sagt jemand.

Ich drehe mich um. Es ist Vic, der alte Knabe, der in der Erdgeschosswohnung lebt. Ich habe ihn seit einer Ewigkeit nicht mehr gesehen.

»Vic! Hey! Was machen Sie denn noch so spät hier draußen?«

»Ich sitze hier einfach nur da.« Vic, in einem alten Mantel, dick vermummt mit Schal und Mütze, hat es sich auf der kleinen Bank vor dem Haus bequem gemacht. Ich kann ihn kaum erkennen, seine Stimme grollt aus der Dunkelheit, als würde das Haus selbst sprechen. »Manchmal schnappe ich gern ein bisschen frische Luft. Und was ist mit Ihnen?«

»Äh … ja, Luft, ich schnappe auch Luft.« Ich weiß nicht einmal, warum, aber plötzlich habe ich das Bedürfnis, Vic mein Herz auszuschütten. »Ich habe einen Fehler gemacht, Vic. Eigentlich gleich mehrere Fehler, gewaltige Fehler, und ich … ich weiß nicht, ob ich mir das jemals verzeihen kann.«

Gott, das klang dramatisch. Pia wäre stolz auf mich.

»Was für Fehler?«

»Ich möchte nicht …« Ich hole tief Luft. »Ich möchte nicht darüber sprechen. Niemals. Mit niemandem. Aber ich weiß auch nicht, ob ich damit allein fertigwerde.«

»Das verstehe ich.« Vic und ich seufzen in die Stille. Meine Atemluft bildet Wölkchen, dabei rauche ich gar nicht. Ich bin es so leid zu frieren. Ich bin den Winter so leid.

Dann redet Vic weiter. »Reue … Sie bringt einen um. Von allen negativen Gefühlen ist Reue das einzige, das sich für immer in der Seele festkrallt.«

Meine Kehle schnürt sich plötzlich zusammen von dem Bedürfnis loszuschluchzen, und Tränen steigen mir in die Augen. Ich zwinkere sie rasch weg. Ich weine nie vor anderen Menschen. Nie.

»Haben Sie versucht, mit Ihren Freundinnen darüber zu reden? Oder mit Ihren Eltern?«

»Nein«, sage ich. »Ausgeschlossen.«

»Sie müssen es loslassen, Mädchen. Sonst werden Sie Ihr ganzes Leben damit verbringen, sich darüber den Kopf zu zerbrechen. Vertrauen Sie mir. Ich weiß das. Und es ist viel einfacher, Probleme loszulassen, wenn man sie mit den Menschen teilt, die man liebt.«

»Aber was, wenn sie mich verurteilen? Was, wenn sie mich dafür hassen?«

»Freunde urteilen nicht. Sie hören einfach zu.«

Das Bedürfnis zu weinen droht mich wieder zu übermannen. »Aber ich habe das Gefühl, als … als würde diese Sache … als würde sie mich nie loslassen. Als hätte sie einen ewigen Abdruck in meiner Vergangenheit hinterlassen. Einen Fleck auf meiner Seele.«

»Nichts ist ewig. Alles ändert sich. Es ist Ihre Entscheidung, ob Sie das als Trost begreifen oder als Enttäuschung. Sobald ein Ereignis in der Vergangenheit liegt, ist es nur noch eine Erinnerung.«

»Eine schlechte Erinnerung.«

»Sicher, manchmal ist es eine schlechte Erinnerung. Es ist Ihre Entscheidung, ob Sie für immer an dieser Erinnerung festhalten oder ob Sie sie vergessen. Sie haben die Kontrolle darüber.«

»Ich habe nie die Kontrolle.« Ich fange an zu lachen, obwohl der Tränenkloß in meinem Hals so groß und klumpig ist, dass es wehtut. »Ich bin von Natur aus außer Kontrolle.«

»Wie gesagt, Sie entscheiden das selbst.« Vic steht auf. »Gute Nacht. Angenehme Träume.«

11

»Stef ist ein mieser Dreckskerl«, sagt Pia. »Ich hoffe, er verreckt in der Hölle!«

»Ich hoffe, er holt sich eine Geschlechtskrankheit!«, sagt Coco.

»Ich hoffe, Hal holt sich eine Geschlechtskrankheit«, sagt Julia.

»Ich kann nicht glauben, dass Hal zu dir gesagt hat, dass sein Schwanz dich mag«, sagt Madeleine.

»Ins Meer zu springen war die beste Idee überhaupt«, sagt Pia.

»Du hast vielleicht ein Glück, dass dieser Typ einen eigenen Privatjet hatte!«, sagt Coco.

»Und deine Eltern werden sich jetzt viel besser verstehen«, sagt Pia.

»Absolut. Kein Streit mehr, keine Probleme mehr. Eine Scheidung ist super!«, sagt Madeleine.

»Ich wünschte, meine Eltern würden sich auch scheiden lassen!«, sagt Pia.

»Single zu sein ist das Beste! Meistens«, sagt Julia.

»Und du wirst im Handumdrehen einen Job in der Modebranche finden. Wer würde dich nicht einstellen?«, sagt Coco.

Sind die Mädels nicht einfach großartig? Es ist so einfach: Vor zwei Stunden bin ich in die Küche gegangen, habe mich dafür entschuldigt, dass ich so ein Albtraum war, habe eine umfassende Beichte abgelegt und im Ge-

genzug Verständnis, Zuneigung und Vergebung erhalten. Das hat mich überrascht, aber so gehen die Mädels immer miteinander um, so gehen sie auch mit mir um. Ich bin ein Teil der Gruppe. Das sollte eigentlich keine Überraschung sein, aber es ist eine.

Na ja, ich habe ihnen nicht *alles* gebeichtet.

Ich habe nichts davon erwähnt, dass ich im Soho Grand neben einem Umschlag mit dreitausend Dollar zu mir kam. Ich kann einfach nicht. Ich habe ihnen von der Jacht erzählt, davon, dass Hal annahm, ich sei eine, die käuflichen Sex anbietet, dass Stef mich in eine Falle gelockt hatte, dass es ein Ausrutscher war, die Kulmination von Pech und falschen Entscheidungen. Das hat die anderen schon genug schockiert. Wenn sie auch noch wüssten, dass ich in den letzten paar Monaten unabsichtlich die Rolle der glücklichen Hure gespielt habe für Mani, Jessop und den großen Unbekannten in dem Hotelzimmer … Nun, ich möchte mir ihre Reaktionen lieber nicht ausmalen. Wie könnten sie mich nicht dafür verurteilen? Ich verurteile mich ja selbst dafür.

Ich erzählte ihnen weiter, dass meine Eltern sich scheiden ließen. Und auch von meiner Arbeitslosigkeit und meinen Geldsorgen, sprich: dass ich pleite bin.

Es tut mir leid, dass ich mit dem Wodka so übertrieben habe, sagte ich und sah nacheinander jeder in die Augen. Ich weiß, ich war unzuverlässig und unberechenbar. Und eine schlechte Mitbewohnerin. Das tut mir sehr leid. Ich schätze, ich war ziemlich daneben und habe mich dementsprechend verhalten. Ich werde mich von nun an ändern. Versprochen. Ja, das alles sagte ich.

Und dann fingen alle gleichzeitig an zu reden. Es war eine wahre Orgie an seelischer Unterstützung, ein richtiger Bestätigungsexzess.

Genau wie Vic mir letzte Nacht erklärt hatte, fühlte ich mich von dem Moment, in dem ich meine Probleme mit den anderen teilte, besser. Dieses kalte Gefühl in meiner Seele begann zu tauen. Ich fühlte mich leichter, als wäre die Last, die mich in den letzten paar Wochen niedergedrückt und davon abgehalten hatte zu lachen, auf magische Weise verschwunden. »Geborgen« ist der richtige Ausdruck, denke ich. Ich fühlte mich geborgen.

Wer hätte geahnt, dass es sich so gut anfühlt, sich auszukotzen? Ich meine, ich habe früher auf dem Internat diese ganzen unvermeidlichen, tiefschürfenden, bedeutungsvollen, spätabendlichen Mädchengespräche gehasst. Kennt ihr die auch? Alle futtern Süßigkeiten, und eine aus der Runde erzählt von ihren Eltern und eine andere von ihrem gewalttätigen Freund und wieder eine andere von ihren Figurproblemen und die Nächste von was zum Teufel auch immer, und am Schluss nehmen sich dann alle in den Arm, und die Bulimiekranke schleicht sich davon, um zu kotzen. Ich war zu diesen Gesprächen nie wirklich eingeladen. Aber ich war im Schlafsaal, wenn sie stattfanden.

Egal. Jedenfalls traten Coco während meiner Beichte Tränen in die Augen, Madeleine runzelte die Stirn, Pia keuchte erschrocken, und Julia ballte die Fäuste und murmelte immer wieder: »Diese Wichser …«

Eigentlich hätte es mir am leichtesten fallen müssen, mich Pia zu offenbaren. Schließlich kenne ich sie seit meiner Geburt. Aber irgendwie hatte ich vor ihrer Reaktion am meisten Angst. Ich habe Pia bisher nie wirklich mit meinen Problemen belastet, vielleicht weil sie immer ihre eigenen Krisen hatte, vielleicht weil meine Eltern nicht gerade die Setz-dich-mal-zu-uns-Typen sind. Ich habe immer alles für mich behalten. Sich jemandem anzuvertrauen, fühlte sich an wie, keine Ahnung, wie Jammern, wie ein Hilferuf, wie ein Eingeständnis, dass ich mit meinem Leben nicht zurechtkam, dass ich schwach war. Die einzige Alternative schien mir daher zu sein, meine Geheimnisse für mich zu behalten … Na ja, meine Geheimnisse für mich zu behalten, mich zu betrinken und auf die falschen Männer reinzufallen.

Dass ich meine Freundschaft mit Pia habe schleifen lassen, ist genauso sehr meine Schuld wie ihre, wird mir schließlich bewusst. Vielleicht eher sogar meine Schuld. Wie kann sie für mich da sein, wenn ich ihr nie sage, dass ich sie brauche?

»Das war's dann also«, sage ich abschließend. »Ab heute werde ich einfach Single bleiben und mich auf meine berufliche Laufbahn konzentrieren. Mir einen verdammten Job besorgen.«

»Nein, wirst du nicht«, widerspricht Julia. »Heute ist Samstag. Du kannst dir am Montag einen verdammten Job besorgen. Heute leistest du Wiedergutmachung für die Sache mit dem Vorhang, indem du mit uns zum Smorgasburg kommst.«

»Geht ihr alle hin?« Ich möchte nicht allein sein, nicht wenn ich so viel nachzudenken habe. Und versuchen muss, nicht darüber nachzudenken. »Pia? Sogar du?«

»Ja. Aidan kommt erst heute Abend aus San Francisco zurück, wo er gerade geschäftlich ist«, antwortet sie. »Auf dem Smorgasburg gibt es heute eine Vorsommer-Preview. Ich werde dort ein bisschen Betriebsspionage betreiben.«

»Sie meint, sie will sich die Konkurrenz näher ansehen«, erklärt Julia einer verwirrten Coco. »Wir dagegen gehen wegen der Kerle hin.«

»Hat das SchlankMobil etwa keinen Ehrenplatz auf dem Smorgasburg?«, sagt Madeleine mit gespielt bekümmerter Miene.

»Anscheinend können meine Salate nicht mit handgemahlenem Zeitgeistfeinschmeckersenf mithalten«, erwidert Pia spöttisch, aber ich sehe ihr an, dass es sie wurmt. »Lasst uns also Wachtelei-Quiche und Banane-Cheddar-Frühlingsrollen und mit Feigen gespickte Mozzarellabällchen und den ganzen abgefahrenen Mist kosten.«

»Und ein paar Typen kennenlernen!«, ruft Julia fröhlich. »Heute ist nämlich Lern-einen-Kerl-kennen-Tag! Angie, bist du dabei? Gimme five! Mach schon!«

Ich stehe nicht so darauf, andere abzuklatschen, aber Julia zwingt mich dazu.

»So. Fühlt sich das nicht gut an? Als Nächstes üben wir Umarmungen.«

Ich lache laut auf und spüre plötzlich Endorphine durch meinen Körper strömen. Lachen! Wer hätte gedacht, dass es sich so gut anfühlt? Scheiß drauf, warum nicht mit den Mädels losziehen und ihnen dabei helfen, Kerle kennenzulernen? Das wird mich ablenken von … allem.

Der Smorgasburg ist ein wöchentliches Open-Air-Festival im Brooklyn Bridge Park am Pier 5. In der Absicht, so viele Geschmackserlebnisse wie möglich zu sammeln, haben wir uns bis Mittag gebratene Sardellen, pikante Hackfleischnudeln, Hähnchen mit Waffeln, Chili-Mozzarellabällchen, einen unter karamellisierten Zwiebeln begrabenen Hotdog, ein gebuttertes Porchetta-Sandwich, ein Hummerbrötchen, Teriyaki-Nudeln mit Garnelenbällchen und ein Basilikum-Himbeereis am Stiel geteilt. O ja, hier gibt es in der Tat abgefahrene Gaumenfreuden zu erleben.

Julia und ich sind mit Abstand die begeistertsten Esser. Madeleine ist wählerisch und beschnuppert zuerst alles misstrauisch, bevor sie ein winziges Stück probiert, und Coco starrt sehnsüchtig auf die Köstlichkeiten. Sie redet viel darüber, aber rührt kaum etwas davon an. Unter uns gesagt, ich glaube, Coco entwickelt langsam ein Heimlich-und-mit-schlechtem-Gewissen-Essverhalten, nachdem ich sie schon mehrmals mitten in der Nacht dabei erwischt habe, dass sie sich mit Cheerios vollstopfte. Und Pia runzelt bei jedem Bissen nachdenklich die Stirn und macht sich anschließend Notizen. Anscheinend nennt man das »Konkurrenzanalyse«.

»Ich könnte etwas mit Basilikum und Himbeeren machen, falls das wirklich der nächste große Hit wird«, murmelt sie vor sich hin. »Aber, *merde*, da müssen auch noch ein paar Proteine rein. Bloß was? Fettarmer Feta vielleicht? Ricotta? Wäre Hühnchen zu aufdringlich?«

»Weißt du noch, früher, als man mit Pia Spaß haben konnte?«, sagt Julia zu mir, während sie einen gigantischen Bacon-Donut mit Ahornglasur an mich weitergibt.

»Ich glaub schon«, sage ich und beiße von dem Donut ab. »Wow, der ist lecker … War das dieselbe Pia, die alle Probleme im Leben mit Captain Morgan behandelte? Dieselbe Pia, die nun ständig an ihrem iPhone hängt und Sachen sagt wie ›Lasst uns in Aktion treten‹?«

»Genau! Oder ›Gebt mir bis zum EOP Rückmeldung‹!«

»Was zum Teufel bedeutet EOP?«

»Genau!«

»Habt ihr euch verbündet, um euch über mich lustig zu machen?«, fragt Pia mit hochgezogenen Augenbrauen. »Meinetwegen. Ist mir egal, solange ihr euch wieder vertragt.«

»Vertragen wir uns wieder, Süße?«, fragt Julia. »Darf ich dich Süße nennen?«

Ich sehe sie streng an. »Für dich *Sir* Süße.«

Julia kichert und verschluckt sich prompt an einem Stück Glasur, wodurch sie einen seltsamen Laut von sich gibt, halb Quaken, halb Bellen, und ich muss heftig lachen.

»Was ist so lustig?« Pia klingt verärgert. Als dürften Julia und ich keine Insiderwitze haben.

»Julia«, japse ich. »Sie hat sich an der Glasur verschluckt.«

»Das klingt wie ein Euphemismus«, sagt Julia.

»Du meinst wie … er hat mir den Mund glasiert?«, erwidere ich. »Mmm, glasier mich, du Hengst …«

Julia kreischt vor Lachen. Pia rollt mit den Augen.

»Entschuldigung, aber Männer sind hier Mangelware«, sagt Coco und blickt sich traurig um.

Ach ja. Das hätte ich fast vergessen. Heute ist ja Lerneinen-Kerl-kennen-Tag.

Ich lasse kurz den Blick über das Gelände schweifen. Darauf tummeln sich Hunderte von Menschen, aber Coco hat recht. Hipster-Mädchen, junge Familien, ältere väterliche Typen und verwirrte Touristen – dies hier ist kein lohnendes Jagdgebiet für Singlefrauen. Dafür braucht man zwei oder drei Männer ohne Begleitung, die zu einem Flirt bei einem Drink aufgelegt sind. Beziehungsweise in diesem Fall bei einem Bio-Sauerteig-Sandwich mit bei Niedrigtemperatur gegartem Schweinefleisch aus eigener Aufzucht.

»Ihr könntet die Verkäufer anquatschen«, schlage ich vor.

Madeleine lacht. »Ach, die sind doch alle von ihrer Arbeit besessen, wie die ganze Gastroszene in Brooklyn.«

Ich werfe einen Blick zu Pia, um zu sehen, ob sie das gehört hat, aber sie ist zu beschäftigt damit, sich Notizen zu machen. Was hat es mit Madeleine und ihren abfälligen Kommentaren auf sich?

»Der Typ da drüben ist ganz süß«, sagt Julia. »Seht ihr ihn? Direkt neben dem Mädel mit dem Hut?« Wir schauen alle hinüber. »Nicht so auffällig! Herrgott, Leute! Oh Mist, jetzt küsst er sie. Was für ein Blödmann.«

Wir seufzen alle in solidarischer Enttäuschung.

»Ich denke, das Manko an dem Lern-einen-Kerl-kennen-Plan ist, dass ihr einen Vorwand braucht, um die Typen anzuquatschen«, sagt Madeleine. »Zum Beispiel so was wie ein Hobby, um mit ihnen ins Gespräch zu kommen. Vielleicht solltet ihr einen Kochkurs belegen oder so.«

»Klar. Weil alle heißen Singlemänner sich brennend für Kochkurse interessieren«, bemerkt Pia trocken.

»Ich habe es nicht so mit Kursen. Und das Manko am Lern-einen-Kerl-kennen-Tag ist, dass wir die Sache angehen, als wäre es eine Exkursion in den Männerzoo«, sage ich. »Schließlich sind Männer keine wilden Tiere, die darauf warten, begafft zu werden.«

»Nein, das Manko am Lern-einen-Kerl-kennen-Tag ist, dass es praktisch unmöglich ist, in nüchternem Zustand einen Mann anzuquatschen«, sagt Pia. »Ihr wisst schon, außer man arbeitet zusammen oder ist religiös oder so.«

»Wohl wahr. Alkohol ist ein soziales Schmiermittel«, sage ich. »Er sorgt dafür, dass alles ein bisschen besser flutscht.«

»Iihh, widerlich.« Madeleine rümpft die Nase.

»Du bist ein empfindliches Blümchen, stimmt's?«, sage ich. Und ein böses Lästermaul, füge ich nicht hinzu.

Mein Handy klingelt. Ich werfe rasch einen Blick darauf. Es ist Annabel, meine Mutter. Aber ich werde nicht mit ihr reden, bevor Dad mich nicht angerufen und mir die ganze Geschichte erklärt hat. Also schalte ich das Handy fix stumm.

»Verzeihung?«, fragt jemand. Wir drehen uns alle um. Ein Mann! Speckig, nicht ganz bewandert in der Kunst der sauberen Rasur, aber nichtsdestoweniger ein Mann. »Ich wollte euch fragen, ob ihr wisst, wo es hier den Schwartemagen gibt. Einer meiner Twitter-Follower meinte, der Stand müsste hier sein, aber wir können ihn nicht finden.«

»Schwartemagen?«, wiederhole ich. »Das klingt …«

»… verdammt ekelhaft«, vollendet Julia. »Was ist das denn?«

»Das ist eine Sülze aus den Teilen vom Schwein, die sonst keiner essen möchte. Kopf, Füße, Speckschwarte, Ohren …«

Wir starren ihn alle völlig entsetzt an.

»Ich glaube, mir wird schlecht«, raune ich Julia zu.

»Und ich hoffe, dass mir schlecht wird«, raunt sie zurück. »Ich muss von den Garnelenbällchen ständig aufstoßen.«

Coco ist fasziniert. »Wow! Bist du Koch?«

»Nein, ich schreibe für einen Food Blog. Er heißt ›Die hungrigen Geekster‹! Ihr müsst meine Mitblogger kennenlernen, Augenblick …«

Wir drehen uns alle um, während zwei Kerle – der eine groß und nicht ganz schlank, der andere klein und gedrungen – zu uns herüberkommen. Sie sehen ganz passabel aus, und sie machen einen freundlichen Eindruck. Einen Moment lang scheint es, als würde aus dem Lern-einen-Kerl-kennen-Tag doch noch was werden.

Dann fangen sie an zu reden.

Normalerweise mag ich Geeks irgendwie. Früher im Internat habe ich oft mit ihnen herumgehangen. Man kann sie schnell zum Erröten bringen, sie sind klug, sie lassen einen beim Frühstück neben sich sitzen. Aber das hier sind Geeks von einer anderen Sorte. Großstadt-Geeks. Langweilige Besserwisser mit einem Überlegenheitskomplex, die keinem Blickkontakt standhalten und nur untereinander reden, an uns vorbei. Vielleicht haben sie ein leichtes Asperger-Syndrom – hey, ganz ehrlich, das ist nicht unwahrscheinlich –, oder vielleicht hatten sie im wirklichen Leben einfach nie groß Kontakt zu Menschen mit Brüsten. Wie dem auch sei, jedenfalls langweilen sie mich.

»… und weißt du noch, Gary, das eine Mal, als du Aal in Aspik hattest?«

»Der war super! Das hat geschmeckt wie Bachforelle, die in Vaseline gekocht wurde.«

»Du bist so ein Feinschmecker! Das war bis heute unser erfolgreichster Blog-Eintrag.«

Coco ist die Einzige, die die drei immer noch hoffnungsvoll anlächelt. Madeleine schreibt verstohlen eine SMS. Pia murmelt was von Notizen und schlendert weiter. Julia schenkt mir einen »Schaff mich bloß von hier weg«-Blick. Ihr kennt diesen Blick: ein Starren, das sich zu einer Art Stieren mit weit aufgerissenen Augen entwickelt und dann wieder zu einem Starren wird. Zeit, das Kommando zu übernehmen.

Ich klatsche in die Hände, in der Hoffnung, dass mir das Autorität verleiht. »Okay, Jungs, es war schön, aber für uns wird es Zeit, nach Hause zu gehen, bevor wir uns noch in Kürbisse verwandeln.«

»Es ist erst halb drei«, sagt der speckige Geek.

»Außerdem glaube ich, es war Cinderellas Kutsche, die

sich in einen Kürbis verwandelt hat, und nicht Cinderella selbst«, sagt der Kleine.

»Ja, klar.« Ich stecke mir eine Zigarette zwischen die Lippen und schlendere davon. Die Mädels folgen mir. »Warum muss eigentlich immer ich die böse Zicke spielen?«, murmle ich.

»Na ja, das scheint dir im Blut zu liegen«, sagt Julia, und wir fangen beide wieder an zu lachen.

Ich glaube, Coco und Madeleine haben dieses leicht deprimierte Gefühl, das sich einstellt, wenn man sich erhofft hat, dass etwas Bestimmtes das Highlight des Wochenendes sein wird, und es sich dann als das totale Gegenteil entpuppt. Aber während wir an diesem frostigen Nachmittag nach Hause marschieren, haben zumindest Julia und ich unseren Spaß.

»Du hast einen echt coolen Gang, weißt du das? Ganz lässig, wie ein Cowboy«, sagt Julia.

Ich ziehe eine Augenbraue hoch. »So als hätte ich einen Schwanz?«

Sie lacht schallend. »Nein! Du wirkst einfach ... als würde dir die Welt gehören.«

»Ha.« Wieder so eine Sache über mein Äußeres, die sich nicht mit meinem Inneren deckt. »Tut mir leid, Jules, dass der Lern-einen-Kerl-kennen-Tag nicht funktioniert hat.«

Sie zuckt mit den Achseln. »Ich habe schon seit einer Ewigkeit keine neuen Männer getroffen. Weißt du, was wir brauchen? Ein paar Typen, mit denen uns eine platonische Freundschaft verbindet. Über die würden wir ständig neue Singlemänner kennenlernen«, sagt sie nachdenklich. »Nur Kerle kennen Kerle.«

»So was wie Kerle-Dealer?«, sage ich.

»Ja, genau! Kerle-Dealer. Beziehungsweise Zuhälter.«

Ich zucke zusammen. Scheiße. Stef ist ein Zuhälter, nehme ich an. Ein Gelegenheitslügner aus reichem Haus und ein Edelzuhälter mit einer »Er braucht eine Frau, du brauchst Geld«-Mentalität, ohne Springmesser und ohne nebenbei mit Meth zu dealen, aber nichtsdestoweniger im Prinzip ein Zuhälter. Ich habe den ganzen Tag versucht, nicht daran zu denken, dass ich gestern um diese Zeit auf der Jacht war, beziehungsweise daran, was ich dort erlebt habe …

»Sorry«, sagt Julia leise. »Das war nur Quatsch.«

Ich lächle sie an. Mann, Julia ist wirklich eine nette Person.

»Schon okay«, sage ich. Und auf einmal ist es auch okay. Es ist passiert, und nun ist es Vergangenheit. Ich muss es loslassen, wie Vic gesagt hat. Oder es zumindest versuchen.

Coco schließt hüpfend zu uns auf. »Warum sind wir gegangen? Ich fand die Jungs sympathisch!«

»Coco, du fandest nur den Umstand sympathisch, dass sie männlich waren. Setz dir höhere Ziele«, erwidert Julia.

»Harsche Worte«, sage ich, als ich sehe, dass Cocos Gesicht lang wird, bevor sie wieder ihr übliches »Alles bestens!«-Lächeln anknipst.

»Ja? Ich wollte gar nicht harsch klingen. Coco, Schatz, wenn du das nächste Mal beschließt, jemanden aufrichtig sympathisch zu finden, werden wir alle hundertprozentig hinter dir stehen, versprochen. Stimmt's, Angie?«

»Sicher«, sage ich. »Ich werde dann seinen Namen auf ein T-Shirt drucken lassen mit einem I und einem Herz davor.«

Coco versucht, sich flapsig zu geben. »Tja, ich werde wohl nie einen Mann kennenlernen. Ich arbeite in einem

Kindergarten. Mein Job ist der männerunfreundlichste Job der Welt.«

»Und was ist mit den ganzen heißen Daddys?«

Pia klinkt sich nun endlich in die Unterhaltung ein, obwohl sie nebenher noch eine SMS schreibt. An Aidan, wette ich.

»Ist das dein *Ernst*? Die sind schon alt. Und verheiratet.«

»Könnt ihr euch vorstellen, verheiratet zu sein und Kinder zu haben?«, fragt Julia. »Im Moment denke ich, es wäre einfacher, Russisch zu lernen.«

»Wenn ich mich richtig anstrenge, könnte ich Russisch innerhalb von sechs Wochen lernen«, sage ich. »Aber in sechs Wochen einen Mann finden, der mich um meinetwillen mag? Keine Chance.«

»Mangelt es dir an Selbstachtung?« Julia zupft liebevoll an meinem Pferdeschwanz.

»Nein, das nicht«, erwidere ich. »Aber ich weiß einfach, was die Männer in mir sehen. Und das ... bin nicht ich.«

Julia ist einen Moment still und wird plötzlich ganz ernst. »Ich weiß genau, was du meinst. Manchmal denke ich, ich würde sogar einen Welpen treten, wenn ich dafür ein interessantes Gespräch mit einem gut aussehenden Mann führen könnte, der mich zufällig auch attraktiv findet.«

Wir gehen schweigend weiter, während Julias Worte in meinem Kopf widerhallen.

Ein interessantes Gespräch mit einem Mann ...

Wisst ihr, ich kann mich nicht einmal erinnern, wann ich das letzte Mal mit einem Mann geredet habe. Also *richtig* geredet.

Nehmen wir zum Beispiel die Männer, mit denen ich zusammen war (O bitte! Dann eben *quasi* zusammen) –

Mani, Marc, Jessop, Hugh, die Jungs, die ich am College kennengelernt habe, in Kneipen, im Urlaub … Mein ganzes Leben lang war es immer dasselbe.

Sie reden, und ich höre zu. Sie machen Witze, und ich grinse. Ich gebe nie etwas von mir preis, ich vertraue ihnen nie genug, um ihnen zu zeigen, wer ich wirklich bin oder wie ich wirklich denke, also ist es nur Jagd, Flirt, Party … und Sex. Der sowieso immer scheiße ist. Die Art von Sex, bei dem mir hinterher unerklärlicherweise nach Heulen zumute ist und ich mich allein ins Bad verziehe und in den Spiegel schaue und mich frage, was zum Teufel ich hier gerade mache und warum ich mich innerlich leer fühle. Sorry, das klingt dramatisch, ich weiß. Aber es ist wahr.

Und dann, am nächsten Morgen, wache ich neben ihnen auf und fühle mich einsamer denn je. Aber ich bleibe bei ihnen in der Hoffnung, dass sie beim nächsten Mal versuchen werden, den Panzer zu durchdringen, den ich im Laufe der Jahre um mich herum aufgebaut habe. Dass sie plötzlich sehen, wie ich *wirklich* bin, und dass ich sie *verstehe*, eine Verbindung spüre. Eine echte Verbindung.

Natürlich passiert das nie. Warum sollte sich ein Mann die Mühe machen, mich richtig kennenzulernen? Also gebe ich mich schnippisch und cool und tough, und schließlich lassen sie mich sitzen, und ich höre nie wieder etwas von ihnen. Sie löschen mich sogar als Facebook-Freundin. Als hätte es keinen Sinn, weiter in Kontakt zu bleiben. Als wäre ich austauschbar.

Kein Wunder, dass mir dieser Moment vor dem ersten Kuss so sehr gefällt. Weil das der Moment ist, in dem immer noch die Chance besteht, dass es dieses Mal eine Bedeutung hat. Dass ich jemandem begegnet bin, der mein

Vertrauen verdient hat, jemandem, dem ich mein wahres Ich zeigen kann. Dass es ein Happy End gibt.

Nie wieder. Niemals. Ich werde Single bleiben. Für immer. Ich werde mich von allen Männern fernhalten. Besonders von reichen Söhnen und Lügnern.

Und ich werde einen Job in der Modebranche bekommen.

12

Ich werde nie einen Job in der Modebranche bekommen.

Ich habe in der letzten Woche alles versucht. Ich habe täglich die *Women's Wear Daily* gecheckt, mit den einschlägigen Personalagenturen gesprochen und jede Homepage, jede Anzeigenseite durchforstet, die mit Mode zu tun hat. Ich habe mich wieder online bei all meinen Lieblingsateliers in Manhattan beworben, nur für den Fall, dass meine Unterlagen damals, als ich nach New York kam, untergegangen sind. Ich habe den Leuten erklärt, dass ich es liebe, Kleider zu entwerfen, habe gefragt, ob jemand eine Nachwuchsdesignerin brauche, eine Assistentin, eine Rezeptionistin, ein Kaffeemädchen, eine Schuhpoliererin, irgendwas.

Nichts.

Ich habe alle netten Leute kontaktiert, die ich durch meine Exchefin, die Lebensmittelfotografin, genannt »Die Zicke«, kennengelernt hatte. Ich habe Cornelias Lieferanten durchtelefoniert, bei denen ich früher Modellkleider angefordert habe, wenn Cornelia mal wieder zu einer Galaveranstaltung eingeladen war. Ich habe gefacebookt, gemessagt, getwittert, telefonisch nachgehakt, wieder und wieder.

Nichts.

Ich habe nach einem Praktikum gefragt, aber die Plätze sind schon Monate oder sogar Jahre im Voraus vergeben, und das Problem ist, dass man dafür nicht bezahlt wird, und ich brauche *Geld*. Ich schließe daraus, dass alle Praktikanten in dieser Stadt entweder noch zu Hause bei ihren Eltern wohnen oder einen großzügigen Unterhalt bekommen, der es ihnen ermöglicht, sich in New York eine Unterkunft zu leisten und, ihr wisst schon, was zu essen. Was bedeutet, dass nur Kinder reicher Eltern einen Praktikumsplatz in der Modebranche erhalten und somit die ersten und bestqualifizierten Anwärter für die begehrtesten Jobs sind. Findet ihr das übrigens nicht auch ziemlich bescheuert? Sollten nicht die Fleißigsten und Talentiertesten die besten Jobs kriegen? Mit Anfang Zwanzig kommt es einem manchmal so vor, als würden in New York nicht die Stärksten überleben, sondern die Reichsten.

Also bewarb ich mich als Verkäuferin in meinen Lieblingsdesignerläden. Wenn man in einer Marc-Jacobs-Boutique arbeitet, muss man zwangsläufig irgendwann dem Meister persönlich begegnen, richtig? Gestern habe ich wieder den ganzen Tag damit verbracht, die Luxusboutiquen abzuklappern. Ich habe Formulare ausgefüllt und meinen perfekten, von Julia abgesegneten Lebenslauf abgegeben und so viel gelächelt, dass mein Gesicht abends wehtat.

Nichts.

Einen Job zu bekommen ist das Einzige, womit ich mich während der letzten Woche beschäftigt, das Einzige, worauf ich mich konzentriert habe. Immer wenn meine Gedanken zu Stef und Hal und der Jacht und allem anderen zurückschweifen, zwinge ich mich, nach vorn zu blicken.

Besorg dir einen Job. Besorg dir ein Leben.

Aber ich komme kein Stück voran. Ich scheitere immer wieder.

New York City erteilt mir eine Abfuhr.

Heute war es kalt und regnerisch, ein typischer Märztag. Also habe ich mich in mein Zimmer verkrochen, in meinen Liebesromanen geschmökert, gezeichnet und genäht. Nachdem ich neulich all meine Designersachen rausgeworfen habe, prangt in meinem Schrank nun ein großes Loch, und im Moment kann ich es mir natürlich nicht leisten, shoppen zu gehen. Also habe ich beschlossen, meine billige Grundausstattung herzunehmen und sie interessanter zu gestalten. Ich habe zum Beispiel an sämtlichen Blusen und T-Shirts die Ärmel abgetrennt. Ja, draußen ist es nach wie vor arschkalt. Und ja, ich hätte vorher ein bisschen genauer darüber nachdenken sollen. Jedenfalls, als Julia mich vorhin in meinem Zimmer Trübsal blasen sah (»Bist du krank? Komm lieber zu uns runter!«), schlug sie mir vor, die Mädels zusammenzutrommeln, um »gemeinsam eine Lösung zu erarbeiten«. Pia ist natürlich nicht da. Sie ist bei Aidan.

Aber das ist okay. Ich sitze in unserer warmen, behaglichen Küche, esse eine Pizza vom Bartolo's und trinke Wein, während es draußen regnet.

»Was zum Teufel ist das denn? Ich habe dreifach Peperoni bestellt, aber das hier ist höchstens doppelt Peperoni«, meckert Julia, während sie ihre Pizza begutachtet.

»Ich glaube, dafür ist mehr als genug Salami drauf«, sagt Madeleine, den Mund voller Spinat und Ricotta.

Julia seufzt. »Ich glaube auch.« Sie sieht mich an. »Pizza, Angelface?«

Ich grinse sie an und nehme mir ein Stück. Es gibt auf der ganzen Welt keinen einzigen Ort, wo ich im Moment lieber sein möchte als hier.

»Ich weiß nicht, wann ich mit dem Weintrinken angefangen habe, aber ich habe Gefallen daran gefunden«, sagt Julia. »Wein schmeckt einfach so verdammt kultiviert.«

»Ich habe ungefähr zu der Zeit mit dem Weintrinken angefangen, als ich meine erste Periode hatte«, sage ich.

Julia lacht. »Weißt du, normalerweise würde ich jetzt denken, das war ein Witz, aber dafür kenne ich dich inzwischen zu gut. Ich habe früher immer Malibu mit Milch getrunken, ungefähr bis ich …«

»Zweiundzwanzig war«, fällt Madeleine dazwischen.

Julia zeigt ihr den Stinkefinger.

»Ich durfte früher zum Abendessen verdünnten Wein trinken«, sage ich. »Annabel fand das erwachsen, europäisch.«

»Nun, dann bin ich froh, dass der Schuss für sie nicht nach hinten losging«, bemerkt Madeleine bissig.

Ich bin mir nicht sicher, was sie damit meint, aber bestimmt nichts Nettes.

»Okay, was ist der neueste Stand in Sachen Jobsuche?«, fragt Julia mich.

Die anderen heben den Kopf und warten auf meine Antwort. Es fühlt sich seltsam an, aber irgendwie auch nett, im Mittelpunkt der Gruppe zu stehen. Bisher taten das nämlich immer nur Julia, die Laute, oder Pia, die Dramaqueen. Ich war eher diejenige, die mit einem Drink und einer Zigarette irgendwo am Rand saß und Kommentare einstreute.

»Helmut Lang, A.P.C., 3.1 Phillip Lim, Opening Ceremony, Rag & Bone, Acne, Maje, Sandro, Alexander Wang, Marc Jacobs, Steven Alan, Intermix, Scoop …« Ich zähle alle Namen an meinen Fingern ab, während ich mein drittes Stück Pizza kaue. »Ich habe mich bei allen beworben. Nicht einmal für die Ateliers, sondern nur für die Boutiquen! Aber die nehmen nur Leute, die bereits Erfahrung im Verkauf oder im Modebusiness haben.«

»Also Plan B«, sagt Julia.

»Das war Plan B! Plan A war, einen Job als Designerin zu bekommen! Plan B war, demütig zu werden. Von ganz unten anzufangen …« Ich seufze und lasse den Blick über die Tischrunde schweifen. »Aber ich bin nicht einmal für ganz unten qualifiziert. Ich bin irgendwo unter dem Meeresspiegel.«

»Versuch es einfach weiter«, sagt Julia. »Madeleine, wenn du nicht deinen Mann stehst und dieses verdammte Stück Pizza ganz aufisst, werde ich nie wieder mit dir reden.«

Madeleine nimmt ihre halb verzehrte Pizzaecke und beißt ein winziges Stück davon ab. »Hör zu, Angie, es ist nicht so, als wärst du die Einzige, die gerade eine Stelle sucht. Der Arbeitsmarkt ist momentan ein Albtraum. Erinnerst du dich an den Artikel in der *Newsweek*? Wir sind die Generation Gearscht.«

»Und was soll aus uns werden? Was passiert mit der Generation Gearscht? Mit den College-Absolventen, die keinen Job bekommen?« Ich blicke in die Runde. »Jetzt mal ernsthaft: Was, wenn wir *nie* einen Job bekommen? Werden wir dann alle obdachlos? Mittellos?«

»Was genau bedeutet mittellos überhaupt?«, fragt Coco.

»Mittellos bedeutet, dass man sich die Grundbedürfnisse im Leben nicht leisten kann«, antwortet Julia. »Aber von uns betrifft das niemanden.«

»Also wirst du deine Eltern um Geld bitten«, sagt Madeleine zu mir.

»Den Teufel werde ich tun.« Meine Worte kommen weitaus heftiger heraus als beabsichtigt. Die Mädels sehen mich alle erschrocken an. Ich schiebe murmelnd eine Erklärung hinterher. »Wisst ihr, mein Dad hat in den letzten paar Jahren einen Haufen Kohle verloren, wegen der

Finanzkrise und so … Und wegen der Scheidung möchte ich … ihm das Leben nicht noch schwerer machen.«

Alle sind für einen Moment still. Niemand fragt, ob ich inzwischen etwas von meinem Vater gehört habe. Wahrscheinlich gehen sie davon aus, dass die Antwort Nein lautet. Annabel hat in der Zwischenzeit mindestens dreimal angerufen. Ich habe mich immer noch nicht zurückgemeldet. Das mache ich erst, nachdem ich mit meinem Vater gesprochen habe.

»Und wenn du dich als freiwillige Helferin auf der New York Fashion Week anbietest?«, sagt Julia. »Ich habe neulich erst einen Bericht darüber gelesen, dass manche das machen, um einen Fuß in die Modebranche zu bekommen. Man kleidet die Models an und stellt Geschenktüten zusammen und solche Sachen.«

»Die New York Fashion Week war gerade erst«, sage ich. »Die nächste ist erst wieder in einem halben Jahr. Außerdem kann ich mich nicht umsonst anbieten, ich muss Geld verdienen.«

»Das Bartolo's sucht jemanden für die Bar. Jonah möchte seine Stunden reduzieren, weil er jetzt in dieser großen Anwaltsserie mitspielt«, sagt Coco.

Jonah ist ein Freund von Pia, ein schauspielernder, kellnernder, bienenzüchtender Hipster aus Williamsburg, ihr kennt die Sorte. Ich glaube, Coco schwärmt für ihn.

»Aber ich möchte etwas mit Mode machen. Ich muss noch dazulernen.«

Und ich lerne dazu. Bei meinen Vorstellungsgesprächen in den Designerboutiquen vergangene Woche wurden mir immer wieder Fragen gestellt, in denen es von Fachausdrücken wimmelte, die mir fremd waren. Ich meine, ich kenne den Unterschied zwischen einer Stiftperle und einer Rocailleperle – ich lese die *Vogue*, seit ich acht bin, da schnappt man so einen Mist unwillkürlich auf –, aber es gibt eine ganze Welt mit anderen Dingen, von denen ich keine Ahnung habe: Begriffe aus dem Verkauf und Merchandising, branchenspezifische Abkürzungen … Ich bin in Panik geraten und habe mir gleich einen ganzen Stapel Fachliteratur gekauft. Wahrscheinlich nicht die beste Verwendung meines Dispos …

Madeleine ergreift das Wort. »Was hast du noch mal studiert? Du warst auf der UCLA, richtig?«

»Äh … ja«, sage ich. »Zuerst war ich auf der University of Pennsylvania, aber dann habe ich gewechselt, weil es mir im Winter dort zu kalt war.«

»Du hast eine Eliteuni geschmissen wegen der Sonne?« Madeleine ist fassungslos.

»Ja, aber … es war wirklich kalt.«

Tatsächlich habe ich damals gewechselt, weil ich glaubte, in einen Typen verliebt zu sein, den ich aus Boston kannte und der auf der UCLA studierte. Aber als ich schließlich nach L.A. kam, hat er sich bloß ein paar Wochen mit mir abgegeben (sprich: mit mir geschlafen) und mich dann links liegen lassen. Aber das möchte ich den Mädels im Moment nicht erzählen, nicht zu allem anderen obendrein. Sie würden mich nur bemitleiden … Und nur weil jeder Mann, mit dem ich mal zusammen war, mir den Laufpass gegeben hat, macht mich das nicht gleich zu einer Loserin. Richtig?

»Was ist hier los?«, höre ich jemanden fragen, und wir heben alle den Kopf. Es ist Pia. »Macht ihr hier eine WG-Versammlung ohne mich?«

»Das ist nur ein spontaner Pizza-Abend!«, sagt Julia.

Pia blickt von Julia zu mir und schürzt die Lippen. »Klar.«

Mir wird plötzlich bewusst, dass Pia ein Problem damit hat, dass Julia und ich uns näher angefreundet haben. Gott, ich hätte nie gedacht, dass sie eifersüchtig ist. Andererseits, ich glaube nicht, dass es schon einmal vorgekommen ist, dass sich zwei ihrer besten Freundinnen in ihrer Abwesenheit verbrüdert haben. Das würde ich wissen. Ich war nämlich schon immer Pias beste Freundin, und ich habe mich ganz sicher nie um eine ihrer anderen Freundinnen bemüht wie um Julia.

»Pia, ich bin ja so froh, dass du hier bist«, sage ich. Pia sieht mich ein bisschen freundlicher an. »Ich habe eine berufliche Vollkrise, weißt du …«

»Eine arbeitslose Vollkrise«, fällt Julia dazwischen.

»Genau«, sage ich. »Und ich brauche unbedingt deinen Rat.«

»Okay!« Pia nimmt gut gelaunt Platz und greift nach der Weinflasche und einem Stück Pizza. Das ist meine Pia: nie lange nachtragend. Aber Moment mal …

»Warum bist du hier und nicht bei Aidan?«

Julia stellt die Frage im selben Moment, in dem sie mir in den Sinn kommt.

»Er hat heute Abend eine Firmenfeier«, sagt Pia mit vollem Mund. »Ich mag seine Kollegen nicht besonders. Die sind alle schon um die vierzig und behandeln mich immer so von oben herab. Als wäre ich ein dummes kleines Mädchen. Da verbringe ich meine Zeit lieber mit euch.«

»Gut. Wir haben dich auch lieber in unserer Mitte.« Julia wendet sich an mich. »Angie, lass uns mit deiner Ausbildung anfangen. Was hast du studiert?«

»Anthropologie an der Penn«, antworte ich. »Und Theater an der UCLA.«

»Theater!«, ruft Coco begeistert. »Ich kann mir dich total gut als Schauspielerin vorstellen.«

»In dem Studiengang herrscht der totale Klüngel«, sage ich. »Ich habe es vorgezogen, für mich zu bleiben, und so viele Kostümdesignkurse wie möglich belegt. Ich hab das Studium nur mit Ach und Krach bestanden und mich danach beim Fashion Institute of Design and Merchandising und beim Art Institute of California beworben, aber sie haben mich nicht genommen.«

»Das hast du mir gar nicht erzählt.«

Pia ist immer schockiert, wenn sie Dinge über mich erfährt, über die ich nie mit ihr gesprochen habe. Aber das ist nicht persönlich gemeint. Ich erzähle anderen eben nichts über mich.

Ich lächle einfach. »Absagen stehen mir nicht gut.«

»Was ist mit *Project Runway?*«, schlägt Coco begeistert vor.

»Vergiss es.«

»Also, ich finde, du solltest wieder studieren«, sagt Madeleine. »Bewirb dich doch hier am Fashion Institute of Technology oder an der Parsons Designschule oder so. Wenn Modedesign wirklich dein allergrößter Wunsch ist und es im Moment da draußen keine Jobs gibt, dann studier weiter. So kannst du dir einen Vorteil verschaffen vor all den anderen Möchtegerndesignern.«

»Ich stimme dir zu, aber ich kann nicht«, sage ich. »Ein Studium kostet Geld.«

»Ich gebe auf«, sagt Pia. »Hast du noch mal was von Stef gehört?«

»Nein«, sage ich. »Hoffentlich ist die Jacht gekentert.«

»Möchtest du dich rächen?«, fragt Julia hoffnungsvoll.

Ich schüttle den Kopf. »Ich will es einfach nur vergessen. Es unter den Teppich kehren, so tun, als wäre es nie passiert. So bin ich erzogen worden.« Das war ein Scherz, gewissermaßen, aber niemand lacht, also stehe ich auf, hole meine Meersalzkaramellen vom Kühlschrank und werfe zwei davon zu Julia rüber. Ich habe in dieser Woche nämlich herausgefunden, dass sie meine Meersalzmanie teilt. »Außerdem gibt es wichtigere Dinge, über die ich mir Gedanken machen muss. Beispielsweise meine berufliche Zukunft. Beziehungsweise deren Nichtexistenz.«

»Du solltest ein Blog eröffnen«, sagt Julia. »Einen Fashion Blog.«

»Jeder Depp hat einen verdammten Blog«, erwidere ich, den Mund voller Karamellen. »Ich will einen *Job*. Einen, für den mein Herz schlägt.«

Ich erröte vor Verlegenheit darüber, mich selbst so emotional über meinen Wunschtraum reden zu hören. So viel Offenheit ist eigentlich nicht mein Stil.

»Du solltest deine eigene Modelinie entwerfen«, sagt Pia und greift zu mir herüber, um sich eine Karamelle zu nehmen.

»Was meinst du damit?«

»Accessoires«, antwortet sie nachdenklich. »Handtaschen oder Armbänder oder so was in der Art. Etwas, bei dem eine Größe für alle passt. Dann brauchst du dir keine Gedanken über Ankleideproben mit Models und so zu machen, und jede Frau, egal, welche Figur sie hat, kann deine Sachen kaufen.«

»Du hast die unheilbare Unternehmerkrankheit.« Wieder so ein abfälliger Kommentar von Madeleine.

»Alles, was ich sage, ist, dass jede Frau sich mindestens eine neue Handtasche pro Saison wünscht«, erwidert Pia.

»Ich nicht«, sagt Julia.

»Das ist eine tolle Idee, Süße, aber ich weiß nicht, wie man Leder verarbeitet«, sage ich. »Ich wünschte, ich wüsste es. Vielleicht sollte ich einen Kurs machen … Augenblick, das würde wieder Geld kosten. Genau wie das Material, um eine eigene Modelinie zu starten. Ich muss schließlich auch noch Miete bezahlen, richtig? Und von irgendwas leben.«

Es läuft immer wieder auf das liebe Geld hinaus.

»Außerdem möchte ich mich nicht selbstständig machen«, füge ich hinzu. »Ich will nur einen Job.« Schweigen. Ich schätze, das Gespräch über meine berufliche Krise ist beendet. Und wir haben keine Lösung gefunden. Ich nehme eine Zigarette aus der Schachtel, die immer in meiner Nähe ist, und stecke sie mir in den Mundwinkel. »Na ja, Leute, danke fürs Zuhören. Ich weiß nicht genau, wie diese Sache mit der Gruppenumarmung funktioniert, aber lasst uns einfach so tun, als hätte ich eine initiiert.«

»Zeit für eine Partie Poker!«, sagt Julia und schiebt mir einen Stapel Karten rüber. »Du mischst, Angelface. Ich werde euch alle so nassmachen, dass man mit euch hinterher den Boden wischen kann. Darum nennt man mich auch den Schrubber.«

»Ich glaube, du meinst, man nennt *uns* den Schrubber«, sage ich. »Wenn wir diejenigen sind, mit denen du den Boden wischst, weißt du? Wenn du den Schrubber benutzt, bist du das Hausmädchen.«

Julia prustet los.

Coco beugt sich zu mir herüber und drückt mich ganz fest.

»Danke«, sage ich.

»Du musst dich nicht für eine Umarmung bedanken«, sagt Julia. »Du musst sie einfach nur erwidern.«

»O mein Gott, ich hab's«, sagt Madeleine plötzlich. »Sieh dir das an.«

Sie wirft das aufgeschlagene *New York Magazine* vor mich auf den Tisch.

Eine Stellenanzeige.

Für den Verkauf.

Bei Gap.

Es entsteht Schweigen.

Ich starre Madeleine ungläubig an, und die Zigarette in meinem Mundwinkel fällt zu Boden. Madeleine starrt zurück, ein fröhliches »Ist das nicht saukomisch?«-Lächeln im Gesicht.

Plötzlich habe ich keine Lust mehr zu pokern.

»Ich geh nach oben.«

Ich stapfe in mein Zimmer hoch, lasse mich auf mein Bett fallen und starre an die Decke, mit den Tränen kämpfend, die sich in meinen Augen bilden.

Hello again, leeres graues Zimmer. *Hello again*, leeres graues Leben.

Ich bin wirklich verloren.

Ich schaue auf meinen Nachttisch und schiebe meinen Roman und die M&Ms zur Seite. Da ist kein Wodka mehr, aber Wunder über Wunder, finde ich in dem Fach darunter ganz hinten eine angebrochene Flasche Wild Turkey, die ich total vergessen hatte. Whisky ist zwar nicht mein Lieblingsgetränk, aber zur Not tut er es auch. Garantierte Wirklichkeitsflucht.

Während ich den Deckel von der Flasche schraube, schon eine neue Zigarette im Mundwinkel, trifft es mich plötzlich wie ein Schlag. Das hier ist genau der Moment, in dem mir immer alles zu entgleisen beginnt.

Der Moment, in dem ich vor meinen Problemen davonlaufe – oder davonschwimme. An dem ich das Restaurant verlasse, die Bar, das Haus, den Wagen, die Party, die Unterhaltung oder, nicht zu vergessen, die Jacht. Der Moment, in dem ich den Selbstzerstörungsknopf drücke und mich in Alkohol flüchte oder in Drogen oder in Affären, um so zu tun, als würde ich mich besser fühlen, als das tatsächlich der Fall ist. Als wäre ich nicht allein.

Ich setze mich mit einer schwungvollen Bewegung auf, platziere meine Füße mit einem dumpfen Geräusch auf den Boden, stelle die Bourbon-Flasche zurück in den Nachttisch und stecke die Zigarette wieder in die Schachtel.

In diesem Moment klingelt es an der Haustür. Gleich darauf höre ich Coco polternd die Treppe hochlaufen und meinen Namen rufen.

»Angie! Angie, du hast Besuch! Ein junger Mann möchte dich sprechen, irgendwas wegen der Jacht. Ich habe ihn nicht reingebeten, ich wusste nicht, ob dir das recht ist …«

Hal? Stef? Mit vor Angst hämmerndem Herzen springe ich vom Bett auf und stürme aus dem Zimmer nach unten, bevor Coco zu Ende gesprochen hat.

Der Besucher, der draußen in der klirrenden Kälte höflich vor der Tür wartet, ist so warm eingepackt – Stiefel, dicke Jacke und Mütze –, dass von seinem Gesicht nicht viel zu sehen ist. Aber ich erkenne ihn trotzdem sofort. Es ist der große, nervige Sonnyboy mit dem intensiven Stirnrunzeln. Der blonde Schönling, der lachen musste, als ich mir das halbe Sandwich in den Mund stopfte, und der mir in dem Schlauchboot den ganzen Weg bis zur Küste gefolgt ist.

Es ist der Matrose.

Sam.

13

»Was willst du hier?«

»Ich … Wow, ernsthaft? Begrüßt du die Leute immer so?«

Ich hole tief Luft.

Ganz ruhig, Angie, ganz ruhig …

Was zum Teufel macht Sam der Matrose vor meinem Haus in Brooklyn? Tausende Meilen von den verdammten Turks entfernt?

Ich sehe ihn an und versuche, den Blickkontakt aufrechtzuerhalten. Sam ist fast zwei Meter groß. Ich hasse es, dass Männer dadurch, dass sie größer sind als wir, uns Frauen automatisch in eine schwächere Gesprächsposition bringen. Ihr nicht auch? Aber ich spüre, dass die Mädels sich beschützend hinter mir in der Diele versammelt haben, was mir die Selbstsicherheit verleiht, normal mit Sam zu reden, statt ihm die Tür vor der Nase zuzuknallen.

»Hi. Was willst du?«

Sam lächelt mich mit seinen perfekten Zähnen an, mühelos selbstbewusst. »Ich habe deine Sachen. Deine seltsame Jacke. Deine Handtasche. Deine …«

»Meine Sachen!« Ich bin überglücklich. »Danke, danke, danke! Ahh!« Meine Felljacke! Mein Schminkzeug! Mein Pass! Die Clutch, die ich aus den alten Seidentüchern genäht habe! Ich habe mir bereits ein Ersatzhandy besorgt, aber glücklicherweise konnte ich meine Nummer behalten. »Außerdem wollte ich sehen, ob … ob es dir gut geht.«

Sam runzelt die Stirn, als wäre er unsicher, als überlegte er, ob er sich richtig ausgedrückt hat.

Ich runzele auch die Stirn. »Es geht mir bestens.«

»Wirklich? Das war nämlich eine heftige Nummer.«

Dieser Kerl ist ein lebendes Mahnmal für eine Episode, die ich unter allen Umständen aus meiner Erinnerung löschen möchte. Ich will ihn einfach nur möglichst schnell wieder loswerden, obwohl ich spüre, dass die anderen hinter mir vor Neugier brennen.

»Ja, danke.« Ich schlage meinen kühlsten Ton an. »Es war eine schwierige Situation, aber …«

»Ich finde, du hast dich perfekt geschlagen.«

»Ich habe ziemlich viel rumgebrüllt und bin ins Wasser gesprungen.«

»Genau. Übrigens, wir wurden uns noch nicht formell vorgestellt. Ich bin Sam Carter«, sagt er und streckt mir die Hand entgegen. »Und du bist Angie James.«

»Ja.« Ich öffne weit die Tür, damit er die Mädels sehen kann, oder genauer gesagt, damit sie ihn sehen können. »Und das sind meine Mitbewohnerinnen. Julia, Pia, Coco und Madeleine.« Ich drehe mich zu den anderen um. »Sam hat auf der Jacht gearbeitet. Für diesen Typen. Hal. Der die Party gegeben hat …«

»Wirklich!« Julia kommt zur Tür stolziert. »Hör zu, Freundchen. Du kannst deinem zugekoksten Spacko-Boss ausrichten …«

»Er ist nicht mein Boss«, unterbricht Sam sie. »Er hat die Jacht nur gechartert, mitsamt der Crew, für eine Woche. Er ist schon wieder weg, genau wie dieser eine Steward, dieser Carlos, der die Drogen für den – Spacko, sagtest du? – besorgt hat, damit der sich zukoksen kann.«

»Das hier ist der Typ, der mir in dem Schlauchboot gefolgt ist«, erkläre ich den anderen weiter. »Der Matrose.«

»Oh! Hi!«

Die Mädels sind entzückt. Dieser Part der Geschichte hat ihnen sehr gefallen.

»Willst du ihn nicht hereinbitten?«, fragt Pia.

»Du solltest ihn wirklich reinlassen«, stimmt Julia ihr zu.

Madeleine und Coco bekräftigen im Chor: »Auf jeden Fall!«

Ich mustere die anderen überrascht, dann sehe ich wieder zu Sam. Oh. Sie haben beschlossen, dass er scharf ist. Sam sieht in der Tat ziemlich gut aus. Braun gebrannt und gesund und erholt, ein Außerirdischer am Ende eines besonders langen New Yorker Winters, nach dem alle anderen anämisch aussehen.

Aber ich bin im Moment nicht an Männern interessiert. Und ich bin definitiv nicht an Sam interessiert. Ich stehe nicht auf blonde Kerle und auch nicht auf kernige Outdoor-Typen und schon gar nicht auf solche, die mitgekriegt haben, dass man mich behandelt hat wie eine … Ihr wisst schon. Tatsächlich wäre es mir am liebsten, ich müsste Sam nie wiedersehen. Ab sofort.

»Sam muss nach Hause.« Die Mädels geben Laute der Enttäuschung von sich, sodass ich mich umdrehe und ihnen einen »Lasst das!«-Blick zuwerfe. Dann drehe ich mich wieder zu Sam um. »Noch mal danke, Mann. Sayonara …«

»Würde es zu viele Umstände machen, wenn ich eure Toilette benutze?« Gottverdammt, ist dies hier der höflichste Mann der Welt? »Ich wohne zurzeit in Fort Greene und bin den ganzen Weg zu Fuß gelaufen. Es war weiter, als ich gedacht habe, und …«

»O mein Gott, du bist sicher am Erfrieren!«, ruft Julia, bevor ich Nein sagen kann. »Komm schon rein!«

Und zupp ist Sam im Handumdrehen seine Jacke los, und Coco zeigt ihm, wo das Bad ist, und drückt ihm dann einen Becher heiße Schokolade in die Hand, während Julia ihn ins Wohnzimmer führt, Pia über das ganze Spektakel grinst, als wären wir in einem Puppentheater, und Madeleine, die ich noch *nie* wegen eines Kerls habe verrücktspielen sehen, französische Nouvelle-Vague-Musik auflegt.

»Diesen Song hab ich gestern Abend gesungen … Äh … ich bin Sängerin in einer Band, weißt du? Du solltest mal kommen, wenn wir spielen«, sagt Madeleine.

Sie und Julia haben Sam auf der Couch eingekeilt. Wirklich gemütlich.

»Ich muss Aidan anrufen.« Pia verschwindet nach oben und lässt die Singlefrauen mit der Beute allein.

»Okay, Sam, du bist also ein Seemann?«, fragt Coco und wird rot. Sie lungert vor dem Bücherschrank herum und tut so, als wäre sie beschäftigt.

»Ja.« Sam wirkt bemerkenswert unbeeindruckt von dem ganzen Theater. »Manche Leute nennen uns Matrosen.« Er wirft grinsend einen Blick zu mir herüber. »Wir nennen uns Crewmitglieder.«

Ich rolle mit den Augen. *Manche Leute*. Ich habe die Bezeichnung »Matrose« mal von jemandem aufgeschnappt. Woher soll ich wissen, dass man das nicht mehr sagt?

Coco ist beeindruckt. »Dann arbeitest du also quasi beruflich auf Jachten?«

»Sieht ganz so aus. Obwohl ich gerade auf Jobsuche bin.«

»Wir machen nächsten Samstag eine Party«, platzt Julia heraus. »Du musst unbedingt kommen.«

Ich starre sie an. »Ach ja?«

»Ja! Die Dinnerparty, schon vergessen? Für …«

»Für Pia, zu ihrem dreiundzwanzigsten Geburtstag!«, sagt Coco rasch.

»Ja! Es ist eine Überraschungsparty. Stimmt's, Angie?«

Ich ziehe eine Augenbraue hoch. »Stimmt. Denn wer wünscht sich nicht eine Überraschungsparty!«

Die Tatsache, dass ich am selben Tag Geburtstag habe wie Pia und dass es noch dauert bis zu diesem Tag, kommt niemandem in den Sinn.

»Das wird eine Wahnsinnsfeier«, fügt Julia hinzu. »Und … und … und Madeleine wird singen!«

»Werde ich das? Ja, dann werde ich singen!«, sagt Madeleine.

»Und … äh … und Coco wird uns bekochen. Coco, was wirst du für uns kochen?«

Wir drehen alle den Kopf zu Coco, die nun knallrot anläuft unter dem Druck, spontan lügen zu müssen. »Was … zu essen?«

»Richtig, Coco wird uns was zu essen kochen, und ich werde diese Hammerbowle machen.«

»Klar«, sagt Sam. »Klingt super. Ich penne zurzeit bei einem Kumpel, aber er ist im Moment nicht da. Ist es okay, wenn ich allein komme?«

»Du bist neu hier? O mein Gott! Dann musst du unbedingt kommen!«

Bitte, lieber Gott, lass nicht zu, dass Julia anfängt, sein Bein zu rammeln.

»Sehr gern. Um wie viel Uhr soll ich da sein?«

»Oh, halb acht. Nein! Acht. Ja. Acht Uhr.«

»Super«, sage ich. »Ich kann es kaum erwarten. Eine Dinnerparty, ja, klar. Okay, Sam, danke, dass du vorbeigekommen bist …«

»Schätze, ich sollte jetzt gehen.« Sam steht auf, zur offensichtlichen Enttäuschung aller anderen.

»Noch mal danke, dass du mir meine Sachen zurückgebracht hast«, sage ich, als ich ihm die Haustür öffne und er seine Jacke anzieht. Dann kommt mir ein Gedanke. »Woher hast du gewusst, wo ich wohne?«

»Kinderspiel«, erwidert er. »Ich habe gewartet, bis dieser Stef total zugedröhnt war, und habe ihn dann einfach gefragt. Der hätte mir alles erzählt.«

»Wow. Clever.«

»Ja. Trotzdem, seltsame Sache. Am selben Abend sind sein Handy, seine Brieftasche und sein Pass über Bord gegangen.« Sam setzt seine Mütze auf, und seine grauen Augen blicken sehr ernst. »Er konnte sich nicht erinnern, wie das passiert ist. Er sagte, in der einen Minute habe er noch alles bei sich gehabt und in der nächsten …« Sam macht eine Geste, als würde er etwas weit weg schleudern.

»Das hast du nicht getan.«

Sam grinst, dreht sich dann um und geht die Vordertreppe hinunter. »Es schien das Richtige zu sein. Bis Samstag.«

Als ich nach oben gehe, fällt es mir wieder ein.

Die dreitausend Dollar. Der Umschlag mit dem Geld, das mir, auch wenn mir seine Existenz und das Quasigeheimnis seiner Herkunft zuwider ist, gerade ziemlich gelegen käme, um die Miete zu bezahlen und, ihr wisst schon, all das, was man so zum Leben braucht.

Ich greife in die Innentasche meiner Felljacke.

Es ist weg.

Da ist nichts darin außer einem kleinen, zusammengefalteten Zettel.

Fick dich, Angie.

Stef.

14

Einunddreißig Tage, bis ich dreiundzwanzig werde.

Ich bin in einem Starbucks Café auf der Seventh Avenue, ganz in der Nähe der Siebenunddreißigsten Straße. Hier pulsiert das Herz des Fashion District von New York City. Nicht dass man es am Straßenbild sehen würde … Die Gegend sieht nämlich verdammt deprimierend aus, besonders an einem verregneten Märztag wie heute. Viele billige Perlenläden. Die Haute Couture spielt sich abseits der Straßen ab, in den oberen Etagen. Dort befinden sich die Ateliers und Showrooms der meisten großen Designer.

Ich lese (mehr oder weniger) die heutige Ausgabe der *Women's Wear Daily*, die Fachzeitung der Modeindustrie, und schaue (hauptsächlich) aus dem Fenster.

Mein Plan lautet, hier zu sitzen, das Kaffeetrinken so lange wie möglich hinauszuzögern und dabei den Eindruck zu machen, als wäre ich aus der Branche. Vielleicht kommt einer der Modemacher ins Starbucks und spricht mich auf meinen halb ironischen Hello-Kitty-Schirm an, und daraus ergibt sich dann womöglich ein Job. Vielleicht lese ich in der *WWD* gerade was über jemanden und hebe den Kopf und zupp, dieser Jemand steht vor mir, und ich sage »Wow!« und der andere sagt »Oh, vielen Dank«, und daraus ergibt sich dann womöglich ein Job. Vielleicht lerne ich jemanden kennen, der jemanden kennt, der jemanden kennt, und daraus ergibt sich dann ein Job. Kennt ihr die sechs Grade der Trennung, die Theorie, dass man nur sechs Bekannte von jedem Menschen auf der Welt entfernt ist? Genauso ist es: Ich bin sechs Grade davon entfernt, einen Job zu bekommen.

Woher dieser verrückte Optimismus kommt? Durch die Mädels, schätze ich, besonders durch Julia und Pia. Mit ihrer scheißpositiven »Das schaffst du!«-Einstellung haben sie meinen natürlichen Zynismus untergraben.

Ein junger Kerl mit einem Filzhut und einem großen weißen Regenschirm rollt draußen auf dem Gehweg sieben zusammengebundene Schneiderpuppen vorbei – ihr wisst schon, die kopf-und gliederlosen Büsten, an die man die Schnittmusterteile mit Nadeln heftet –, und mein Herz macht einen Satz. Ich frage mich, wohin er damit geht. Ich wette, er ist für einen Designer unterwegs. Vielleicht werden Anna Sui oder Michael Kors diese Schneiderbüsten in ungefähr fünf Sekunden berühren. Meine Großmutter hatte auch so eine Büste. Sie nannte sie Elsie.

Plötzlich lockert sich das Band, und drei der Büsten gleiten unter der Plastikplane hervor, mit der sie abgedeckt sind, und fallen auf den Gehweg. Als ich sehe, dass der Typ mit dem Filzhut in Panik gerät, springe ich auf, schnappe mir meine Sachen und laufe schnell zu ihm hinaus.

»Ich helfe dir!«, rufe ich.

»Danke!«

Die Puppen unter der Plastikplane haben keinen Schaden erlitten, aber eine ist direkt vom Bordstein in eine große Regenpfütze gekullert. Als ich die Büste aufrichte, während ich gleichzeitig mit meinem Hello-Kitty-Schirm und meiner Handtasche herumhantiere, bemerke ich, dass seitlich in dem Torso eine Glasscherbe steckt und dass das Drahtgestell unten verbogen ist.

»O neiiiiiin!« Der Kerl mit dem Filzhut ist entsetzt.

»Zuerst ertrunken und dann erstochen«, sage ich. »Mode ist echt tödlich, was?«

»So eine Hühnerkacke! Was soll ich denn jetzt machen? Sie ist ruiniert!«

»Sie ist nicht ruiniert«, sage ich. »Den Schmutz kann man abwaschen. Dann ist sie wieder so gut wie neu.«

Nun wirkt er erst recht entsetzt. »Das geht auf keinen Fall!«

»Das ist nur ein bisschen Dreck!«

»Nein, das Ding kann ich jetzt nur noch in den Müll werfen. Meine Chefin wird mich *umbringen*! Scheiß drauf, ich stopf es einfach in die nächste Tonne.«

Er greift nach der Schneiderpuppe, aber ich reiße sie ihm aus den Armen. »Nein, nicht, ich nehme sie!«

»Ja?« Er lächelt und legt den Kopf schief. »Wer bist du? Und was machst du?«

»Angie James«, sage ich und strecke ihm meine Hand entgegen. »Ich bin Modedesignerin.«

Das ist das erste Mal, dass ich diesen Satz gesagt habe. Es fühlt sich gut an, als er mir über die Lippen kommt. Obwohl er genau genommen nicht wahr ist. Noch nicht.

»Philly Meyer«, erwidert der Kerl mit dem Filzhut. »Ich bin Hutmacher und DJ, aber im Moment arbeite ich als Praktikant für Sarah Drake.«

»Nett«, sage ich und lächle.

Sarah Drake! Ich weiß über sie Bescheid. Sie war früher ein Protegé von Narciso Rodriguez, bis die beiden irgendwann einen Riesenkrach hatten. Vor Kurzem hat sie ihr eigenes Label gegründet und macht Einzelkreationen, die eher Avantgardekunst ähneln als Mode.

»Ja. Sarah ist eine Pünktlichkeitsfanatikerin, deshalb muss ich mich beeilen.«

Bevor ich etwas sagen kann, dreht er sich um und schiebt die übrigen sechs Schneiderbüsten um die Ecke.

Ich notiere mir rasch seinen Namen. *Philly Meyer.* Wow. Einen Trennungsgrad entfernt von Sarah Drake, zwei von Narciso Rodriguez. Ich werde Philly später ganz sicher auf Facebook suchen.

Ich betrachte die Schneiderpuppe. Es handelt sich um ein besseres Modell, die Sorte, die sich verstellen lässt, höher oder tiefer, schmaler oder breiter, sodass man das Schnittmuster an jede beliebige Größe anpassen kann. Der Torso hat einen Stoffbezug aus derbem beigefarbenem Leinen – der aber nun natürlich mit schmutzigem New Yorker Pfützenwasser besudelt ist, und der klaffende Riss in der Seite ist auch ziemlich unansehnlich.

Aber ich kann die Büste wieder herrichten.

Ich gehe damit zurück in das Starbucks, und als ich mich für einen weiteren Caffè Americano anstelle, erkenne ich plötzlich die Frau vor mir in der Schlange.

Candie Stokes.

Candie ist eine ehemalige Stylistin, die vor ein paar Jahren ein glückliches Händchen hatte mit einer Oscar-Gewinnerin und die inzwischen eine bekannte Homepage betreibt mit dem Namen *What to Wear Now*. Es handelt sich um einen dieser Fashion Blogs, die auf der ersten Erfolgswelle der Online-Tagebücher mitschwammen und mit der Zeit einfach immer größer wurden. Als ich das letzte Mal die Seite besuchte, las ich, dass Candie sich mit Neiman Marcus und Piperlime zusammengetan hatte, um ein Mega-Fashion-Blog-Imperium zu erschaffen. Candie sieht aus der Nähe ein bisschen sonnen- und nikotingeschädigt aus, und sie ist nicht viel größer als eine Elfe, aber verdammt, sie ist eine große Nummer in der Modebranche! Ich wusste, mein Plan würde aufgehen!

Okay. Also, was sage ich?

Versuchen wir es einfach auf die altbewährte Tour.

»Candie Stokes!« Ich bin zu nervös, um anders zu klingen als überdreht. »Ich bin ein großer Fan von Ihnen!«

Sie dreht sich um, sieht meine schmutzige Schneiderpuppe und lächelt sofort. Kräftiges Make-up und zehn Zentimeter hohe Absätze. »Ich glaube nicht, dass wir uns …«

»Angie James. Ich bin Modedesignerin.« Es fällt mir von Mal zu Mal leichter, diesen Satz zu sagen. »Außerdem bin ich Illustratorin und Fotografin.« Woher kam das? Nun, es ist wahr. Gewissermaßen. Ich zeichne. Und ich fotografiere. Manchmal zumindest.

Candies Lächeln verblasst. »Wirklich. Wurden Sie jemals dafür bezahlt, Kleider zu entwerfen?«

»Äh … nein.«

»Wurden Sie jemals für eine Illustration bezahlt?«

»Nein.«

»Und ihre Fotografien? Wurden Sie jemals dafür bezahlt?«

Ich bringe das Wort kaum heraus. »Nein.«

Candie mustert mich rasch von oben bis unten. Ich trage eine Jeans, meine weißen Nieten-Chucks, zwei Shirts übereinander, meine Felljacke und eine alte Trappermütze. Mein Eyeliner ist verschmiert, weil ich gestern vergessen habe, mich abzuschminken, und heute keine Lust hatte, mich darum zu kümmern, bevor ich das Haus verließ, und meine ungewaschenen Haare sind unter der Mütze verborgen. Ich dachte, ich würde irgendwie punkig und tough aussehen, aber nun frage ich mich, ob ich aussehe wie jemand, den man vor einer U-Bahn-Station Dosenbier trinken sieht.

»Und was genau designen Sie?«

»Äh … ich fange gerade erst an. Aber ich möchte gern in der Modebranche arbeiten, und ich … würde es toll finden, wenn ich mich mal mit Ihnen unterhalten könnte.« Ich versuche, professionell und enthusiastisch zu klingen so wie Pia. Ich ziehe mein Moleskine-Skizzenbuch hervor. »Sie können gern mal einen Blick auf meine Ideen werfen …«

»Nein«, sagt sie entschieden und nimmt ihren Kaffeebecher von der Theke.

»Könnten wir vielleicht unsere Nummern austauschen, oder ich kann Sie auch auf Facebook anschreiben …«

»Nein.« Sie stöckelt davon, zögert dann kurz, kehrt wieder um, schiebt ihre Sonnenbrille ein Stück herunter und starrt mich mit blutunterlaufenen Augen an. »Kennen Sie den Film *Die Waffen der Frauen*? Mit Melanie Griffith? Vor Ihrer Zeit, wette ich. Nun, da gibt es diesen Spruch in einer Szene. *Manchmal singe und tanze ich durchs Haus in meiner Unterwäsche. Deshalb bin ich noch lange nicht Madonna – und das werde ich auch nie*. Denken Sie mal darüber nach.«

Candie schiebt ihre Sonnenbrille wieder hoch und lässt mich dann stehen.

»Miststück«, zische ich leise, als Versuch, die panische Angst in mir zu bewältigen.

Candie Stokes hat mich behandelt, als wäre ich ein Nichts. Als wäre ich absolut wertlos.

Ich werde nie einen Job bekommen.

Ich drehe mich zu dem Barista um, gerade als dieser mir meinen schwarzen Kaffee serviert.

Er lächelt und raunt mir zu: »Ich werde im Herbst eine Navajo-inspirierte Schmuckkollektion herausbringen. Du solltest mal in meinen Blog reinschauen. Wir könnten uns vielleicht zusammentun.«

Plötzlich möchte ich einfach nur nach Hause.

Ich rolle meine Schneiderpuppe aus dem Café. Sie sieht genauso niedergeschmettert aus, wie ich mich fühle. Ich werde sie Drakey nennen. Als eine Mahnung an mich selbst, dass die Sarah Drakes dieser Welt ihren ersten Job wahrscheinlich nicht in einem Starbucks herumlungernd gefunden haben.

Ich gehe die Seventh Avenue entlang in Richtung U-Bahn, über den Fashion Walk of Fame. Kennt ihr den? Das ist im Prinzip das Gleiche wie der Hollywood Boulevard, nur dass mit den Sternen hier nicht amerikanische Unterhaltungskünstler geehrt werden, sondern Designerlegenden. Von Mainbocher über Diane von Furstenberg und Donna Karan bis zu Norman Kamali. Sie alle sind über genau dieses Stück Asphalt hier gegangen. Sie haben mit nichts weiter als ihrer Begeisterung für Mode und dem Wunsch, Kleider zu entwerfen, angefangen, genau wie ich. Und sie alle haben es geschafft, ihren Wunsch zu verwirklichen.

Im Gegensatz zu mir.

15

»ÜBERRASCHUNG!«

»Pia ist noch nicht da. Besser gesagt, Sam ist noch nicht da.«

»Ich übe nur schon mal, und ich bin … ich bin … Oh, ich muss mal. Nervöse Blase.«

Ich sitze auf der Couch und lese eine alte Ausgabe der *Women's Wear Daily,* weil ich mir die neue im Moment nicht leisten kann, während Julia und Coco sich auf eine liebevoll-schwesterliche Art anzicken und letzte Hand an den Esstisch legen für Pias sogenannte Überraschungsparty.

Pias und mein Geburtstag ist erst in knapp vier Wochen. Unsere Mütter haben sich übrigens auf der Entbindungsstation kennengelernt; sie wurden Freundinnen, also wurden Pia und ich auch Freundinnen. Aber ich bin froh, dass mich alle vergessen haben. Ich möchte nämlich kein großes Tamtam um einen Geburtstag machen, den ich immer für einen großen Meilenstein auf dem Weg in das Erwachsenleben hielt und der sich nun jedoch als eine Mahnung entpuppt, dass ich schon mit Anfang zwanzig gescheitert bin.

Oben im Badezimmer hört man Madeleine schreien. »Verdammt, das heiße Wasser ist schon wieder alle!«

»Gib dem Boiler zwanzig Minuten!«, ruft Julia zurück.

»So viel Zeit habe ich nicht!«

Coco kommt wieder ins Wohnzimmer gehüpft. Ihr Gesicht ist ungewöhnlich rot.

»Alles okay?«, frage ich sie.

»Alles supi!«, erwidert sie. »Ich bin so aufgeregt! Ich habe diesen Typen eingeladen … Ethan. Wir haben uns auf dem Geburtstagsumtrunk einer Arbeitskollegin kennengelernt. Er ist der Kollege einer Studienfreundin ihrer Mitbewohnerin. Er ist nett! Und er hat zugesagt!«

»Hast du getrunken?« Ich mustere sie genauer.

»Ich habe schon mal ein bisschen vorgeglüht!« Sie steht auf und dreht sich um die eigene Achse. »Wuuh!«

Ich glaube, der Druck, eine Party zu veranstalten, setzt uns allen ein wenig zu, aber trotzdem ist uns eine perfekte Vorbereitung gelungen. Coco hat den ganzen Tag in der Küche gewerkelt. Sie macht Hühnchenpasteten. Ich habe Käse gekauft. Pia hat eine Eistorte mitgebracht. Madeleine hat den ganzen Tag saubergemacht, inklusive Sofaritzen aussaugen und den Kühlschrank mit Q-Tips reinigen. Julia hat einen Strauß Hortensien gekauft, ihre Lieblingsblumen, für den Beistelltisch in der Eingangsdiele. Und jede von uns hat einen männlichen »Geburtstagsgast« eingeladen, damit die Sache »ganz normal« wirkt.

»Wie eine Schrott-oder-Schatz-Party!«, erklärt Julia. »Lade einen Single ein, mit dem du nie was hattest, vielleicht passt er ja perfekt zu einer anderen.«

Coco setzt sich über Julias Schrott-oder-Schatz-Regel hinweg, indem sie diesen Ethan einlud, auf den sie selbst ein Auge geworfen hat. Madeleine hat Heff, den Bassisten ihrer Band, gefragt und Julia Lev, einen Arbeitskollegen aus ihrer Bank. Mir ist tatsächlich kein einziger Single eingefallen, mit dem ich noch nie etwas hatte. Wie deprimierend ist das denn? Also habe ich einfach beschlossen, dass Sam mein Beitrag zu der Party ist. Wer ihn will, kann ihn haben.

Julia poliert hektisch ein Weinglas. »Die Gläser hier sind fürchterlich! Wie putzt man alte Gläser? Auf dem hier sind noch Lippenstiftspuren aus der Zeit, bevor ich geboren wurde.«

»Mit Natron und Essigwasser!«, ruft Coco, die wieder aus dem Zimmer rennt. »Einweichen und dann feste reiben!«

»Das hört sich nach viel Arbeit an.« Julia stellt das Glas ab.

Ich betrachte sie zum ersten Mal an diesem Abend genauer. »Was zum Teufel hast du da eigentlich an? Die Hose geht gar nicht, in ungefähr achtfacher Hinsicht. Warst du betrunken, als du die gekauft hast?«

»Nein! Ich war fünfzehn. Scheiße, was soll ich denn anziehen, du begnadeter Modeguru? Ich hasse all meine Klamotten.«

»Komm mit. Ich werde was für dich finden.«

Julia stapft mir hinterher, die Treppe hoch in mein Zimmer. Gott, sie ist total nervös. Offenbar hat Sam es ihr echt angetan. Sieht er tatsächlich so gut aus?

Ich öffne meinen Schrank und überfliege stirnrunzelnd den Inhalt. »Mal schauen, du hast definitiv mehr Brustumfang als ich …«

»Und mehr Arschumfang.«

»Voilà, Volltreffer.« Ich nehme ein kurzes schwarzes Wickelkleid heraus, das ich auf dem Brooklyn Flea erstanden habe. »Dazu eine schwarze Feinstrumpfhose, und diese Schuhe hier. Und binde diesen verdammten Pferdeschwanz auf.«

Julia nimmt gehorsam die Sachen. »Dreh dich um. Ich zeige mich nicht halbnackt in der Öffentlichkeit, so wie du und Pia. Und ich mag meinen Pferdeschwanz. Ich kriege Kopfschmerzen, wenn ich die Haare offen trage.«

»Das liegt daran, dass deine Haarfollikel dann schreien: Oh, endlich, wir können uns ausstrecken!«

Mit dem Rücken zu Julia imitiere ich Haarfollikel, die sich langmachen, und sie muss lachen.

»Du bist gar nicht das coole Miststück, für das ich dich immer gehalten habe, Angie James.«

»Und du bist hundertprozentig das taktlose Herzblatt, für das ich dich immer gehalten habe, Julia Russotti.«

»Okay, du kannst dich wieder umdrehen. Bist du jetzt zufrieden?« Sie versucht, das Kleid zu binden, aber sie macht es völlig falsch. Ich übernehme für sie. »Danke«, sagt sie, plötzlich ein bisschen entspannter. »Ich habe es nicht so drauf mit dem ganzen Modekram. Ich habe Angst vor Veränderungen. Du wirst mir nicht glauben, aber in der Highschool hatte ich jeden Tag dieselbe Jeans an. Ich habe sie immer abends gewaschen.«

»O doch, das glaube ich dir … Also, wer ist dieser Lev?«, frage ich, während ich Julia anziehe, als wäre sie eine Puppe.

»Lev? Niemand. Ich meine, wir sind befreundet, gewissermaßen. Wir sitzen im Büro nebeneinander. Ich mag ihn, aber unsere Beziehung ist nur platonischer Art … Abgesehen von Lev kann ich keinen der Kerle leiden, mit denen ich zusammenarbeite. In unserer Abteilung sind zwanzig Männer, und bis auf Lev behandeln mich alle, als wäre ich unsichtbar und stumm, als würde es sich nicht lohnen, mir zuzuhören.« Sie gerät ins Schwafeln, weil ihre Nerven wieder zu flattern beginnen. »Kannst du dir vorstellen, wie es ist, wenn man was sagt und jeder so tut, als hätte man keinen einzigen Ton von sich gegeben? Das macht einen fertig. Aber Sam … den finde ich wirklich sympathisch, echt. Er ist der erste Mann seit Mason, der mir gefällt. Kannst du dich noch an Mason erinnern?« Kann ich nicht, aber ich nicke trotzdem. »Sam ist verdammt süß, findest du nicht auch?«

Ich zucke mit den Achseln. »Er ist ein bisschen arg … adrett, oder nicht? Du weißt schon. Brav. Spießig.«

»Klassisch, meinst du! Er sieht aus wie ein Ralph-Lauren-Model. Oder wie ein Abercrombie-&-Fitch-Model.«

»Julia, die Models von Abercrombie & Fitch sind ungefähr zwölf Jahre alt.«

»Nun, wie dem auch sei, Sam wird sich sowieso nicht für mich interessieren, das weiß ich jetzt schon. Die Männer interessieren sich nie für mich. Ich werde immer ein Single bleiben, und ich werde nie wieder Sex haben. Meine Zuckerdose wird nie wieder einen … du weißt schon zu sehen bekommen.«

»Erstens, wenn du Zuckerdose sagst, dann zum Teufel ja, wirst du nie wieder Sex haben.«

»Darf ich dann vielleicht … Was soll ich denn sagen?«

»Nein, darfst du nicht. Lass uns mit Penis und Vagina anfangen und von da aus weitergehen. Oder du sagst Schwanz und Mu…«

»Sag nicht dieses Wort! Ich hasse dieses Wort!«

»Gut. Zweitens, natürlich wird er sich für dich interessieren. Sei einfach du selbst.«

Das sage gerade ich, schließlich habe ich meine Persönlichkeit immer auf dem Boden einer Wodkaflasche gefunden, aber was soll's.

»Wirklich?«, sagt Julia. »Ich bin nur … uh, es ist so seltsam … Ungezwungen zu flirten liegt völlig außerhalb meiner Komfortzone.«

So hat sie noch nie mit mir geredet. In der Vergangenheit hätte ich das darauf zurückgeführt, dass ihre bevorzugte Vertraute, Pia, so selten hier ist, aber ich weiß, dass es inzwischen einen anderen Grund hat. Julia und ich sind nun Freundinnen. Richtige Freundinnen.

»Seit Jahren hat mich kein Mann so interessiert wie Sam. Was, wenn er mein Interesse nicht erwidert?«

»Und ob er dein Interesse erwidern wird!«, sage ich. »Setz dich. Du brauchst Eyeliner. Wenn du tough aussiehst, wirst du dich auch tough fühlen.«

»Ist das dein Erfolgsgeheimnis?«, fragt sie, während sie sich hinsetzt und die Augen schließt.

Ich hole mein Schminktäschchen hervor. »Ja, klar. Mein Erfolgsgeheimnis.«

Julia wirft einen Blick auf das Täschchen. »Ich glaub's nicht! Du besitzt … wie viel? Ungefähr sechzehn schwarze Eyeliner?«

»Ja. Das hängt ganz von meiner Stimmung ab. Gel, kompakt, flüssig, Stift …«

»Mach mich einfach hübsch. Zumindest hübscher.«

»Du hast tolle Wimpern.«

»Warum sagen Frauen sich das immer gegenseitig?«

Wir verstummen ein, zwei Minuten lang, während ich einen punkigen, aber hübschen Lidstrich um Julias große haselnussbraune Augen ziehe. Ich kann gut mit Eyeliner umgehen. Das Geheimnis ist, den Lidstrich direkt über dem Wimpernkranz auf der Wasserlinie zu ziehen, und wenn man patzt, braucht man ihn nur ein bisschen zu verwischen. Ein perfekter Lidstrich ist ohnehin was für Amateur-Schmink-Blogger, wisst ihr?

»Schau nach oben. Okay, jetzt die Augen zumachen.«

»Wie läuft es mit der Jobsuche?«, fragt Julia.

»Beschissen. Ich habe von jeder Fashionista in New York City eine offizielle Absage bekommen. Okay, Augen wieder auf und nach oben schauen.«

»Du kannst dich immer noch bei Gap bewerben.«

»Doppel-Ha«, sage ich.

»Madeleine wollte nur einen Scherz machen, weißt du«, sagt Julia. »Sie denkt, du bist deswegen immer noch sauer auf sie.«

»Bin ich auch, ein bisschen zumindest«, sage ich. »Dieser Gap-Kommentar war einfach nur gehässig und demütigend.«

»Madeleine ist eigentlich ganz lieb, wirklich. Man muss sie nur näher kennenlernen, das ist alles.«

»Ich will sie aber nicht näher kennenlernen. Sie gibt diese Scheiße von sich, und das ist einfach … Das schneidet so tief rein.«

Julia sieht mich eigenartig an.

»Was ist?«, frage ich.

»Pia hat es dir erzählt«, sagt sie mit leiser Stimme.

»Was erzählt?«

»Das mit Madeleine und ihrer … Oh. Hat sie doch nicht.«

»Ihrer was?« Ich spule im Geiste schnell zurück. Was habe ich gerade gesagt? »Das schneidet tief rein? Madeleine *ritzt* sich?«

»Nicht mehr«, sagt Julia rasch. »Bitte, vergiss, dass ich überhaupt was gesagt habe.«

Ich kann nicht glauben, dass Pia mir so etwas Wichtiges nicht erzählt hat … Obwohl, eigentlich klar, schließlich ist es ja nicht so, als würde sie in letzter Zeit groß mit mir reden. Aber wenn Madeleine damit aufgehört hat, dann ist es kein Problem mehr, richtig? Und warum sollte ich mir um Madeleine Gedanken machen? Sie ist nicht einmal nett zu mir. Sie ist immer so verdammt distanziert und sarkastisch. Ich schätze, das bin ich manchmal auch, aber … egal.

»Schau dich an! Wunderschön!«, sage ich und gebe Julia einen Spiegel.

Sie nimmt sich einen Moment Zeit, um sich zu betrachten. »Wow. Wenn ich ›Gefällt mir‹ anklicken könnte, würde ich das jetzt machen. Danke, Angelface.«

»Gern geschehen, Ju… Ju…« Ich versuche, eine Koseform für ihren Namen zu finden. »Juicy Fruit?«

Sie rümpft die Nase.

»Mach nicht so ein Gesicht, oder du wirst nie flachgelegt.«

In diesem Moment schellt es unten. Coco saust auf ihrem Weg nach oben an meiner offenen Zimmertür vorbei.

»O mein Gott! Das ist Ethan! Das weiß ich! Scheibenkleister! Bin gleich wieder zurück!«

»Was, wenn es Sam ist? Ich muss mir noch die Zähne putzen!« Julia rennt in Richtung Bad.

Ich gehe die Treppe hinunter, gerade als Madeleine die Haustür öffnet. Es sind Sam und Madeleines Gast Heff, der Bassist. Heff sieht gut aus, auf eine schlaksige Leg-die-Crackpfeife-weg-und-iss-einen-verdammten-Burger-Art.

»Mad!«

»Heffy!«

Madeleine und Heff umarmen sich, während Sam und ich verlegen herumstehen und uns nicht umarmen.

»Sam.«

»Angie.«

Sam beugt sich zu mir herunter, um mich zur Begrüßung auf die Wange zu küssen. Ich habe nicht damit gerechnet und zucke kurz zusammen, bevor ich die Stirn runzle, weil ich verflucht noch mal cool bin.

»Siehst du süß aus, wenn du dir Mühe gibst«, sage ich zu ihm.

Sam ist unrasiert und ungekämmt und sieht ganz anders aus, als ich ihn von unserer ersten Begegnung in Erinnerung habe (da trug er diese Hitlerjugend-Matrosen-, sorry, Crewmitglied-Frisur und sah so geschniegelt aus).

»Dasselbe habe ich gerade von dir gedacht«, erwidert er.

Ja, klar. Ich präsentiere mich heute nicht gerade von meiner besten Seite. Ich trage eine Secondhandbluse, deren Ärmel ich abgetrennt habe, die einzige nichtzerknitterte Jeans, die ich finden konnte, und Chucks, und meine Haare habe ich zu einem Zopf geflochten, statt sie zu waschen.

Verglichen mit meinen Mitbewohnerinnen in ihren hohen Absätzen und mit ihren glänzenden Föhnfrisuren sehe ich scheiße langweilig aus. Was für mich neu ist. Und irgendwie angenehm. Mir ist heute nämlich bewusst geworden, dass ich bisher immer meine Kleidung für mich habe sprechen lassen. Mit meiner Lederhose oder einer Vierhundert-Dollar-Jeans gab ich den Leuten zu verstehen, dass ich ein toughes, bedeutendes Biest war, mit dem man sich besser nicht anlegte. Aber so, wie ich mich im Moment fühle, möchte ich am liebsten gar nicht wahrgenommen werden.

Ich besitze ohnehin keine Vierhundert-Dollar-Jeans mehr.

Sam überreicht mir gerade zwei Flaschen Wein, als Coco und Julia mit vor Aufregung geröteten Gesichtern und verschämtem Kichern die Treppe heruntergehüpft kommen und ihn sofort in Beschlag nehmen. Ich schaue hinüber zu Madeleine, die sich mit Heff über irgendeine neue Band aus Williamsburg unterhält, aber Heff ist einer von den Obercoolen, die so leise und monoton reden, dass keiner, der weiter als einen halben Meter von ihm entfernt steht, auch nur ein gottverdammtes Wort verstehen kann.

Gott, wo bleibt Pia? Sie gehört zu den Menschen, die es auf einer Party krachen lassen. Sie ist die ultimative Kupplerin. Ich dagegen verkrieche mich auf Partys gewöhnlich in eine Ecke, ignoriere alle und trinke, bis ich meine Persönlichkeit gefunden habe und/oder ein Typ mich anquatscht. Aber nicht heute Abend.

Julia klatscht in die Hände wie eine Schulrektorin. »Okay! Wer hat Durst?«

Wir verteilen Julias Bowle – Wodka, Dosenpfirsichsaft, Sekt und Crème de Cassis. Sam probiert einen Schluck, hüstelt und akzeptiert dann wortlos das Bier, das ich ihm heimlich zustecke.

Coco schwebt förmlich. »Wuuh! Die Bowle hat es echt in sich! Hab ich recht?«

Es klingelt wieder an der Tür, und sie springt auf, um aufzumachen.

»Hiiiiiiii!«

Gleich darauf führt sie Ethan in das Wohnzimmer, als wäre sie ein stolzes Frauchen auf einer Hundeausstellung.

»Alle mal herhören, das hier ist mein Gast!«

»Hallo, ich bin Ethan«, sagt der Neuankömmling Er spricht wie Kermit. »*Enchanté.*«

Ethan ist ein kleiner, stämmiger Typ, der ein blaues Karohemd und eine rote Karohose trägt. Ohne jede Ironie. Man sollte immer eine potenzielle modische Ironie berücksichtigen, vor allem in Brooklyn, aber glaubt mir, ich weiß, dass dieser Kerl es nicht ironisch meint. Und seine Art zu sprechen ist noch schlimmer als sein Modegeschmack.

»Ich dachte mir, ich nehme die Linie L, und bin dann

runter zur U-Bahn, aber die fuhr in die falsche Richtung! Ich also wieder die ganze Treppe hoch und auf die andere Straßenseite, um die richtige Bahn zu finden! Nun, als jemand, der aus Chicago kommt, kann ich euch sagen: Da ist ein Mangel im System! Tatsächlich ist es so, dass ich …«

Das reicht. Ich werde eine rauchen gehen, um etwas Zeit totzuschlagen. Ich verdrücke mich heimlich in die Diele, schlüpfe in meine Felljacke und schleiche mich hinaus auf die Vordertreppe. In der Märzluft liegt schon ein Hauch von Frühling. Bald wird es Zeit, die Winterjacke einzumotten. Hurra. Ich gehe im Geiste meine Jacken und Blazer durch … Ah, Klamotten. Immer ein Trost, besonders wenn ich mich allein fühle.

»Du weißt ja, Rauchen ist schädlich.«

Ich drehe den Kopf zur Seite. Es ist Sam. Er steht neben mir und blickt in die Nacht hinaus.

»Das habe ich gehört.« Ich nehme wieder einen Zug und runzle die Stirn. »Eigentlich schmecken mir die Zigaretten gar nicht richtig, wenn ich keinen Alkohol trinke.«

»Du bist abstinent?«

»Nicht wirklich. Ich meine, ich habe dem Alkohol nicht offiziell abgeschworen. Ich hasse es, wenn andere das machen.«

»Ja, das ist voll nervig.«

»Ich möchte vorerst einfach etwas kürzertreten. Wodka aktiviert nämlich meinen Selbstzerstörungsmechanismus.«

»Gut zu wissen.«

Sam mustert mich, mit der Andeutung eines Lächelns. Er wirkt sehr selbstsicher, aber nicht arrogant. Eine ungewöhnliche Kombination, zumindest bei den Männern, die ich sonst so kenne. Seine Nase ist absurd gerade. Wie eine Prägung auf einer Münze. Majestätisch. Oder wie auch immer man Nasen bezeichnet, die auf Münzen abgebildet sind.

In diesem Moment entdecken wir Pia und Aidan, die auf der Union Street in unsere Richtung kommen und dabei auffällig gestikulieren. Pia wirkt aufgebracht. Haben die beiden etwa Streit?

»Ich kann nicht glauben, dass du uns das antust …«, sagt sie, dann hebt sie den Kopf. »Angie?«

»Hi!« Wir müssen die Farce mit der Überraschungsparty aufrechterhalten. »Pia, tu bitte gleich so, als wärst du völlig von den Socken, okay? Du zählst jetzt einfach bis dreißig, dann kommst du rein und sagst so was wie: Heilige Scheiße! Mach es ein bisschen dramatisch, okay?«

»Was? Eine Überraschung? Aber ich hab doch nicht Geburtstag!«

Bevor sie mehr sagen kann, trete ich meine Zigarette auf der Treppe aus, schnappe mir Sams Arm und schleife ihn zurück ins Haus. Mag sein, dass Pia und Aidan gerade Streit haben, aber dem werde ich später auf den Grund gehen.

Sam zieht eine Augenbraue hoch. »Sie hat heute gar nicht Geburtstag? Dann ist das hier eine *Pseudo*-Überraschungsparty?«

Ich lächle ihn an und zucke mit den Achseln, als Julia um die Ecke geschossen kommt und sich direkt auf Sam stürzt. »Da bist du ja! Möchtest du noch was von der Bowle?« Dann legt sie den Kopf schief. »Ich kann sie hören! Alle Mann in Deckung! Versteckt euch!«

Wir sieben drängeln uns in unsere zugewiesenen Verstecke. Mir wird kurz bewusst, dass Julias Gast, ihr Arbeitskollege aus der Bank, noch gar nicht aufgetaucht ist. Nicht dass es ihr aufgefallen wäre. Sam und ich kauern uns beide hinter die Couch. Unsere Blicke treffen sich, und er zieht eine unglaublich bescheuerte Grimasse, so als wäre er total aufgeregt. Ich versuche, nicht zu lachen, aber ein leises Prusten entweicht mir doch.

»Angie!«, zischt Julia.

Sam sieht mich kopfschüttelnd an und macht »Psch!«.

Wenige Sekunden später, während wir alle in der Dunkelheit harren, betreten Pia und Aidan das Wohnzimmer.

»ÜBERRASCHUNG!«

»O MEIN GOTT!«, kreischt Pia und macht in gespieltem Schreck einen Satz in der Luft.

»Tolle schauspielerische Fähigkeiten«, murmelt Sam leise, während Julia und Coco begeistert aufschreien und in die Hände klatschen.

»Du solltest sie erst mal sehen, wenn sie eine Panikattacke hat«, erwidere ich.

»Ist sie eine Simulantin?«

»O nein«, sage ich. »Ich glaube, ihre Emotionen sind echt. Ich meine damit nur, dass sie einem wirklich zeigt, was sie gerade fühlt.«

»O Mann, ich könnte innerlich sterben, und meinem Gesicht würde man nichts ansehen«, sagt Sam.

»Ich auch«, sage ich. »Das ist mein Fluch.«

Sams Dauerstirnrunzeln verwandelt sich in ein Grinsen, als Julia auf uns zukommt und ihr Bowleglas in einem Zug leert. »Lasst uns essen!«

Cocos Gesichtszüge entgleisen. »O mein Gott, die Pasteten.«

In diesem Moment schlägt der Rauchmelder Alarm.

16

Okay, die ganze Küche stinkt nach Qualm, im Haus ist es arschkalt, weil wir sämtliche Fenster aufgerissen haben, um durchzulüften, und die Pasteten sind verbrannt – sie sind nicht mehr zu retten. Aber dafür ist die Party mächtig in Schwung gekommen. Gemeinsam wurde entschieden, dass es zum Dinner nur Eistorte und Käse gibt, und die Folge ist, dass nun alle betrunken sind und sich – um einen Ausdruck zu verwenden, den ich als Teenager toll fand – *voll danebenbenehmen.*

Pia behandelt Aidan wie Luft. Das gab es noch nie. Normalerweise strahlen die beiden sich immer den ganzen Abend an wie zwei kleine Geburtstagskerzen. Ich warte auf den richtigen Moment, um Pia zu fragen, ob alles in Ordnung ist, aber sie textet gerade Madeleine und Heff zu, die so betrunken sind, dass sie nichts erwidern können. Auch das gab es noch nie. Ich würde mein Geld darauf verwetten, dass Madeleines bisherige Drogenerfahrungen nicht weiter reichen als bis zu einem Mittel gegen Menstruationsbeschwerden. Julia ist ganz still geworden. Sie starrt lediglich Sam an, als wäre er ein Fernseher. Und Coco hüpft herum wie eine vollbusige Fee auf Ecstasy, während sie zu einer ihrer Lieblings-CDs tanzt (ausgerechnet Will Smiths *Greatest Hits*, von allen gottverdammten CDs). Sie hat den Regler bis zum Anschlag aufgedreht. Sam und Aidan sind die Einzigen, die sich richtig unterhalten. Sie reden gerade über irgendeinen Skandal, in den ein New York Yankee oder ein New York Jet oder so verwickelt ist.

»Was hältst du von Ethan?«, flüstert Coco und hickst mir ins Ohr. »Ich habe zuerst Jonah gefragt, aber der wollte nicht kommen. Er hat Nein gesagt.«

»Wahrscheinlich hatte er schon was anderes vor«, flüstere ich zurück.

»Nein, er mag mich nicht.« Coco sieht plötzlich unheimlich traurig aus.

Es klingelt an der Tür. Ich gehe aus dem Zimmer, um aufzumachen. Vor mir steht ein großer Lulatsch in einem Micky-Maus-Kostüm. Was zum …

»Süßes oder Saußes?«, brüllt er.

Ah. Der Kerl hat voll einen im Kahn.

»Alter, wir haben März«, sage ich, im Begriff, die Tür wieder zu schließen.

»Ich bin Lev.« Er schielt vor Anstrengung, um die Worte herauszubekommen. »Ich bin hier wegen des Partydinners«

»Wegen der Dinnerparty meinst du wohl.«

»Ich war heut auf dieser Jungschellenparty. In City Atlantic. Darum bin ich … spät. Wo bin ich? Du bisehr hübsch. So hübsch. Bisu mein Date?«

»Nein.«

»Willsu mit mir ausgehn?«

»Nein.«

Ich führe Lev ins Wohnzimmer.

»Jules, dein Date ist da.«

»Er ist nicht mein Date! Er ist … er ist bloß ein Freund aus der Bank … äh … ein Kollege. Lev, das hier sind …«

Julia stellt ihm alle Anwesenden vor, aber Lev ignoriert sie einfach, lässt sich auf die Couch plumpsen und macht sofort die Augen zu.

»Lev, wach auf!« Julia ist empört. »Du verpasst eine total abgefahrene Party!«

»Julia schreit schon wieder rum«, murmelt Lev. »Das meldich der Pers… Perschalabteilung.«

Sam fängt meinen Blick auf und senkt den Kopf. Er lacht in sich hinein.

»Hast du mal den Oregon Blue probiert? Ich bin ein großer Käseliebhaber«, sagt jemand mit einer froschartigen Stimme neben mir. Es ist Ethan, Cocos Gast. »Ich hab mal einen ganzen Sommer lang in Wisconsin bei der Käseherstellung geholfen.«

»Das war bestimmt eine aufregende Erfahrung für dich«, sage ich.

»O ja, in der Tat«, sagt er. Er ist sehr betrunken. »Siehst du, das Geheimnis bei Cheddar ist das Lab …«

Ethan der Käsemacher arbeitet im Gesundheitsamt, aber heute Abend hat er sich zudem als »ein großer Liebhaber« von Wein, Fahrrädern, Fliegenfischen, Segelsport, James-Bond-Filmen, Kopfhörern, der Schlacht von Brooklyn, Typografie, Hip-Hop und gothischer Architektur geoutet. Ethan ist einer von denen, die andere gern belehren, also ein Vollpfosten. Schlimmer noch, Coco findet ihn umwerfend.

»Wow!«, sagt sie nun. »Ich habe noch nie was von dieser Käsesorte gehört. Du etwa, Angie? Hast du? Hey, wir Mädels sollten uns alle das gleiche Tattoo stechen lassen, nämlich die Worte ›Brooklyn Girls Forever‹! Weil wir echt spitze sind!«

Wenn ich es nicht besser wüsste, würde ich annehmen, dass Coco irgendwas genommen hat.

»Lev!« Julia stupst ihn an. »Wach auf!« Sie sieht zu Sam und lächelt nervös. »Normalerweise ist er wirklich ein netter Kerl.«

Lev schlägt die Augen auf. »Julia, kannsu für mich sum Snackautomat gehn?«, fragt er und sieht dann Sam an. »Hey! Is das Pingpong? Pingpong! Pingpong!« Dann lässt er den Kopf nach hinten sinken und verliert wieder das Bewusstsein.

Auf der anderen Seite des Wohnzimmers sehe ich Aidan mit Pia flüstern.

»Nein, Aidan, wir können nicht darüber reden!«, fährt sie ihn an. »Du ziehst nach San Francisco. Was gibt es da noch zu sagen? Echt super, Mann. Einfach super!«

»Du verhältst dich wie ein Baby«, sagt Aidan.

»Du verhältst dich wie ein Baby«, äfft Pia ihn nach.

»Ruf mich an, wenn du darüber reden möchtest«, sagt er leise, dann wendet er sich zum Gehen und verlässt den Raum. Kurz darauf fällt die Haustür ins Schloss.

Mit einem lauten Schluchzen springt Pia von der Couch auf und stürmt ihm hinterher. »Aidan, warte! O Gott, warte doch!« Wieder knallt die Haustür zu.

Julia läuft Pia nach. Julia kommt von der »Je mehr, desto besser«-Dramaschule.

»Schlechte Idee!«, rufe ich ihr hinterher. »Sie will mit ihm allein sein!«

»Pia ist eine Prinzessin«, sagt Madeleine.

Ich sehe sie mit schmalen Augen an. Madeleine und Pia standen sich noch nie besonders nah, aber niemand redet schlecht über meine beste Freundin.

»Sie ist keine verfluchte Prinzessin, sie ist bloß manchmal eine Dramaqueen, und das macht sie so hinreißend.«

»Hinreißend?« Madeleine schnaubt.

Bevor ich zu einem weiteren verbalen Schlag ausholen kann, zu dem ich gern ausholen würde, quatscht Sam mich von der Seite an.

»Und, Angie, was machst du so?«

»Was ich so mache? Was ich so mache … hm … mal überlegen. Nun, Sam, ich bin arbeitslos. Ich versuche, einen Job zu bekommen, aber ich versage am laufenden Band.« Ich mache eine kleine Pause und trinke einen Schluck von meiner Bowle. »Kläglich. Hast du einen Rat für mich?«

Sam zuckt mit den Achseln. »Finde heraus, was dir liegt, krieg einen Fuß in die Tür und ran an den Chef.«

»Einen Fuß in die Tür kriegen? Wie denn?«

»Na ja … Okay, dazu muss ich ein bisschen von mir selbst erzählen, also Entschuldigung, falls ich dich gleich langweile …«

»Entschuldigung akzeptiert.«

»Oh, danke. Also … Weißt du, als Kind bin ich nie gesegelt, aber ich habe es mir immer sehnlich gewünscht. Ich hatte keine anderen großen Ambitionen. Und dann als Teenager wollte ich unbedingt eine Weile weg. Mein Leben war quasi … implodiert. Also kaufte ich mir ein One-Way-Ticket nach Trinidad, lernte in den Kneipen, in denen die Segelcrews herumhingen, ein paar Leute kennen und bekam so einen Fuß in die Tür. Ich durfte auf einer Jacht mitfahren, die zu den Bahamas überführt wurde. Ich habe mir einfach von den anderen alles abgeschaut und bin so in den Job reingewachsen. Der neue Besitzer mochte mich, und das war's dann. Drei Jahre auf See, und es werden immer mehr.«

»Und, gefällt es dir?«

Sam überlegt kurz, während seine grauen Augen in die Ferne starren. »Wenn ich auf See bin, wache ich jeden Morgen auf und freue mich auf den Tag.«

»Hm«, sage ich nachdenklich und runzle die Stirn.

»Du runzelst oft die Stirn.«

»Du auch! Du wirst mit dreißig schon Botox brauchen.«

»Nett von dir, dass du das sagst.« Er macht eine Pause und trinkt einen Schluck von seinem Bier. »Die Feier hier … ist nur dazu da, um mich mit Julia zu verkuppeln, richtig?«

»Nein … Vielleicht.« Pause. »Ja.«

Er lacht, und sein Gesicht hellt sich auf. »Wirklich? Das war bloß ein Scherz von mir. Der ganze Abend? Nur für mich?«

»Nicht ganz«, schwindle ich, da ich plötzlich das Gefühl habe, dass ich Julia in den Rücken falle. »Pia hat wirklich Geburtstag. Bald. Gewissermaßen.«

Sam sieht mich mit hochgezogenen Augenbrauen an. Ich ziehe meine auch hoch. Noch eine Sache, die wir gemeinsam haben. Wir ziehen oft die Augenbrauen hoch.

»Da gibt es etwas, das ich dich noch fragen wollte«, sagt er. »Wie bist du eigentlich an diese Leute geraten und auf die Jacht, auf diese Party? Du hast nicht wirklich dazugepasst.«

Ich lächle, aber mein Gesicht fühlt sich plötzlich total verkrampft an. Ich passe nicht zu einer Gruppe von Frauen, die auf dem schmalen Grat zwischen gesellig und käuflich wandeln. Der bloße Gedanke daran bringt mich zum Frösteln.

»Alles okay? Du siehst aus, als würdest du gleich losreihern.«

»Alles gut … Sagt man tatsächlich noch ›losreihern‹?«

»Und ob. Aber jetzt mal ernsthaft: Was hattest du da zu suchen? Mir war von Anfang an klar, dass da irgendwas nicht stimmte. Du bist auf den Pier stolziert und hast einen verdammt verkaterten und verlorenen und angepissten Eindruck gemacht, mit deiner Kippe im Mund und deinen Nieten-Chucks. Und im Gegensatz zu den anderen Frauen hattest du keine falsche Bräune, keine falschen

Brüste und keine falschen Zähne. Sind das Freundinnen von dir?«

»Zum Teufel, nein, ich kannte die vorher gar nicht. Es hat sich einfach so ergeben. Ich kenne Stef schon eine Weile, ich habe ihm vertraut, das hätte ich nicht tun sollen. Ende der Geschichte.« Ich nehme einen Schluck aus meinem Glas in der Hoffnung, dass Sam etwas sagt. Tut er nicht. Und aus irgendeinem gottverdammten Grund ertappe ich mich dabei, dass ich weiterplappere. »Deshalb werde ich von nun an für immer einen großen Bogen um reiche Söhne machen. Das sind nämlich alles geborene Arschlöcher, die einen kackfrech anlügen, um ihren Willen zu bekommen, weißt du? Und jetzt genug von mir. Woher kommst du eigentlich, Sam?«

Ich weiß nichts über ihn. Außer dass er auf Jachten arbeitet, momentan bei einem Freund in Fort Greene wohnt, pleite und gerade arbeitslos ist.

»Aus Ohio.«

»Aus Ohio? Ist das dein Ernst? Erzähl mir mehr.«

»Brauchst du wirklich Details? Ich bin Sam. Einfach nur Sam.«

»Und ich bin Angie. Einfach nur Angie.«

»Also, einfach nur Angie, was hältst du davon, wenn ich dich zu einem Blind Date mit einem meiner Kumpels verkupple? Mal sehen, ob dir das gefällt.«

»Oh … nein. Ich date im Moment niemanden, einfach nur Sam. Ich habe zu viele schlechte Entscheidungen getroffen, was … äh … Männer betrifft.«

»Du meinst, wenn man schon keine netten Männer mehr daten kann, dann lässt man es lieber ganz sein?«

»So ungefähr. Im Moment möchte ich lieber Single sein. Aber ich finde, du und Julia, ihr solltet euch unbedingt mal auf einen Drink oder so treffen. Sie ist wirklich total witzig.« Ich mache eine Pause und sehe, dass Julia auf der anderen Seite des Raums gerade »Give me five!« schreit und Heff zwingt, sie abzuklatschen.

»Sie scheint ziemlich nett zu sein, aber eigentlich … bin ich auch nicht auf der Suche. Ich habe gerade eine Trennung hinter mir.«

»Details, bitte.«

»Ihr Name ist Katie. Wir waren zusammen auf dem College, und danach haben wir eine Art Fernbeziehung geführt. Aber es war kompliziert, weißt du. Es ist schwer, mit jemandem Kontakt zu halten, wenn man wochenlang ununterbrochen auf See ist … Katie ist jetzt in Paris. Sie studiert dort.«

Er zeigt mir auf seinem Handy einen Schnappschuss von ihr in fröhlicher Runde.

Ich bin beeindruckt. »Ihre Freundinnen machen alle dieses Kussmundgesicht, aber sie lächelt ganz normal. Sie sieht aus, als würde sie zu der Sorte von Frauen gehören, mit der ich einen trinken gehen würde.«

Sam grinst sein echtes Grinsen. Es breitet sich auf seinem ganzen Gesicht aus, wie von einem Kind gemalt. Ich grinse zurück, und ein seltsames, schönes, warmes Gefühl durchrieselt mich. Ich mag diesen Kerl, wird mir bewusst. Auf eine freundschaftliche Art. Auf eine rein freundschaftliche Art. Was mir in meinem ganzen Leben noch nie passiert ist.

Mal was Neues.

»Möchtest du, dass wir Freunde werden?«, frage ich ihn, und die Worte sind heraus, bevor ich einschätzen kann, wie merkwürdig sie klingen. »Ich meine, ernsthaft. Lass uns einfach auf dieses ganze erotische Knistern verzichten. Keine Knutscherei in betrunkenem Zustand, kein One-Night-Stand, den man hinterher bereut, kein

Dawson-und-Joey-Szenario. Lass uns einfach Freunde sein.«

»Freunde?«

»Freunde. Was hältst du davon, wenn du morgen zu mir kommst und wir ziehen uns ein paar Folgen von *Voll daneben, voll im Leben* rein oder so.«

»Ich liebe diese Serie«, sagt Sam mit todernstem Gesicht. »Eine Schande, dass sie abgesetzt wurde … Lädst du mich hiermit zu einem freundschaftlichen Date ein? Machen Erwachsene das so?«

»Ja«, sage ich. »Ich glaube schon. Sowohl das eine als auch das andere.«

Ich lasse den Blick durch das Wohnzimmer schweifen. Madeleine und Heff liegen auf dem Boden und krümmen sich vor Lachen über Julia, die gerade den Wurmtanz macht. Ethan der Käsemacher hat auf der Couch das Bewusstsein verloren, neben einem immer noch weggetretenen Lev, Pia und Aidan sind weiterhin verschwunden, wahrscheinlich diskutieren sie noch, und Coco, die auf einen Stuhl geklettert ist, singt lauthals mit zu der Musik und paradiert wie ein Pony auf Speed.

»Normalerweise sind sie nicht so«, sage ich zu Sam. »Jemand muss wohl heimlich Drogen in das Eis getan haben.«

In diesem Moment schreit Coco »WUUH!«, springt von dem Stuhl und fällt dann rücklings auf den Boden.

Das ist eine merkwürdige Tanzeinlage.

Plötzlich fängt sie an zu zucken, während ihr Kopf heftig auf den Boden schlägt. Ihr ganzer Körper versteift sich, als säße sie auf einem elektrischen Stuhl, und sie gibt erstickte Würgelaute von sich.

Heilige Scheiße.

Coco hat eine Alkoholvergiftung.

17

Wir starren alle erschrocken ein paar Sekunden lang auf Coco, bevor Sam die Initiative ergreift. »Geht zurück. Macht Platz.«

Er geht rechts neben Coco in die Hocke, während ich mich links von ihr hinknie, mein Handy hervorhole und die 911 wähle. Ich lege meine Hand auf Cocos Stirn: Sie ist ganz nassgeschwitzt.

Julia verliert die Nerven. »Coco! Coco! O mein Gott. Omeingottomeingott …«

»Beruhige dich, Julia«, sagt Sam. »Es geht ihr gut, es wird alles wieder gut. Coco? Kannst du mich hören?«

Er geht mit seinem Ohr nah an ihren Mund und fühlt am Hals ihren Puls.

Die Notrufzentrale meldet sich. »Wir brauchen dringend einen Krankenwagen …«

Ich erkläre, was passiert ist. Die Frau weist mich an, Coco in Rückenlage zu bringen, was Sam bereits getan hat, und ihre Vitalparameter zu überprüfen.

»Sie … sie atmet, aber sie ist ganz weiß im Gesicht und immer noch bewusstlos«, sage ich, während Sam mich instruiert. Er scheint genau zu wissen, was zu tun ist.

»Hat sie etwas genommen?«, fragt die Frau von der Zentrale.

»Ich weiß es nicht«, sage ich. »Sie war heute Abend ziemlich aufgedreht, aber ich habe sie nur Alkohol trinken sehen …«

Coco fängt wieder an zu krampfen, und aus ihrem Mund blubbert Erbrochenes. Sam bringt sie in die Seitenlage, und sie erbricht eine schaumige Masse aus Alkohol, Käse und Crackern.

»Gott«, murmle ich.

Sam dreht Coco wieder auf den Rücken und geht mit seinem Ohr erneut dicht an ihren Mund, um zu hören oder zu spüren, ob sie noch atmet.

»Die Atmung ist da, aber sie ist weiter bewusstlos«, sagt er. »Und ihr Puls rast wie verrückt.«

Äußerlich rede ich ganz ruhig mit der Frau am Telefon, aber innerlich drehe ich durch. Das hier ist meine Schuld. Ich habe Coco total vernachlässigt. Bis jetzt habe ich nie darüber gesprochen, weil, nun ja, es ist Cocos Privatsache und nicht meine, und außerdem plaudere ich keine fremden Geheimnisse aus, aber Coco hatte vor ein paar Monaten eine Abtreibung. Sie vertraute sich damals Pia und mir an, und wir halfen ihr, eine Beratungsstelle zu finden und das ganze Prozedere durchzuziehen. Coco war den Winter über ein bisschen still und bedrückt. Aber Teufel noch mal, wer ist im Winter nicht still und bedrückt, richtig? Und sie hatte schließlich eine Abtreibung, ich meine, das kann einen schon ziemlich runterziehen für eine Weile. Ich hatte auch mal eine. Vor ungefähr acht Jahren. Ich hatte im Urlaub was mit einem Kellner, als ich mit Pia und ihren Eltern verreist war. Ich versuche, nicht daran zu denken, nie. Ich schätze, ich bin davon ausgegangen, dass Coco es genauso handhaben würde.

»Ich muss wissen, was sie genommen hat«, insistiert die Frau am anderen Ende der Leitung.

Woher zum Geier soll ich das wissen? Ich habe keinen blassen Dunst, was bei den anderen gerade wirklich los ist! Aber vielleicht hätte ich fragen sollen, wird mir bewusst, während ich Cocos reglosen Körper auf dem Boden betrachte. Coco ist jünger als ich, sie ist unendlich naiv und unerfahren, sie ist praktisch noch ein Kind … Wir sollten besser auf sie aufpassen.

Wir alle sollten besser aufeinander aufpassen.

Plötzlich schlägt Coco die Augen auf, zuckt und spuckt wieder. Sam dreht sie rasch auf die Seite.

Die Frau in der Leitung meldet sich wieder zu Wort. »Ma'am? Drogen, Alkohol, verschreibungspflichtige Medikamente?«

»Äh … ich weiß es nicht. Aber ich werde es herausfinden, ich finde es heraus.« Ich gebe Sam mein Handy und stehe auf. »Ich geh mal kurz rauf, ihr Zimmer checken.«

Er nickt und wischt Erbrochenes aus Cocos Gesicht, bevor er sich an Julia wendet. »Bring mir ein nasses Handtuch.«

Julia nickt verzweifelt und stürzt los, völlig von der Rolle, wie es für Leute, die sonst immer gern das Kommando führen, in einem echten Notfall typisch ist. Madeleine und Heff in ihrem benebelten Zustand starren erschrocken auf Coco. Ethan der Käsemacher liegt nach wie vor ohnmächtig auf der Couch, völlig nutzlos, neben einem nach wie vor schlafenden Lev. Und ich nehme an, Pia ist immer noch draußen und diskutiert mit Aidan. Die Einzigen, die hier wirklich helfen können, sind Sam und ich. Fuck.

Ich renne die Treppe hoch in das Dachgeschoss, immer drei Stufen auf einmal nehmend. Cocos Zimmer ist wirklich hinreißend Es hat Schrägen, und auf den Fensterbänke stehen unzählige Bücher. Ich komme mir wie ein Eindringling vor, als ich die Schubladen ihres Nachttisches aufziehe: Bücher, Lippenbalsam, Papiertaschentücher, ein alter Schlüsselbund, Fotos von ihrer Mutter (sie starb, als Coco noch sehr jung war). Danach nehme ich mir die Schreibtischschubladen vor. Bleistifte, Kugelschreiber, Schere … nichts weiter.

Ich lasse den Blick durch das Zimmer schweifen. Wo würde ich hier Drogen verstecken, wenn ich Coco wäre? Die Antwort lautet: Wenn ich Coco wäre, würde ich keine Drogen besitzen. Außer vielleicht verschreibungspflichtige Medikamente. Und die würde ich dann als Arznei betrachten, also würde ich sie wohl bei den Heftpflastern und dem Hustensaft und den Schmerztabletten aufbewahren.

Wo zum Teufel sind Cocos Toilettenartikel? Ich blicke mich um und sehe schließlich eins dieser Hängeregale für Schuhe an der Tür. Kennt ihr diese langen Teile mit den ganzen Seitenfächern? Coco benutzt ihres nicht für Schuhe, sondern für ihre Hygiene- und Kosmetiksachen. Ich durchsuche der Reihe nach jedes einzelne Fach. Feuchtigkeitscreme, Gesichtspeeling, Rasierer, Deoroller, Haarbürste, Haarbänder, Sonnenmilch … Und schließlich Tabletten.

Demerol und Xanax.

Natürlich.

Ich schnappe mir die beiden Dosen und haste wieder nach unten. Inzwischen sind die Sanitäter eingetroffen. Sie stehen im Wohnzimmer und stellen Sam Fragen. Cocos Augen sind nun offen, und ihr Gesicht sieht bläulich grau aus, wie ausgeblutet, als hätte eine fehlerhafte Photoshop-App ihm die ganze Farbe geraubt.

»Ich werde sie ins Krankenhaus begleiten«, sage ich zu Sam.

»Ich komme mit«, erwidert er.

»Ich auch!«, sagt Julia. »Sie ist immerhin meine Schwester.«

Und so finden wir drei uns schließlich in der Notaufnahme wieder. Coco wird sofort in ein Bett verfrachtet, und wir setzen uns um sie herum. Die Vorhänge sind zugezogen. Ärzte kommen und gehen, ruhig und konzentriert, besorgt und kühl. Coco hat Herzrhythmusstörungen, darum hängt sie an der Überwachungsmaschine. Da ihre Atmung immer noch unregelmäßig ist, trägt sie eine Sauerstoffmaske, und sie ist außerdem an den Tropf angeschlossen, um ihren Flüssigkeitshaushalt zu stabilisieren. Sie ist nun wieder bei vollem Bewusstsein, aber wegen der Sauerstoffmaske kann sie nicht reden. Ihre Augen wirken noch größer und blauer als sonst, und Tränen laufen über ihr Gesicht Sie sammeln sich an den Rändern der Kunststoffmaske.

Ich war noch nie zuvor in einer Notaufnahme. Es ist nicht so, wie man es aus dem Fernsehen oder dem Kino kennt, sondern viel leiser, profaner. Keine Schusswunden, keine Stichverletzungen. Nur normale, durchschnittliche Leute, die sich verletzt haben. Ich höre die Angehörigen am Nachbarbett auf Spanisch miteinander flüstern, und auf dem Flur spricht eine alte Frau Russisch. Wie schrecklich muss es sein, in einem Krankenhaus zu liegen und nur eine fremde Sprache zu sprechen.

Wir drei sitzen still da und nippen an dem süßen, metallisch schmeckenden Automatenkaffee, den Sam uns besorgt hat. Hin und wieder murmeln wir kurz miteinander auf diese vertrauliche Art, die in Krisenzeiten zustande kommt. Seltsam, dass ein Notfall eine Freundschaft beschleunigen kann. Im Moment fühlt es sich nämlich an, als wäre Sam einer von uns.

Ich hole die Beruhigungsmittel heraus, die ich in Cocos Zimmer gefunden habe.

»Demerol?« Julia weiß noch nichts von den Medikamenten. »O Gott, arme Coco, das ist meine Schuld, das ist meine Schuld, das ist meine Schuld …«

Sam legt seine Hand auf ihre Schulter. »Es ist nicht deine Schuld. So etwas kann passieren. Trink deinen Kaffee.«

Julia greift gehorsam nach ihrem Becher und nimmt einen Schluck.

»Braves Mädchen«, sagt Sam.

»Nenn mich nicht Mädchen, mein Freund«, erwidert sie. »Ich bin verfluchte dreiundzwanzig Jahre alt.«

»Brave … Frau?«

»Schon eher.«

Wir fallen wieder für eine Weile in Schweigen.

»Ich hasse Krankenhäuser«, sagt Julia schließlich.

»Ich auch«, sagt Sam. »Ich glaube, das geht jedem so.«

»Nein, ich hasse sie wirklich. Meine Mutter ist im Krankenhaus gestorben. Sie wollte ihre letzten paar Tage zu Hause verbringen, aber die Ärzte haben sie nicht gehen lassen. Ist das nicht gemein? Ich fand das so gemein.« Julia spricht ganz leise und stockend, wie ich sie noch nie zuvor habe reden hören. »Ich muss immer daran denken.«

Sam zögert kurz. »Woran …?«

»Brustkrebs.«

»Das tut mir sehr leid«, sagt er, und statt einstudiert oder phrasenhaft, wie das bei solchen Worten gewöhnlich der Fall ist, klingt es aufrichtig. Dann streckt er den Arm aus und zieht Julia an sich, eine seltsam väterliche Geste, wodurch ihre beiden Plastikstühle gegeneinanderstoßen. Wie Papa Eule, der Baby Eule unter seinen Flügel nimmt. »Aber Coco übersteht das, das weißt du.«

Julias Blick fällt auf Coco, die nun ruhig schläft. »Wofür braucht sie überhaupt so starke Schmerz- und Beruhigungsmittel?«

O mein Gott. Coco hat ihr nie etwas von der Abtreibung erzählt. Diese Idee ist mir gar nicht in den Sinn gekommen. Ich war viel zu beschäftigt damit, mir über Mani den Kopf zu zerbrechen, der damals gerade mit mir Schluss gemacht hatte, sowie damit, in jeder freien Minute feiern zu gehen, um die ganzen Gefühle zu verdrängen, mit denen ich mich nicht auseinandersetzen wollte … Coco und Julia stehen sich unglaublich nah. Wie konnte Coco ihrer einzigen Schwester so etwas Wichtiges verschweigen?

Weil Julia kein Verständnis dafür haben würde. Vielleicht würde sie es missbilligen und verurteilen und Coco sogar ein noch schlechteres Gewissen machen. Es ist Cocos Geheimnis. Gerade ich kann das besonders gut nachvollziehen.

Also zucke ich einfach mit den Achseln. »Wer weiß? Die verteilen diese Tabletten wie Süßigkeiten. Hatte Coco letztes Jahr nicht eine Weisheitszahn-OP?«

»Oh, ja, ich glaub schon.« Julia runzelt die Stirn.

Das Xanax scheint sie nicht zu überraschen. Offenbar hat sie davon gewusst.

Wieder kommt ein Arzt herein, um nach Coco zu schauen. Er möchte sie über Nacht dabehalten, zur Beobachtung.

»Das wirklich Erschreckende ist, dass sie völlig neben der Spur war«, sagt Julia zu dem Arzt. »Was, wenn wir nicht dabei gewesen wären? Was, wenn ihr das inmitten von lauter fremden Leuten passiert wäre? Es hätte ihr alles Mögliche zustoßen können!«

Dreitausend Dollar. Das Soho Grand Hotel. Und ich weiß bis heute nicht, was in jener Nacht geschehen ist.

Ich schüttle den Kopf, wie um ihn freizubekommen, woraufhin ich einen eigenartigen Blick von Sam ernte.

»Ungefähr ein Viertel unserer Notfälle sind auf Alkohol- und Medikamentenmissbrauch zurückzuführen«, erklärt der Arzt. »Manchmal ist die Quote sogar noch höher. Mit Ihrem Einverständnis werde ich die restlichen Tabletten sicher entsorgen. Wenn Ihre Schwester sie nicht braucht, ist es am besten, erst gar keine im Haus zu haben.«

Julia gibt ihm die Medikamente, und der Arzt verschwindet wieder. Dann dreht sie sich zu uns um.

»Ihr beide solltet nach Hause gehen und etwas schlafen. Sam, ich danke dir für alles. Vielen Dank.«

Sam beugt sich zu ihr, drückt sie an sich und wuschelt ihr durch die Haare. Julias Gesichtsausdruck wandelt sich von gestresst zu glückselig, während sie in seinen Armen liegt. Wow, sie mag ihn wirklich. Ich hoffe, er geht tatsächlich mal mit ihr aus.

»Und du bist dir sicher, dass du hier allein klarkommst?«, frage ich sie.

»Absolut sicher«, erwidert sie und überrascht mich, indem sie mich an sich zieht und mich ebenfalls drückt. Ich bin kein Knuddler, ich stamme aus einer langen Ahnenreihe von Nichtknuddlern, aber trotzdem erwidere ich instinktiv Julias Umarmung. Es ist, als ob man warme Socken frisch aus dem Trockner anzieht. Eine Art *Ahhh*-Gefühl.

»Angie, ich werd dich nach Hause begleiten«, sagt Sam, als wir das Krankenhaus verlassen.

»Hey, ich komm schon klar. Ich brauche keinen Aufpasser.«

»So hab ich das auch nicht gemeint. Aber es ist mitten in der Nacht, und das hier ist nicht gerade die beste Gegend von Brooklyn. Wahrscheinlich kommst du sicher nach Hause, aber vielleicht auch nicht. Wozu ein Risiko eingehen?«

Ich seufze. »Also schön. Wie du willst. Mann, machst du eigentlich alles richtig? Und woher weißt du überhaupt, dass das hier nicht die beste Gegend von Brooklyn ist? Schließlich bist du gerade einmal seit einer Woche hier.« Sam begnügt sich mit einem Schnauben als Antwort.

Die Nachtluft ist knackig kalt, aber irgendwie angenehm. Eine nette Abwechslung nach dem schalen Desinfektionsgeruch im Krankenhaus. Ich ziehe meine Felljacke enger um mich.

»Also, klär mich mal ein bisschen über deine Freundinnen auf«, sagt Sam, während wir losmarschieren. »Coco ist ein bisschen jünger als ihr anderen, richtig?«

»Ja«, sage ich. »Coco ist einundzwanzig, Julia ist dreiundzwanzig. Sie kommen aus dem Bundesstaat New York.«

»Julia ist die überfürsorgliche große Schwester, und Coco ist das Nesthäkchen, das nach Anerkennung sucht, stimmt's?«

»Mehr oder weniger. Gott, ich hoffe so, dass Coco sich wieder erholt.«

»Ganz bestimmt«, sagt Sam. »Sie hat einen Fehler gemacht, mehr nicht.«

»Hast du Geschwister?«

»Einen Bruder. Und Pia ist deine beste Freundin? Die Dramaqueen?«

»Äh … ja. Unsere Mütter haben sich auf der Entbindungsstation kennengelernt. Wir sind am selben Tag geboren.«

»Am selben Tag … Dann war ihr Geburtstag also nicht der Anlass für die Überraschungsparty heute Abend. Ich war der Anlass.« Er macht eine kleine Pause. »Ich komme mir richtig wichtig vor.«

Ich muss kichern. »Na ja, also, Pia und ich werden im April dreiundzwanzig. Und Madeleine ist … ich weiß gar nicht genau, wie alt Madeleine ist. Wir stehen uns nicht besonders nah. Sie ist ziemlich verschlossen. Unfreundlich. Manchmal sogar richtig gehässig.«

»Ich dachte, sie wäre einfach nur schüchtern«, sagt Sam. »Wenn jemand sich so kühl und kontrolliert verhält und merkwürdige kleine Kommentare von sich gibt, vermute ich dahinter immer Schüchternheit und Befangenheit. Das Bemühen, andere zu beeindrucken.«

Diese Idee überrascht mich. »Vielleicht hast du recht. Ich schätze, was man sieht, ist das, was man bekommt.«

»Das ist eine hübsche Theorie. Aber sie kann auf alle erdenklichen Arten nach hinten losgehen.«

Ich muss an Stef und an die Jacht denken, und an all die Fehler, die ich in der Vergangenheit gemacht habe, weil ich mir nicht die Mühe machte, hinter die Oberfläche zu schauen und die Männer erst einmal genauer kennenzulernen, bevor ich … Nun, weil ich mir nicht die Mühe gemacht habe, die Männer genauer kennenzulernen. Das wird mir nie wieder passieren.

»Ich werde mir das merken.«

»Tu das.«

Ich lächle Sam an und spüre dieselbe leichte, freundliche Wärme wie vorhin mit Julia. Dieses Warme-Socken-Ahhh-Gefühl. Sicherheit und Freundschaft. Sam ist ein guter Junge.

»Jedenfalls sind deine Freundinnen ein toller Haufen. Die meisten meiner Kumpels sind überall im Land verstreut, manche studieren, manche arbeiten … Du bist hier in Brooklyn wirklich auf die Füße gefallen, richtig?«

»Jau«, sage ich. Eigentlich stimmt das nicht ganz, aber ich will ihm nicht alles über mich erzählen.

»Hast du gerade ›jau‹ gesagt? Wie alt bist du? Neun?«

»Ja, ich bin neun … neun Arten von *umwerfend.*«

Sam lacht schallend. Ich weiß nicht einmal, warum ich das gesagt habe. Es ist die Art von Blödsinn, den ich sonst immer quatsche, wenn ich mit Pia abhänge.

»Hast du irgendwo in deinem Zimmer in der Union Street dein altes Lieblingskuscheltier versteckt?«

Ich sehe ihn stirnrunzelnd an. Wie hat er das erraten? »Ich habe sechs davon«, sage ich schließlich. »Big Ted, Little Ted, Grace, Rose, Ralph und Pinky.«

Sam lacht wieder schallend. »Gleich sechs! Bist du von Natur aus ein exzessiver Mensch?«

»Hör auf! Du darfst dich nicht über meine Kuscheltiere lustig machen!«

»Ich mache mich nicht darüber lustig! Ich habe selbst eins, das mich überallhin begleitet. Ich verstecke es immer ganz tief in meinem Kulturbeutel.«

»Name bitte?«

»Panda … Es ist … es ist ein Pandabär.«

»Du warst offensichtlich ein sehr einfallsreiches Kind.«

»In der Tat.« Sam unterbricht sich kurz und lächelt mich an. »Es ist nett, dass ich Panda noch habe. Er verbindet mich meiner Vergangenheit, weißt du? Einer schönen.«

»Ich weiß, was du meinst. Ich schätze, ich weiß meine Kuscheltiere einfach nur gern um mich«, sage ich.

Wir lächeln uns an, und ich habe wieder dieses Warme-Socken-Sicherheit-und-Freundschaft-Gefühl. Ein männlicher Freund, mit dem ich nicht schlafen werde. Wie bizarr.

Als wir vor dem Haus angekommen sind, sieht Sam mich an. »Also dann, gute Nacht. Versuch nicht, mich zu küssen oder so, okay? Das wäre echt peinlich. Schließlich mag ich dich nur als Kumpel.«

Ich muss lachen und boxe ihn spielerisch. »Danke für alles, was du heute Abend für Coco getan hast. Du hast ihr praktisch das Leben gerettet.«

»Hey, nicht der Rede wert. Außerdem gehört das zum Ehrenkodex zwischen platonischen Freunden, richtig? Es steht im Kleingedruckten: *Rette Mitbewohnerinnen nach einer Überdosis*.«

»Ja, klar. Also … ich werd mich morgen bei dir melden. Wegen unseres freundschaftlichen Dates.«

»Das will ich dir auch raten.«

Als ich ins Haus gehe, entdecke ich Pia und Madeleine auf dem Wohnzimmerboden, zwischen ihnen ein großer nasser Fleck, wo Coco sich erbrochen hat. Die Jungs sind verschwunden.

Pia hebt den Kopf. »Angie, wir müssen reden.«

18

Das ist seltsam. Pia, meine beste Freundin hier im Haus, von der ich mich in letzter Zeit entfremdet habe, und Madeleine, ihre ehemalige Freundfeindin und diejenige im Haus, die ich am wenigsten sympathisch finde, sitzen um zwei Uhr morgens im Wohnzimmer auf dem Boden und lassen sich eine Flasche Malbec munden.

»Worüber möchtest du denn reden?«, frage ich mich, plötzlich erschöpft.

»Gleich. Berichte uns zuerst von Coco«, sagt Pia.

»Wie geht es ihr?« Madeleine zieht ihre langen Ärmel über die Hände und sieht mich besorgt an. Sie trägt immer langärmlige Oberteile. Plötzlich fällt mir wieder ein, was Julia vorhin gesagt hat. Dass Madeleine sich früher geritzt hat. Vielleicht tut sie das immer noch. Oder vielleicht hat sie Narben. Dies hier ist wahrscheinlich nicht der richtige Zeitpunkt, um sie zu fragen. »Das war so furchtbar … Ich habe noch nie gesehen, wie jemand zusammengebrochen ist.«

»Coco geht es gut«, sage ich. Ich erkläre den beiden, was passiert ist. »Es war ein dummer Fehler. Sie hat einfach nicht gewusst, dass man die Tabletten nicht mit Alkohol kombinieren darf.«

»Wie zum Kuckuck kommt sie überhaupt an diese starken Beruhigungsmittel?«, sagt Madeleine. »Ernsthaft. Das passt überhaupt nicht zu ihr.«

Pia und ich wechseln einen Blick. Ich denke nicht, dass

wir Madeleine einweihen sollten. Das steht uns nicht zu.

»Sie hatte eine Abtreibung«, sagt Pia. »Vor ein paar Monaten.«

Pia sieht das offenbar anders.

Madeleine seufzt, wirkt aber nicht schockiert, was wiederum, auch wenn es sich seltsam anhört, mich irgendwie schockiert. Ich hätte sie eher für eine rigorose Abtreibungsgegnerin gehalten. »Arme, arme Coco. Sie war in letzter Zeit tatsächlich ein wenig in sich gekehrt. Ich wette, sie hat auch Julia nichts davon gesagt.«

»Nein.« Pia schüttelt den Kopf. »Und du darfst es Julia auch nicht sagen, okay? Wenn Coco sie einweihen will, wird sie das selbst tun ... Jedenfalls hat sie deswegen das Demerol verschrieben bekommen. Was das Xanax betrifft ... keine Ahnung.«

»Wie habt ihr davon erfahren?«, fragt Madeleine.

»Angie hat sie eines Tages weinend in der Küche vorgefunden, als Coco dachte, sie wäre allein im Haus.«

Ich nicke, während ich mich an diesen Tag im Dezember zurückerinnere. Zuerst dachte ich, Coco hätte bloß wieder so einen gottverdammten Nicholas-Sparks-Roman gelesen. Bei diesem Kitsch kommen ihr nämlich immer die Tränen. Aber sie hat Rotz und Wasser geheult – so verzweifelten, dass mir sofort klar war, dass etwas ernsthaft nicht stimmte. Ich wusste nicht, was ich tun sollte, also rief ich Pia an. Sie war gerade auf dem Weg zu Aidan, aber sie kam sofort nach Hause. Sie hat es direkt erraten. Ich glaube, sie hat es schon seit einer Weile vermutet.

Madeleine seufzt wieder. »Das ist einfach schrecklich. Es ist für jede Frau, die in so eine Lage kommt, schrecklich ... Wer war der Kerl?«

»Dieser Eric.« Pia rümpft angewidert die Nase. »Dieser kleine Flachwichser.«

»O mein Gott«, sagt Madeleine.

Wir sitzen alle einen Moment lang schweigend da.

»Na ja, Coco wird morgen wieder nach Hause kommen, so gut wie neu, richtig? Und es war nur ein Versehen!«, sage ich. »Ich denke, wir sollten sie einfach … das Ganze vergessen lassen. Es nicht zur Sprache bringen. Das würde ich mir jedenfalls wünschen.«

»Coco sieht das vielleicht anders«, wendet Pia ein. »Vielleicht möchte sie ja darüber reden.«

»Nun, wenn sie reden möchte, werden wir ihr zuhören«, sage ich. »Wir werden für sie da sein, wenn sie das Bedürfnis hat, sich auszuweinen. Aber wahrscheinlich wird es ihr eher peinlich sein. Sie wird sich dafür schämen, schließlich ist es ja nicht so, als würde einem das ständig passieren. Es war ein Unfall. Ihr war nicht wirklich bewusst, was sie tat, aber deswegen ist sie nicht gleich ein schlechter Mensch. Die Situation ist irgendwie eskaliert, und plötzlich, bumm!, hatte sie keine Kontrolle mehr darüber. Sie selbst hat das gar nicht richtig mitgekriegt. Es war ein einmaliger Ausrutscher, und es wird nie wieder vorkommen! Versteht ihr?«

Pia und Madeleine starren mich an. Ich schnappe nach Luft. Habe ich mich gerade in was hineingesteigert?

Schließlich sagt Pia: »Reden wir hier von Coco oder von dir?«

Während meiner flammenden Rede habe ich vor lauter Nervosität ein Papiertaschentuch in meiner Hand zerrupft. Ich springe auf und werfe die Fetzen in den Mülleimer. Zeit, das Thema zu wechseln. »Egal, was war eigentlich mit dir und Aidan los?«

Pia seufzt, und unwillkürlich treten ihr Tränen in die

Augen. »Er hat ein neues Projekt. In San Francisco. Er wird wohl längere Zeit weg sein … Ein Jahr. Oder noch länger. Und ich … äh … ich weiß einfach nicht, was ich machen soll.«

»Ihr packt das schon!«, sagt Madeleine aufmunternd.

»Aidan wird ja an den Wochenenden immer kommen«, bekräftige ich. »Du arbeitest ohnehin so viel, und so hast du in Zukunft einfach ein bisschen mehr Zeit, die du hier in unserem Nest verbringen kannst. Mit uns.«

»Nein, er wird an den Wochenenden nicht kommen«, sagt Pia. »Er möchte seine Wohnung hier solange untervermieten. Er wird seinen Hund mitnehmen, Angie. Seinen *Hund*.« Sie macht eine dramatische Pause, um den Hundefaktor sacken zu lassen. »Im Prinzip … zieht er weg. Und er hat vorher nicht einmal mit mir darüber gesprochen. Er hat mich erst gar nicht gefragt, was ich dazu meine, sondern das Projekt einfach angenommen. Ich dachte, wir stünden kurz davor zusammenzuziehen, und er hat nur an seinen Job gedacht! Was sagt das über unsere Beziehung aus?«

»Nichts!«, sagen Madeleine und ich einstimmig.

»Er konzentriert sich auf seine Karriere. Genau wie du!«

»Und es ist ja nicht so, als wärt ihr verheiratet«, füge ich hinzu. »Ihr seid praktisch erst seit Kurzem zusammen.«

»Ihr könnt eine Fernbeziehung führen. Ihr könnt simsen und chatten und skypen und videotelefonieren und …«

»Nein!« Pia schüttelt vehement den Kopf. »Fernbeziehungen sind zum Scheitern verurteilt. Das wisst ihr genauso gut wie ich. Das ist ähnlich wie mit Trennungsjahren oder Beziehungspausen. Was für einen verdammten Sinn hat das? Das ist der Anfang vom Ende. Aidan ist der erste Mann, den ich jemals wirklich geliebt habe, aber ich versuche einfach, realistisch zu sein. Ich denke …«, ihre Augen werden wieder feucht, »… ich denke, wir werden uns trennen.«

»Eine Trennung sollte man nicht vorzeitig planen.« Madeleine unterbricht sich kurz. »Hört euch das an, ausgerechnet ich gebe hier Ratschläge in Sachen Beziehung. Dabei war ich in meinem ganzen Leben noch nie verliebt. Jedenfalls nicht richtig.«

»Und was war mit dem einen auf der Brown? Dem Mathestudenten?«

»Sebastian? Pia, das ist drei Jahre her.«

»Was ist mit Heffy? Dein Bandkollege, der heute Abend hier war?«

Madeleine schüttelt den Kopf. »Dasselbe Gefühl der Nichtverbundenheit wie bei jedem Mann, den ich jemals getroffen habe. Heff hat mir erzählt, dass er in Florida eine Freundin hat, aber dass er gegen eine ›gelegentliche Nummer‹ nichts einzuwenden habe. Ich war so dicht, ich wusste gar nicht, was ich darauf sagen sollte. Ich hab ihn einfach nur angestarrt.«

Pia lacht. »Ich habe gehofft, dass du das zur Sprache bringst. Mann, ich hätte wirklich nie gedacht, dass ich dich einmal betrunken erleben würde.«

»Ich dachte, vielleicht habe ich dann mal einen Grund zum Lachen«, erwidert Madeleine. Sie hebt den Kopf und erwidert unseren Blick. »Oje, wie erbärmlich klingt das denn?«

Daraufhin wiehern wir alle los. Wir kringeln uns dermaßen vor Lachen, dass Madeleine anfängt zu sabbern. Was prompt den nächsten Lachanfall auslöst. Ich bin vor lauter Lachen im Endorphinrausch. Ich fühle mich wie benommen und rundum wohl. Im Moment ist mir

Madeleine richtig sympathisch. Erstaunlich, was ein Notfall und viel Alkohol bewirken können.

Später liege ich im Bett und denke darüber nach, dass ich mich mit Madeleine noch nie so lange unterhalten habe. Noch nie. Und dabei wohnen wir seit mehr als einem halben Jahr zusammen unter einem Dach. Ich habe mir nie wirklich Gedanken über Madeleine gemacht. Ich habe mir auch nie wirklich Gedanken über Coco gemacht beziehungsweise darüber, wie sie mit ihren Problemen fertigwird nach der Sache mit Eric und der Abtreibung. Ich habe mir nie darüber Gedanken gemacht, wie Julia in ihrem Job klarkommt. Ich habe mir nie darüber Gedanken gemacht, wie die Beziehung von Pia und Aidan läuft beziehungsweise ob sie zusammenziehen werden. Ich habe mir nie Gedanken über irgendjemanden gemacht.

Ich habe mir nur Gedanken über mich selbst gemacht. Über meine Beziehungen, meine Probleme, mein Leben.

Von nun an werde ich nicht mehr die Einzelgängerin sein, die am Rand sitzt und cool eine Zigarette raucht und Wodka trinkt und die Karten mischt. Ich werde ab jetzt eine gute Freundin sein, ernsthaft. Für Pia und Julia und Coco. Selbst für Madeleine. Ich werde für immer Single bleiben, was auch passieren mag. Und ich werde einen Job bekommen.

Dieses Mal meine ich es ernst.

19

Ich starte den nächsten Versuch.

So funktioniert Erfolg, richtig? Man fällt auf die Schnauze, steht auf, klopft sich den Staub ab und nimmt einen neuen Anlauf. Zumindest ist das das, was Pia immer sagt. Und diese Frau ist im letzten Jahr schließlich gleich mehrmals böse auf die Nase gefallen.

In SoHo gibt es eine Fashion-PR-Agentur namens Maven. Das ist mein (neuer) Wunscharbeitgeber. Wenn ich schon nicht für einen Modedesigner arbeiten kann, dann eben für Leute, die den ganzen Tag über diese Designer reden, richtig? Die Agentur vertritt all meine Lieblingslabels, sie hat Zweigstellen in London und Paris (Paris!), und sie hat einen richtig coolen Auftritt im Internet. Ich habe meine Bewerbungsunterlagen per E-Mail und per Schneckenpost geschickt und versucht, über Twitter, Facebook und LinkedIn Kontakt aufzunehmen. Und ich habe in der Agentur angerufen. Täglich. Immer wieder.

Nichts.

Also versuche ich es nun auf die altmodische Art.

Mit Bestechung.

Sam unterstützt mich dabei. Er hat mir vor ein paar Tagen eine SMS geschickt und gefragt, was ich so treibe, und ich habe geantwortet: *Suche feste Erwerbstätigkeit*. In gut drei Wochen werde ich dreiundzwanzig, die Zeit läuft also ab. Jedenfalls hat Sam mir seine Hilfe angeboten.

Und so stehen wir nun vor dem Bürogebäude auf der

Broome Street, wo die Agentur ihren Sitz hat. Ich halte ein Tablett mit zwanzig vollen Bechern in den Händen und rufe: »Zu jedem Lebenslauf einen fettfreien Caffè Latte gratis!«

Mein Ziel? Einfach nur, einen potenziellen Arbeitgeber auf mich aufmerksam zu machen. Wenn man mir nur eine einzige Chance gibt, einen einzigen Probetag, werde ich mich bewähren, das weiß ich. Na ja, natürlich kann ich das nicht sicher wissen. Aber ich werde jetzt bestimmt nicht meine Selbstzweifel offenbaren, richtig?

Sam steht neben mir auf der Treppe und hält zwanzig Kopien von meinem Lebenslauf in der Hand, der von allen Nestbewohnerinnen penibelst formuliert, redigiert und korrigiert wurde. Die Einzigen, die bisher einen Kaffee angenommen haben, sind der Türsteher und eine Person, bei der ich mir ziemlich sicher bin, dass sie in einer ganz anderen Branche arbeitet. Modeleute tragen keine Crocs, das ist einfach Fakt.

»Zu jedem Lebenslauf einen Caffè Latte gratis!«, rufe ich wieder, während ein Mann, der ein wenig Ähnlichkeit hat mit diesem berühmten schmierigen englischen Fotografen, auf dessen Bildern jeder nuttig aussieht, sich einen Becher nimmt.

»Der Kaffee ist gratis! Der Lebenslauf nicht!«, ruft Sam.

»Nicht improvisieren«, zische ich.

»Na gut, dann halte ich von nun an den Mund. Wie wäre es, wenn ich mich eine Stufe tiefer stelle, als wäre ich dein persönlicher Assistent?«

Er schenkt mir ein gewinnendes Lächeln. Sam hat sich heute herausgeputzt. Er trägt einen sehr eleganten Anzug und ein steif gebügeltes Hemd. Er hat nicht diesen nervigen adretten Look wie bei unserem ersten Zusammentreffen, sondern wirkt unnahbar und stilvoll wie ein junger Wall-Street-Vampir. Er bekommt viel Aufmerksamkeit von den Passantinnen.

»Hübsche Schuhe«, bemerke ich. »J.M. Weston, richtig? Mein Vater kauft dort auch gern ein. Wie zum Teufel kannst du dir solche Schuhe leisten?«

»Mein Mitbewohner hat dieselbe Schuhgröße wie ich. Er arbeitet in der Finanzbranche und verdient viel Geld. Und wo hast du diese scharfen Stilettos her?«

Ich senke den Blick auf meine Füße. Manolos, die früher einmal Annabel gehörten. »Von meiner Mutter.«

Eine umwerfend aussehende Frau schlendert an uns vorbei. Sie hat perfekte, karamellblond gesträhnte lange Haare und endlos lange Beine, die in hautengen Jeans stecken, und sie starrt Sam so eindringlich an, dass ich befürchte, sie wird gleich stolpern.

»Die Frauen vergewaltigen dich förmlich mit ihren Blicken, Samuel«, sage ich. »Du solltest dich öfter in Schale werfen.«

»Mit Blicken vergewaltigen? Oh, das ist hübsch. Das ist wirklich hübsch. Nun, du wirst auch ziemlich viel angestarrt, Angela.«

»Mein richtiger Name ist Angelique, Bitch. Ich hasse es, wenn man mich Angela nennt.«

»Yes, Ma'am.«

Heute habe ich eine Schippe draufgelegt, nach meinem Gammellook-Fehler mit Candie Stokes. Ich trage eine weiße Hose von Theory, die ich mir letztes Jahr für ein Vorstellungsgespräch bei einer Fotografin gekauft habe, einen weißen Rollkragenpullover und eine schmal geschnittene Lederjacke, die von Zara stammt, aber als Designerstück durchgehen könnte. (Hoffe ich.) Außerdem die goldene Clutch, die ich aus den Secondhandseidentüchern genäht habe, und meine übliche, alltagstaugliche, übergroße weiße Umhängetasche, in der sich alles befindet, was ich besitze. In ganz New York laufen Frauen wie ich herum, die sofagroße Taschen mit sich schleppen, gefüllt mit ihrem Leben.

Schließlich, gegen halb zehn, trudeln die Agenturleute ein. Ich erkenne sie schon aus einer Meile Entfernung: Sie tragen die heißesten Kreationen aus den vergangenen fünf Saisons mit einer lässigen »Dieses alte Ding?«-Haltung, als wäre ihre Kleidung von Gap, Acne, Lanvin, Equipment, Alexander Wang, Current/Elliott, A.P.C., und viel Rick Owens. Ich sehe sogar gleich vier Frauen mit der Proenza-Schouler-PS1-Tasche, die locker ein paar Riesen kostet, Minimum. Aber ich erkenne auch diverse Sachen von H&M, Topshop, J.Crew und American Apparel. Echte Modekenner kombinieren edel und billig. Nur Möchtegerne kleiden sich von Kopf bis Fuß in Designermode.

Abgesehen von modischen Beobachtungen sehe ich, dass die Ankunftszeiten die Hierarchie widerspiegeln. Zuerst kommen die jüngeren Frauen. Überwiegend in meinem Alter, überwiegend rauchend, überwiegend bildhübsch, als hätten sie Supermodel werden können, wenn nicht irgendeine Kleinigkeit – ein zu langes Kinn, eine zu stupsige Nase oder zu herkömmliche Schönheit – eine Karriere auf dem Laufsteg verhindert hätte. Die meisten tragen flache Schuhe, und manche bleiben kurz vor dem Eingang stehen, um in hohe Pumps zu wechseln.

»Greifen Sie zu!«, fordere ich sie auf, während sie schuhlos und wehrlos sind. »Mein Name ist Angie James. Wenn Sie eine Praktikantin oder Assistentin brauchen oder jemanden, der Ihnen den Kaffee bringt, bitte denken Sie an mich!«

»Der Kaffee hier ist kalt«, sagt eine schicke junge Frau in meinem Alter mit einem spitzen Gesicht und einem Rock aus der »Marni-für-H&M«-Kollektion.

»Nun, dann geben Sie ein paar Eiswürfel hinein und tun so, als wäre Sommer«, erwidere ich.

Sie grinst und entblößt dabei einen schiefen Zahn. »Schön wär's.«

Warum macht ein nicht perfektes Gebiss die Leute sofort sympathischer?

»Toller Rock«, sage ich rasch. »Marni für H&M, richtig?«

»Richtig«, sagt sie mit überraschtem Gesicht. »Für den Rock hier habe ich damals vor dem Laden übernachtet. Ich bin besessen von Marni.«

»Ich habe die besten Sachen aus der Marni-Kollektion verpasst, aber dafür konnte ich eine der Versace-Jacken ergattern«, sage ich. »Ich bin besessen von Versace, besonders von den Kollektionen zwischen 1990 und 1992.«

»Oh, ich auch! Hey, die Clutch sieht echt super aus, von wem ist die?« Ihr Handy piept. »Mist, ich muss los. Dann noch viel Glück!«

Ich drehe mich zu Sam um, der den Daumen hochreckt.

Als Nächstes kommen die Frauen aus der mittleren Hierarchie, die meisten davon mit einschüchternd glänzenden Haaren. Manche reden laut in ihr Handy, andere tippen still Nachrichten. Alle sind zu beschäftigt, um stehen zu bleiben und sich mit mir zu unterhalten, obwohl immerhin drei Frauen einen Kaffee und einen Lebenslauf mitnehmen. Eine Brünette mit einem Pagenkopf sagt »Danke« und scheint tatsächlich meinen Lebenslauf zu überfliegen, während sie in das Gebäude geht.

Und zum Schluss fährt eine Limousine vor, und eine

schwarzhaarige Frau steigt aus, in Lanvin (glaube ich) und einer Nerzjacke. Es ist die Besitzerin und Geschäftsführerin von Maven PR, Cynthia Maven. (Ich habe sie gegoogelt.)

»Miss Maven, darf ich Ihnen einen Kaffee anbieten?«, frage ich mit meinem strahlendsten Lächeln. »Den gibt es gratis zu meinem Lebenslauf.«

Sie dreht den Kopf leicht in meine Richtung, nimmt den Becher und meinen Lebenslauf entgegen, ohne ihr Schritttempo groß zu verringern, und verschwindet dann im Gebäude.

Ich seufze. »Nun, so viel zu dieser Idee«, sage ich zu Sam. »Ich werde nie einen Job bekommen.«

»Doch, natürlich wirst du.«

»Nein, Sam, das kann ich knicken. Ich bin unterqualifiziert, ohne jede praktische Erfahrung und wahrscheinlich zu billig angezogen. Ich kann einfach nicht … mithalten.«

»Das denkst du jetzt, aber eines Tages wirst du deinen Durchbruch haben. Und ab da beginnt deine Zukunft.«

»Das klingt wie einer dieser abgedroschenen Sprüche auf Glückwunschkarten.«

»Danke. So, jetzt bin ich dran«, sagt er. »Weißt du, welche U-Bahn hier fährt? Ich muss nach Downtown.«

»Kennst du dich in Manhattan gar nicht aus?«

»Mir ist Brooklyn lieber.«

»Gott, im Ernst? Ich wohne nur in Brooklyn, weil ich mir Manhattan nicht leisten kann«, sage ich. »Manhattan ist viel glamouröser.«

Sam lacht. »Findest du? Nun, nach allem, was ich gesehen habe, ist Brooklyn freundlicher. Manhattan kann eine totale Zicke sein. Komm schon, bitte hilf mir. Ich hab einen Termin, ein Crewjob.«

»Ein Blowjob?«

»Ein *Crew*job. Ich bin hetero, Angie. Das weißt du.«

»Ach ja?«, sage ich. »Für einen Hetero bist du ziemlich gut angezogen. Außerdem weigerst du dich nach wie vor, mit Julia auszugehen.«

»Hey, du solltest die Sache mit Julia vergessen. Daraus wird nichts.«

»Und warum nicht? Nenn mir einen guten Grund.«

»Vielleicht hänge ich ja immer noch an Katie.«

»An deiner Ex? Aber sie ist in Paris! Komm schon, ein einziges Date! Was ist schon dabei? Zeig mal etwas Rückgrat.«

»Und das von der Frau, die Beziehungen abgeschworen hat.«

Ich ignoriere seine Bemerkung, und wir machen uns auf den Weg zur U-Bahn-Station. Als wir schließlich nebeneinander in der Bahn Richtung Downtown sitzen und ich die anderen Fahrgäste um uns herum betrachte und mich frage, warum Neonlicht erfunden wurde, wenn es jeden nur hässlich macht, dreht Sam den Kopf zu mir.

»Also, was war mit dem letzten Mann, in den du dich verliebt hast?«

»Was?«

»Ich mache nur Konversation, Angela. Ich frage mich, warum du Männern misstraust.«

»Was?«, sage ich wieder. »Welcher Mann redet freiwillig über die Liebe, Samuel? Du benimmst dich wie eine Frau. Warum machen wir uns nicht einfach ein paar verdammte S'mores und tauschen unsere magischen Jeans?«

»Ich frage mich auch, warum du ein wenig verbittert wirkst.«

»Autsch.«

»Na komm, sag schon. Ich meine …« Sam bremst sich

kurz, als wollte er vermeiden, zu arrogant zu klingen. »Vorausgesetzt, du möchtest darüber reden.«

Ich zögere. Ach, scheiß drauf. Ausnahmsweise einmal habe ich tatsächlich das Bedürfnis, mich ein Stück weit zu offenbaren. »Der letzte Mann, in den ich glaubte, verliebt zu sein, hieß Mani. Aber er hat mich nur benutzt. Ich glaube fast … dass die Männer mich immer nur benutzt haben. Aber das ist meine Schuld.«

»Warum ist das deine Schuld?«

»Weil ich es zugelassen habe, dass sie mich so behandeln. Ich lehne mich einfach zurück und hoffe, dass alles perfekt und ehrlich und von Dauer sein wird, solange ich mich nur richtig verhalte.« Ich hole tief Luft. Ich weiß nicht, warum ich Sam das alles beichte, aber ich kann nicht anders. »Ich treffe immer die falschen Entscheidungen. Ich bringe mich in Situationen, in denen die Männer mich wie ein Nichts behandeln, wie ein Stück Scheiße, weißt du. Aber ich bin kein Stück Scheiße.« Ich höre plötzlich einen Bruch in meiner Stimme. »Und ich bin ganz sicher kein Nichts.« Hör auf, Angie, bitte.

Sam sieht mir direkt in die Augen. »Es ist nicht deine Schuld, wenn du an ein Arschloch gerätst, das dich behandelt wie … auf eine Art, wie du nicht behandelt werden möchtest. Das ist ätzend, aber daran bist nicht du schuld – die Typen sind es. Scheiß auf sie, okay? Du musst das alles einfach … abschütteln, so tun, als würden sie gar nicht existieren, und nach vorn schauen.«

Dies hier ist eine leichte Variante von Vics Die-Probleme-loslassen-Rede, aber ich bin mir irgendwie nicht sicher, ob ich dem Kleingedruckten in Sams Theorie zustimmen kann.

»So tun, als würden sie gar nicht existieren? Ist das nicht ein bisschen hart?«

Sam starrt ins Leere. »Wahrscheinlich schon.«

Mir kommt der Gedanke, dass ich im Grunde so tue, als würde meine Mutter nicht mehr existieren. Und mein Vater hat sich immer noch nicht bei mir gemeldet. Sams Theorie erscheint mir plötzlich gar nicht mehr so abwegig.

Wir schweigen während der restlichen Fahrt, und fünfzehn Minuten später befinden wir uns am äußersten Rand von Downtown Manhattan, in der North Cove Marina – ein rechteckiges Hafenbecken für gerade einmal eine Handvoll Luxusjachten, die alle friedlich nebeneinander im Wasser schaukeln, umgeben vom architektonischen Glanz des Financial District.

»Es ist absolut surreal, eine Jacht zwischen lauter Wolkenkratzern zu sehen. Sieht aus wie das Photoshop-Motiv eines Besoffenen«, sage ich.

»Ich weiß«, sagt Sam. »Aber sie ergänzen sich perfekt, findest du nicht auch? Ich habe bis vor Kurzem gar nicht gewusst, dass es diesen Ort hier gibt.«

»Woher auch? Schließlich kommst du aus Ohio.«

»Richtig. Jedenfalls habe ich auf Crewfile.com eine Stellenanzeige gelesen, in der stand, dass man sich heute auf dem Schiff persönlich vorstellen kann«, erklärt Sam, während wir den Pier entlanggehen. »Die Crew besteht aus sechs Mann, das Schiff legt nächsten Monat nach Griechenland ab. Ich muss also einen sehr guten Eindruck machen.«

»Wow, das sind echte Hammerboote«, sage ich.

»Das sind keine Boote, sondern Segelschiffe. Oder Jachten. Sag niemals Boote.«

»Huch, Entschuldigung. Und welches davon ist das, für das du dich bewerben möchtest?«

»Sie liegt da drüben.«

»Sie? Oh … richtig.«

Sam deutet auf eine lange Segeljacht am Ende des Piers, mit Abstand die größte im Hafen. Das Boot – sorry, das Segelschiff – ist atemberaubend schön wie aus einem alten Film. Schwarzer Rumpf, weiße Takelage, blitzblank sauber und auf Hochglanz poliert, hoch in den Himmel ragende Masten. Als wir die Anlegestelle erreichen, kann ich den Namen der Jacht lesen. *Peripety*.

Warum sind Segler so romantisch? Ich weiß nicht, warum, sie sind es einfach. Viel besser als die protzigen Motorsuperjachten, die schmierige Typen wie Hal bevorzugen.

»Sie wurde in den Fünfzigerjahren als Regattasegler gebaut«, erklärt Sam. »Siehst du, sie ist aus Holz und nicht aus Aluminium. Das sorgt für ein geschmeidiges Dahingleiten im Wasser. Ganz alte Schule.«

»Wie lang ist sie? Und es ist kein Problem, dass sie schon so alt ist? Ich meine … ist sie sicher?«

»Die *Peripety* ist dreißig Meter lang und wurde vor ein paar Jahren generalüberholt. Sie ist in einem perfekten Zustand. Die Jacht hat eine unglaubliche Geschichte hinter sich, sie ist ein richtiges Kunstwerk, wirklich, sie ist …« Sam verstummt und streift sich mit beiden Händen durch die Haare, plötzlich nervös. »Ich bin wirklich scharf auf diesen Job, Angie. So etwas wünsche ich mir seit Langem.«

»Du kriegst den Job«, sage ich, bemüht, mir meine Überraschung darüber, dass Sam plötzlich seine übliche Coolness verloren hat, nicht anmerken zu lassen. »Hundertprozentig.«

Er nickt, und seine Stimme nimmt einen eindringlichen Ton an. »Das hier ist die Jacht, Angie. Das ist genau die eine.«

»Du machst das schon!«, sage ich. »Los, Tiger, schnapp sie dir. Dieser Job ist deine Bitch, und du bist ihr Daddy.«

Sam ist zu angespannt, um auch nur zu lächeln.

»Okay«, sagt er. »Ich geh jetzt mal an Bord und rede mit dem Mann. Bin in zwanzig Minuten wieder da.«

20

Während Sam weg ist, spiele ich »Was wäre wenn?« mit den Schiffen. Ich frage mich, wie es wohl wäre, sich eine eigene Jacht leisten zu können. Sie einfach hier liegen zu haben, wo sie auf einen wartet, bis man Lust hat, auf das offene Meer hinauszusegeln. Bestimmt würde sich das verdammt großartig anfühlen.

Und bestimmt würde es sich auch verdammt großartig anfühlen, wenn jemand in diesem Moment sagen würde: »Sie haben den Job.«

Seufzend setze ich mich an das Ende des Piers und checke meine E-Mails. Nichts, nichts, nichts. Ich habe Hunderte von Leuten wegen eines Jobs angemailt, und ich habe keine einzige Antwort erhalten. Seit wann sind Bewerbungen Spam? Und warum ist alles Gute im Leben so schwer zu kriegen?

Ich habe eine SMS von Julia: *Hu-hu, Modeguru. Soll ich grüne oder lila Unterwäsche kaufen? Ich bestelle gerade online.*

Ich grinse in mich hinein. Julia sagt oft »Hu-hu«, seit ich ihr erzählt habe, dass das der Lieblingsausruf meiner Exchefin Cornelia ist.

Ich antworte: *Schwarz.*

Julia antwortet: *Schwarz wirkt irgendwie nuttig.*

Ich grinse wieder. Julia ist unheimlich komisch, was mir vorher gar nicht bewusst war. Ich antworte: *Vielleicht gibt es dann eine Chance, dass du etwas Action bekommst.*

Sie antwortet: *Treffer. Okay, du hast gewonnen. Also schwarze Unterwäsche.*

Julia hat sich schnell zu meiner neuen Lieblingsfreundin entwickelt. Ich habe Pia seit Tagen kaum zu Gesicht bekommen. Sie und Aidan stecken tief in Krisengesprächen. Ich habe mich allmählich daran gewöhnt, dass sie nicht mehr da ist, bis zu dem Punkt, dass es mir fast etwas peinlich ist, wenn wir uns tatsächlich einmal begegnen. Versteht mich nicht falsch, ich habe Pia immer noch total gern, aber im Moment läuft es zwischen uns nicht wirklich rund. Frauenfreundschaften sind viel komplizierter als Männerfreundschaften.

Ich nehme mein Buch, *Geheimnisse der Sahara.*

Nachdem Suzanne vor dem Traualtar sitzen gelassen wurde, fliegt sie allein in ihre Flitterwochen nach Afrika, wo zwei Großwildjäger auf sie aufmerksam werden: der arrogante, hasserfüllte Ty Hunter und sein charmanter Bruder Rock. Zunächst ist klar, zu wem Suzanne sich mehr hingezogen fühlt, aber bald geraten ihre Gefühle durcheinander, und nach einem Flugzeugabsturz in der Wüste muss sie eine Wahl treffen …

Ich gebe zu, die Geschichte ist ziemlich abgedroschen. Aber trotzdem hat das Buch irgendwie eine beruhigende Wirkung auf mich, wisst ihr? Wenn ich in einen Liebesroman eintauche, verschwindet die reale Welt einfach, zusammen mit meinen ganzen Alltagssorgen.

Sam kehrt nach ungefähr zwanzig Minuten zurück. Ich verstecke rasch mein Buch.

»Der totale Reinfall«, sagt er wütend und stapft an mir vorbei. »Es geht immer nur darum, wen man kennt und wer man ist. Woher man kommt, verdammte Scheiße.«

»Du hast den Job nicht bekommen?«

»Nein. Ich habe den verdammten Job nicht bekommen.« Sam marschiert so zügig voran, dass ich rennen muss.

»Es gibt noch andere Jobs und andere Schiffe, richtig?«, sage ich.

»Das ist nicht der Punkt! Ich wollte genau *diesen* Job!« Wow, Sam ist richtig angepisst.

»Beruhige dich. Warum fliegst du nicht einfach nach Nassau oder wohin auch immer und versuchst es wieder auf gut Glück? Ich würde dich sofort als Matrosen einstellen.«

Sam bleibt stehen, dreht sich um und lächelt mich an, und seine Miene wird weicher. »Du hast es wirklich drauf, dich auszudrücken. *Matrose*. Meine Fresse.«

»Crewmitglied. Was auch immer.«

»Ja, was auch immer.«

Sam ist wieder ganz cool, seine Wut ist abgeflaut wie ein vorbeiziehender Sturm.

Dass ich Sam als Matrosen bezeichnet habe, erinnert mich sofort wieder an die Turks, und in meinem Magen breitet sich so rasch ein säuerliches Gefühl aus, dass mir leicht schwindlig wird. Ich wünschte, ich könnte einfach ein Skalpell nehmen und diese Bilder aus meinem Gedächtnis schneiden. Oder sie eintauschen, um zu erfahren, was in jener Nacht im Soho Grand Hotel passiert ist. Bei dem Gedanken zucke ich zusammen.

»Warum willst du denn unbedingt gerade auf dieses Schiff?«

Sam seufzt. »Ich habe aus dem Nichts angefangen, verstehst du? Ich hatte keine Segelerfahrung, keine Ausbildung, keine Kontakte, nichts. Wenn ich auf einem Schiff wie der *Peripety* mitsegeln dürfte, dann wüsste ich, dass ich es ganz allein, aus eigener Kraft, geschafft habe. Den Atlantik zu überqueren, mich ganz von unten durchzubeißen bis auf das offene Meer …« Sam lächelt mich an. »Schlimm, wenn ich ein bisschen ins Schwärmen gerate?«

»Okay, das wäre für dich dann also ungefähr so wie: Oh, hurra, ich bin um die ganze Welt gesegelt, ein Hoch auf mich. Aber was zum Teufel kommt danach?«

Sam mustert mich ein paar Sekunden. »Das ist die große Frage.«

Ich sehe ihn stirnrunzelnd an. »Du verschweigst mir etwas.« Er gibt keine Antwort. »Du bist ein sturer Bastard, hat dir das schon mal jemand gesagt?«

»In der Tat, ja«, erwidert er. »Komm, ich hab Hunger. Lass uns im Village einen Burger essen und dazu ein Bier trinken.«

»Ich ernähre mich schon die ganze Woche praktisch nur von Nudeln und Cheerios«, sage ich. »Wir sind beide arbeitslos, schon vergessen? Wozu Geld zum Fenster rauswerfen?«

Auf der anderen Straßenseite entdecke ich einen Drugstore.

»Kurzer Boxenstopp, Sammy«, sage ich. »Ich brauche Tampons.«

»O Mann.«

»Ach komm, tu nicht so. Frauen kriegen ihre Tage. Das ist nicht gerade die Neuigkeit des Jahrhunderts. Also, los.« Ich schnappe mir seinen Arm und schleife ihn mit in die Drogerie. »Hi! Wo bitte finde ich hier Tampons?«, frage ich einen Mitarbeiter, der gerade die Regale auffüllt.

Der Kerl macht sich nicht die Mühe, sich umzudrehen. »Ganz hinten rechts.«

»Ganz hinten rechts. Super. Na ja, es ist ja nicht so, als

würden ungefähr fünfzig Prozent der Kunden einmal im Monat Tampons brauchen, wozu es ihnen also leicht machen?«, murmle ich vor mich hin, während ich nach hinten durchgehe, einen zutiefst widerwilligen Sam an meiner Seite. »Und wenn wir schon mal dabei sind, warum die Tampons nicht auch gleich sauteuer machen? Yeah, neun Tacken für eine Schachtel. Das scheint ein angemessener Preis zu sein. Arschgeigen.«

Ich nehme eine Packung aus dem Regal. Sam zieht eine Augenbraue hoch.

»Super Plus?«

»Verdammt richtig, Super Plus. Frauen kaufen nur Mini, damit die Kerle denken, sie hätten eine superenge Vagina«, poltere ich, während ich zur Kasse gehe.

Sam muss so sehr lachen, dass er kurz stehen bleibt und sich vorbeugt, um sich mit beiden Händen auf den Knien abzustützen.

»Ich werde auch die neue *Us Weekly* mitnehmen, für Coco«, sage ich. »Seit ihrem Kollaps auf der Party ist sie etwas deprimiert. Vielleicht heitert sie Klatsch ein wenig auf. Oh, und Handseife fürs Bad, die ist nämlich fast alle. Und eine zweite für die Küche. Ich hasse es, fettige Finger nur mit Wasser sauberzumachen, du nicht auch? Oh, und Bodylotion. Für meine Beine, meine Haut ist im Moment so trocken und rissig. Nivea? Was meinst du?«

»Als wir uns kennenlernten, dachte ich, du wärst der toughe, schweigsame Typ«, sagt Sam, während wir uns an der Kasse anstellen. »Jetzt weiß ich, dass du eine starke Periode hast und deine Beine aussehen wie der Boden einer alten Kirche.«

Ich spüre, dass ich gleich einen Lachanfalls bekomme. »Ich *bin* tough und schweigsam, Samuel! Du weckst einfach nur die Quasselstrippe in mir.«

»Das macht zweiundfünfzig Dollar sechsundneunzig«, sagt die Kassiererin.

Huch. Mit so viel habe ich nicht gerechnet. Der Lachanfall ist gecancelt.

Ich nehme meine Kreditkarte heraus und ziehe sie durch das Lesegerät. Ein seltsames Geräusch erklingt. Ich versuche es noch einmal.

»Ihre Karte funktioniert nicht, Ma'am. Darf ich sie mal sehen?«

Die Kassiererin tippt die Zahlen von Hand ein. Wartet ein paar Sekunden, schüttelt den Kopf.

»Tut mir leid.«

Mit hochrotem Kopf stecke ich meine Kreditkarte rasch wieder ein und krame dann in meiner Geldbörse. Ich dachte, ich hätte noch ein bisschen Bargeld, aber da ist nichts. Nur Münzen und Ein-Dollar-Scheine. Ich dachte auch, ich hätte mein Überziehungslimit noch längst nicht ausgeschöpft.

»Ich bezahl das«, sagt Sam. »Ich habe genug Geld dabei.«

»Nein!«, widerspreche ich laut. »Nein, nein. Ich will dein Geld nicht. Ich will nicht, dass du für mich bezahlst. Niemals.«

»Angie, spinn doch nicht rum. Hier, nimm einfach …«

»Nein.« Plötzlich muss ich gegen das Bedürfnis ankämpfen zu weinen. »Ich werde … Dann muss ich eben wiederkommen«, sage ich rasch zu der Kassiererin.

Sie stöhnt genervt auf, nimmt meine Einkaufstüte und stellt sie hinter sich auf eine Theke.

Die Sache ist die: Ich brauche die Tampons wirklich dringend. Ich kann sie durch das billige Plastik der Tüte schimmern sehen. Wahrscheinlich könnte ich sie mir leisten, wenn ich mein ganzes Kleingeld zusammenkratzen würde. Aber das ist mir zu peinlich. Wer bezahlt seine Tampons schon mit verdammten Quartern?

Sam und ich fahren mit der U-Bahn zurück nach Brooklyn, schweigend. Gott, die Fahrt ist deprimierend an einem kalten Wochentag. Ich bin pleite. Ich bin arbeitslos. Ich bin so blank, dass ich mir nicht einmal Tampons kaufen kann. Ich bin wertlos, außer offenbar für eine Sache, die für mich nicht infrage kommt. Die Art von Job, die mit einem fröhlichen Abend mit Freunden beginnt und mit einem Umschlag voller Geld auf der Kommode endet.

Sam und ich steigen in Carroll Gardens aus und schauen beide sehnsüchtig auf die Momofuku Milk Bar, allerdings ohne stehen zu bleiben, schließlich können wir uns das nicht leisten. Wir stapfen still weiter in Richtung Union Street. Augenblick, warum ist Sam immer noch hier?

»Kommst du mit zu mir nach Hause?«

Sam schaut verlegen drein. »Ist das okay? Ich mag euer Haus … Die Wohnung von meinem Kumpel ist nicht so gemütlich.«

»Du meinst, die Wohnung ist ein widerliches Drecksloch. Wie lange wird er dich noch auf dem Boden schlafen lassen wie einen dahergelaufenen Penner, hm?«

Sam lacht. »Wir sind ziemlich gute Freunde. Ich glaube nicht, dass er mich rausschmeißen wird.«

»Woher kennt ihr euch noch mal?«

»Aus alten Zeiten«, antwortet Sam.

Ich merke, dass er mir ausweicht, aber bevor ich ihm näher auf den Zahn fühlen kann, begegnet uns Vic, mein Nachbar von unten.

»Ach, hallo, Mädchen.« Vics Gesicht zerknittert sich zu einem Lächeln.

»Hi, Vic!«

Ich mache die beiden Männer kurz miteinander bekannt. Sam gibt Vic mit ernstem Nachdruck die Hand. Was für ein gottverdammter Pfadfinder.

»Wo wollt ihr zwei hin?«

»Wir kommen gerade von der Jobsuche«, sage ich. »Ich möchte in der Modebranche arbeiten, Sam auf einer Jacht.«

»Auf einer Jacht!« Vic wirkt beeindruckt. »Das ist harte Arbeit.«

»Ja, Sir«, sagt Sam.

So ein Arschkriecher. Ich wette, in Ohio bringen sie einem gute Manieren in der Schule bei.

»Brooklyn war früher einmal ein großes Hafenzentrum, über Jahrzehnte hinweg«, sagt Vic.

»Wirklich?«, fragt Sam.

»Mhm. Als ich noch jung war, arbeitete jeder auf den Docks. Aber die Produktion sank, die Fabriken machten dicht, und das war's dann.« Vic seufzt. »Unten in Sheepshead Bay gibt es einen Jachtclub, ist Ihnen das bekannt?«

»Ja, Sir.«

»Früher haben wir manchmal Ausflüge dorthin gemacht.« Vic starrt einen Moment lang ins Leere, und seine Augen sehen irgendwie wässrig aus. Dann zwinkert er und heftet den Blick auf uns, als wäre ihm gerade erst eingefallen, dass wir noch hier sind. »Egal. Sagen Sie, Sammy, Sie sind nicht zufällig daran interessiert, sich etwas nebenbei zu verdienen? Ich möchte gern die Wand zwischen dem ehemaligen Schlafzimmer meiner Schwester und meinem Zimmer herausreißen. Und außerdem die Küche neu streichen und das Bad renovieren. Ich bin es leid, tagein, tagaus dieselben verdammten Fliesen zu sehen. Was meinen Sie?«

»Klingt großartig, Sir!«

Vic wendet sich zum Gehen, in Richtung Union Street. »Was du heute kannst besorgen, das verschiebe nicht auf morgen. Lassen Sie uns direkt anfangen.«

Sam folgt ihm gehorsam. »Ich habe schon mal Fliesen verlegt, und ich kann einfache Klempnerarbeiten ausführen. Außerdem hab ich einem Kumpel geholfen, eine Bar auf Canouan zu renovieren. Das war zwar überwiegend Standardkram, aber ich lerne schnell, Sir.«

Vic dreht sich um und blickt ihn an. »Das sehe ich. Und nennen Sie mich nicht Sir. Nennen Sie mich Boss.«

Nun hat jeder einen Job außer mir.

21

Pleite zu sein kann einen ganz schön abfucken.

In der Nacht nach dem Zwischenfall in der Drogerie träumte ich, dass ich Stef anrief und ihn um ein paar Riesen bat im Austausch für … Ihr wisst schon, einen lustigen Abend.

In meinem Traum war mir bewusst, was ich tat. Ich fühlte mich schuldig. Und mir war schlecht. Ich versuchte, mich zu bremsen, ich versuchte, mir vor Augen zu halten, dass es falsch war. Doch ein Teil von mir – in meinem Traum ein *großer* Teil von mir – war erleichtert zu wissen, dass Geld hereinkommen würde. Dass ich einen weiteren Monat in New York überleben konnte.

Am nächsten Tag fand ich zweihundert Dollar in einem alten Portemonnaie. Genug, um mich über Wasser zu halten, bis ich einen richtigen Job gefunden habe. In den zwei Wochen, die seitdem vergangen sind, habe ich gerade einmal fünfundsiebzig Dollar ausgegeben. Schon erstaunlich, wie wenig Geld man braucht, wenn man nichts anderes macht, als mit Sam abzuhängen. Er arbeitet momentan für Vic, aber immer nur drei oder vier Stunden morgens. Den restlichen Tag gammeln wir im Haus herum, schauen fern, spielen Karten, kochen uns Pasta. Bei schönem Wetter spazieren wir durch Brooklyn und besuchen Kneipen, die zu einer Dose PBR für zwei Dollar Gratishäppchen anbieten.

Das macht Spaß, auf diese Art kann man leicht den

Tag rumkriegen, und ich habe das Gefühl, als würde ich Sam schon eine Ewigkeit kennen … Aber trotzdem liege ich nach wie vor jede Nacht wach in meinem Bett, angespannt und mit Zukunftsängsten und, keine Ahnung, irgendwie unzufrieden. Als wäre ich immer noch hungrig, ohne zu wissen, worauf ich Appetit habe.

Wenn ich mich früher so fühlte, habe ich getrunken oder genäht oder beides. Aber ich bin mir ziemlich sicher, dass es keine Lösung mehr ist, meine Sorgen zu ertränken, und außerdem glaube ich, dass ich meine Inspiration zum Nähen verloren habe. Gestern Abend habe ich Drakey der Schneiderpuppe ein seidenes schwarzes Trägerkleid aus den Neunzigern angezogen, das ich mal auf dem Brooklyn Flea erstanden habe. Dann habe ich eine Stunde lang daraufgestarrt, und mir fiel nichts ein, was ich damit anfangen könnte.

Heute Abend hat Madeleine mit ihrer Band das Wohnzimmer in Beschlag genommen, um an neuen Songs zu feilen (während Pia bei Aidan ist und Julia Überstunden macht und Coco sich mit Ethan dem Käsemacher trifft), also hängen Sam und ich in meinem Zimmer herum, blättern Zeitschriften durch, die er als besondere Aufmerksamkeit mitgebracht hat (Zeitschriften gehören zu den ersten Dingen, auf die man verzichtet, wenn man abgebrannt ist), zappen durch die Fernsehprogramme und blödeln miteinander.

»Wirf mir mal die M&Ms rüber, Angela.«

»Ich glaube, du hattest genug davon, Samuel. Du kriegst schon Pausbacken. Ich tue dir nur einen Gefallen.«

Sam greift herüber und nimmt mir die Schüssel weg. Ich versuche, ihn aufzuhalten, und es folgt ein wildes Gerangel, das damit endet, dass die Schüssel auf dem Kopf landet und die M&Ms sich auf dem Bett verteilen.

»Siehst du, was du getan hast?« Sam stößt ein gespielt genervtes Stöhnen aus.

»Das räumst du gefälligst alles wieder auf, Söhnchen. Ich werde heute Nacht nicht auf M&Ms schlafen«, erwidere ich, während ich mit der Fernbedienung durch die Programme zappe.

»Ich bin hier Gast. Was fällt dir ein, so mit mir zu reden?«

»Oh, halt die Klappe.«

»Nein, halt *du* die Klappe.«

»Hey, cool. *Reality Bites*.« Ich höre auf zu zappen.

Reality Bites ist ein super Film aus den Neunzigern. Obwohl Janeane Garofalo in ihrer Rolle deprimierenderweise gezwungen ist, einen Job bei Gap anzunehmen.

In einer Szene des Films sagt Wynona Ryder zu Ethan Hawke: »Ich wollte es doch unbedingt zu was gebracht haben, bevor ich dreiundzwanzig bin.« Ich ziehe erstaunt die Augenbrauen hoch und schnaube leise. In knapp zwei Wochen werde ich dreiundzwanzig, und ich bin ein Niemand. Sam wirft mir einen Blick zu, und ich versuche rasch, wieder normal zu wirken.

Und ich weiß, was ihr jetzt denkt. Aber zwischen Sam und mir läuft nichts. Absolut nichts. Ich schwöre. Das mit uns ist rein platonisch. Kein Kitzel, kein Knistern, nicht die geringste sexuell aufgeladene Anspannung. Bloß eine lustige, unkomplizierte, freundschaftliche Vertrautheit, wisst ihr? Es ist, als würde ich Sam schon seit Jahren kennen.

Ich hatte noch nie zuvor einen solchen Freund. Sam und ich reden nie über unsere persönlichen Probleme oder über unsere Familien oder über solche Dinge. Wir hängen einfach nur zusammen herum. Mit Sam kann ich ich selbst sein – locker und albern und laut und zickig –, eben so, wie ich mich vor meinen Exfreunden nie gegeben habe. Das ist unglaublich angenehm. Sam ist wie Pia, nur mit einem Penis. Und er leiht sich nicht meine Klamotten.

Im Moment hat er einen der beiden Pullover an, die er immer trägt. Der eine ist dunkelblau, der andere dunkelgrau. Der graue passt besser zu seiner Augenfarbe. Aber das ist nicht der Punkt. Beide Pullover sind aus Fleece. Sie sind echt scheußlich.

»Du musst dir mal was Neues zum Anziehen kaufen. Keine Frau wird jemals mit dir ausgehen, wenn du immer in einem Fleecepulli rumläufst.«

»Dieser Fleecepulli hält optimal warm!«

»Das ist umso mehr ein Grund, so was nicht anzuziehen.«

»Ich hätte dir nie hinterherpaddeln sollen, als du von der Jacht gesprungen bist.« Sam knuspert wieder ein M&M. »Ich hätte dich einfach den Haien überlassen sollen. Lektion gelernt.« Er schließt die Augen und nickt andächtig. »Lektion gelernt.«

Ich lache, bis ich von ein paar Skizzen der neuesten Rodarte-Kollektion in der *Vogue* abgelenkt werde. »Gott, diese Mädels sind unglaublich talentiert«, bemerke ich neidisch. »Ich meine die zwei Schwestern, die hinter dem Label Rodarte stecken.«

Sam hebt den Kopf. »Zeig mal her.« Ich halte die Zeitschrift hoch. »Das kannst du auch. Deine Skizzen sind sogar besser, genau wie deine selbst genähten Sachen.«

Ich lächle ihn an und schüttle den Kopf. »Woher willst du das wissen? Du hast meine Sachen doch noch nie gesehen.«

»Das Kleid auf der Büste da drüben ist sehr hübsch«, sagt er. »Richtig sexy.«

Ich schaue zu Drakey der Schneiderpuppe, die immer noch das klassische schwarze Seidenkleid trägt. »Das ist nicht von mir. Ich habe nichts daran gemacht.«

Sam lacht. »Oh. Trotzdem, ich habe ja die Sachen gesehen, in denen du rumläufst. Du hast deinen ganz eigenen Stil. Du glaubst nur nicht wirklich an dich selbst, das ist dein Problem.«

»Danke, Doktor Sam, dass Sie mein Problem analysiert haben.«

Während er seine langen Beine auf meinem Bett ausstreckt und sich die neueste Ausgabe des *New York Magazine* schnappt, mustere ich ihn über meine *Vogue* hinweg. Seine brave Matrosen-Bürstenfrisur wächst langsam heraus, und er hat aufgehört, sich regelmäßig zu rasieren. Inzwischen trägt er einen Dreitagebart. Sam sieht nachlässiger aus. Älter. Und irgendwie sexy.

»Hey, Sam?«

»Ja?«

»Ich finde, du solltest mit Julia ausgehen.«

»Nein.«

»Ein einziges Date! Das wird dich nicht umbringen.«

Julia fragt mich immer wieder schüchtern-hoffnungsvoll, ob Sam sich jemals über sie äußert. Angesichts unserer neu gewonnenen Freundschaft würde ich sie wirklich gern glücklich machen. Warum sollten die beiden auch nicht miteinander ausgehen? Julia verkörpert den adretten, gesunden Typ, sie ist sportlich, sie ist witzig, sie runzelt oft die Stirn. Sie ist genau wie Sam. Sie trägt manchmal sogar Fleece.

Ich greife wieder zu der M&Ms-Schüssel und spähe hinein. Ich picke mir als Erstes immer die gelben heraus, keine Ahnung, warum. Also klaube ich fünf von den gelben heraus und reihe sie auf meinem Oberschenkel auf, wie kleine Flugzeuge, bereit zum Start. Dann lasse ich das erste in meinen Mund hochfliegen.

Ich hebe den Kopf und sehe, dass Sam mich mit einem kleinen Grinsen beobachtet.

»Was?«, sage ich.

»Du bist ganz anders, als ... du nach außen hin wirkst.«

»Du dachtest bestimmt, ich wäre eine eingebildete Zicke«, sage ich und seufze. »Das passiert mir häufig. Das liegt nur daran, dass ich mit meinen Gedanken immer woanders bin. Und meistens nicht bei der Person, die gerade vor mir steht.«

Sam muss wieder lachen.

Nach *Reality Bites* schalten wir erneut durch die Programme, bis wir auf *Kramer gegen Kramer* stoßen.

Sam ist begeistert. »Die junge Meryl Streep! Meine absolute Traumfrau. Von außen kühl, von innen Dynamit.«

»O Gott, im Ernst? Also gut, rutsch mal ein Stück rüber und lass uns zusammen den Film anschauen.«

Seite an Seite – obwohl Sams Schultern so breit sind, dass ich mein Kissen um ihn herumdrapieren und mich gegen seinen Arm lehnen muss, damit ich nicht aus dem Bett falle – schauen wir in die Flimmerkiste. Ich kenne den Film noch nicht und habe keine Ahnung, worum es darin geht, aber es handelt sich offenbar um ein Scheidungsdrama.

In der Schlussszene, als Meryl Streep in den Aufzug steigt, um ihrem kleinen Sohn zu sagen, dass er bei seinem Daddy und in seinem alten Zuhause bleiben darf, und Dustin Hoffmann ihr auf ihre Frage hin antwortet, sie sehe einfach fabelhaft aus, ertappe ich mich dabei, dass mir Tränen über das Gesicht laufen.

»Angie?«, fragt Sam. »Alles okay?«

Ich versuche, etwas zu sagen, mit dem Weinen aufzuhören, aber ich kann nicht einmal richtig atmen. Die Tränen fließen einfach, ich hickse, mein Gesicht ist verschmiert, und meine Brust zittert kläglich. Ich kann nicht aufhören, ich habe keine Kontrolle über mich selbst, und es ist mir furchtbar peinlich. Also rolle ich mich zusammen und vergrabe mein Gesicht in einem Kissen, verstecke mich hinter meinen langen Haaren.

»Angie, schsch …« Sam streichelt mir über den Kopf und gibt ungeschickt ein paar tröstende Laute von sich, was mich trotz der Tränen zum Kichern bringt. »Ich kann nicht glauben, dass ich das sage, aber … möchtest du darüber reden?«

Es kommt wie in einem Schwall heraus. »Meine Eltern lassen sich scheiden. Meine Mutter hat es mir letzten Monat gesagt. Ich habe seitdem nicht mehr mit ihr gesprochen.« Nun muss ich sogar noch heftiger weinen. Ich bringe den Rest kaum heraus. »Und mein Dad, der mir sehr nahesteht beziehungsweise -stand, hat mich nicht einmal angerufen bisher.«

»Das ist schrecklich. Du fühlst dich bestimmt beschissen.«

Der Umstand, dass Sam es auch schrecklich findet und nicht wie die Mädels versucht, mich mit proaktiven Hey-Schwester-Give-me-five-Frauenpower-Gemeinsam-sind-wir-stark-Du-bist-großartig-Denk-positiv-Sprüchen aufzubauen, katapultiert mich schockartig aus meiner aufkeimenden Hysterie.

»Alter, du hast es nicht wirklich drauf mit dem Trösten.«

»Sorry.« Sam runzelt die Stirn und stützt sich auf den Ellenbogen. »Ich meinte nur … äh … dass das eine beschissene Situation ist. Und dass du bestimmt … traurig bist.«

»Ja«, sage ich und rolle mich auf die Seite, damit ich ihn ansehen kann. »Ich bin furchtbar traurig. Weißt du, ich versuche zwar, nicht daran zu denken und mich mit anderen Sachen abzulenken, aber es funktioniert nicht. Und bei der Vorstellung, mit meinen Eltern darüber zu reden, vor allem mit meinem Dad, kriege ich … richtig Angst.« Ich atme tief aus und empfinde eine seltsame, schmerzhafte Erleichterung, als würden sich Muskeln in meinem Körper lockern, die eine Ewigkeit angespannt waren. »Ich ignoriere die Anrufe meiner Mutter, während mein Vater nicht einmal versucht, mit mir in Kontakt zu treten. Sie wollen keine Familie mehr sein, sie wollen nicht … sie wollen nicht mehr das, was wir mal hatten. Auch wenn wir nicht gerade eine Bilderbuchfamilie waren wie die verdammten Waltons, weißt du? Nicht so perfekt.«

Sam nickt. Ich habe das eigenartige Gefühl, dass er genau versteht, was ich meine. »Und warum war es nicht so perfekt?«

»Ich habe meinen Vater erwischt, als er mit seiner Sekretärin rumgemacht hat.« Die Worte sind heraus, bevor ich es verhindern kann. Ich habe das nie jemandem erzählt, noch nie, nicht einmal Pia, keinem einzigen Menschen. »Als ich zwölf war. Die Sekretärin hieß Alyssa. Ich musste meinem Vater versprechen, Annabel – das ist meine Mutter – nichts davon zu sagen, um sie nicht zu verletzen. Ich glaube, er hat danach mit Alyssa Schluss gemacht, aber dann wurde ich sein Alibi … So sollte ich Annabel immer erzählen, dass er mich im Internat besuchte, obwohl er offenbar mit anderen Frauen zusammen war.«

»Wow. Was für ein Arschloch.«

»Nein, mein Vater ist kein Arschloch! Er ist …« Ich

überlege, wie ich meinen Vater beschreiben soll. »Er ist charmant und witzig, immer tadellos gekleidet, er weiß alles über Wein und Geschichte und die Welt. Er hat immer zu mir gehalten, wenn Annabel und ich Streit hatten. Er hat mich wie eine Erwachsene behandelt und mir nie vorgeschrieben, wann ich zu Hause sein musste. Im Austausch dafür habe ich ihm geholfen, seine Affären zu verheimlichen ... Aber vielleicht ist er ja doch ein Arschloch. Ein verlogenes, hinterhältiges Arschloch, das mich nur benutzt hat, um meine Mutter zu betrügen und sich zu nehmen, was er wollte.«

Und zupp! kommen die Tränen wieder und mit ihnen ein tief schlummernder Schmerz, den ich beinahe vergessen hatte ... Jedes Mal, wenn mein Vater mich bat, für ihn zu lügen, wurde mir richtig übel, und ich spürte einen seltsamen, dumpfen Schmerz in der Brust, als würde etwas meinen Brustkorb zusammenpressen und mich daran hindern, richtig Luft zu bekommen. Das war ein Stresssymptom, nehme ich an. Welcher Teenager bekommt vor lauter Stress Schmerzen in der Brust?

Sam greift zu der Kleenexbox und rupft für mich ein Tuch heraus. »Verstehst du dich nicht gut mit deiner Mutter? Hattest du nie das Bedürfnis, ihr etwas zu sagen?«

»Ich schätze, ich dachte damals, dass ich seine Geheimnisse bewahren müsste.« Ich fühle mich inzwischen ganz benommen vom vielen Weinen. »Und im Grunde hätte sie es ahnen müssen. Es hat mich so wütend gemacht, dass sie ihm nie auf die Schliche kam. Manchmal war es so offensichtlich!«

Sam runzelt die Stirn. »Vielleicht hat sie darüber hinweggesehen. Als Außenstehender kann man nicht beurteilen, was in einer Ehe vor sich geht. Das können nicht einmal die Kinder.«

»Möglich.«

Mir kommt ein neuer Gedanke. Was, wenn Annabel nicht nur von den Affären wusste, sondern auch, dass ich Dad gedeckt habe? Das ist die schlimmste Vorstellung von allen.

»War deine Mutter glücklich?«

Die Idee ist im ersten Moment so seltsam, dass ich Sam einfach nur verblüfft anstarre. »Keine Ahnung.« Wie konnte ich mich das nie zuvor gefragt haben? Ich versuche zu überlegen. »Sie war selten zu Hause. Sie hing ständig bei ihren reichen Freundinnen rum, obwohl wir selbst gar nicht so reich waren. Ich meine, versteh mich nicht falsch, mir ist schon bewusst, dass ich privilegiert aufgewachsen bin, aber wir waren nie stinkreich, und außerdem hat mein Vater in den letzten paar Jahren viel Geld an der Börse verloren. Ich mache mir ständig Sorgen, dass meine Eltern bankrottgehen, ist das nicht verrückt?« Mein Gesicht ist feucht von Tränen, meine Gedanken schießen in wildem Zickzack durch mein Gehirn und finden alles über meine Eltern, was mich unglücklich macht. »Aber ich wette, Annabel verhält sich immer noch so, als würde Geld keine Rolle spielen. Und ich hasse das. Ich hasse … dieses Herumgeprotze. Ich hasse reiche Leute. Sie benutzen die anderen nur, um ihren Willen zu bekommen.«

»Ich weiß«, sagt Sam leise. »Ich hasse das auch.«

Einen Moment lang ist es ganz still. Wir liegen beide auf der Seite, die Köpfe auf den Kissen, die Gesichter einander zugewandt. Sam schaut mir so intensiv in die Augen, dass es mir vorkommt, als könnte er direkt in mich hineinsehen.

»Darum verstehen Annabel und ich uns heute nicht wirklich gut. Ich meine, weißt du, wir streiten uns zwar nicht, aber wir … wir reden einfach nicht miteinander. Ich ignoriere seit Wochen ihre Anrufe. Oh, und sie hat mich aufs Internat geschickt, ohne vorher mit mir darüber zu sprechen.«

»Sie hat dich gegen deinen Willen auf ein Internat geschickt?«

»Nein! Ich meine, das war schon okay, schließlich wollte ich unbedingt von zu Hause weg. Weißt du, Dad war nie da, und meiner Mutter ging ich immer aus dem Weg, weil es so schwer war, diese Geheimnisse vor ihr zu verbergen. Immerhin ist sie meine *Mutter*, verstehst du?« Die Tränen drohen mich wieder zu übermannen. »Sie hat mich einfach nicht gefragt. Ich hatte kein Mitspracherecht darüber, was in meinem Leben passierte.«

»Das würde jeden wütend machen«, sagt Sam. »Jeder möchte sein Schicksal selbst in der Hand haben.«

»Sie schickte mich auf dieses teure Mädchenpensionat, auf dem die Töchter all ihrer Freundinnen waren. Der Schwerpunkt lag auf Sport und Outdoor-Aktivitäten, es gab nur eine einzige Kunstklasse. Auf dem Internat herrschte der totale Cliquenzwang. Ich passte nirgendwo hinein. Pia wurde von ihren Eltern auf eine andere Schule geschickt. Ich glaube, meine Mutter hat ihnen eingeredet, dass Pia und ich einen schlechten Einfluss aufeinander hätten oder so was in der Art. Aber ich brauchte Pia. Und ich glaube, sie brauchte mich auch. Ich war die ganze Zeit allein. Selbst mitten in einem vollen Speisesaal war ich allein. Ich war so allein, ich konnte es förmlich *schmecken*.«

»Wenn man nirgendwo dazupasst, macht einen das stärker«, sagt Sam und strich mir eine Haarsträhne aus dem Gesicht. Durch die Tränen klebt sie auf meiner Wange fest, und er braucht ein paar Versuche, bis sie sich ganz gelöst hat. Die Berührung seiner Fingerspitzen auf meiner Haut ist überraschend angenehm.

»Das stimmt«, sage ich. »Ich wurde selbstständiger und unabhängiger. Ich beschloss, wenn ich schon allein sein würde, dann sollte es wenigstens so aussehen, als wäre ich es gern. Als hätte ich mich bewusst dafür entschieden, weißt du? Andererseits, manchmal denke ich, ich komme aus diesem Gefühl, allein zu sein, gar nicht mehr heraus, als wäre ich in einer ewigen Blase des Alleinseins gefangen.«

»Meinst du nicht Einsamkeit?«

»Nein. Ich fühle mich nicht einsam. Ich mag meine eigene Gesellschaft, meistens jedenfalls. Ich zeichne und nähe gern und genieße es, allein zu sein. Aber ich fühle mich einfach … *allein*. Als könnte ich mich auf niemanden verlassen. Als würde die Welt eine andere Sprache sprechen.«

Ich stoße ein tiefes Seufzen aus, atme meine ganze Trauer und Sorge aus. Ich habe noch nie mit jemandem über all das gesprochen. Gott, durch das Reden fühle ich mich tatsächlich besser. Sogar noch besser als nach meiner Beichte vor den Mädels. Warum habe ich alles immer für mich behalten?

Während ich Sam in die Augen sehe, wird mir etwas bewusst. In diesem Moment, genau in dieser Sekunde, fühle ich mich zum ersten Mal, seit ich mich erinnern kann, nicht allein.

Ich habe das Gefühl, genau hierherzugehören, zu Sam.

Sam sieht mich unablässig mit seinen grauen Augen an. »Angie, ich bin mir sicher, deine Eltern warten sehnsüchtig darauf, dass du dich meldest.«

Ich möchte ihm mehr als alles andere glauben. »Würdest du sie kontaktieren, wenn du an meiner Stelle wärst?« Sam gibt keine Antwort. »Weißt du, ich habe einfach nur ihre Lügen so satt«, sage ich mit ganz leiser Stimme. »Ich möchte ihnen nicht die Gelegenheit geben, mich weiter anzulügen. Manchmal hat es den Anschein, als würde einfach jeder lügen. Alle lügen, und jeder hat Geheimnisse. Ich hasse das.«

»Angie, es gibt einen Unterschied zwischen Geheimnissen und Lügen«, sagt Sam.

»Ach ja?«, sage ich. »Ich habe den Eindruck, als wären sie austauschbar.«

»Mhm.« Sam gibt mir nicht recht, aber er ist zu gut erzogen, um mir zu widersprechen.

»Ich wünsche mir nur, dass das Leben ... einfacher ist.«

Sam nickt bedächtig. »Ich stimme dir vollkommen zu. Bevor ich von zu Hause wegging, war mein Leben kompliziert. Manchmal hatte ich das Gefühl, dass es mich förmlich überrollte. Mit einer Wucht, die ich nicht kontrollieren konnte.«

»Genau«, flüstere ich.

Wir liegen immer noch da, unsere Gesichter sind nur wenige Zentimeter voneinander entfernt. Ein paar Sekunden lang herrscht totale Stille, und das einzige Geräusch sind unsere Atemzüge. Mein Herz klopft so schnell, dass ich leicht zittere. Für ein paar Sekunden schließe ich die Augen und spüre ein Kribbeln im Bauch.

Dann öffne ich die Augen wieder. Sam starrt mich immer noch an. Sein Gesicht ist so nah, dass ich jede Wimper einzeln erkennen kann, am Ansatz braun und an den Spitzen von der Sonne gebleicht, ich sehe auch die kleine ungebräunte Stelle auf Sams Nasenwurzel von seiner Sonnenbrille, die sprießenden Bartstoppeln an seinem

Kinn. Er mustert mein Gesicht ebenso, was mich verlegen macht. Ich weiß nicht, was ich mit meinen Lippen tun soll, ich frage mich, ob ich Knies in den Augen habe, ob ich doof aussehe, ob …

Dann heften sich seine Augen wieder auf meine.

Wir werden uns küssen.

Ich weiß es. Ich kann ihn spüren, diesen Moment vor dem ersten Kuss, die prickelnde Anspannung, diese beinahe unerträglich süße Qual der Vorfreude. Ich kann mir die Berührung von Sams Lippen so deutlich vorstellen, als würde ich mich förmlich danach sehnen herauszufinden, wie er schmeckt und riecht und sich anfühlt, als wäre die Berührung seiner Lippen das Einzige, was mir im Moment Befriedigung verschaffen kann.

Sams Gesicht kommt ein kleines Stück näher, o mein Gott, wir werden uns tatsächlich gleich …

Nein!

Ich drehe ruckartig den Kopf weg und rolle mich auf den Rücken, um den Moment zu unterbrechen, während sich meine Gedanken überschlagen. Nein! Nein. Es ist falsch. Sam ist mein Freund. Ich kann diese Freundschaft nicht vermasseln, indem ich einem niederen Impuls nachgebe, der dafür verantwortlich ist, dass ich noch nie länger als zwei Wochen mit einem Mann befreundet war. Ich mag Sam nur als Kumpel. Das weiß ich sicher. Kumpels zu sein ist sicherer und einfacher.

Atme tief durch, Angie. Ja. Noch mal. Gut so.

Dies hier ist nur eine vorübergehende sexuelle Anspannung, die unvermeidlich ist, wenn man zwei Menschen verschiedenen Geschlechts zusammen in ein Bett packt und einem davon eine Krise gibt. Richtig? Richtig. Kumpels. Sicher.

Also stehe ich auf, gehe zum Fenster hinüber, öffne es

und zünde mir eine Zigarette an. Eine Minute lang sagt keiner von uns ein Wort.

»Meine Eltern ließen sich scheiden, als ich einundzwanzig war«, sagt Sam schließlich. »Dann beschloss meine Mutter, dass sie auf einer Ranch in New Mexico leben wollte, und mein Vater … äh … nicht. Zack. Familie vorbei.«

Ich bin so überrascht von seiner Offenheit, weil Sam sonst immer so ein Geheimnis um sich macht, dass mir als Antwort darauf nur einfällt: »Und wo lebt dein Vater?«

Sam gibt keine Antwort, oder er hat meine Frage nicht gehört. Er starrt einfach nur ins Leere, still und ernst. »Die Sache ist die«, fährt er schließlich fort, »es ist nur eine weitere Veränderung, weißt du? Nicht das Ende, bloß eine Veränderung. Alles verändert sich. Man macht weiter, und das Leben ändert sich. Man schließt die Schule ab, zack, Veränderung. Man geht aufs College, zack, Veränderung. Man geht eine Beziehung ein, man trennt sich, man zieht mit seinen Freunden zusammen, Menschen werden krank und sterben, Veränderung, Veränderung, Veränderung. Also ist eine Scheidung nur eine weitere Veränderung im Leben, das sich ohnehin ständig verändert.«

»Aber was, wenn es dir nicht gefällt, wie dein Leben sich verändert?«

»Dann musst du etwas dagegen unternehmen. Das Leben muss sich verändern. Täte es das nicht, was wäre dann der Sinn? Man wüsste immer, was als Nächstes passiert.«

»Das ist ziemlich gut«, sage ich. »Du solltest Therapeut werden.«

»Das sagt mein Therapeut auch immer.«

»Du bist in Therapie? Ich dachte, du sprichst nicht gern über dich selbst.«

»Ha.« Er zögert kurz, bevor alles in einem Schwall herausströmt. »Jetzt bin ich nicht mehr in Therapie, aber ich war es mal. Ich hatte ziemlich viel Wut in mir wegen der Scheidung und wegen allem, was in dieser Zeit so abging … Du weißt schon. Und es war so eine verdammte Zeitverschwendung, diese ganze Wut. Weißt du, die Leute machen ohnehin nur das, was sie wollen, man kann sie nicht ändern, nicht wirklich, man muss sie einfach akzeptieren, wie sie sind. Ich hätte besser nicht … Manche Sachen, die ich gemacht habe … Ich hab mich wie ein Schwanz benommen. Ich wünschte …« Er schüttelt den Kopf, wie um ihn freizubekommen. »Sorry, wir reden hier nicht über mich.«

»Wir können auch über dich reden, wenn du möchtest.«

»Ich möchte nicht. Ich möchte lieber fernsehen und nicht quatschen. Das ist mein Vorrecht als Mann.«

»Woher kommst du?«

»Aus Ohio. Hab ich dir doch gesagt.«

»Ohio? Ich dachte irgendwie, das wäre ein Witz gewesen. Du siehst einfach nicht besonders … ohiomäßig aus.«

Sam stößt ein »Puh« aus. »Angie, ich möchte wirklich nicht darüber reden.«

»Tja, Pech, Tiger, ich schon. Lebt dein Vater noch in Ohio?«

Eine lange Pause. »Mein Vater ist tot.«

»O Gott, das tut mir leid.«

»Muss es nicht.«

»Wo hast du studiert?«

»In New England. Ich habe das Studium abgebrochen.«

»Was hast du studiert?«

»Das reicht für heute.«

»Sag schon!« Ich stupse ihn mit meinem großen Zeh an.

»Nein.«

»Los!« Ich stupse ihn wieder.

»Provozier nicht den Bär, Angie, oder ich werde dich kitzeln, bis du zu winseln anfängst.«

»Kitzeln ist bloß ein Vorwand für pubertierende Jungs, um einem Mädchen versehentlich-absichtlich an die Titten zu grapschen«, sage ich. »Und hast du dich gerade selbst als Bär bezeichnet?«

»Und hast du gerade ›an die Titten grapschen‹ gesagt? Wow, wirklich ladylike.«

Ich kichere, überwältigt vor Erleichterung, dass die sexuelle Anspannung verflogen ist. Sam sieht in mir nicht mehr als eine gute Freundin. Alles ist wieder normal.

»Ich drück es so aus, wie ich es sehe«, erwidere ich achselzuckend.

»Na schön. Ich werde dich nicht anrühren. Nicht einmal, wenn du mich darum anflehst. Können wir uns jetzt einfach den nächsten gottverdammten Film ansehen?«

Er schaltet durch die Programme, bis wir einen Film finden. Es ist *Das Fenster zum Hof*, ein alter Hitchcock-Thriller mit Grace Kelly und James Stewart. Die sexuelle Anspannung scheint endgültig gebrochen zu sein, und ich fühle mich jetzt sicher genug, um wieder ins Bett zu klettern. Wir sind nur Freunde. Ja. Alles ist gut.

»Gott, ich liebe James Stewart«, sage ich, während ich es mir auf meinem Kissen bequem mache.

»Ja? Ich hätte gedacht, der wäre dir ein bisschen zu spießig.«

»Nein, er ist perfekt … Ich werde mich jetzt unter die Decke kuscheln. Du darfst mit mir drunter, wenn du möchtest, aber mach keine unanständigen Sachen.«

»Ja, Ma'am.«

Und so schauen Sam und ich uns den Film an, Seite an Seite, aneinandergekuschelt auf eine rein platonische Art. Und sehr bald fühle ich mich so angenehm warm und behaglich und wohl, dass ich einschlafe.

22

Ich liege im Bett mit Sam.

Nein, nicht so, wir sind wirklich nur zusammen vor dem Fernseher eingeschlafen, als wir uns *Das Fenster zum Hof* anschauten.

Bloß dass ich mich auf meiner Seite zusammengerollt habe, den Kopf auf Sams Arm, während er sich von hinten an mich schmiegt.

Wir liegen in der verdammten Löffelchenstellung.

Ein paar Minuten lang bleibe ich einfach liegen und lausche Sams Atem … Sam riecht immer noch nach Seife, selbst nach einem Abend mit lauter Süßigkeiten und ohne Zähneputzen. Was hat es damit auf sich?

Und warum ist es so komisch, sich mit einem Mann das Bett zu teilen, der nur ein Kumpel ist? Ich bin voll bekleidet, und auch Sam hat noch sein T-Shirt und seine Jeans an, es ist also nicht so, als wären wir unartig. Pia und ich haben uns schon unzählige Male ein Bett geteilt, wenn wir zusammen aus waren oder im Urlaub oder während der seltsamen Phase, als dieser Blödmann Eddie ihr das Herz gebrochen hatte und ich sie jeden Abend nach Hause tragen musste, weil sie sturzbetrunken war und untröstlich. Pia streckt im Bett immer ihre eiskalten Füße zu mir herüber, und sie schnarcht, was ich beides verdammt nervig finde. Sie zieht mich gern damit auf, dass ich entweder bäuchlings daliege wie ein Seestern oder mich zu einer winzigen Kugel zusammenrolle wie ein kleines Stachelschwein. Diese Art von zusammen übernachten ist lustig und albern.

Aber mit Sam ist es anders. Sein Körper neben meinem ist mir so deutlich bewusst, dass ich an nichts anderes denken kann. Genau wir mir seine Füße bewusst sind, die über das Bettende hinausragen, und sein tiefer, gleichmäßiger Atem, und wie groß und stark er ist.

Außerdem hat es etwas Verletzliches, sich mit einem Mann ein Bett zu teilen. In wachem Zustand wirkt Sam immer so, als würde er über etwas sehr Ernstes nachdenken. Im Schlaf sieht er dagegen, keine Ahnung, friedlich aus.

Und unter uns gesagt, mit Sam im Bett zu liegen ist, na ja, irgendwie sexy. Sam ist so riesig wie ein großer Bär, und sein Körper strahlt eine angenehme Wärme aus, die meinen Körper umhüllt. Ich bin mir seines muskulösen Arms bewusst, den ich als Kissen benutze, ich spüre seinen Körper, der an meinen geschmiegt ist, und ich kann seine linke Hand sehen: gebräunt, sehr saubere Nägel, lange Finger mit Schwielen, auch an der Handfläche. Der kleine Fingernagel fehlt komplett; er wurde letztes Jahr bei einer Regatta abgerissen. Im Moment sieht selbst das sexy aus.

Verdammt. Warum beschäftigen mich solche Gedanken über Sam?

Und dann legt er seinen anderen Arm um mich und zieht mich enger an sich. Er schläft noch, sein Atem hat sich nicht verändert, er hält mich einfach nur eng umklammert, als wäre es die natürlichste Sache der Welt.

»Angie …«, murmelt er.

Ich grinse in mich hinein. Sam redet im Schlaf.

»Ja, Sam?«

Keine Antwort.

Hm.

Ich werde einen Trick ausprobieren, von dem mir meine Mutter mal erzählt hat. Wenn eine Person im Schlaf spricht, stell ihr Fragen – manchmal dringen sie zu ihrem Unterbewusstsein durch, und die Person reagiert darauf. Anscheinend kann man den Leuten so alles Mögliche entlocken. Also drehe ich mich vorsichtig auf die andere Seite, nach wie vor von Sams Armen umschlungen, bis wir uns gegenüberliegen.

»Hey, Sam«, sage ich leise und beuge den Kopf zurück, damit ich ihm ins Gesicht sehen kann. »Sam, wie findest du Angie?«

Er lächelt im Schlaf. »Angel …«

Ich ertappe mich dabei, dass ich mich gegen ihn sinken lasse. Gott, ist das schön. Ich kann mich nicht erinnern, wann ich das letzte Mal so mit jemandem gekuschelt habe. Und ja, ich habe gerade das Wort »kuscheln« benutzt. Es gibt keinen anderen Ausdruck dafür. Sam schlingt die Arme enger um mich. Ich fühle mich geborgen und sicher und nur ein winziges bisschen aufgeregt … Es ist himmlisch.

Plötzlich atmet Sam tief ein und hält eine gefühlte Ewigkeit lang, die aber wahrscheinlich nur ungefähr fünf Sekunden dauert, die Luft an. Dann atmet er wieder aus und drückt mich noch fester an sich. Ich passe perfekt in seine Umarmung. Ich kann seinen Herzschlag spüren. Einen Moment lang liege ich da und lausche dem gleichmäßigen Rhythmus. Dann mache ich den nächsten Versuch. Wieder lege ich den Kopf in den Nacken, um Sam ins Gesicht zu sehen.

»Angie … Erzähl mir von Angie. Findest du, sie ist witziger als du? Ich wette schon.«

Sam zeigt im Halbschlaf den Anflug eines Lächelns,

verstärkt seinen Griff um mich und dreht sich mit einer geschmeidigen Bewegung auf den Rücken, wobei er mich mitzieht, sodass ich nun fast auf ihm liege und mein Gesicht direkt über seinem ist. Heilige Scheiße, wäre er jetzt wach, würde uns kaum noch etwas von einem Kuss trennen … Wenn ich meinen Kopf nur ein winziges Stück drehen würde, könnte ich …

Nein.

Zum zweiten Mal innerhalb von zwölf Stunden reiße ich mich gewaltsam von Sam los. In der Hektik zu entkommen, falle ich aus dem Bett. Das hier ist falsch, das hier ist ganz und gar falsch.

Ich werde duschen gehen und mich danach anziehen, und dann wird diese seltsame intime Situation beendet sein, und Sam und ich können wieder ganz normal einfach nur Freunde sein. Richtig? Richtig.

Ich lasse mir im Bad viel Zeit, während ich mich einschäume und schrubbe und abbrause und rasiere und eincreme. Tatsächlich rasiere ich mir gern die Beine, es ist eine Kunst, die Klinge mit perfektem Schwung an der Haut entlangzuführen. Die ganze Kohle, die ich früher für Wachsbehandlungen ausgegeben habe! Wozu eigentlich? Ich bin blond, ich bin nicht besonders stark behaart, und diese »Die Haare wachsen nach einer Rasur stärker nach«-Theorie ist ein Mythos, den die Wachslobby erfunden hat. (Ja, auch dafür gibt es eine Lobby.)

Danach schlurfe ich in mein Zimmer zurück und vergewissere mich kurz, ob Sam noch schläft. Dann schlüpfe ich in eine sehr bequeme alte Jeans und, nach kurzer Überlegung, in das Princeton-Sweatshirt meines Vaters. Was soll's, dass er sich seit einer Ewigkeit nicht bei mir gemeldet hat, es ist trotzdem ein verdammt gutes Sweatshirt, auch wenn es ein paar kleine Blutflecken hat von jenem Abend, als ich von der Küchenanrichte fiel. Das scheint schon unheimlich lange her zu sein.

Als ich mich umdrehe, sehe ich, dass Sam mich anlächelt, und ich stoße einen spitzen Schrei aus.

»Was zum Teufel …? Hast du mich etwa beobachtet, während ich mich angezogen habe?«

»Nein.« Sam macht ein schuldbewusstes Gesicht. »Okay, ja. Aber ich hab nichts gesehen, das heißt nichts, was nicht jugendfrei ist. Nur die schönen jugendfreien Seiten von dir.«

»Wirklich?« Ich meide seinen Blick. Bringen wir diese Unterhaltung schnell wieder auf die Freundschaftsebene zurück. Und verschwinden wir schleunigst aus meinem Zimmer. »Wie wäre es mit einem Frühstück?«

»Im Buttermilk Channel? Oder im Café Luluc?«

»Sam, ich habe keine Kohle. Und nein, du wirst nicht für mich bezahlen. Du musst mittlerweile auch fast pleite sein.«

»Richtig, sorry. Ich kann dir ein Frühstück machen. Was hältst du davon? Dir und Coco. Ich schulde ihr bestimmt um die sechzig Mahlzeiten, weil sie mich die ganze Zeit durchgefüttert hat. Sie ist wie eine Großmutter zu mir, eine sehr junge und unschuldige Großmutter … Ich werde für das ganze Haus Frühstück machen. Ich brate ein bisschen Speck, Eier, Pfannkuchen …«

»Das wäre klasse!«, sage ich. »Aber kannst du den Speck grillen statt braten? Ich mag es nicht, wenn er vor Öl trieft.«

»Ach wirklich?«, erwidert Sam. »Ich dachte, du stehst auf Öl.«

»Was? Wie kommst du denn darauf?«

»Nun, du magst schließlich Ölbarone!«

Sam grinst breit und zieht unter seinem Kissen …

Heimliches Verlangen hervor. Mein neuester Liebesroman!

»Gib das her!«

Grinsend beugt Sam sich von mir weg und beginnt, den Klappentext vorzulesen. »*Die schüchterne Millicent hatte bisher nichts als Pech in der Liebe. Doch als der Ölbaron Rod Rockson in die Stadt kommt, glaubt sie, dass ihr Glück sich zum Besseren wendet. Bis sie seiner geheimnisvollen Vergangenheit auf die Spur kommt* … Was mag das für eine geheimnisvolle Vergangenheit sein?«

»Sei still!« Ich springe auf das Bett und grapsche nach dem Buch, verfehle es nur knapp und finde mich gleich darauf rittlings auf Sam wieder, während ich wütend versuche, ihm den Roman zu entreißen. »Gib es sofort her! Das ist verdammt noch mal privat! Ich mache keine Witze! Sam! Das ist mein Ernst!«

»Aber, aber, Angela, sei lieb!«

»Verdammte Scheiße, ich heiße nicht Angela!«

Ich reiße ihm das Buch schließlich aus der Hand, klettere rasch vom Bett und pfeffere *Heimliches Verlangen* unter Drakey die Schneiderpuppe.

Ich bin so aufgebracht, dass ich Sam nicht einmal ansehen kann, also tue ich so, als würde ich etwas in meinem Schrank suchen. Es ist mir megapeinlich, dabei ertappt worden zu sein, dass ich so einen Schund lese. Ich schäme mich sogar noch mehr als gestern Abend bei meinem Weinkrampf nach *Kramer gegen Kramer*. Gott! Und warum kann ich eigentlich nicht lesen, was ich will? Wen kümmert es, ob die Bücher cool sind? Warum muss ich ständig die Toughe mimen? Warum ist es so wichtig, zynisch und unromantisch zu sein und Happy Ends und Küsse und Leute, die »Ich liebe dich« sagen, doof zu finden? Warum?

Sam steht auf, mit zerknirschter Miene und Haaren, die wild in alle Richtungen abstehen.

»Es tut mir wirklich leid, Angie. Das Buch lag unter meinem Kissen. Ich dachte einfach, das wäre witzig …«

»Ach ja? Nun, das war nicht witzig.« Ich ziehe meine Sockenschublade auf und wühle sinnlos darin herum. Sam muss mich für eine Vollidiotin halten. »Weißt du was, ich hab ein paar Sachen zu erledigen«, sage ich. »Du gehst jetzt besser nach Hause.«

»Du möchtest, dass ich gehe?«

»Ja.«

Es entsteht eine längere Pause, während ich auf meine Socken starre. Wo zum Teufel kommen eigentlich die ganzen Socken her?, frage ich euch. Ich kann mich nicht erinnern, dass ich mir in meinem ganzen gottverdammten Leben jemals welche gekauft habe.

Sam stößt ein Räuspern aus.

»Angie, es tut mir wirklich leid, okay? Ich hab nur rumgealbert.«

»Ja?« Ich drehe mich schließlich zu ihm um. »Ich hab es satt rumzualbern. Ich will mein Leben nicht länger damit vergeuden, immer nur abzuhängen. Das ist verflucht deprimierend. Ich muss mir einen Job besorgen. Genau das werde ich heute tun. Ich werde mir einen Job besorgen.«

Sam nickt. »Klar.«

Ich schicke mich an, das Zimmer zu verlassen, immer noch mit glühendem Kopf vor Scham darüber, dass meine Schwäche für Kitschromane aufgeflogen ist. An der Tür verharre ich kurz und blaffe Sam über meine Schulter hinweg an.

»Du weißt ja, wo es rausgeht.«

23

Weniger als eine Woche, bis ich dreiundzwanzig werde. Und ich könnte nicht weiter davon entfernt sein, das Erwachsenenleben zu führen, das ich mir für dieses Alter immer ausgemalt habe.

Ich arbeite nun bei Gap.

Hört auf zu lachen.

Ich brauche Geld. Ich muss Miete bezahlen. Ich brauche einen Job, etwas, auf das ich mich konzentrieren kann, einen Grund, um morgens aufzustehen. Vor allem, weil Sam und ich uns seit diesem Liebesroman-/Übernachtungsfiasko letzte Woche nicht mehr gesehen haben.

Er hat mir am nächsten Tag gesimst: *Es tut mir leid … Verzeihst du mir?*

Ich habe geantwortet: *Sicher. Kein Problem.*

Und seitdem herrscht Funkstille. Er hat sich nicht mehr bei mir gemeldet, und ich mich nicht bei ihm. Ich geniere mich zu sehr. Mich übermannt nach wie vor eine heiße Welle der Scham bei der Vorstellung, wie er das Buch schadenfroh hochgehalten hat. Wahrscheinlich hält er mich jetzt für eine hoffnungslose Romantikerin. Für eine total bescheuerte, blauäugige Versagerin. Ich hasse das. Es bewirkt, dass ich mich schwach fühle. Ich weiß nicht, warum, aber es ist so. Und dabei kam ich mir bereits geradezu entblößt vor, nachdem ich ihm die ganzen Dinge über meine Eltern erzählt hatte …

Wisst ihr was? Sam und ich haben uns viel zu schnell

angefreundet, es war einfach zu intensiv. Ich brauchte wieder mehr Raum. Mehr nicht.

Und den habe ich ja nun durch meinen Vollzeitjob bei Gap.

In mancher Hinsicht ist es bei Gap gar nicht so schlimm. Es hat sich nämlich gezeigt, dass ich richtig gut bin im Kleiderfalten. Wer hätte das gedacht? (Davor habe ich nie etwas ordentlich zusammengelegt. Ich hab immer nur so getan, als würden die Falten in meinen Klamotten zu meinem einzigartigen Stil gehören.)

Aber die Arbeitszeit ist lang, die Bezahlung ist mies, ich bekomme vom stundenlangen Stehen Blasen an den Füßen, und wow, der Job ist stinklangweilig. Er ist so langweilig, dass mir zwischendurch immer wieder die Augen zufallen. Manchmal träume ich davon, mir in einer Umkleidekabine ein Bett aus T-Shirts zu machen und mich dann für ein Nickerchen darauf zusammenzurollen wie ein kleiner Hundewelpe.

Hinzu kommt, dass einem die Leute nie ins Gesicht sehen, wenn man im Verkauf arbeitet. Ist denen nicht klar, dass es mein Job ist, die Kunden zu fragen, ob sie Hilfe benötigen? Dafür werde ich bezahlt. Und eine der Managerinnen, Shania, hat mich heute schon zweimal gerüffelt, weil ich »nicht freundlich genug« dreinschaue. Ich kann nichts dafür, dass ich zickig aussehe, wenn ich beschäftigt bin. Shania dagegen sieht zickig aus, weil sie eine Zicke ist.

Das Beste an dem Job sind die Klamotten. Gap ist zwar nicht gerade mein Stil, aber es macht mir richtig Spaß, die Kunden bei der Auswahl zu beraten. Manchmal werde ich gefragt, welche Jeansform ich empfehlen würde, oder ob die und die Bluse zu dem und dem Rock passt, was mir die Gelegenheit verschafft, die Kunden zu stylen. Das

Lächeln, wenn sie aus der Umkleidekabine kommen und sehen, dass das Ergebnis ihre Erwartungen übertrifft … Ich *liebe* das. Außerdem schwatze ich den Leuten nichts auf. Ich achte immer darauf, ihre Preisvorstellungen zu berücksichtigen. Ich habe auch schon einige Kunden an Urban Outfitters oder Zara verwiesen für ein bestimmtes Accessoire, um damit ihr Outfit abzurunden. (Gewöhnlich für Dinge wie Gürtel, Handtaschen, Schuhe etc. – im Prinzip Standardkram.)

Aber unabhängig davon drehen sich meine Gedanken nach wie vor im Kreis, während ich nach Möglichkeiten forsche, doch noch einen richtigen Job in der Modebranche zu ergattern … Ich weiß, meinen Traum, Designerin zu werden, kann ich mir abschminken – er wird immer ein Traum bleiben, der für mich außer Reichweite liegt, der nicht realisierbar ist. Aber ich könnte doch Modeassistentin werden, richtig? Oder Empfangssekretärin. Ich könnte für ein Modelabel oder eine PR-Agentur oder einen Stylisten arbeiten.

Ich bin mir sicher, es gibt *etwas*, das ich besser kann als das hier, wenn mir nur jemand eine Chance geben würde.

Aber niemand gibt mir eine.

Verdammt, ich bin verloren.

Jetzt ist es kurz vor Geschäftsschluss in diesem seelenlosen Teil von Midtown Manhattan, und ein besonders unerfreulicher gesellschaftlicher Querschnitt hält sich im Laden auf: klebrige, quengelnde Kleinkinder, die einfach nur nach Hause wollen zu ihren Spielsachen, Rucksacktouristen, erschöpft nach einem Sightseeing-Tag, übergewichtige Einzelkunden, die die Ware wie einen potenziellen Feind beäugen …

Die Menschheit.

Pia sagt immer, dass sie an ihrer Arbeit vor allem den Kontakt zu anderen Menschen liebe – das verleihe ihr Energie. Ich dagegen ziehe es vor, in einer ruhigen Ecke zu sitzen und mir über Kleider Gedanken zu machen. Und nicht über meine Eltern. Oder über meine Zukunft.

Mein Handy vibriert in meiner Hose, und ich tauche sofort ab und tue so, als würde ich ein paar Pullover umsortieren, damit ich kurz nachsehen kann. Eine SMS von Julia. *Wollte dich nur informieren, dass mein Chef gerade alle heute Abend in ein Striplokal eingeladen hat, um einen Geschäftsabschluss zu feiern. Nur mich nicht. Mein Job ist schlimmer als deiner.*

Ich grinse in mich hinein und schreibe eine Antwort. *Heute Morgen habe ich in der Männerumkleide einen Kackhaufen gefunden. Nicht von einem Hund, nicht von einem Kind, sondern von einem Erwachsenen. Irgendein Kunde hat einfach in die Umkleidekabine geschissen. Mein Job ist schlimmer als deiner.*

Einen Moment später erhalte ich eine Antwort.

Du hast gewonnen.

Ha. Julia und ich haben regelmäßigen SMS-Verkehr, seit ich bei Gap bin. Meistens wetteifern wir darum, wer den schlimmeren Job hat. Es ist wirklich süß von Julia, dass sie so tut, als wäre die Arbeit in einer Investmentbank schrecklicher als der in einer Gap-Filiale. Pia hatte die ganze Zeit recht: Julia ist einfach klasse. Ich bin unheimlich froh, dass wir echte Freundinnen geworden sind. Und ich glaube nicht, dass Pia noch eifersüchtig ist … Allerdings, ehrlich gesagt ist Pia zu selten da, um eifersüchtig zu sein. Sie verbringt jede freie Minute mit Aidan, seit sie weiß, dass er nach San Francisco umzieht. Die beiden haben beschlossen, es mit einer Fernbeziehung zu versuchen.

Ich dehne gerade verstohlen meine Oberschenkelmuskulatur – warum sie so verspannt ist, obwohl ich den ganzen Tag nur herumstehe und nichts tue, ist mir ein Rätsel –, als eine Frau mittleren Alters beginnt, in einem Jeanshosenregal zu suchen.

»Hallo! Kann ich Ihnen vielleicht behilflich sein?«

Die Frau nickt. »Ich möchte eine Jeans, in der ich nicht aussehe wie eine billige Presswurst, die sich auf jung trimmt.«

Ich grinse. »Gut ... also eine Jeans ohne Presswurst-Effekt. Okay, diese hier ist an den Oberschenkeln etwas weiter geschnitten und betont die weiblichen Kurven, ohne aufzutragen. Die normale Leibhöhe sorgt für einen hohen Tragekomfort im Bauchbereich, und die dunkle Waschung sieht klassisch und edel aus, also keine Spur von billig ... Fast wie eine normale Hose, aber in bequemer und lässiger Jeansqualität.«

»Wow. Sie sind gut.«

»Danke«, sage ich und nehme die Jeans aus dem Wandfach. »Ich liebe Mode. Okay, die hier und die hier sollten Sie zum Vergleich auch anprobieren.«

»Vielen Dank. Ich habe früher Mode auch geliebt. Heute trage ich sie nur noch.« Sie nimmt die drei Hosen entgegen, die ich für sie ausgesucht habe, und runzelt dann die Stirn. »Das ist genau meine Größe. Woher wissen Sie, welche Größe ich habe?«

»Ich werde dafür bezahlt – und zwar nicht schlecht. Darf ich Ihnen die Hosen in die Kabine bringen?«

»Ich nehme sie selbst mit.« Die Frau verschwindet damit in Richtung Umkleidekabinen.

Auf einmal habe ich viel bessere Laune. Ich mag die Arbeit hier doch! Und ich bin gut darin! Ich habe gerade dieser Frau geholfen, eine passende Jeans auszusuchen, und sie wird ihr fantastisch stehen, das weiß ich. Die Kundin wird damit glücklich sein. Und das alles meinetwegen. Aus den Lautsprechern kommt nun ein älterer Hit von Rihanna, und ohne nachzudenken, fange ich an, im Rhythmus mit dem Kopf zu wackeln und leise mitzusummen, bevor ich schließlich eine kleine Pirouette drehe.

In diesem Moment kommt Derek, einer der Kassierer, an mir vorbei. Er sieht mich stirnrunzelnd an und schüttelt den Kopf.

»Wir sind hier nicht in einem Nachtclub, Angela.«

Er ist bereits halb verschwunden, als ich zische: »Ich heiße Angie, du Vollspack.« Ich muss mich damit begnügen, ihm den Mittelfinger zu zeigen. Echt erwachsen, aber das kommt davon, wenn man im Verkauf arbeitet.

In diesem Moment höre ich eine vertraute Stimme hinter mir. »Blythe, was machen wir hier in diesem Scheißladen? Du kennst meine Regeln: keine Mütter, kein Geschmuse, keine Modefilialisten.«

Ich erstarre, mein Herz hämmert plötzlich laut in meiner Brust. Ich würde diese Stimme überall wiedererkennen.

Es ist Stef.

Die Person namens Blythe kichert.

»Stef, Baby, ich hab dir doch gesagt, ich brauche ein paar neue Tanktops, und die von Gap passen mir nun einmal am besten.«

»Fuck, können wir nicht zu James Perse oder zu Splendid gehen oder in irgendeinen anderen anständigen Laden? Ich bezahle auch.«

»Später vielleicht. Ich muss vorher noch zu Intermix.«

Ihre Stimmen kommen immer näher. Ich senke rasch den Kopf, gehe in die Hocke und tue so, als würde ich das untere Hosenfach aufräumen. Noch nie in der Geschichte der Freizeithosen sind Chinos so symmetrisch perfekt gestapelt worden. Ich suche nach einem Fehler, nach irgendwas, das mir eine Beschäftigung gibt … Aha! Eine Sechsergröße zwischen den Achtern! Das Gesicht nach wie vor abgewandt von der Richtung, aus der die beiden Stimmen kommen, nehme ich den ganzen Hosenstapel heraus und fange an, ihn neu einzuräumen, ganz langsam, während ich bete, dass Stef einfach wieder verschwindet, dass …

»Ach, sieh mal einer an«, sagt jemand leise. Plötzlich sehe ich Stefs Schuhe neben mir, nur wenige Zentimeter entfernt. John Lobb. Natürlich. »Wenn das nicht die berühmt-berüchtigte Angie ist.«

Ich richte mich langsam auf, während ich eine seltsame Kombination aus Angst und Wut spüre. »Stef.«

Unsere Blicke treffen sich. Stef sieht aus wie immer, privilegiert, aalglatt.

In diesem Moment gesellt sich seine Begleiterin zu uns, Blythe. Sie ist groß und brünett, eine dieser Schickimickitussis, die die Upper East Side produziert wie Abfall. Blythe ist von Kopf bis Fuß in DVF gekleidet – Schuhe, Kleid, Mantel und Tasche. Stil Schema F.

»Was ist das?«

Sie legt den Kopf leicht schief und betrachtet mich, als wäre ich ein lustiges kleines Gemälde.

»Das ist Angie«, sagt Stef. »Eine alte Freundin von mir.«

Blythe schenkt mir ein kleines falsches Lächeln. »Wie nett.« Sie schlendert weiter.

»Ich bin nicht deine Freundin«, zische ich Stef an. »Und ich werde dir nie verzeihen, was du mir angetan hast.«

»Was ich dir *angetan* habe? Bleib mal locker, Angie. Du stehst auf reiche Typen. Ich habe nicht mehr getan, als dich mit ein paar davon bekannt zu machen. Dein Auftritt auf der Jacht war wirklich uncool. Du hast total überreagiert.«

Ich balle die Hände zu Fäusten. Am liebsten würde ich ihm eine knallen. Am liebsten würde ich losbrüllen und ihm eine Szene machen und diesen dämlichen Job hinschmeißen und davonlaufen und Wodka saufen und den ganzen Abend lachen und so tun, als wäre alles in bester Ordnung. Das Bedürfnis ist so stark, dass ich den Genuss dieser Flucht beinahe schmecken kann.

Aber ich werde ihm nicht nachgeben.

Ich werde nicht mehr vor meinen Problemen davonlaufen.

Weil sie so nicht weggehen. Nicht wirklich.

»Du bist der allerletzte Abschaum.« Meine Stimme zittert von der Anstrengung, nicht laut zu werden. »Halt dich bloß von mir fern. Und verpiss dich aus meinem Laden.«

Blythe kommt wieder zu uns zurückgeschlendert und bekommt meine Worte zufällig mit.

»Das glaube ich nicht! Wo ist der Geschäftsführer?«, ruft sie und blickt sich suchend um. Ihre Stimme klingt hoch und überheblich und Upper-East-Side-mäßig. »Wir brauchen hier sofort den Geschäftsführer!«

»Nein, Blythe, lass gut sein.« Stef starrt mich an, ein kleines Lächeln im Gesicht. »Ich hab das Gefühl, Angie wird schon bald wieder bei mir angekrochen kommen. Sobald die Realität sie einholt, wird ihr eine fröhliche Nacht im Soho Grand gar nicht mehr so schlimm erscheinen.«

Ich kann ihm nicht in die Augen sehen, also starre ich stattdessen auf seine Nase (ein alter Trick, den mein Dad mir beigebracht hat, als ich noch klein war). Eine fröhliche Nacht im Soho Grand … Fuck, was ist bloß in jener Nacht passiert? Mir ist schlecht.

Ein paar Sekunden herrscht totales Schweigen.

Dann lächle ich die beiden an. »Kann ich Ihnen behilflich sein? Nein? Dann entschuldigen Sie mich bitte. Ich habe zu tun.«

Zitternd gehe ich ein Stück weiter und beschäftige mich damit, T-Shirts neu zu falten, während ich aus den Augenwinkeln verfolge, wie Stef und Blythe in Richtung Ausgang gehen. Stef starrt immer wieder zu mir zurück, bis Blythe ihn von der Seite anblafft. Er blafft zurück. Sie verstummt augenblicklich, und gleich darauf verschwinden sie durch die Tür nach draußen.

Und ich laufe nicht davon. Ich knicke nicht ein. Ich konzentriere mich nur darauf, die Zeit bis zum Ladenschluss zu überstehen.

Als ich etwas später mit der U-Bahn nach Hause fahre, beginnt sich die Übelkeit langsam wieder zu legen. Ich kann nicht anders, als all die anderen Arbeitsdrohnen anzustarren, Schulter an Schulter zusammengepfercht, auf dem Heimweg von unseren beschissenen Jobs, jeder mit etwas beschäftigt, um sich von der Realität abzulenken. Manche hören mit geschlossenen Augen Musik, manche lesen die *New York Post*, andere starren auf ihre BlackBerrys oder iPhones und tippen hektisch Nachrichten.

Ich dachte immer, die Leute tun solche Dinge, weil ihnen langweilig ist, weil sie versuchen, die Zeit totzuschlagen. Aber jetzt ist mir klar, dass sie diese Dinge tun, um ihre Jobs zu vergessen, womit auch immer sie sich ihren Lebensunterhalt verdienen. Wahrscheinlich sind die Jobs der meisten Leute ätzend.

Dieses Leben kann nicht für mich bestimmt sein. Es ist … das kann einfach nicht sein.

Aber mein altes Leben will ich auch nicht wiederhaben.

Ich schätze, ich stecke wohl in der Zwickmühle. Und plötzlich weiß ich, das Einzige auf der Welt, was mich noch aufheitern kann, sind meine Freundinnen. Pia, Coco, Julia und Madeleine. Und Sam. Er fehlt mir. Es ist nur ein paar Tage her, seit ich das letzte Mal mit ihm gesprochen habe, aber es kommt mir vor wie eine Ewigkeit. Es ist mir egal, dass er weiß, dass ich schnulzige Liebesromane lese. Es ist mir egal, wenn er mich für eine Loserin hält. Ich vermisse ihn einfach.

Als ich in Carroll Gardens aussteige, hole ich mein Handy hervor und wähle seine Nummer.

»Sind wir wieder Freunde?«, sagt er zur Begrüßung.

»Es tut mir leid, dass ich dich rausgeworfen habe.«

»Und mir tut es leid, dass ich mich über dein Buch lustig gemacht habe. Weißt du übrigens, dass ich auf Harry Potter stehe? Im Ernst. Ich bin ganz verrückt nach dem kleinen Zaubererstreber.«

Ich kann nicht anders, als zu lachen. »Okay, wir sind offiziell wieder Freunde.«

»Unser erster Streit! Mann, das ist ein ganz besonderes Gefühl. Geht es dir auch so?«

»Ich habe ein ganz besonderes Hungergefühl.«

»Ich stehe hier gerade in Vics Badezimmer, mache aber gleich Schluss für heute. Vic und ich wollen rüber ins Bartolo's eine Pizza essen. Hast du Lust?«

»Ja.«

»Wo treibst du dich überhaupt die ganze Zeit herum? Ich hab diese Woche schon mindestens viermal bei euch an der Tür geklingelt.«

»Oh, ich hab einen Job.«

»Ach ja? Das ist ja super! Wo denn?«

»Versprichst du mir, nicht zu lachen, wenn ich es dir sage?«

»Versprochen.«

»Bei Gap.«

24

Sam lacht immer noch, als ich im Bartolo's eintreffe. Das Bartolo's ist ein italienisches Restaurant der ganz alten Brooklyner Schule, die Art von Lokal, in dem kein Gedeck zum anderen passt und die Speisekarte seit Urzeiten nicht verändert wurde. Vics Bruder hat es vor Jahrzehnten eröffnet, und heute wird es von seinem Neffen geführt. Im Bartolo's herrscht immer diese familiäre Atmosphäre, wisst ihr? Viele Gäste kommen mit ihren Kindern hierher, und auch an diesem Abend sitzen an den meisten Tischen Eltern, Kinder und Großeltern. Ich lasse den Blick durch das Lokal schweifen. Lauter waschechte glückliche Familien. Ich frage mich, wie es meinem Vater wohl geht.

»Also, Angie, was darf es sein?«, fragt Vic und reißt mich aus meinen Tagträumen.

Ich schaue nicht einmal in die Speisekarte. »Eine Pizza Margherita, bitte.«

Sam sieht mich an und fängt wieder an zu lachen.

»Hör auf!«, sage ich. »Vic, Sam macht sich über mich lustig. Nur weil ich einen Job habe.«

Vic grinst mich an, mit faltigem, glücklichem Gesicht. »Ich finde es großartig, dass Sie einen Job haben, Angie. Arbeit gibt dem Leben einen Sinn. Sie erfüllt einen.«

Die Arbeit bei Gap soll meinem Leben einen Sinn geben und mich erfüllen? Die Vorstellung ist dermaßen deprimierend, dass ich einen Moment lang nichts sagen kann. Dann kommt Jonah der Barmann mit unseren Getränken an den Tisch. Ein Bier für Sam, ein Sodawasser für Vic und einen Wodka on the rocks für mich.

»Und du bist dir sicher, Süße, dass du den Wodka pur trinken willst?«, fragt Jonah mich.

»Ja, Schnuffelbärchen, ganz sicher«, sage ich.

Jonah zwinkert mir zu und entfernt sich wieder. Ich schaue ihm grinsend hinterher. Süßer Typ. Nur nicht besonders helle.

Ich wende den Blick wieder ab und sehe, dass Sam mich mit einem eigenartigen Gesichtsausdruck anstarrt.

»Was?«, rufe ich. »Das ist ein Freund von Pia! Sie hat hier mal gearbeitet, letztes Jahr, ungefähr viereinhalb Sekunden lang.«

»Verstehe«, sagt Sam. »Na schön, erzähl uns doch mal von deinem neuen Job.«

Also plaudere ich ein wenig über Gap. Daraufhin erzählt Vic von einem Kaufhaus in Park Slope, das Germaine hieß und in dem seine Schwester früher arbeitete.

»Sie hasste es«, sagt er. »Vor allem in der Feriensaison. Sie brachte Dutzende einzelner Handschuhe mit nach Hause, die die Leute beim Einkaufen verloren hatten. Bis zu meiner Heirat habe ich kein einziges zusammenpassendes Paar Handschuhe getragen, wisst ihr.«

Vic bricht in Lachen aus, und es ist so schön, ihn lachen zu hören, dass Sam und ich uns davon anstecken lassen.

Gleich darauf kommen unsere Pizzen, und während wir genüsslich reinhauen, beschränkt sich unsere Unterhaltung auf zufriedene Essgeräusche. Ich liebe Pizza Margherita. Mir gefällt ihre Beständigkeit: Man weiß immer genau, was man bekommt, jeder einzelne Bissen schmeckt wie der vorherige, ohne unangenehme Überraschungen. Und mit Sam und Vic gemeinsam zu essen fühlt sich so normal an, als wären wir eine Familie. Ich glaube, Sam empfindet das ähnlich. Alle mampfen glücklich und zufrieden vor sich hin.

Ich frage mich, mit wem Vic sonst immer isst. Seine Schwester starb im vergangenen Jahr, seine Frau ist schon lange tot. Er muss sich sehr allein fühlen.

»Wir sollten das öfter machen«, sage ich. »Ich meine, uns hier zum Essen treffen. Jeden Donnerstagabend! Würde Ihnen das gefallen, Vic?«

»Mir? Sicher.« Vic ist gerade dabei, sich gemächlich den nächsten Bissen Pizza einzuverleiben, als er plötzlich innehält, als wäre ihm gerade ein Gedanke gekommen. »Halten Sie mich für einen einsamen alten Mann, Angie?«

»Nein«, sage ich, leicht abwehrend.

»Ich fühle mich nie einsam«, erklärt Vic. »Ich habe nämlich reichlich Beschäftigung. Ich habe mein Boccia, ich habe meinen Seniorenclub, ich habe eine Million gottverdammter Nichten, die mich nicht in Ruhe lassen und ständig anrufen, ich habe mittlerweile Kabelfernsehen, und dieser HBO-Sender ist wirklich sehr unterhaltsam, kann ich Ihnen sagen … Ich habe viele Dinge, auf die ich mich freue. Sorge dafür, dass du im Leben immer Dinge hast, auf die du dich freuen kannst, und du wirst dich niemals einsam fühlen.«

»Verstanden«, sage ich.

Noch mehr Weisheitsperlen von Vic. Wir sollten einen gottverdammten Blog eröffnen.

Die Sache ist die: Was Vic sagt, klingt immer logisch. Es ist nur so, dass es nie die Antwort ist, die ich wirklich hören möchte. Ich glaube nicht, dass ein Vollzeitjob bei Gap sich für ein erfülltes Leben qualifiziert. Aber ich weiß, das ist mein persönliches Problem. Viele Menschen arbeiten wahrscheinlich gern bei Gap.

Ich senke den Blick auf meine goldene Clutch. Diese kleine Handtasche ist so was von nützlich. Normalerweise habe ich Handtaschen ziemlich schnell satt und wechsle alle zwei bis drei Tage, aber diese hier liebe ich. Vielleicht nähe ich noch eine mit einem langen Schulterriemen oder einer Handschlaufe und dazu eine größere für Tage, an denen ich mehr mitnehmen muss, aber nicht gleich die große Umhängetasche mit mir herumschleppen möchte. Ich bin mir sicher, irgendwo in meinem Zimmer liegen noch mindestens fünfzehn weitere dieser Art-déco-Tücher aus dem Secondhandshop herum. Inzwischen habe ich auch das schwarze Trägerkleid, in dem Sam mich gern einmal sehen würde, an meine Maße angepasst. (Und den Saum um zehn Zentimeter gekürzt, natürlich.)

Der bloße Gedanke an das Schneidern macht mich sofort glücklich, wach und enthusiastisch, als hätte ich etwas, auf das ich mich freuen kann. Wenn es mir gelingt, einfach so zu tun, als wäre das Schneidern mein Beruf, hat mein Leben tatsächlich einen Sinn.

Ich sehe Vic an und grinse. »Sie haben absolut recht.«

In diesem Moment piept mein Handy. Eine Nachricht von Pia: *Wo bist du? NOTFALL.*

Im Bartolo's, antworte ich.

Zehn Minuten später, gerade als wir mit dem Essen fertig sind, hört man draußen Bremsen quietschen, und ein großer pinkfarbener Food Truck hält mitten auf dem Bürgersteig. Pia.

Gleich darauf betritt sie das Lokal, knallt dramatisch die Tür hinter sich zu, entdeckt uns und kommt direkt zu uns herüber.

»O Gott, Vic, Angie, Sam, ihr müsst mir helfen! Aidan und ich haben uns getrennt!« Sie bricht in lautes Schluchzen aus und lässt sich neben mich plumpsen. »Es wird keine Fernbeziehung geben, wir werden es nicht einmal versuchen. Aidan ist vorhin einfach in das Flugzeug gestiegen. Es ist vorbei, es ist wirklich und wahrhaftig vorbei.«

Pia weint so sehr, dass sie kaum zu verstehen ist, und ich lege meinen Arm um ihre Schulter und ziehe sie an mich, in Sams Babyeulenumarmung. Sie schmiegt sich unter meinen Flügel und macht mich mit ihren Tränen ganz nass.

Ich schaue zu dem Kellner. »Die Rechnung, bitte.«

Pia und ich fahren zurück zum Nest, und sie weint während der ganzen Fahrt. Im Moment gibt es nichts, was ich tun kann, außer eine gute Freundin zu sein und ihr zuzuhören. Also versuche ich, die Worte zwischen ihren Schluchzern zu verstehen, und hoffe inständig, dass wir keinen Unfall bauen. Sam und Vic haben beschlossen, zu Fuß nach Hause zu gehen, angeblich, um ein bisschen frische Luft zu schnappen, aber wohl eher, um Pias Krise auszuweichen. Tatsächlich wird Pia immer ziemlich laut, wenn sie weint. Das macht Männern und Kleintieren Angst.

Wir treffen Coco und Madeleine in der Küche an, wo sie gerade Hühnchen mit Brokkoligemüse essen, und Pia hört lange genug auf zu schluchzen, um uns die ganze Geschichte erzählen zu können.

»Gestern Abend fingen wir an, Schluss zu machen, dann gingen wir schlafen, dann, so gegen vier Uhr morgens, hatten wir Sex …«

»Zu viel Information«, murmelt Madeleine.

»Und später, als wir aufgestanden sind, haben wir nicht darüber gesprochen. Wisst ihr, wir haben einfach nur unseren Kaffee getrunken und unsere Bagels gegessen, als wäre es ein Tag wie jeder andere. Und nach der Arbeit haben wir uns wieder getroffen und uns endgültig getrennt. Wisst ihr, wir haben wochenlang nichts anderes getan, als über uns zu reden, und die Sache ist die, wir wollten das mit der Fernbeziehung wirklich versuchen, aber wir wissen beide, dass es niemals funktionieren wird! Das ist wie ein langsamer Tod statt … ein sauberer Stich mitten ins Herz.« Nett. »Und nun sitzt Aidan in einem Flieger nach Kalifornien, und ich kann nicht glauben, dass es aus ist … Aber mein Leben geht in die eine Richtung und seins in die andere, und keiner von uns sollte seine Karriere für den anderen opfern, richtig?«

»Richtig!«, bekräftigen Coco und ich.

»Aber was, wenn ich alt und einsam ende, weil ich die Karriere über die Liebe gestellt habe? Aus mir wird bestimmt mal so eine verrückte alte Katzenlady. Dabei kann ich Katzen gar nicht leiden!«

»Süße, du bist nicht einmal dreiundzwanzig. Du brauchst dir noch keine Gedanken darüber zu machen, dass du im Alter vereinsamen könntest.«

»Ich werde ihn so sehr vermissen!« Pia hört gerade niemandem zu. »Unsere Beziehung erinnert mich an diesen Film, *Dead Man Walking*!«

Madeleine runzelt die Stirn. »Äh … ich bin mir nicht sicher, ob …«

»Ich kann nicht glauben, dass es vorbei ist! Aus und vorbei.« Pia starrt ins Leere und flüstert: »Es ist wirklich vorbei.«

»Es ist nicht vorbei«, sagt Coco. »Es ist ja nicht so, als hättet ihr euch gestritten oder würdet euch nicht mehr lieben. Ihr seid nur durch … unvorhergesehene Umstände getrennt worden, das ist alles. Aidan kommt ja eines Tages wieder.«

»Ja«, sage ich. »Und in der Zwischenzeit kannst du dich mit anderen Männern treffen.«

»Nein! Wisst ihr, wie schwer es für mich ist, einen Mann kennenzulernen, der mich wirklich versteht? Zu dem ich einen echten Draht habe? Das ist einfach … das ist unmöglich.«

Für einen kurzen Moment bekomme ich feuchte Augen. Ich versuche mir vorzustellen, wie es wohl ist, wenn man endlich seine große Liebe gefunden hat, seine *wahre* Liebe, und diese einem dann wieder entrissen wird. Das ist praktisch eine saftige Ohrfeige vom Universum, genau das.

Pia redet sich nun in Rage. »Männer finden mich entweder seltsam oder dumm oder beides. Sie denken, dass ich eine merkwürdige Erziehung hatte, dass ich durch die vielen Umzüge einen geistigen Schaden erlitten haben muss beziehungsweise dass der Umstand, dass ich halb Schweizerin, halb Inderin bin, bedeutet, dass ich nichts anderes fresse außer verdammten Kuckucksuhren und Currygerichten!«

Ich muss lachen. »Schätzchen, beruhige dich …«

Aber Pia hört nicht zu. »Und sie denken, ich wäre zwar für jeden Spaß zu haben, aber ungeeignet für richtige Gespräche. Dabei kann man wirklich gut mit mir reden, verdammt! Ich kann stundenlang reden, wenn es sein muss. Und jetzt werde ich für immer ein Single sein! Bis in alle Ewigkeit! O Gott! Ich bekomme eine Panikattacke!« Sie schließt die Augen und gibt einen Laut von sich, den man nur als ein »WAAAH!« bezeichnen kann.

In diesem Moment kommt Julia in die Küche, frisch von der Arbeit – wie immer in ihrem Hosenanzug und mit einem Sportrucksack auf dem Rücken.

»Was zum Teu…«

»Zwischen Pia und Aidan ist es aus«, erklärt uns Madeleine.

»Heilige Scheiße!«, sagt Julia. »Und ich war mir sicher, dass ihr beide heiraten werdet. Und dass wir alle deine Brautjungfern sein werden.«

Das bringt Pia wieder zum Schluchzen, natürlich. Fünf Minuten später weint sie immer noch, während uns die tröstenden Plattitüden ausgegangen sind.

Also schlage ich meinen strengsten Ton an, den, der schon in der Vergangenheit bei einer hysterischen Pia funktioniert hat.

»Pia! Hör auf zu weinen und atme mal tief durch«, sage ich. »Sofort. Das ist mein Ernst. Du machst dich noch ganz krank.« Pia schließt den Mund, ihr Brustkorb zittert vor Anspannung. »Wenn Aidan der Mann ist, der für dich bestimmt ist, dann werdet ihr wieder zusammenfinden. Und in der Zwischenzeit hast du die Gelegenheit, dein Leben zu genießen. Du liebst deine Arbeit, du liebst unser Nest …«

»Ich liebe Alkohol«, sagt sie und schnieft. »Lasst uns mal wieder ausgehen und uns die Kante geben. Ich brauche Aufmerksamkeit von attraktiven Männern. Damit ich mich besser fühle.«

»Äh … ich kann nicht«, sagt Julia und wird rot.

»Warum nicht? Hast du etwa ein heißes Date?«

Julia lässt den Blick über die Runde schweifen, ein schüchternes Lächeln auf den Lippen, bis sie unsere ganze Aufmerksamkeit hat. »Na ja, es ist tatsächlich so. Ich bin draußen gerade Sam begegnet, vor Vics Wohnung … und er hat mich gefragt, ob ich mit ihm ausgehe!«

»Suuuper!«, jubelt Madeleine. »Wie kam es dazu?«

Julia ist vor Freude immer noch ganz rot im Gesicht. »Wir haben uns kurz über das Bartolo's unterhalten, und ich sagte ihm, das sei mein Lieblingsrestaurant in Brooklyn, worauf er meinte, sein Lieblingsrestaurant in Brooklyn sei dieser Mexikaner in seinem Viertel, worauf ich ›O mein Gott, ich liebe die mexikanische Küche!‹ sagte, worauf er ›Dann sollten wir mal zusammen hingehen‹ sagte, worauf ich ›Wie wäre es mit Samstagabend?‹ fragte.« Sie dreht sich mit einem breiten Grinsen zu mir um. »Angie, ist das nicht geil?«

O. Mein. Gott. Julia geht mit Sam aus.

25

Noch vier Tage bis zu meinem Geburtstag.

Und ein weiterer langweiliger Tag bei Gap.

Fakt: Langeweile verändert das Raum-Zeit-Gefühl. Das heißt, der Raum schrumpft immer enger zusammen, und die Zeit bleibt stehen. Es kommt mir vor, als wäre ein Monat vergangen, seit ich heute Morgen aufgestanden bin. Ich kann mich nicht einmal erinnern, was ich gefrühstückt habe. Oder was ich gestern Abend gegessen habe.

Augenblick. Doch, ich weiß. Ich habe mit Sam und Vic im Bartolo's eine Pizza gegessen.

Und danach hat Sam Julia zu einem Essen eingeladen.

Ich staune immer noch darüber. Wäre ich eine Comicfigur, hätte ich ein Ausrufezeichen über dem Kopf.

Und ich ärgere mich über mich selbst, dass mich das überrascht. Julia hat nämlich wirklich ein Auge auf Sam geworfen, und ich habe ihn schließlich wochenlang damit genervt, mit ihr auszugehen. Es ist genau das, was ich wollte, richtig? Also alles bestens!

Was soll's. Ich versuche, mir keine Gedanken darüber zu machen. Es ist nur seltsam, weil Sam mein Freund ist, weil wir so verdammt viel Zeit miteinander verbracht und sogar zusammen in einem Bett geschlafen haben, auch wenn nichts passiert ist. Wisst ihr, Sam und ich haben eine dieser Freundschaften, die man manchmal zwischen zwei Beziehungen hat. Normalerweise beende ich solche Freundschaften immer, indem ich mit dem Mann ins Bett gehe und dann merke, dass wir eigentlich gar keine Freunde sind. Aber das wird dieses Mal nicht passieren.

Weil er morgen Abend mit Julia ausgeht.

Das hat sich dann also erledigt.

Und in zweiunddreißig Minuten kann ich Feierabend machen. (Und dann nach Hause gehen und die Blasen an meinen Füßen verarzten und was essen und schlafen und aufstehen und hierherkommen und wieder von vorn anfangen. Verdammter Mist.)

Plötzlich tippt mir jemand auf die Schulter.

»Angie! Ich bin's!« Coco hüpft vor Freude auf der Stelle. »Überraschung!«

»Hey! Was machst du denn hier?«

»Ich war gerade in der Nähe. Hab das Museum of Modern Art besucht. Heute ist der Eintritt frei, weißt du? Immer freitagnachmittags.«

Wir umarmen uns kurz zur Begrüßung.

Seltsam, ich glaube nicht, dass ich außerhalb unseres Nests jemals mit Coco allein war. Zu dritt ja, mit Pia im Bunde, aber niemals nur mit Coco allein. Ich blicke mich um, während ich überlege, worüber ich mich mit ihr unterhalten soll, und sehe, dass meine Kollegen Derek das Arschgesicht und Shania die Zicke zu mir herüberstarren.

»Möchtest du ein paar Sachen anprobieren?«

»Gern!«

»Du solltest Blau tragen.« Seit wir uns kennen, wünsche ich mir sehnlichst, Coco aus ihren sackähnlichen, verwaschenen schwarzen Klamotten herauszubekommen. »Hellblau. Um deine Augen zu betonen. Und Grau. Und Weiß. Eckige Schulterpartie, engere Taille, keine hoch geschlossenen Pullover mehr … Wie viel möchtest du ausgeben? Ich werde für dich bezahlen, ich krieg nämlich fünfzig Prozent Mitarbeiterrabatt. Du kannst mir das Geld einfach hinterher wiedergeben. Das ist eigentlich verboten, wir müssen also ziemlich vorsichtig sein.«

Cocos Augen leuchten auf. »Dein Job ist so cool!«

Ich schätze, er ist ziemlich cool. Irgendwie.

Coco und ich verbringen die nächste halbe Stunde damit, sie ganz neu zu stylen. Alles, was fehlt, ist die Achtzigerjahremusik. Als meine Schicht dem Ende zugeht, hat Coco sich drei Paar Jeans, vier Oberteile, ein richtiges Kleid (ich habe Coco *noch nie zuvor* in einem Kleid gesehen) und einen echt coolen Trenchcoat ausgesucht, der für den Frühling perfekt ist. Ich habe es geschafft, sie aus den überweiten, ausgeleierten Ich-verstecke-mich-Klamotten heraus- und in ein paar figurbetonende Oberteile und engere Jeans hineinzubekommen. Coco hat eine große Oberweite. Wenn sie ihre Figur verhüllt, kann sie schnell ein wenig matronenhaft wirken.

»Wow, Angie, vielen, vielen Dank. Das wird super aussehen für mein nächstes Date mit Ethan.«

»Du triffst dich mit diesem Kerl?«, frage ich, und die Worte sind heraus, bevor ich es verhindern kann.

Coco zögert kurz. »Ja … Ich meine, ich glaube jedenfalls. Warum? Ist er dir nicht sympathisch?«

»Natürlich ist er mir sympathisch! Außerdem spielt es keine Rolle, ob ich ihn sympathisch finde. Hauptsache, *du* findest ihn sympathisch.«

Gott, ich hasse es, wenn Leute so einen Mist labern, und jetzt labere ich selbst so einen Mist.

»Ich glaub schon …« Coco unterbricht sich kurz. »Können wir zusammen einen Kaffee trinken gehen und quatschen?«

»Lass uns aus dem Kaffee einen Drink machen. Du

gehst jetzt zu P.J. Clarke's auf der Third Avenue Ecke Fünfundfünzigste Straße, und ich mache hier Feierabend, bezahle deine Sachen und komme in einer Viertelstunde nach.«

Das P.J. Clarke's ist eine klassische alte Bar mit einem echten Sinatra-Rat-Pack-Stallgeruch. Ich gehe gern ins P.J., weil man dort gemütlich an der Theke sitzen, einen Martini trinken und Mini-Burger essen kann. Natürlich habe ich weder für Burger noch für Martinis Geld, aber ich habe heute meinen Lohn bekommen, folglich sind ein, zwei Runden Bier für Coco und mich absolut drin. (Ich frage mich, ob ich jemals wieder ausgehen kann, ohne vorher meinen Kontostand im Geiste abzurufen.)

Als ich mich auf den Weg ins P.J. mache, klingle ich kurz Pia an. Sie geht ran, aber alles, was ich hören kann, ist ein Schniefen.

»Süße, ich bin's.«

Sie gibt einen leisen, erstickten Laut von sich.

»Ich treffe mich gleich mit Coco auf einen Drink in Midtown, ganz in deiner Nähe. Hast du Lust zu kommen?«

»Nein.« Pias Stimme ist nicht mehr als ein Krächzen. »Ich muss heute länger machen. Ich bin total im Rückstand wegen dieser verdammten Heulerei. Weißt du, es ist wirklich schwierig, mit Tränen in den Augen auf dem Bildschirm was zu erkennen.«

»Ich hab dich lieb, Süße«, sage ich, was mich selbst überrascht. Normalerweise sage ich nie so was.

»Ich dich auch.«

Als ich die Bar betrete, entdecke ich Coco ganz hinten an der Theke, vor sich einen Cosmopolitan, während sie auf ihr Handy starrt und einen unglaublich befangenen Eindruck macht. Das Publikum besteht aus den üblichen

Happy-Hour-Gästen am Freitagabend: Schlipsträger, Touristen und ein paar nervöse Paare bei ihrem ersten Date.

»Voilà, Ihre Modebestellung«, sage ich und gebe Coco die Gap-Tüte.

»Danke! Wow. Das ist wirklich superklasse von dir!«

»Möchtest du noch einen Cocktail?«, frage ich sie, während ich insgeheim bete, dass sie Nein sagt, weil ich mir das nicht leisten kann.

»Nein, der schmeckt irgendwie eklig«, antwortet sie und rümpft die Nase.

Ich nicke. »Cosmopolitan schmeckt scheiße. Das ist ja das Eigenartige daran.« Ich suche den Blick des Barkeepers. Er ist ein Schrank von einem Mann, der immer ein perfekt gestärktes Hemd und eine Krawatte trägt. »Zwei Heineken, bitte.«

Ich habe noch nicht ganz ausgesprochen, da steht unsere Bestellung vor uns auf der Theke, und wir stoßen an. Der erste Schluck von einem gut gekühlten Bier ist immer der beste. Ich setze die Flasche wieder ab und seufze. Was für ein langer, öder Tag. Meine Blasen an den Füßen pochen unangenehm, aber es wäre wohl zu krass, direkt hier an der Theke die Pflaster zu wechseln.

Coco hat begonnen, das Etikett auf ihrer Flasche abzuknibbeln. Die Nerven? Ich weiß nie, wie es wirklich in Coco aussieht, weil sie immer nur nett lächelt. Vielleicht ist es Zeit, dass ich es herausfinde.

»Coco, möchtest du über deinen Zusammenbruch auf der Party reden?«

»Nein.« Sie sieht mich an und ringt sich ein kleines Lachen ab. »Weißt du, ich hatte vor der Party Kopfschmerzen. Also hab ich eine Demerol genommen. Das haben die mir damals im Dezember in der Klinik mitgegeben.«

»Hast du Julia davon erzählt?«

»Sie würde das niemals verstehen«, murmelt Coco leise.

»Okay. Und woher hast du das Xanax? Hast du es verschrieben bekommen?« Ich komme mir vor wie eine Schulpsychologin.

»Das habe ich gefunden«, antwortet sie vorsichtig, während sie wieder einen winzigen Fetzen von dem Flaschenetikett abrupft. »Es lag einfach so rum.«

Okay, das ist ganz offensichtlich nicht die Wahrheit. Aber ich werde Coco nicht bedrängen. »Und wofür hast du es gebraucht?«

»Ich dachte, es nimmt mir vielleicht ein wenig die Nervosität«, sagt sie. »Xanax ist ein Medikament gegen Angstzustände, richtig? Und weißt du, ich war vor der Party unheimlich nervös, wegen der Pasteten, und auch wegen Jonah, weil er doch meine Einladung ausgeschlagen hat. Und dann war ich nervös wegen Ethan.«

»Richtig. Ethan.«

»Mein Therapeut sagt, Ethan könne eine sehr positive Wirkung auf mich haben«, sagt sie, leicht rechtfertigend.

»Du bist in Therapie?«

»Ja. Äh … die haben mir das angeboten, also hab ich Ja gesagt«, sagt sie mit sehr leiser Stimme.

»Möchtest du darüber reden?«

»Nein.«

»Bist du sicher?« Vics guter Rat in jener Nacht, als ich aus der Karibik zurückkehrte, purzelt aus meinem Mund. »Es ist viel einfacher, Probleme loszulassen, wenn man sie mit den Menschen teilt, die man liebt.«

Coco sieht mich an, während ihre Augen sich mit Tränen füllen, und legt dann das Gesicht in die Hände. Wie immer, wenn ich eine weinende Freundin vor mir habe, weiß ich nicht genau, was ich tun soll, und schon gar nicht in einer vollen Bar in Midtown Manhattan. Ich lasse mir von dem Barkeeper, den es anscheinend nicht beunruhigt, dass eine junge Frau an seiner Theke einen hysterischen Weinkrampf hat, ein dickes Bündel Cocktailservietten geben und streichle dann Cocos Arm auf eine, wie ich hoffe, tröstende Art. Nach ein paar Minuten trocknet sie sich die Augen.

»Tut mir leid«, sagt sie. »Tut mir leid, Angie. Du hältst mich jetzt bestimmt für eine verdammte Loserin.«

»Glaub mir, ganz sicher nicht.«

Ein schmieriger Schlipsträger drängt sich plötzlich zwischen uns. »Ladys, nicht weinen, ich bin doch jetzt hier!«

Ich starre ihn an, in der Hoffnung, dass er die »Fuck off!«-Botschaft in meinen Augen lesen kann.

Offenbar nicht.

»Ich dachte mir …«

»Nein.«

»Du hast ja noch nicht mal gehört, was ich …«

»Nein.«

Sein Lächeln erstarrt. »Was ist dein verdammtes Problem?«

»Mein Problem ist, dass meine Freundin und ich heute Abend nicht für nichteinvernehmlichen Geschlechtsverkehr zur Verfügung stehen, danke auch.«

»Scheiße, was? Kriegst du deine verdammten Tage oder was? Ich …«

»Das reicht, Kumpel«, ruft der Barkeeper herüber. »Lass die Ladys in Ruhe.«

Daraufhin verzieht sich der Kerl, und ich zwinkere Coco zu. Sie kichert unwillkürlich los.

»Ich kann nicht glauben, was du da eben gesagt hast.«

»Ich weiß«, sage ich. »Manchmal brauche ich nur

den Mund aufzumachen, und schon rutscht mir so ein Schwachsinn raus. Alles wieder okay bei dir?«

»Ja … nein … ich meine, ja, es geht mir gut, im Moment jedenfalls, aber sobald ich allein bin, geht es mir nicht mehr gut … Ich habe Schlafstörungen, und es ist echt schwer, gut drauf zu sein, wenn man sich die ganze Zeit schlapp fühlt. Ich weiß ja, dass es ein Prozess ist, dass es eine Weile dauern kann, das sagt mir mein Therapeut immer wieder, aber weißt du, ich … ich kann mir einfach nicht vorstellen, dass … dass ich mich jemals wieder ganz normal fühlen werde.«

»Aber sicher wirst du das!«

»Ich habe schon an Antidepressiva gedacht, was meinst du dazu?« Bevor ich etwas sagen kann, fährt sie rasch fort. »Ich hatte schon mal welche, als meine Mutter starb, aber dann habe ich davon zugenommen und träumte nachts immer ganz wilde Sachen, und das hat mich dann irgendwie noch mehr runtergezogen. Obwohl … ich schätze, ich könnte ein anderes Präparat ausprobieren.«

»Dann willst du also einfach so lange herumdoktern, bis du ein Präparat gefunden hast, das du gut verträgst, wie Goldlöckchen und die drei tablettensüchtigen Bären?«

Aber Coco hört mir nicht zu. »Weißt du, mein Dad sagt immer, dass jeder Mensch mal eine Phase der Trauer durchmachen muss, dass so was zum Leben gehört. Er sagt, die große Kunst und Literatur wurde von Menschen erschaffen, die sehr stark empfinden und die die Erfahrung von Liebe und Hass und Herzschmerz und Eifersucht und Einsamkeit und, du weißt schon, all diesen Gefühlen machen, und dass Leute, die zu Antidepressiva greifen, sich selbst von den wahren menschlichen Empfindungen abkoppeln. Im Grunde machen sie sich unmenschlich. Deshalb war ich heute Nachmittag im

MOMA. Ich dachte, die Kunst würde mich vielleicht aufmuntern …«

»Und, hat es funktioniert?«

»Ein bisschen. Aber dann denke ich wieder an meine Zukunft, daran, dass ich nachher nach Hause gehe und mich wieder eine schlaflose Nacht erwartet, daran, dass ich morgen früh aufstehe und zur Arbeit gehe, wo ich nur Kinder um mich herum habe und keine Erwachsenengespräche führen kann, und dann fühle ich mich unheimlich allein und erschöpft.« Coco holt tief Luft. »Ich will mich nicht mehr so fühlen. Ich möchte mich *besser* fühlen.«

Ich kaue an meiner Unterlippe, zögernd. Scheiß drauf. »Weißt du, ich hatte auch schon eine. Eine Abtreibung.«

»Wirklich? Warum hast du mir das nie gesagt?«

»Ich weiß nicht, warum ich dir das nicht schon früher gesagt habe. Ich nehme an, ich … äh … ach, keine Ahnung.« Ich halte kurz inne, weil ich Coco nicht die Wahrheit sagen möchte: dass ich immer das Gefühl hatte, schwach zu sein, wenn ich meine Geheimnisse oder Probleme mit anderen teilte. »Er war der erste Mann, mit dem ich geschlafen habe. Ein Kellner aus dem Hotel, in dem ich mit Pia und ihren Eltern im Urlaub war. Weißt du, ich habe nicht geplant, mich von ihm entjungfern zu lassen. Ich war ziemlich betrunken und irgendwie schräg drauf. Ich kann mich nicht einmal mehr richtig daran erinnern.«

»Warum warst du schräg drauf?«

»Zu Beginn der Sommerferien fuhr ich nach Hause und stellte fest, dass mein Vater ausgezogen war. Annabel – das ist meine Mutter – erzählte mir zwar ständig, er sei geschäftlich unterwegs, aber ich habe ihr das nicht geglaubt, und Dad hat nicht auf meine Anrufe reagiert.«

Ich starre ins Leere, während die Erinnerung zurückkehrt. »Und dann hat Annabel mich mit Pia und ihren Leuten in den Urlaub geschickt, ohne mich vorher zu fragen. Ich fühlte mich … keine Ahnung. Beschissen. Ich hatte das Bedürfnis, völlig die Kontrolle zu verlieren, weil ich keine Kontrolle mehr über mein Leben hatte, weißt du?«

»Aber deine Eltern blieben zusammen.«

»Dad besuchte mich später im Internat und erklärte mir, dass alles in Ordnung sei, und in den nächsten Ferien war er dann wieder zu Hause.«

»Und du hast abgetrieben …«

»Ja, in einer Stadt in der Nähe meines Internats«, sage ich. »Ich hatte einen gefälschten Ausweis, darum ging ich als einundzwanzig durch. Es war nicht schwer.«

»Ist das nicht seltsam, dass ich mich schon direkt viel besser fühle? Ging es dir danach schlecht?«

»Ich war traurig, aber es war für mich die richtige Entscheidung«, sage ich. »Ich war hauptsächlich erleichtert.«

»Ich habe im Internet ein paar Kommentare zum Thema Abtreibung gelesen, und das hat mich ziemlich fertiggemacht …«

»Coco, du darfst nie Kommentare zu einem so kontroversen Thema im Internet lesen«, sage ich. »Das ist nämlich eine Spielwiese für alle möglichen Spinner. Es ist dein Körper, es ist deine Entscheidung. Wenn die Leute nur halb so viel Energie aufwenden würden, um Menschen in Not zu helfen, statt sie zu verdammen, wäre die Welt ein besserer Ort.«

Coco nickt. Aber sie wirkt nicht überzeugt. »Enthaltsamkeit ist die sicherste Form von Empfängnisverhütung«, sagt sie, ein Satz, den sie bestimmt irgendwo gelesen hat.

»Enthaltsamkeit ist ein Mythos, Coco«, erwidere ich. »Menschen haben Sex miteinander. So funktioniert die

Welt. Wir haben das schon immer getan, und wir werden es immer tun. Und schon zu Urzeiten haben Frauen versucht, eine Schwangerschaft zu verhindern … Im alten Ägypten, im alten Rom, im alten Griechenland, im Mittelalter, zu Shakespeares Zeit, überall wurde verhütet, und wenn es schiefging, hatten die Frauen eine Abtreibung, obwohl das damals unheimlich gefährlich war und viele es nicht überlebten.« Ich stecke mir eine Zigarette in den Mundwinkel. »Das ist Teil der menschlichen Natur. Wir haben Sex.«

»Oh«, sagt Coco mit ganz leiser Stimme. Sie wirkt schockiert.

»Sorry, Schatz. Ich will damit nur sagen … Sex ist Sex. Der Sexualtrieb ist das, was die menschliche Spezies seit Millionen von Jahren am Leben erhält. Aber inzwischen haben wir das Recht und die Möglichkeit, selbst zu entscheiden, wann und wo wir unsere Kinder bekommen. Wir sind keine Tiere.«

Coco nickt. »Das ergibt einen Sinn. Glaub ich.«

Dann fällt mir noch etwas ein, was Vic gesagt hat. »Du musst die Sorgen loslassen, Coco. Sonst wirst du dein ganzes Leben damit verbringen, dir über sie den Kopf zu zerbrechen. Und du darfst nichts bereuen. Reue bringt einen um.«

»Aber *wie* lasse ich die Sorgen los?« Coco starrt mich an, als wollte sie eine Antwort von mir erzwingen. »Wie?«

Ich möchte sie nicht enttäuschen, aber ich möchte sie auch nicht anlügen. Also zucke ich mit den Achseln. »Ich wünschte, ich wüsste es.«

Coco seufzt und greift nach ihrem Bier. Wir stoßen schweigend an.

»Okay, du wirst dich also mit Ethan dem Käs… ich meine, mit Ethan treffen?«

»Das hoffe ich!« Sie lächelt. »Er ist so klug und so nett! Und mein Therapeut sagt, dass ich … Probleme mit meinem Selbstwertgefühl habe und dass Ethan mir guttun würde.«

»Wir haben alle Probleme mit unserem Selbstwertgefühl«, sage ich. »Die kommen unwillkürlich mit den Titten.«

»Du nicht. Du bist schön. Die Männer bewundern dich. Im Moment zähle ich in dieser Bar mindestens sieben Kerle, die dich anstarren.«

Ich muss plötzlich an Sam denken. Er wird mit Julia ausgehen. Das ist wirklich abgefahren.

Ich zwinge mich wieder in die Gegenwart und schüttle den Kopf. »Die Männer mögen nicht mich, sondern nur … mein Äußeres. Ihnen gefällt meine äußere Hülle.«

»Wie oft warst du schon verliebt?«

»Oh, Coconut. Keine Ahnung. Ein Dutzend Mal … und gleichzeitig nie.«

Coco starrt mich an. »Ich verstehe nicht, was du damit meinst.«

Ich nehme einen Schluck aus meiner Flasche und überlege kurz. »Ich meine damit … Ich glaube immer, ich bin verliebt … Aber wenn man verliebt ist, sollte man eigentlich glücklich sein, richtig? Und ich war nicht glücklich. Ich habe immer versucht, es den Männern recht zu machen, denen man nichts recht machen kann. Ich war immer gestresst, weil ich für die Männer alles unterordnete und tat, was ich konnte, damit sie bei mir blieben, während ich gleichzeitig versuchte, cool zu wirken. Das war anstrengend. Das kann keine Liebe gewesen sein. Manchmal kam ich mir sogar fast schon ein bisschen … schizophren vor. Ich kann nicht einmal sagen, ob ich in der Gegenwart der Männer ich selbst war, wahrscheinlich nicht.

Ich glaube nicht, dass auch nur einer von ihnen mich wirklich kannte.«

Coco nickt nachdenklich. »Ich glaube, dass Eric mich auch nicht wirklich kennt. Oder Jonah … Ethan vielleicht schon, beziehungsweise er wird mich noch richtig kennenlernen … Ich denke, man sollte sich zuerst ein bisschen näher anfreunden, so wie Julia und Sam«, sagt sie. »Ich hoffe, dass es bei den beiden richtig funkt. Julia wünscht sich wirklich sehr eine feste Beziehung.«

»Ja, absolut, das hoffe ich auch«, sage ich und starre auf mein Bier. Julia und Sam. Sam und Julia.

»Ich bin so froh, dass Julia und du … dass ihr euch ein bisschen näher kennengelernt habt«, sagt Coco. »Ihr seid beide so cool. Ihr gebt im Haus den Ton an, weißt du?«

Ich lache laut auf. »Ich gebe nirgendwo den Ton an!«

»Doch, tust du«, beharrt sie. »Pia ist so gut wie nie da. Du und Jules, ihr seid diejenigen, die alle zum Lachen bringen. Und du bist sowieso die Obercoolste.«

Ich lächle. Nur Coco würde die Welt in cool und uncool einteilen.

»Und du tust Julia wirklich gut. Weißt du, mit dem Styling für die Party und so, und weil du sie mit Sam bekannt gemacht hast. Du bist eine richtig tolle Freundin.«

»Wirklich?«

»Wirklich.«

Cocos unkomplizierte Anerkennung und die Vorstellung, dass ich eine tolle Freundin bin, machen mich glücklicher, als ich mich seit langer, langer Zeit gefühlt habe.

»Lass uns nach Hause gehen«, sage ich.

»Okay!« Sie hüpft gehorsam von ihrem Barhocker. »Danke, Angie. Du hast es tatsächlich geschafft, dass ich mich jetzt besser fühle.«

»Jederzeit, Süße.«

»So hast du mich noch nie genannt!« Coco strahlt. »Wie schön … Süße.«

Auf der Fahrt nach Hause in der U-Bahn denke ich über die Jemals-richtig-verliebt-Frage nach. Ich glaube nicht, dass ich jemals einen Mann wahrhaftig, wahnsinnig, zutiefst geliebt habe. Beziehungsweise dass ich jemals eine richtige Beziehung hatte, eine, die von Bedeutung war, eine, die mich aufrichtig glücklich machte. Vielleicht bin ich dazu einfach nicht fähig. Was mich erneut Gott danken lässt, dass ich beschlossen habe, von nun an Single zu sein.

Ich freue mich also, dass Sam mit Julia ausgehen wird. Ich hoffe, sie werden sehr glücklich miteinander.

26

»Wann können wir deine Band mal live sehen?«

»Nie.« Madeleine blickt gelassen auf ihre Karten. »Ich bekomme Lampenfieber, wenn ich weiß, dass im Publikum Leute sind, die ich kenne.«

»Vielleicht sollten wir dir die Augen verbinden.«

»Vielleicht sollten wir *dir* den Mund zubinden.«

Julia trinkt einen Schluck von ihrem Wein. »Angie, bist du sicher, dass ich okay aussehe?«

Ich mustere sie kurz. »Perfekt.«

Es ist Samstagabend, und wir sitzen in der Küche bei einer Flasche Wein und einer Runde Poker, bevor wir alle zusammen ausgehen werden, um Pias neues Singledasein zu feiern (beziehungsweise um sie wenigstens ein paar Stunden lang von ihrer verdammten Heulerei abzulenken, Herrgott noch mal).

Na ja, fast alle.

Julia geht mit Sam aus.

»Ich bin nicht nervös«, murmelt Julia und wirft ihre von Coco perfekt geföhnten Haare nach hinten.

Madeleine grinst süffisant. »Ach nein? Deshalb hast du Angie zu einem vierstündigen Shoppingtrip in SoHo gezwungen?«

»Mir hat es Spaß gemacht«, sage ich. Was größtenteils der Wahrheit entspricht.

Der Shoppingbummel selbst hat auch Spaß gemacht. Und zum Dank hat Julia mich hinterher zu einem Lunch ins Balthazar eingeladen. Aber dann hat sie angefangen, mich über Sam auszuquetschen. Dabei weiß ich über ihn eigentlich nur, dass er aus Ohio stammt, dass er sein Studium abgebrochen hat, dass er Segeln gelernt hat, dass er zurzeit bei einem Kumpel wohnt, dass er mein Freund ist und dass ich seine Anrufe ignoriere, seit er Julia zu einem Date eingeladen hat. Aber er ist nicht mein Eigentum! Er kann machen, was er will. Richtig?

Den restlichen Nachmittag habe ich mich dann einfach mit Nähen beschäftigt und versucht, nicht an Sam zu denken. Ich habe Drakeys schwarzes Trägerkleid, das Sam so gut gefiel, noch einmal geändert, um es heute Abend anzuziehen. Es war ein unheimlich gutes Gefühl, wieder etwas zu machen, kreativ zu sein, mich von meinen Gedanken abzulenken ... Das erste Mal seit Tagen, dass ich mich mit mir im Reinen fühlte. Genau wie Vic gesagt hat.

»Ich habe ...« Julia holt tief Luft und wartet, bis sie wieder die Aufmerksamkeit aller hat. »Ich bin tief in mir überzeugt, dass das Date ein Erfolg wird. Das ist bestimmt ein gutes Zeichen, oder? Man sagt ja, dass Vorahnungen sich oft bewahrheiten.«

Pia, die den ganzen Tag kaum gesprochen hat, schluckt laut, und ihre großen grünen Augen füllen sich mit Tränen. Es genügt, Romantik, Männer oder Trennungen zu erwähnen, und schon verliert sie die Beherrschung. Ernsthaft, das ist wie sämtliche theatralischen, seifenopertauglichen Zusammenbrüche auf einmal, in einer einzigen Frau vereint. Pia kam heute Morgen um vier weinend in mein Bett gekrochen. Sie winselte, dass sie nicht allein schlafen könne, dass das Universum gegen sie sei, dass sie sich nie wieder in einen Mann verlieben würde. Dann schlief sie innerhalb von sechs Sekunden ein und fing an zu schnarchen. Nicht einmal Sam hat geschnarcht ...

Sam. Denk nicht an Sam.

»O Gott! Mein Make-up …« Pia legt den Kopf in den Nacken, um zu verhindern, dass die Tränen ihren Lidstrich ruinieren. »Dich soll der Teufel holen, Aidan, weil du mir mein Herz gebrochen hast«, flüstert sie in Richtung Decke. »Fahr zur Hölle.«

»Hast du denn heute schon mit ihm gesprochen?«, fragt Madeleine.

»Er ruft ständig an. Aber ich gehe nicht ran.« Pia schlägt mit der flachen Hand auf den Tisch. »Scheiß auf Aidan! Heute Abend geht es nur um mein egogesteuertes, gottgegebenes Recht, harten Alkohol zu trinken und die restaurative Kraft männlicher Bewunderung zu genießen.«

»Hey, Leute, seht mal«, sagt Julia und zupft an ihrer schwarzen Strumpfhose, woraufhin eine kleine Wolke aus Staub oder Hautschuppen emporstiebt.

Madeleine macht ein Gesicht, als würde sie sich gleich übergeben. »Julia! Das ist ekelhaft!«

»Ich weiß!« Julia zupft fasziniert wieder an ihrer Strumpfhose. »Das ist eine Schorfwunde. Ich kann nicht aufhören, daran herumzuknibbeln.«

»Du knibbelst an Schorfwunden herum?«

»Das tut doch jeder.« Julia macht eine wegwerfende Handbewegung. »Wer das Gegenteil behauptet, lügt. Das ist meine ganz persönliche Lebensphilosophie.«

»Ich habe keine Schorfwunden«, sagt Pia, die plötzlich aus ihrem Liebeskummer hochschreckt. »Süße, kann ich so vor die Tür gehen? Kein modischer Fehlgriff, so frisch nach einer Trennung?«

»Du siehst auch perfekt aus«, sage ich. Sie trägt eine hautenge Jeans und ein extrem cooles Seidentop.

Und ich? Ich trage mein umgenähtes schwarzes Trägerkleid, meine Lederjacke und derbe Stiefel. Wir haben

April, und draußen ist es noch ein bisschen frisch, aber ich habe trotzdem auf eine Strumpfhose verzichtet. Erstaunlich, wie subversiv nackte Haut wirken kann nach einem bitterkalten Winter. Alles in allem sehe ich aus, als sollte man sich besser nicht mit mir anlegen. Was im Grunde meiner momentanen Gefühlslage entspricht.

Annabel lässt keinen Mucks mehr von sich hören. Mein Vater genauso wenig. Vielleicht meldet er sich an meinem Geburtstag. Niemand vergisst den Geburtstag seines einzigen Kindes, außer in einem gottverdammten John-Hughes-Film, richtig?

Pia wendet sich an Julia. »Wo bist du eigentlich mit Sam verabredet?«

»In einem mexikanischen Restaurant in Fort Greene.« Julia öffnet ihre Handtasche und zeigt uns eine Zahnbürste, Zahnpasta, Zahnseide und Parfüm. »Aber ich werde ganz sicher nicht nach Quesadillas riechen oder schmecken.« Sie sieht auf ihre Armbanduhr. »O mein Gott! Ich muss los! Ich muss in zwanzig Minuten da sein! Drückt mir die Daumen!«

»Ah, junges Liebesglück«, seufzt Pia matt, als die Haustür zufällt. »Noch so voller Hoffnungen und Träume. Aber es hält nicht ewig.« Sie nimmt theatralisch einen Schluck von ihrem Wein. »Keine Chance. Die Liebe stirbt einfach eines Tages und verfault dann. Wie ein toter Hund in einem Straßengraben.«

Zwei Stunden später sitzen wir vier in einer Bar in Williamsburg namens Pijiu. Das Pijiu gehört zu den Lokalen, die tagsüber mit ihrer abblätternden Außenfassade ziemlich unscheinbar wirken, aber abends in vollem Glanz erstrahlen. Eine lange Holztheke erstreckt sich über eine ganze Wand, und ganz hinten befindet sich eine Bühne, die von hunderten kleinen roten chinesischen Laternen beleuchtet wird. Die übrige Einrichtung besteht aus alten braunen Siebzigerjahresofas mit Kunststoffbezügen, ein paar Mahjong-Tischen und bunt zusammengewürfelten Stühlen. Eine Art Pekinger Musikscheune. Nachher wird es Livemusik von Spector geben, einer aufstrebenden Nachwuchsband aus Brooklyn, die Madeleine sich gern anschauen möchte, aber im Moment läuft Guns N' Roses auf einer altmodischen Jukebox aus den Fünfzigern. Das Publikum ist die übliche Mischung aus Hipstern, Yupstern und normalen Leuten (sprich: uns).

Da wir ohne Julia unterwegs sind, die der wahre Dreh- und Angelpunkt unserer WG ist, egal, was Coco behauptet, und da aufgrund von Pias Neigung zu trennungsbedingter Hysterie alles Persönliche tabu ist, haben wir uns einem Thema zugewandt, das nicht ganz perfekte Gesellschaftsrunden auf der ganzen Welt verwenden, um eine Unterhaltung in Gang zu bringen. Genau. Wir reden über Blowjobs.

»Ich umfasse immer mit einer Hand die Hoden«, sagt Pia. »Die Hoden sind das wahre Geheimnis zum Erfolg.«

»Ich kraule auch gern diese eine Stelle, ungefähr so …« Ich veranschauliche meine Worte mit einer pantomimischen Darstellung.

»Hört auf! Aufhören!« Madeleine ist empört.

Coco dagegen ist überraschenderweise Feuer und Flamme. »Welche Stelle meinst du? Den helmähnlichen Teil?«

»Nein, der helmähnliche Teil ist ja in deinem … äh … okay. Warte …« Ich krame einen Stift heraus und fange an, auf einer Serviette zu zeichnen. »Schau her, das ist der Schaft, und das hier ist die Stelle, die ich meine. Das hier soll übrigens eine Ader sein …«

»Das glaube ich nicht! Eine Schwanzskizze! Herrgott noch mal!«

Madeleine zieht mir die Serviette weg und zerreißt sie in kleine Fetzen, während Pia, Coco und ich kreischend zusammenbrechen.

»Das ist genau das, was ich dringend gebraucht habe«, sagt Pia, nachdem wir uns wieder beruhigt haben. »Ich habe mir tagelang wegen Aidan die Augen ausgeweint – ausgeweint! –, und dieser Mistkerl treibt es wahrscheinlich gerade mit irgendeinem kalifornischen Flittchen.«

»Ganz bestimmt nicht, Süße«, sage ich und lege tröstend eine Hand auf ihren Arm. »In Kalifornien ist es drei Stunden früher. Aidan würde nicht mitten am Nachmittag ein Flittchen flachlegen. Allenfalls masturbiert er gerade.«

Coco bricht wieder in hysterisches Kichern aus.

Pia rollt mit den Augen. »Angie, das geht zu weit. Ich schwöre, manchmal verhältst du dich wie ein Kerl.«

»Wie ein Kerl mit einem tollen Vorbau, meinst du.«

Tatsächlich fühle ich mich seltsam aufgedreht. Der Alkohol putscht mich auf, statt mich zu beruhigen. Und mich krass aufzuführen und Schwanzskizzen zu zeichnen, hilft mir, so zu tun, als würde es mir gut gehen. Die Wahrheit ist, dass ich mir Sorgen mache, weil ich bald Geburtstag habe. Ich mache mir Sorgen, dass meine Eltern sich bei mir melden werden, oder sogar noch schlimmer, dass sie sich nicht melden werden, ich mache mir Sorgen, wie Stef nach unserer Begegnung neulich bei Gap reagieren wird, ich mache mir Sorgen um meinen Job und um meine Zukunft. Und am meisten mache ich mir Sorgen wegen Sam und Julia, darüber, ob es zwischen den beiden funkt. Obwohl ich weiß, dass mich das nichts angeht.

Seufz.

Mein Geld reicht noch für zwei weitere Runden, und danach werde ich nach Hause gehen. (Ich habe ausgerechnet, dass das alles ist, was ich mir von meinem Gehalt leisten kann, wenn ich die Miete und das Haushaltsgeld abziehe, bevor am Montag wieder neues Geld auf mein Konto kommt. Bin ich nicht unglaublich vernünftig? Im Ernst. Ich weiß, ich müsste mir selbst auf die Schulter klopfen.)

Ich richte meine Aufmerksamkeit wieder auf die Unterhaltung.

»Klar solltest du ihm schreiben«, sagt Pia gerade. »Falls du das möchtest. Bist du sicher, Schatz, dass Ethan überhaupt der Richtige für dich ist?«

»Ja«, sagt Coco. »Im Moment wünsche ich mir nur einen, der freundlich ist und beständig und klug.«

»Das klingt, als würdest du in ein Pferd investieren«, sagt Madeleine.

»Es ist ja auch eine Investition!«, sagt Coco. »Ich habe bei Eric mein ganzes Herz investiert, und das ging nach hinten los. Darum gehe ich es dieses Mal mit Verstand an.«

Ich denke mir im Stillen, dass der langweilige kleine allwissende Ethan weder für Cocos Herz noch für ihren Verstand die richtige Wahl ist, aber das spricht natürlich keine von uns laut aus.

Madeleine steht plötzlich auf und ruft quer durch die Bar: »Heff! Hier drüben!«

Es ist ihr Gast von unserer Hausparty, der dauerbekiffte Bassist. Er kommt zu uns herübergeschlendert, in abgerissenen Klamotten und mit wild wuchernden Augenbrauen.

»Ich bin gerade mitten in einem verdammten Albtraum, Mann.« Wow, Heff macht heute Abend einen ungewöhnlich klaren Eindruck. »Ich hab meiner Freundin Amy versprochen, in ihrer Band kurzfristig als Ersatz einzuspringen, aber jetzt hat auch noch die Sängerin abgesagt.«

Ich schaue zur Bühne, wo die Band gerade ihr Equipment aufbaut. Eine große Frau mit pinkfarbenen Haaren schreit in ihr Handy. Sie macht einen ziemlich angespannten Eindruck. Für jemanden mit einer solchen Haarfarbe.

»Amy dreht total am Rad. Das ist das erste Mal, dass Spector hier auftritt, und es wird wohl auch das letzte Mal sein.«

Madeleine sieht ebenfalls zur Bühne. »Also gut. Ich mach es.«

»Wirklich? O Mann, ich hatte zu viel Angst, dich zu fragen! Das ist echt klasse von dir!«

»Du hattest Angst vor mir?«, fragt Madeleine verblüfft.

»Jeder hat Angst vor dir.« Heff legt einen Arm um ihre Schulter, und sie entfernen sich in Richtung Bühne. »*Jeder.*«

Wir beobachten, wie Heff Madeleine und Amy mit den pinkfarbenen Haaren einander vorstellt.

»Ich habe auch ein bisschen Angst vor Madeleine«, sagt Coco.

»Ich manchmal auch«, sagt Pia.

»Ich nicht«, sage ich.

Coco seufzt. »Ja, aber du hast vor nichts Angst.«

Ich schnaube. Klar, ich habe vor nichts Angst. Außer vor meiner Vergangenheit und vor meiner Zukunft.

»Die nächste Runde geht auf mich«, sage ich, um das Thema zu wechseln. »Noch mal dasselbe?«

»Bestell mir einen Doppelten!«, sagt Pia, während sie ein Auge zukneift, um ein Foto von der Bühne zu machen. »Das lade ich direkt auf Facebook hoch, damit Aidan sehen kann, was für ein großartiges Leben ich ohne ihn führe.«

Das Lokal ist brechend voll mit jungen Szeneleuten, die alle Yuengling oder PBR trinken und mit Begeisterung von ihrem sozial engagierten Start-up mit handdesignten Skateboards oder von ihrer Urban-Farming-Genossenschaft oder von ihrem karmischen Poetry Slam oder von was auch immer erzählen. So gar nicht meine Abteilung. Ich habe zwar wie alle anderen nichts gegen ein bisschen alternativen Unternehmergeist, aber ich bitte euch.

»Was darf's sein?«, fragt die Barfrau, eine kleine hennagefärbte Rothaarige mit jeder Menge Tattoos.

»Äh … vier Gin Tonic.«

Kurz darauf knallt sie die vier Drinks auf die Theke, und ich bezahle. Der betrunkene Hipster neben mir steht plötzlich von seinem Barhocker auf und stößt prompt eins der Gläser um.

»Uups«, sagt er, den Bart voller Waffelkrümel, und torkelt davon.

»Sorry!« Sein Freund steht ebenfalls auf, ein langer Kerl mit Haaren, die der Schwerkraft trotzen, und mit einer Miene, die pharmazeutisches Selbstbewusstsein ausstrahlt. »Ich bestell dir ein neues Glas.«

Am liebsten würde ich ihm sagen, schon okay, aber meine Kohle reicht nur noch für eine halbe Runde beziehungsweise für eine ganze, falls ich die anderen zu Dosenbier für zwei Dollar überreden kann. Also versuche ich stattdessen, dem Kerl ein Lächeln zu schenken. Gibt es etwas Schlimmeres, als sich wegen Geld Gedanken zu machen?

»Danke. Ein Gin Tonic, bitte.«

»Irgendein spezieller Gin?«

»Nein, die Sorte ist egal. Einfach ein normaler, langweiliger, alter, hausgemachter Wald-und-Wiesen-Gin.«

»Durchschnittsgin, schon verstanden. Nichts … Beeindruckendes. Genau mein Stil.«

Pfiffige Antwort. Ich schaue auf seine Hände. Lange Finger, eckige Nägel, viele Leder- und Stoffbänder an den Handgelenken. Sams Hände erinnern an alte Gartenhandschuhe, rau und schwielig vom Segeln.

O nein! Denk nicht an Sam.

»Bitte sehr«, sagt Eckige Nägel und gibt mir den Drink. »Ich hab auch nichts reingetan, ich schwöre.«

»Tatsächlich gebe ich neuerdings die K.o.-Tropfen selbst rein, das spart Zeit«, erwidere ich.

Er verzieht keine Miene. Einer dieser arroganten, pseudolässigen Typen, die nicht erwarten, dass eine Frau witzig sein kann. Er klopft auffordernd auf den freien Barhocker neben seinem. Ich setze mich nicht. Er fängt trotzdem an, mich zuzutexten.

»Ich möchte dir eine Frage stellen. Also, mein Kumpel und ich haben gerade einen Bringservice gegründet für Williamsburg und Brooklyn Heights. Wir liefern frisch gebrühten Kaffee auf Bestellung, ganz nach deinen persönlichen Vorstellungen, so wie du ihn am liebsten magst und wann du ihn am liebsten magst. Du musst ihn nur einen Tag vorher bestellen.« Während er seinen Monolog hält, nehme ich aus meiner Handtasche eine Zigarette, stecke sie mir zwischen die Lippen und starre ihn an. »Wir verwenden natürlich Fair-Trade-Kaffee aus ökologischem Anbau, und wir kennen jeden unserer Bauern in Kolumbien persönlich. Du kannst wählen zwischen Biomilch, die von der Farm unseres Kumpels außerhalb der Stadt kommt, und nichtgenmanipulierter, ungesüßter Soja- oder Mandelmilch.«

»Und wie lautet die Frage, die du mir stellen möchtest?«

»Würdest du bei uns bestellen?«

»Ich hole mir meinen Kaffee normalerweise auf dem Weg zur Arbeit.«

»Ach ja? Und wo arbeitest du?«

Ich nehme die Zigarette aus meinem Mund. »Bei Gap.«

Seine Kinnlade klappt herunter. Ich glaube, er wäre weniger entsetzt, wenn ich ihm erzählt hätte, dass ich Kätzchenpornos drehe.

»Danke für den Drink, Großer. Bis später mal.«

Ich schlendere zur Bühne – wo Amy und Heff gerade mit einer extrem gestresst wirkenden Madeleine die Playlist durchgehen –, stelle Madeleines Glas dort ab und kehre dann zu Pia und Coco zurück. Sie haben einen kleinen Tisch ergattert, ganz in der Nähe der Theke.

Pia ist im vollen Fünf-Drinks-und-das-ist-meine- gottverdammte-Meinung-zu-allem-Modus. »Scheiß auf Aidan! Scheiß auf Kalifornien! Scheiße, ich werde so schnell wie möglich wieder anfangen, mit Männern auszugehen. Ich werde dieses Scheißpflaster einfach abreißen und sofort wieder auf den Scheißgaul steigen.«

»Das war ziemlich viel Scheiße«, bemerkt Coco.

Ich hebe die Hand, um eine Frage zu stellen. »Mit Gaul meinst du Penis, richtig?«

Coco prustet los und verspritzt Gin Tonic in alle Richtungen.

»Hier sind meine neuen Dating-Regeln.« Pia ignoriert uns. »Wenn er zu der Kellnerin unhöflich ist, stehe ich auf und gehe. Wenn er vor mir bestellt, stehe ich auf und gehe. Wenn er beim Essen sein Handy auf dem Tisch liegen lässt, stehe ich auf und gehe. Wenn er lieber in Kalifornien leben möchte statt in New York City, stehe ich verdammt noch mal auf und gehe.«

»Wow, das schließt ungefähr jeden Mann aus, den ich jemals kennengelernt habe«, sage ich.

Coco biegt sich wieder vor Lachen. Sie ist ziemlich beschwipst. Ihr Handy vibriert, und sie nimmt es vom Tisch, kneift ein Auge halb zu, um die SMS zu lesen, und lächelt dann geheimnisvoll in sich hinein.

»Eine Nachricht von Ethan?«, frage ich. »Möchtest du dich der restlichen Klasse anvertrauen, Coco?«

Sie grinst und ignoriert meine Fragen, während Pia mit ihrer Schimpftirade auf Aidan fortfährt.

»Scheiß auf die Liebe. Wisst ihr was? Scheiß drauf! Scheiß auf die Männer! Das sind alles nur verdammte Idioten. Von nun an werde ich nur noch benutzen und missbrauchen. Jawohl, missbrauchen.« Sie versucht erfolglos, einen kleinen Rülpser zu unterdrücken. »Was ist mit dir, Süße?«

»Ich benutze und missbrauche niemanden«, sage ich.

»Wie sieht eigentlich dein Traummann aus?«, fragt Coco mich.

Ich starre sie an. Mir fällt nichts zu ihrer Frage ein. Mein Traummann? Gibt es so etwas überhaupt?

»Keine Ahnung. Alle Männer, zu denen ich mich hingezogen fühle, entpuppen sich am Ende immer als ein verlogener, betrügerischer Haufen Scheiße, der einen nach Strich und Faden verarscht.«

Es entsteht eine Pause.

»Wow. Möchtest du ein bisschen Zitrone zu deinem Magenbitter?«, sagt Pia. »Ich dachte, ich wäre abgefuckt, aber ganz ernsthaft, Süße …«

Ich zucke mit den Achseln. »Ich nenne es so, wie ich es sehe.«

»Leute, Ethan und ich haben uns noch nicht einmal geküsst«, sagt Coco besorgt. »Meint ihr, ich sollte den ersten Schritt machen? Oh, pst, nichts sagen! Er ist gerade reingekommen! Ich hab ihm geschrieben, dass er herkommen kann, wenn er will. Das ist doch okay, oder?«

Pia und ich wechseln einen Blick. Auch wenn wir beide uns nie über Ethan den Käsemacher unterhalten haben, weiß ich auch so, dass wir uns in diesem Punkt einig sind: Ethan ist ein Vollpfosten. Und als ich sein verschwitztes Gesicht sehe, zucke ich vor Abneigung beinahe zurück. Ich kann nicht anders. Das ist schlimm, nicht? Es ist Cocos Entscheidung, nicht meine.

»Ethan!«, ruft Coco. »Hi!« Sie steht auf, um ihn ganz fest zu umarmen.

»Ich kann dir vielleicht eine Geschichte erzählen!«, sagt Ethan. »Bereite dich auf eine schockierende und überraschende Wendung vor! Also …«

O Gott. Ethan betreibt keine Konversation, er predigt. Gott sei Dank geht Coco mit ihm an die Bar.

»Sieht ganz so aus, Süße, als wären nur noch wir beide übrig«, sage ich zu Pia.

Pustekuchen.

Denn genau in diesem Moment klappt Pias Kiefer herunter, und ihre Augen füllen sich mit Tränen. Sie steht auf, stützt sich schwankend auf der Rückenlehne ihres Stuhls ab und starrt zum Eingang.

Ich drehe den Kopf und folge ihrem Blick.

Aidan.

Herrgott, taucht heute Abend jeder verdammte Lover in dieser Bar auf oder was?

Aidan steuert ohne Umwege auf unseren Tisch zu. Er hält eine große Reisetasche in der Hand, als würde er direkt vom Flughafen kommen.

»Pia … Pia, ich liebe dich. Ich kann ohne dich nicht leben.«

»Oh, Aidan, ich kann ohne dich auch nicht leben!«

Verdammte Dramaköniginnen.

Und dann küssen sie sich, sodass mein Kopf zwischen ihnen eingekeilt wird. Ich muss mich unter den Tisch gleiten lassen und auf die andere Seite krabbeln, um zu entkommen. Ich verharre einen Moment unter dem Tisch. Es ist so still und ruhig. Am liebsten würde ich mich dort verstecken.

Für immer.

27

Aber ich verstecke mich nicht. Natürlich nicht. Ich stehe einfach auf und setze mich auf einen anderen Stuhl, wie ein normaler Mensch.

Dann, Pia und Aidan küssen sich so leidenschaftlich und tränenreich, als wäre dies die Schlussszene einer romantischen Liebeskomödie, und Coco lauscht eifrig Ethan drüben an der Theke, stellt Madeleine sich an das Mikrofon. Einer der zottelbärtigen Barkeeper kündigt die Band an.

»Ladys and Gentlemen, heute Abend präsentieren wir Ihnen … Spector!«

Die Musik beginnt, und schon nach den ersten Takten erkenne ich, dass es sich um eine Metal-Pop-Coverversion von *Be my Baby* handelt, einem alten Ronettes-Song aus den Sechzigern. Spector spielen ihn sehr hart und temperamentvoll, mit einer wütenden Gitarre. Heff steht am Bass, Amy mit den pinkfarbenen Haaren an der Leadgitarre, und am Schlagzeug sitzt ein Kerl mit einem lockigen Bart.

Dann beginnt Madeleine zu singen. Gott, ich habe ganz vergessen, was für eine tolle Stimme sie hat.

»The night we met I knew I … needed you so …«

Mit ihrer flüsternd-heiseren Stimme klingt jedes Wort schwermütig, aber auch irgendwie sexy. Wie ein Versprechen.

»And if I'd had the chance I'd … never let you go …«

Pia und Aidan küssen sich so intensiv, dass einer der beiden gleich sicher kollabieren wird – wegen Sauerstoffmangels.

»Hey, ihr zwei, besorgt euch ein Zimmer!«, sagt Ethan der Käsemacher, der nun mit einem Glas Rotwein von der Theke zurückkehrt. Er hat sich nicht die Mühe gemacht, uns anderen ein Getränk mitzubringen.

Coco kommt kichernd hinter ihm angehüpft. »Yeah! Ooh, Aidan! Hi! Madeleine singt live auf der Bühne, o mein Gott!«

Pia und Aidan unterbrechen ihren Kuss, und er flüstert ihr etwas ins Ohr. Sie nickt, dann schnappt sie sich ihre Tasche und sieht mich an, mit einem strahlendem Gesicht.

»Aidan ist gestern Abend aus L.A. zurückgeflogen. Er hat heute den ganzen Tag versucht, mich zu finden, aber ich habe seine Anrufe ignoriert. Dann hat er auf Facebook gesehen, dass ich hier bin.« Sie lächelt, und ihre Augen füllen sich mit Freudentränen. »Gott, ich liebe Facebook. Okay, wir sind dann weg. Sag Maddy, ich mache es wieder bei ihr gut. Hab dich lieb, Süße.«

Und zupp, einfach so, bleibe ich mit Coco und Ethan dem Käsemacher allein zurück.

Ethan räuspert sich. »Also, Angie, erzähl doch mal was von deinen Eltern. Soviel ich weiß, ist deine Mutter Engländerin, richtig? Also, das britische Gesundheitssystem ist wirklich faszinierend mit seinen vielen Mängeln, aber manche sagen, dass es immer noch besser ist als unser eigenes. Beziehungsweise war. Heutzutage …«

Und schon ist er nicht mehr zu bremsen. Ich kann ihn ungestraft ignorieren, indem ich mich auf das Geschehen auf der Bühne konzentriere. *Be my Baby* ist nun zu Ende, und die Band stimmt *The Wanderer* von Dion an.

»Well, I'm the type of guy who'll never settle down …«

Madeleine hat eine so wundervolle Stimme, aber ihr fehlt das Selbstbewusstsein auf der Bühne. Ihre Augen sind beinahe geschlossen, sie singt praktisch für den Boden. Und die Bandmitglieder denken offenbar dasselbe: Heff und Amy wechseln immer wieder Blicke, und der Drummer mit dem lockigen Bart drischt wie der Teufel auf sein Schlagzeug ein, wohl ein Versuch, Madeleine dazu zu animieren, dass sie dem Song ein bisschen mehr Schwung verleiht.

»Ich muss mal kurz für kleine Mädchen. Entschuldigt mich«, sagt Coco leise und huscht mit gesenktem Kopf davon, als wären wir in einem Kinosaal.

Ich habe keinen Bock, mich mit Ethan dem Käsemacher zu unterhalten, also tue ich so, als wäre ich von der Band gefesselt. Im Grunde brauche ich gar nicht so zu tun: Spector sind wirklich gut. Wenn Madeleine nur ein bisschen mehr Dampf machen würde … Wenn sie nur mal lächeln würde. Jemanden auf der Bühne zu beobachten, der nicht wirklich Spaß daran hat, ist irgendwie furchtbar.

Eine Minute später spüre ich eine heiße, verschwitzte Hand auf meinem Knie.

Ethan!

Er grapscht mich an!

»Angie …«, sagt er mit seiner Froschstimme.

Ich ziehe instinktiv mein Knie weg, schaue in Ethans kleine Augen und schaffe es gerade noch, »Fass mich nicht an!« zu zischen, bevor Coco von der Toilette zurückkehrt. Sie lächelt glücklich.

»Die Snacks hier sehen echt lecker aus! Ich habe für uns die Speisekarte mitgebracht!«

Sie setzt sich wieder zu uns, ohne die angespannte

Stimmung am Tisch wahrzunehmen. O Gott, warum, warum nur steht sie auf Ethan den Käsemacher – von nun an bekannt als Ethan der Ekelzwerg? In ihrem momentan verletzlichen Zustand kann Coco es wirklich nicht brauchen, auf einen Scheißkerl hereinzufallen, der sie unweigerlich enttäuschen wird. Auf der anderen Seite scheint Ethan sie gerade glücklich zu machen, und vielleicht ist das ja wichtiger. Auf der anderen Seite … äh … der dritten Seite, hat er mich gerade angegraben.

Ich ignoriere die beiden und starre zur Bühne, wo Spector nun eine ziemlich geile Coverversion von Buddy Hollys *Peggy Sue* abliefern.

Der Drummer mit dem lockigen Bart hat offensichtlich Spaß an seinen Soloparts in dem Song, aber Madeleine wirkt nach wie vor unglaublich nervös und gehemmt. Wenn sie nicht gerade live auf der Bühne stehen würde, wenn ich nicht das Gefühl hätte, dass sie meine Unterstützung braucht, würde ich jetzt vor diesem ganzen Coco-Ethan-Kuddelmuddel und den nervigen, besserwisserischen Hipstern die Flucht ergreifen. Aber ich weiß, dass dieser Impuls, dieser beinahe überwältigende Drang zu fliehen, der mich immer überkommt, nicht die Antwort ist.

Ich versuche, mich in Madeleines Situation zu versetzen: eine Bar voller fremder Leute, Songs, die sie nicht sicher beherrscht oder vielleicht gar nicht richtig kennt, niemand, der lächelt, niemand, der klatscht, nicht ein Einziger, der tanzt …

Augenblick. Warum wird in Kneipen eigentlich nicht mehr getanzt? Das ist schade, oder nicht? Warum zur Hölle ist hier jeder zu cool, um zu tanzen?

Ohne zu überlegen, stehe ich auf und gehe an die Theke, wo nach wie vor der hippe Jungunternehmer mit den eckigen Nägeln sitzt.

»Hast du Lust zu tanzen?«

»Wie bitte?«

Ich sehe ihm fest in die Augen. »Du hast mich schon verstanden. Na los, komm.«

Er starrt mich einen Moment lang an, bis er schließlich aufsteht. »Okay.«

Ich halte ihm die Hand entgegen und nehme ihn mit vor die Bühne, wo mir plötzlich deutlich bewusst wird, dass wir den Blicken aller Anwesenden in der Bar ausgesetzt sind.

Dann fangen wir an zu tanzen, in diesem halben Twist-Stil, in den man sich gern rettet, wenn man zu gehemmt ist und nicht betrunken genug (was nach meinem Verständnis so ziemlich dasselbe ist). Tanzen gehörte noch nie zu meinen Stärken, nicht einmal in meinen früheren, wodkabefeuerten Zeiten – hauptsächlich lässiges Kopfwackeln –, aber im Moment gebe ich auf dieser Tanzfläche alles, was ich habe.

»Du bist eine tolle Tänzerin«, sagt Eckige Nägel.

»Danke. Ich war früher mal Profitänzerin, aber ich musste den Beruf an den Nagel hängen. Wegen der Anabolika, weißt du?«

Eckige Nägel fixiert mich ein paar Sekunden lang verwirrt. Seufz. Ein Königreich für einen Kerl, der mich witzig findet. (Klar habe ich ein Königreich.)

Der Song endet nun, und die Band spielt nahtlos das nächste Stück, *Then he kissed me* von den Crystals. Ich schaue zu Madeleine und zwinkere ihr zu, und sie antwortet mit dem strahlendsten Lächeln, das ich jemals gesehen habe. Und dann passiert etwas Magisches: Ihre Stimme wird lauter, ihre Worte werden klarer.

Andere Gäste folgen unserem Beispiel, innerhalb von dreißig Sekunden ist die ganze Tanzfläche eine wogende Masse aus twistenden, groovenden und swingenden Paaren. Ich werfe einen Blick zu unserem Tisch zurück, wo Coco und Ethan der Ekelzwerg sitzen, und sehe, dass hinter ihnen Julia und Sam stehen. Sie müssen gerade hereingekommen sein.

Eckige Nägel greift in diesem Moment nach meiner Hand. »Ich dippe dich jetzt!«, ruft er, und ich stoße das unwillkürliche »Wu-huuh!« aus, wie ich das immer mache, wenn ich gedippt werde. Ich bin so klischeehaft.

Dann werde ich herumgewirbelt. Mitten in der Drehung schaue ich wieder zu unserem Tisch. Zwischen den Leuten in der Menge stehen Julia und Sam.

Die sich gerade küssen.

Einen Sekundenbruchteil später zieht Eckige Nägel an meiner Hand, aber ich kann kaum reagieren. Mit voller Wucht pralle ich gegen seinen Körper.

Julia und Sam küssen sich.

Julia küsst gerade meinen Sam. Ich meine, meinen *Freund* Sam. Echt schräg. Warum ist das schräg? Das ist normal! Schließlich hatten sie gerade ein Date! Ich versuche rasch, eine Art glücklich-entspannte Miene aufzusetzen, während Eckige Nägel mich über die Tanzfläche zerrt. Er wird allmählich immer selbstsicherer mit den Dips und Turns.

Aber mein Verstand rast wie verrückt. Julia und Sam. Julia … und *Sam*. Alles, was ich sehen kann, ist das Bild von diesem Kuss, wie ein Schnappschuss, der sich hinter meinen Lidern eingebrannt hat. Ich fühle mich eigenartig, als hätte ich einen heftigen Schlag bekommen, als würde mir die Luft wegbleiben, ähnlich einem Kind, das auf dem Spielplatz vom Klettergerüst fällt und hart auf dem Hosenboden landet. Ja, genau so fühlt es sich an. Als wäre die ganze Atemluft aus mir schlagartig herausgepresst worden.

Julia und Sam haben sich geküsst.

Als der Song zu Ende geht, habe ich mich wieder gefangen. Es ist total normal, dass man sich eigenartig fühlt, wenn zwei der engsten Freunde sich küssen. Richtig? Richtig. Aber es ist nur ein Thema, wenn ich es zu einem Thema mache. Schließlich ist es absolut in Ordnung, wenn meine Freunde sich mögen! Immerhin hatten sie ein Date! Was habe ich erwartet? Ich möchte keine von denen sein, die ihre Freunde mit niemandem teilen oder die auf jede neue Beziehung ihrer Freunde eifersüchtig reagieren. Es ist okay. Es ist voll okay.

Ich kehre an unseren Tisch zurück und lächle breit, während ich meinen Blick auf nichts speziell richte.

»Hey, ihr zwei!«, sage ich, bemüht, ganz normal und glücklich zu klingen. »Wie geht es euch? Wie war euer Essen? Schön? Das ist super.«

»Hey, Fremde«, sagt Sam. »Hast du eigentlich dein Handy verloren?«

Seit er sich mit Julia verabredet hat, habe ich auf seine Anrufe nicht mehr reagiert. Ich meine, das hat nichts zu bedeuten, ich hatte einfach nichts zu erzählen.

»Nein, bin bloß im Stress, weißt du, die Arbeit …«

Ich kann Sam nicht einmal in die Augen sehen. Ich tue so, als würde mich das Geschehen auf der Tanzfläche brennend interessieren.

»Hey, du trägst ja das schwarze Kleid!«, sagt Sam. »Das Drakey-Kleid. Steht dir super!«

Ich drehe mich von ihm weg, um nicht antworten zu müssen, und sehe, dass Eckige Nägel mir an unseren Tisch gefolgt ist. Ich blicke ihn an.

»Danke für den Tanz. Du kannst jetzt gehen.«

Mit empörter Miene zischt er ab.

Julia und Sam lachen.

»Du hast recht! Sie ist echt brutal!«, ruft Sam.

»Hab ich dir doch gesagt«, erwidert Julia. »Sie geht durch Männer wie durch Wasser.«

»Dieser Satz ergibt keinen Sinn«, sage ich.

Seit wann reden Julia und Sam über mich?

»Wir haben uns gefragt, wo ihr heute Abend wohl seid. Also habe ich Maddy eine SMS geschickt, und sie hat mich über ihren spontanen Überraschungsauftritt informiert«, erklärt Julia mir. »Sie ist unglaublich gut!«

»Das ist sie«, sage ich zustimmend.

Ich weiß nicht, wo ich hinschauen soll. Wenn ich mich auf Julias lächelndes Gesicht konzentriere, spüre ich Wut und bekomme sofort ein schlechtes Gewissen deswegen, und Sam kann ich nicht einmal ansehen.

Ganz ehrlich? Ich glaube, ich müsste weinen, wenn ich sähe, wie glücklich er mit Julia ist.

Ich vermute, das liegt einfach daran, dass Sam mir als Freund nicht mehr zur Verfügung stehen wird, jetzt da er mit Julia zusammen ist. Ich meine, wir werden unsere Freundschaft nicht beenden … Aber sie wird nicht mehr dasselbe sein.

Und das gibt mir nur noch mehr das Bedürfnis zu weinen.

Zum Glück ist da noch die Band. Ich sehe zur Bühne und versuche, ruhig und tough und normal zu wirken und das Chaos in mir zu verbergen, während die Band *Do you wanna dance?* von Bobby Freeman anstimmt.

»WUUH, Madeleine! Du ROCKST!«, schreit Julia.

»Lass uns tanzen!«, sagt Coco. »Ich mit Ethan und du mit Sam!«

»Ja!«, ruft Julia.

»O nein …«, sagt Sam. »Angie, hilf mir …«

Aber ich ignoriere ihn, und Julia schnappt sich seine Hand. Sie schleift ihn wie ein widerspenstiges Kind hinter sich her, Coco und Ethan folgen ihnen. Sie werden rasch von der wogenden Menge auf der Tanzfläche verschluckt.

Und hier stehe ich nun. Allein an unserem Tisch. Ich frage mich wieder, ob ich einfach drunterkriechen und mich dort verstecken soll.

Wenn man die einzige Person ist, die nicht auf der Tanzfläche steht, kommt man sich vor wie ein verdammter Loser.

Ich verschwinde von hier.

Ich schnappe mir meine Handtasche und gehe zum Ausgang, ohne mich umzudrehen. Sam hat sich keinerlei Gedanken darüber gemacht, dass ich allein am Tisch zurückbleibe, wenn er mit Julia und Coco und Ethan dem Ekelzwerg auf die Tanzfläche verschwindet. Und das, obwohl wir beide wochenlang praktisch unzertrennlich waren. Was ist mit dem alten Spruch »Bruder vor Luder«? Nicht dass Julia ein Luder wäre, aber ihr versteht, was ich damit sagen will … Lässt nun jeder, kaum hat er sich verknallt, einfach seine Freunde fallen oder was? Fuck!

Kaum bin ich draußen, zünde ich mir wütend eine Zigarette an und hole mein Handy heraus. Es muss jemanden geben, den ich anrufen kann. Nein, nicht Stef, niemanden aus diesen Kreisen, sondern jemanden, der mich von allem ablenken kann …

Gabriel.

Der nette Typ auf den Caicosinseln. Der mit dem Privatjet.

Gebongt.

Ich schreibe rasch eine Nachricht an ihn. *Ich glaube, ich schulde dir noch ein Essen für die Mitfluggelegenheit. Wie wäre es mit einem Hotdog und einem Bier?*

28

Wieder auf der Arbeit. Bei Gap.

BeiGapbeiGapbeiGapbeiGapbeiGap.

Man würde es nicht meinen von einer Stadt, die so groß ist wie New York, aber der Laden ist schon den ganzen Morgen wie ausgestorben. Seit meine Schicht begonnen hat. Midtown Manhattan zieht an einem verregneten Montagvormittag keine Kunden an. Also zähle ich die Sekunden, während ich umsortiere und falte und generell versuche, einen beschäftigten Eindruck zu machen, wenn einer der Manager an mir vorbeikommt.

Ich zähle tatsächlich die Sekunden, das sage ich nicht nur so. Ich zähle bis sechzig und halte dann hinter meinem Rücken einen Finger hoch. Dann zähle ich wieder bis sechzig und halte den nächsten Finger hoch. Wenn ich alle zehn Finger durchhabe, wechsle ich meinen Standort und versuche wieder, einen beschäftigten Eindruck zu machen.

Es kommt mir vor, als wäre der Samstagabend im Pijiu schon eine halbe Ewigkeit her, obwohl seitdem nicht viel passiert ist. Am Sonntag bin ich superfrüh aufgestanden – um sechs – und habe das Haus verlassen, um mir im New Apollo Diner ein ausgiebiges, stilles Frühstück zu gönnen. Gute Pfannkuchen, schlechter Kaffee. Ich habe versucht, das *Style Magazine* der *New York Times* zu lesen, aber die Worte sind vor meinen Augen verschwommen. Also habe ich ins Leere gestarrt und mich gefragt, ob Sam bei Julia übernachtet hat und ob mich nun die Vorstellung, dass die beiden miteinander Sex hatten, mehr aufregt als die Vorstellung, dass sie nur küssend und flüsternd und kichernd zusammen im Bett liegen.

Und dann habe ich mich über mich selbst geärgert, dass ich mir darüber Gedanken mache, obwohl es mich überhaupt nichts angeht, und schließlich Gott dafür gedankt, dass ich nicht zu Hause bin und so nicht Gefahr laufe, Sam zufällig zu begegnen, wenn er aus Julias Zimmer kommt. Denn das wäre sehr seltsam gewesen. Warum? Weil es einfach sehr seltsam gewesen wäre, darum. Meine Gedanken haben sich wieder und wieder im Kreis gedreht. Ich habe versucht, sie zu ignorieren, aber sie haben mich verfolgt.

Heute Morgen bin ich dann mit der U-Bahn zur Arbeit gefahren, Löcher in die Luft stierend. Ich habe versucht, an gar nichts zu denken.

Ich bin so dumm! Sam und ich waren immer nur Freunde. Ich weiß das. Ich nehme an, ich weiß nur nicht, wie ich damit umgehen soll, weil ich noch nie eine platonische Freundschaft mit einem Mann hatte. Natürlich trifft Sam sich mit anderen Frauen. Und Julia schwärmt seit einer Ewigkeit für ihn. Ich muss mich zusammenreißen. Und nicht an meinen dreiundzwanzigsten Geburtstag morgen denken. *Bonjour*, Erwachsenendasein.

Die anderen habe ich seit Samstagabend nicht mehr gesehen, was sicher ein Rekord ist. Pia hat mir heute Morgen gesimst, dass Aidan und sie eine Art Sexmarathon begonnen haben, nachdem sie gemeinsam die Bar verlassen hatten. Heute wollen sie »persönliche Dinge regeln und versuchen, eine Lösung zu finden« (sprich: noch mehr Sex haben). Von den restlichen Mädels hat sich niemand bei mir gemeldet. Ich nehme an, Coco war mit Ethan zusammen und Madeleine mit Heff. Und Julia war natürlich mit Sam zusammen.

Meinetwegen. Ich habe ohnehin gerade nicht wirklich Lust auf Gesellschaft. Ich werde mich heute Abend mit Gabriel zu einem Hotdog treffen, danach früh ins Bett gehen, am nächsten Morgen aufstehen, um alle einen Bogen machen und so tun, als wäre gar nicht mein Geburtstag. Und arbeiten gehen bei Gap.

Verdammt.

»Verzeihung, mein blonder Engel!«, sagt jemand, und ich drehe mich um.

Vor mir steht ein hübscher Mann mit einer Stachelfrisur und einer superengen Jeans. Hundertprozentig ein Schwuler.

»Wie kann ich Ihnen behilflich sein, Sir?«

»Mein Freund Adrian und ich kommen mit den Größen nicht zurecht. Adrian braucht eine weiße Jeans für eine Eurotrash-Party, und weil sein Budget knapp ist, waren wir gezwungen hierherzukommen. Ohne Sie beleidigen zu wollen.«

»Schon gut. Okay, welche Größe hat Ihr Freund?«

»Achtundzwanzig, normale Länge«, höre ich eine andere Stimme.

Da steht der junge Kellner, der damals im Rock Dog den Preiselbeersaft über mich gekippt hat.

»Kennen wir uns nicht?« Adrian runzelt die Stirn und legt den Kopf leicht schräg.

»Rock Dog«, erwidere ich. »Preiselbeersaft!«

»Ach du lieber Gott!« Adrian macht ein Gesicht, als wäre er in seinem ganzen Leben noch nie so glücklich gewesen, jemanden wiederzusehen, und stellt mich rasch seinem Freund vor. »Edward, das ist sie! Die junge Frau, die mir an meinem ersten Tag dieses unglaubliche Trinkgeld gegeben hat! Wow, Schätzchen, du solltest aber nicht so großzügige Trinkgelder verteilen, wenn du hier arbeitest.«

»Kurz nach unserer Begegnung haben für mich sozusagen schwere Zeiten angebrochen.«

»Uuh, im Verkauf zu arbeiten ist echt die Hölle«, sagt Edward mitfühlend. »Als ich noch ganz neu war in New York, habe ich bei Urban Outfitters gejobbt. Das waren die längsten drei Monate meines Lebens. Ich bin damals richtig fett geworden, weil meine einzige Freude im Leben Dunkin' Donuts waren. Das ist nicht einmal übertrieben.«

»Okay, wie wäre es mit der hier?«, fragt Adrian mich und hält eine weiße Jeans hoch, die ihm bestimmt sechs Nummern zu groß ist.

Ich sehe kurz den Stapel durch. »Die ist nicht schlecht, aber ich würde dir empfehlen, auch die hier und die hier anzuprobieren. Man kann nicht sagen, ob etwas perfekt sitzt, bevor man nicht drinsteckt, weißt du?«

»Das entspricht voll und ganz meinem Lebensmotto«, witzelt Edward, und Adrian lacht.

»Okay, Jungs, dann kommt mal mit …«

Eine halbe Stunde später sind beide überglücklich. Adrian hat gleich vier Paar Hosen gefunden, die ihm wie angegossen passen, woraufhin Edward neidisch wurde und anfing, sich auch im Laden umzusehen, bis er sich schließlich für zwei Hosen und drei Blazer entschied.

»Es war mir ein großes Vergnügen, euch beiden zu helfen«, sage ich.

»Ich hätte nie gedacht, dass es mir bei euch so gut gefallen würde!«, erwidert Edward fröhlich. »Die Beratung hier ist wirklich sagenhaft!«

Adrian mustert die Preisschilder. »So viel dazu, bei Gap einzukaufen, um billig wegzukommen«, jammert er.

»Pass auf«, sage ich und dämpfe meine Stimme. »Wenn du zwanzig Minuten wartest, kann ich dir die Sachen zum halben Preis besorgen. Ich habe gleich Mittagspause, dann kaufe ich das alles hier mit meinem Mitarbeiterrabatt, und wir treffen uns anschließend in dem Imbiss an der Ecke. Hört sich das gut an?«

»Oh, Schätzchen, ist das überhaupt erlaubt?« Adrian macht ein ängstliches Gesicht.

»Er ist so was von naiv! Natürlich ist das erlaubt!«, zischt Edward. »Bei Urban Outfitters haben wir das nur so gemacht!«

»Es kommt mir irgendwie nicht richtig vor …«, sagt Adrian zögernd.

»Ach was, das ist die perfekte Lösung! Angie, Schatzimaus, wir sehen uns dann in einer knappen halben Stunde in dem Imbiss, okay?«

Die beiden verschwinden, während ich versuche, bis zu meiner Mittagspause einen beschäftigten Eindruck zu machen. Dann nehme ich die Sachen für die beiden, gehe damit an die Kasse und zücke meinen Mitarbeiterausweis.

Dieser Vollarsch Derek steht hinter der Theke.

»Ist das hier alles für dich?«

»Ja«, sage ich.

»Männerklamotten?«

»Ja. Ich möchte mir aus den verschiedenen Jeansstoffen einen tollen langen Patchworkrock nähen, nach dem Motto: Sister Wife trifft Amish Wife. Eine Art Utah-Pennsylvania-Crossover-Kombination.« Ich schenke ihm mein schmeichelhaftestes Lächeln.

Er lässt sich nicht davon beeindrucken. »Ich glaube dir nicht. Vielmehr glaube ich, dass du die Sachen günstig einkaufst mit deinem Mitarbeiterrabatt, um sie hinterher an die beiden Typen zu verkaufen, die vorhin hier im Laden waren, und den Gewinn in deine eigene Tasche zu stecken.« Er macht eine dramatische Pause. »Du willst deinen Arbeitgeber bestehlen.«

»Was? Nein, das stimmt nicht!« Ich bin aufrichtig entsetzt. Ich meine, ja, ich kaufe die Sachen für jemand anders mit meinen Mitarbeiterprozenten, aber ich käme nicht auf die Idee, sie teurer zu verkaufen, um einen persönlichen Reibach zu machen. Ich will Adrian nur einen Gefallen tun! Ich dehne die Vorschriften ein wenig, aber ich breche sie nicht! »Ich will hier niemanden bestehlen! Das schwöre ich bei Gott! So etwas mache ich nicht!«

Arschgesicht Derek lächelt und entblößt dabei sehr gelbe Zähne. »Ich denke schon. Ich habe bereits Shania verständigt.«

Gleich darauf kommt Shania, die Managerin, zu uns herüber, flankiert von zwei Securityleuten.

Ich beschließe, dass Angriff die beste Verteidigung ist. »Das ist unerhört! Wie können Sie mir einfach unterstellen, dass ich die Sachen hier für meinen eigenen Profit weiterverkaufen möchte? Das würde ich niemals tun! Wie können Sie mir so was nur zutrauen?«

Shanias Augen werden schmal. »Es gab Kundenbeschwerden über Sie, darum hat die Security ein Auge auf Sie gehabt. Wir waren ja gewillt, über die Sache mit Ihrer blonden Freundin neulich hinwegzusehen, aber Sie sind vorhin eindeutig die ganze Zeit um diese beiden Männer herumscharwenzelt.«

Mit der blonden Freundin muss sie Coco meinen. Und die Beschwerden können nur von Stef gekommen sein. Oder von seiner zickigen Freundin, dieser Blythe.

Aber *herumscharwenzelt*? Scheibenkleister.

»Shania, ich schwöre Ihnen«, sage ich, während ich ihr

direkt in die Augen sehe, »ich hatte nie vor, mich persönlich zu bereichern. Ich wollte nur … ich wollte den beiden nur helfen …«

»… indem Sie Ihre Mitarbeiterprivilegien missbrauchen«, unterbricht sie mich mit einem bösen kleinen Lächeln. »Angie, ich muss Sie fristlos entlassen. Die missbräuchliche Verwendung des Mitarbeiterrabatts ist strafbar. Das ist Diebstahl. Sie sind eine Diebin. Ich könnte Sie verhaften lassen.«

»Ich bin keine Diebin!«, protestiere ich wütend, aber alle starren mich nur an. Verurteilen mich, bereit – nein, *bestrebt* –, das Schlimmste zu glauben.

Und das ist der Moment, in dem ich ausraste.

»Ich habe nichts Falsches getan, ich schwöre es! Bei meinem Leben! Verdammte Scheiße, ich habe nichts gestohlen! Was zur Hölle hat das verschissene Universum bloß gegen mich? Wann gönnt es mir endlich mal eine gottverdammte Pause? DAS IST DOCH SCHEISSE!«

29

Ein paar Minuten später werde ich aus dem Laden eskortiert.

Ich mache mich direkt auf den Weg zu dem Imbiss, in dem die Jungs auf mich warten, und versuche, nicht vor Scham loszuheulen. Ich schlucke die Tränen hinunter, und sie bilden in meiner Kehle einen Kloß. Ah, unvergossene Tränen. Ich wünschte, ich wüsste, wie ich euch loswerden kann. Und natürlich ist es draußen arschkalt, windig und regnerisch, was mein Elend nur noch verschlimmert. Die Medien kündigen schon seit Tagen einen heftigen Sturm an, aber seit dem Hurricane Sandy neigen sie dazu, es mit den Unwetterwarnungen zu übertreiben. Ein bisschen Regen ist nicht gleich ein gottverdammter Hurricane, wisst ihr?

Edward und Adrian erwarten mich bereits.

»Diese Bastarde«, sagt Edward, nachdem ich den beiden erklärt habe, was vorgefallen ist. »Den Laden werde ich nun für immer boykottieren. Außerdem hasse ich die Gap-Werbung.«

»Es tut mir so leid«, sagt Adrian. »Das ist alles meine Schuld. Offenbar bringe ich dir nur Pech.«

»Nein, nein, tust du nicht«, sage ich mit unnatürlich hoher Stimme, weil der Kloß in meinem Hals so wehtut. »Ich habe diesen Job sowieso gehasst. Wirklich. Aber ich … ich brauche einfach Kohle.« Um eine Coolness vorzutäuschen, die ich innerlich nicht spüre, nehme ich eine

Zigarette heraus und stecke sie mir zwischen die Lippen. Das perfekte Accessoire zu einer schlechten Laune. »Ich sitze voll in der Scheiße.«

»Angie!« Adrian klatscht in die Hände, um meine Aufmerksamkeit auf sich zu lenken. »Erstens, komm mit mir ins Rock Dog, die suchen dort gerade Leute. Scheiß auf Gap! Im Rock Dog zu arbeiten macht echt Spaß, und du kannst den ganzen Tag umsonst essen. Außerdem kannst du dich nebenher immer noch woanders bewerben. Die lassen mich auch immer zu meinen Vorsprechterminen gehen.«

»Du bist Schauspieler?«

»Denkst du, ich würde so ein hübsches Gesicht für etwas anderes vergeuden? Und zweitens, ich wette, Edward kann dir ein paar nützliche Kontakte verschaffen. Er ist nämlich Blumenausstatter für die größten Namen in der Designerszene! Ist dir Donna Karan ein Begriff? Diane von Furstenberg? Candie Stokes?«

Ich hebe den Kopf. »Diese Zicke?«

Edward lacht meckernd. »Candie ist in der Tat eine Zicke! Aber sie gibt so viel Geld für Blumen aus, dass es fast eine Sünde ist. Ich bin inzwischen mit ihrem ganzen Personal bestens befreundet. Sie hassen sie alle wie die Pest.«

»Sie war mal richtig gemein zu mir.«

Ich erzähle den beiden von dem Tag, an dem ich Candie im Starbucks angesprochen habe und mir bewusst wurde, dass ich für sie ein Nichts war, ein Niemand.

Mein Kloß im Hals löst sich wieder in Tränen auf. Die unerfreuliche Begegnung mit Candie scheint schon eine Ewigkeit her zu sein, und ich habe immer noch keinen Job. Ich werde auch nie einen kriegen. Niemals. Ich schlage die Augen nieder und blinzle angestrengt, damit die Tränen wieder verschwinden.

»Na ja, Herzblatt, zumindest hast du es versucht«, sagt Adrian tröstend. »Okay, ich habe einen Rat für dich.« Er holt tief Luft. »Vergieß nie Tränen wegen etwas, das keine Tränen deinetwegen vergießt.«

Ich lächle, während ich an jenen Tag zurückdenken muss, an die Bombe, die Annabel damals platzen ließ, an alles, was danach passierte … Gott, seither scheint wirklich eine Ewigkeit vergangen zu sein. Das war der Moment, in dem mein Leben anfing, außer Kontrolle zu geraten.

Oh, seien wir ehrlich, ich hatte es noch nie unter Kontrolle.

»Ich weiß«, sage ich schließlich. »Ich bin es nur einfach so leid, immer wieder Anlauf zu nehmen und auf die Nase zu fallen. Ich werde nie einen Job in der Modebranche bekommen. Nie. Ich bin … ich bin ein Nichts.«

»Du bist kein Nichts!« Adrian ergreift meine Hände. »Sag das nie, nie wieder! Wegen meiner übersinnlichen Fähigkeiten kann ich nämlich sehen, dass du sehr freundlich und ehrlich und loyal und talentiert bist. Du hast eine strahlende Zukunft vor dir, okay? Du musst nur am Ball bleiben. Gib nicht auf, versuch es einfach weiter, und alles wird gut.«

Daraufhin kommen mir tatsächlich die Tränen, und ich versuche rasch, mich zusammenzureißen. Herrgott, ich kenne diese beiden Jungs hier kaum, und trotzdem kann ich meine Tränen nicht zurückhalten. Seit Tagen habe ich das Gefühl, jeden Moment loszuweinen zu müssen, als wäre ich ein randvoll mit Tränen gefülltes Fass, und die Sache mit Gap war nur der berühmte Tropfen, der es zum Überlaufen gebracht hat …

»Sorry«, sage ich und wische mir das Gesicht ab. »Ich bin so eine Versagerin. Ich mache nichts richtig.«

»Du bist keine Versagerin, du brauchst nur mal eine Pause«, sagt Edward. »Du kannst New York nicht verlassen. Nicht wenn du gerade erst angekommen bist.«

»Ich bin schon seit dem letzten Sommer hier!«, sage ich. »Und ich will nicht, dass mein Leben so weiterläuft. Ich habe hier zu viele Fehler gemacht … Ich möchte ganz neu anfangen.«

Edward und Adrian sehen sich an und seufzen.

»Man kann nie ganz neu anfangen«, sagt Edward.

»Nie«, bekräftigt Adrian. »Egal, wo du bist, deine Probleme werden dir immer folgen, also kannst du dich auch gleich damit auseinandersetzen. Lass dir das von einem Mann gesagt sein, der in den ersten fünf Jahren nach seinem zwanzigsten Geburtstag von Stadt zu Stadt gerannt ist und den Sinn des Lebens in nichtssagenden Affären gesucht hat. Gott, ich war eine richtige kleine Schlampe.«

»Plus ça change«, sagt Edward mit einem Augenaufschlag zur Decke.

»Möchtest du einen Tipp von mir? Halt an deinen Freunden fest«, sagt Adrian in beschwörendem Ton. »Das Einzige, was deinem Leben einen Sinn gibt, sind die Menschen, die dir nahestehen. Schaff dir einen Kreis von Unterstützern, der dich über Wasser hält, wenn du das Gefühl hast unterzugehen. Einen Rettungsanker. Denn genau das sind deine Freunde: ein Rettungsanker.«

»Und vergiss nicht, selbst wenn du im Moment das Gefühl hast, dass niemand dir eine Chance geben möchte, irgendwo da draußen wartet dein Traumjob auf dich. Versuch es also weiter«, fügt Edward hinzu. »Wenn du eine Arbeit hast, die dich intellektuell und kreativ stimuliert, dann wird die Welt ganz anders aussehen. Du wirst Wertschätzung erfahren. Und du wirst dich wertvoll fühlen.

Nicht nur in finanzieller Hinsicht, auch bezogen auf deinen Beitrag zum Universum.«

»O mein Gott! Eine oscarreife Rede! Gänsehautfaktor!«, ruft Adrian.

Ich nicke bedächtig. Alles, was Edward sagt, ergibt einen Sinn. Aber ich weiß nicht, ob ich fähig bin, es weiter zu versuchen.

Adrian und Edward, die wohl ahnen, dass ich nicht länger über das Thema reden möchte, fangen nun an, über Accessoires für die Eurotrash-Party zu diskutieren. (Slipper mit Zierspange und falsche Bräune.) Ich fühle mich wie betäubt, während ihre Unterhaltung über mich hinwegrieselt.

Ich bin gerade gefeuert worden.

Von Gap.

Einen Tag vor meinem dreiundzwanzigsten Geburtstag.

Die Realität beißt tatsächlich.

Wie man es auch drehen und wenden mag, das hier ist der Tiefpunkt. Nachdem die Jungs und ich unseren Kaffee ausgetrunken haben, tauschen wir unsere Handynummern und Luftküsse aus, dann mache ich mich auf den Weg zur U-Bahn.

Draußen hole ich gleich mein Handy hervor, um Sam anzurufen. Seltsam, nicht? Innerhalb weniger Wochen hat Sam sich von einem nervigen Matrosen zu meinem ersten Wunschgesprächspartner nach meinem Rausschmiss entwickelt … Aber ich möchte nichts darüber hören, wie sein Date mit Julia gelaufen ist beziehungsweise wie toll er sie findet. Ich möchte einfach nur …

Es sollte mich nicht stören, aber es stört mich.

Dann, als ich in der Bahn nach Brooklyn sitze, trifft es mich wie ein Schlag. Ich werde es in dieser Stadt nicht schaffen. Sie wird mich zerstören und dann ausspucken wie jeden anderen Loser, der versucht, sich hier ein Leben aufzubauen, ohne das Nötige dafür mitzubringen. Es ist offensichtlich. Es ist so offensichtlich, dass ich nicht glauben kann, dass ich es nicht schon früher erkannt habe.

Wozu also weiter Zeit verschwenden?

Sonst bin ich im Handumdrehen Ende zwanzig, und dann schon verdammte dreißig! Dreißig!

Ich habe keine Ahnung, was es dort draußen in der Welt noch so alles gibt, aber ich weiß, es kann nur besser sein, als bei Gap gefeuert zu werden und in Brooklyn zu leben, wo alle, die ich kenne, glücklich sind und verliebt und etwas aus ihrem Leben machen.

Heute Abend werde ich mich mit Gabriel treffen, nur um aus dem Haus zu kommen und den anderen einen weiteren Abend lang aus dem Weg zu gehen.

Und morgen, an meinem Geburtstag, werde ich einen Flug nach L.A. buchen. Ich kenne dort nämlich noch ein paar Leute vom College. Bei denen kann ich sicher unterkommen, bis ich einen Job gefunden habe. Gap-Filialen gibt es schließlich auch in L.A., richtig? (Das war ein Scherz.)

Gewissermaßen.

Und ich weiß, was ihr jetzt denkt. Aber ich laufe nicht davon.

Ich gehe den nächsten Schritt.

30

»Siehst du? Der beste Hotdog in der Stadt«, sage ich. »Das ist ein Klassiker in New York.«

Gabriel beißt ein winziges Stück von seinem Hotdog ab und beginnt vorsichtig zu kauen, als könnte der Bissen mit Dornen gespickt sein.

»Das ist nicht gut.« Er sieht sich nach einer Serviette um und spuckt dann den halb gekauten Bissen hinein. »Nicht. Gut.«

Wir sind im Gray's Papaya, einem legendären Hotdog-Imbiss in Manhattan auf der Sixth Avenue, Ecke Achte Straße. Es gibt hier keine richtigen Sitzgelegenheiten, was bedeutet, dass dies das kürzeste Date in der Geschichte aller Dates sein wird, wenn wir unsere Hotdogs in ungefähr fünf Bissen verspeist haben werden. Aber das ist ganz gut so. Gabriel ist heute nämlich anders, als ich ihn in Erinnerung habe, und der Abend wird wohl doch keine so einfache Übung sein, um die Zeit totzuschlagen, wie ich dachte. Gabriel benimmt sich heute ziemlich etepetete. Als er vorhin sah, wo wir gleich essen würden, konnte er sein Entsetzen kaum verbergen. Und jetzt greift er ständig nach den Papierservietten, um was weiß ich nicht alles abzuwischen, bevor er es anfasst. Ich meine … man kann sich auch ein wenig anstellen.

Schlimmer noch … Draußen regnet es in Strömen. Kein kurzer Aprilschauer, sondern eine »Alter, wo ist meine Arche?«-Sintflut. Die Art von Regen, bei der man sich am liebsten in eine schummrige Bar verziehen und Wein trinken und Käse naschen würde, um dann die ganze Nacht wilde Träume zu haben. Aber Rotwein und Käse sind in meinem Budget nicht drin. Mein Budget reicht nur für Hotdogs und Papayasaft. Deshalb sind wir hier.

Und ich bin nur hier, um mit Gabriel Hotdogs zu essen. Ich habe ihm vorhin klargemacht, dass dies hier nicht der Beginn einer Romanze oder einer sexuellen Affäre oder was auch immer sein wird. Um das zu unterstreichen, habe ich flache Schuhe an – es ist also *eindeutig* kein romantisches Date. Ich bin offenbar nicht fähig, eine funktionierende Beziehung zu haben, genau wie ich nicht fähig bin, eine funktionierende Karriere zu haben.

Fuck. Was soll ich bloß aus meinem Leben machen?

»Was hat es mit dem Papayasaft auf sich?«, fragt Gabriel. Aus seinem Mund klingt es wie »Pappa-ja«.

»Pa-PAI-a«, korrigiere ich ihn. »Es ist hier Tradition, zu einem Hotdog Papayasaft zu trinken. Keine Ahnung, warum.« Ich beiße wieder in meinen Hotdog. Gott, ich liebe Hotdogs. »Du hast keinen Senf draufgetan«, sage ich. »Das ist dein Problem.«

»Der Senf ist nicht mein Problem«, erwidert Gabriel. »Der Hotdog ist mein Problem.« Er schaut so ernst drein, dass ich lachen muss.

Gabriel wartet, dass ich mit dem Kichern aufhöre, und zieht einen kleinen Flunsch. Er hat anscheinend nicht viel Sinn für Humor.

»Tut mir leid«, sage ich schließlich. »Sorry. Ich weiß. Der Senf ist nicht dein Problem.«

»Okay, das reicht«, sagt Gabriel und wirft seine Serviette mit dem ausgespuckten Hotdogbissen hin. »Ich übernehme jetzt das Kommando. Wir gehen in die Minetta Tavern.«

»Dir schmeckt es hier nicht?«

»Du sagst es.« Wie man einen Europäer verärgert: Man nehme das Essen nicht ernst. »Ich möchte ein Glas Wein und ein Steak und einen Stuhl zum Sitzen.«

»*Si, señor.*«

»Warte kurz hier.«

Gabriel nimmt seinen großen schwarzen Regenschirm und geht hinaus, um ein Taxi anzuhalten, während ich drinnen warte. Ich glaube, Gabriel ist ein Kontrollfreak. Er hat sich vorhin zum Schutz vor Ketchupflecken tatsächlich eine Serviette in den Hemdkragen gestopft und mich dann zu überreden versucht, seinem Beispiel zu folgen.

Nein. Wirklich nicht. Ich bin ziemlich gut darin, mich beim Essen nicht zu bekleckern, seit ich es mir nicht mehr leisten kann, meine Sachen in die Reinigung zu geben.

»Angie!«, ruft Gabriel draußen. »Ich hab eins!«

Er kommt mir mit seinem Schirm entgegen, um mich zu dem Taxi zu geleiten.

»Mensch, das ist ja der Wahnsinn«, sage ich, als ich im Wagen sitze und auf die Straße hinausschaue.

Das Wasser steigt von unten aus den Gullis bis über den Bordsteinrand. Es schüttet so heftig, dass man durch die Windschutzscheibe kaum etwas sehen kann.

»Ein höllisches Unwetter«, sagt der Fahrer. »Der Sturm fegt gerade über die Ostküste. Die haben für das gesamte Stadtgebiet Überschwemmungen vorhergesagt. In den letzten zwei Stunden fielen achtzig Liter Regen pro Quadratmeter.«

Gabriels Handy klingelt. »Meine Schwester«, sagt er entschuldigend. »Lucia? *Qué pasa?*«

Ich wünschte, ich hätte damals im Spanischunterricht besser aufgepasst. Dafür ist mein Französisch ziemlich gut. Nun, mein unanständiges Französisch ist ziemlich gut.

Um Zeit totzuschlagen, checke ich mein Handy. Ich habe ein paar SMS verschickt an meine alten Freunde in L.A., in der Hoffnung, dass einer von ihnen einen Platz zum Schlafen für mich hat, bis ich dort Fuß gefasst habe.

Keiner von ihnen hat bis jetzt geantwortet, aber Sam hat mir eine SMS geschickt. Das ist das erste Mal seit Samstagabend, dass ich von ihm höre.

Seine Nachricht lautet: *Reden wir überhaupt noch miteinander?*

Was zum Teufel soll das heißen? Ich antworte: *Warum sollten wir nicht mehr miteinander reden?*

Er antwortet: *Bist du nicht sauer auf mich wegen Julia?*

Wow, ziemlich direkt. Woher weiß er, wie ich mich fühle? Ich antworte: *Hey, ich bin diejenige, die euch miteinander verkuppelt hat. Freut mich, dass es so gut gelaufen ist.*

Er antwortet: *Hast du mit Julia gesprochen?*

Ich antworte: *Ich war arbeiten.*

Er antwortet: *Der Abend war ein totaler Reinfall.*

Ich antworte: *Ich habe gesehen, wie ihr euch in der Bar geküsst habt. Sah nicht aus wie ein Reinfall.*

Er antwortet: *Leg sofort die Crackpfeife weg. Du siehst Gespenster.*

Warum zum Teufel lügt er mich an? Ich antworte: *Sam, du brauchst es nicht abzustreiten. Ich habe es selbst gesehen.*

Er antwortet: *Angie, wir haben uns nicht geküsst. Julia hat mir ins Ohr geflüstert, dass Ethan ein Vollidiot ist. Aber wir haben uns nicht geküsst. Großes Ehrenwort.*

Ich runzle die Stirn. Warum sollte er mir so eine Lüge

auftischen? Aber ich habe mir den Kuss nicht eingebildet.

Oder doch?

Er schickt mir eine weitere SMS: *Frag Julia. Der Abend war ein totales Desaster. Wir haben nichts gemeinsam. Ich dachte, du strafst mich mit Schweigen, weil Julia angepisst ist von dem misslungenen Abend.*

Ein ganz seltsames, süßes Gefühl der Erleichterung durchströmt mich plötzlich, und ich schaue durch das Fenster nach draußen, wo das Unwetter tobt. Mein Mund verzieht sich zu einem derart breiten Lächeln, dass ich das Gefühl habe, mein Gesicht reißt gleich ein.

Sam steht nicht auf Julia. Er hat mich nicht fallen lassen. Er kann immer noch exklusiv mein Freund sein. Ich weiß, total unreif, aber hey, so bin ich halt.

»Angie, wir sind da.«

Gabriel holt mich mit einem leichten Stupser zurück in die Realität.

Ja! Dinner! Absolut!

Ich schüttle kurz den Kopf, um ihn von meinen Gedanken zu befreien, und stecke mein Handy zurück in meine Tasche, während das Taxi auf der MacDougal Street hält. Gabriel steigt als Erster aus und geht rasch um den Wagen herum, um für mich den Schirm zu halten. Die Kombination aus Regen und Sturm bedeutet, dass ich trotzdem innerhalb von Sekunden nass bin. Wir hasten über die Straße, und gleich darauf zieht Gabriel die schwere Eingangstür der Minetta Tavern auf.

31

»*Dies hier* ist ein Klassiker in New York«, sagt Gabriel.

Das ist wahr. Die Minetta Tavern entspricht genau dem, was Hollywood sich unter einem klassischen New Yorker Restaurant vorstellt: eine lange Bar aus Holz, schwarzweißer Schachbrettboden, dunkelrote Lederbänke, hunderte gerahmte Bilder an den Wänden und eine Beleuchtung, die dieses warme gelbe Licht erzeugt, in dem all die schönen Menschen hier noch ein bisschen schöner erstrahlen. Die Minetta Tavern ist eins der Lieblingsrestaurants meines Vaters in New York. Er war mit mir im Januar hier essen.

Und hat sich seitdem nicht mehr gemeldet.

Was soll's.

Obwohl wir noch nicht einmal sieben Uhr haben, ist das Restaurant bereits gut gefüllt mit plaudernden, essenden, trinkenden Gästen – alle mit dieser lebendigen, fröhlichen Begeisterung, die man nur bei Menschen sieht, die im Leben Erfolg gehabt haben. Das ganze Lokal pulsiert vor Selbstzufriedenheit. Ich gehöre nicht hierher.

Aber ich will auch erfolgreich sein. Ich will einen Job. Ich will in New York bleiben. Und ich will Sam …

Stopp! Wo kam diese leise Stimme plötzlich her? Nein, ich will nicht. Ich will weg aus dieser Stadt. Ich will in Kalifornien neu anfangen. Ich will einen Job finden an einem Ort, der seine jungen Bewohner nicht zerkaut und ausspuckt. Ich will an einen Ort, an dem ich mich nicht völlig wertlos, nutzlos und rastlos fühle. An dem mein Leben nicht nur aus mir besteht und ich immer nur für mich bin, während ich hin und her titsche wie eine kleine Flipperkugel, die versucht, den Jackpot zu knacken. Und Sam hat damit rein gar nichts zu tun.

»Angie!«, ruft auf einmal jemand von der Theke, als wir dem Oberkellner zu unserem Tisch folgen. »Hu-hu!«

Ich kenne nur eine Person, die das sagt … Ich drehe den Kopf und sehe Cornelia, meine Exchefin, an der Bar stehen, ein Glas Champagner in der Hand.

»Cornelia!« Ich setze sofort mein perfektes falsches Upper-East-Side-Gesicht auf.

Wir begrüßen uns mit drei Luftküssen, um zu zeigen, wie europäisch wir sind. Cornelia ist ein Upper-East-Side-Gewächs, das nach SoHo verpflanzt wurde: dünn, blond, blass bis zu dem Punkt, an dem die Haut durchsichtig wirkt, und extrem herausgeputzt. Sie orientiert sich an ihrem Vorbild Gwyneth Paltrow, auch wenn sie das nie zugeben würde.

»Die berühmt-berüchtigte Angie!«, sagt sie nun und legt den Kopf leicht schief, mit einem kurzen Lächeln, das ihre kleinen weißen Zähne zeigt. »Führst du schon wieder Böses im Schilde?«

»*Moi*? Ich wandle auf dem Pfad der Tugend«, erwidere ich.

Cornelias Begleiter, ein deutlich älterer Herr, Typ Silberfuchs, lächelt mich an. Er hat kühle graue Augen und perfekt überkronte Zähne. »Ich bin Roger Rutherford«, sagt er zu mir. »Cornie hat nämlich sicher nicht die Absicht, uns miteinander bekannt zu machen. Sie ist der Typ, der schon im Voraus eifersüchtig ist.«

Ich schenke ihm mein bestes »Wie reizend!«-Lächeln und mache die beiden kurz mit Gabriel bekannt.

»Sind wir uns nicht schon einmal begegnet?«, fragt Cornelia Gabriel, während sie ihn mit schmalen Augen mustert. »Auf der Spendengala im Boathouse letztes Jahr?«

»Ah, ja, bestimmt«, sagt Gabriel höflich. »Ich bin jedes Jahr dort.«

Cornelia, Gabriel und Roger machen ein bisschen Smalltalk über die Spendengala, während ich Cornelias Begrüßung im Geiste rekapituliere. Böses im Schilde? Was sollte das nun wieder heißen? Ich bin bei ihr immer pünktlich zur Arbeit erschienen. Ich war eine vorbildliche Assistentin. Eigentlich hat Cornelia versprochen, sich nach ihrem Skiurlaub bei mir zu melden! Das sagte ich ja schon.

»Freut mich sehr, dich wiederzusehen, Schätzchen«, sagt sie zu mir. Sie beugt sich vor, um mich auf die Wange zu küssen, dieses Mal richtig, und flüstert mir dabei ins Ohr: »Gut gemacht. Da hast du dir ja einen richtig dicken Fisch geangelt. Schlaues Mädchen!«

Und so lächle ich und sage all die richtigen Dinge und folge schließlich Gabriel zu unserem Tisch.

Gut gemacht. Da hast du dir ja einen richtig dicken Fisch geangelt. Schlaues Mädchen.

Ich bin also schlau, weil ich mit einem reichen Mann ausgehe? Wenn ich wirklich schlau wäre, würde ich dann nicht mein eigenes Geld verdienen?

Gabriel und ich nehmen an unserem Tisch Platz und studieren die Speisekarte. Plötzlich komme ich mir vor wie eine Hochstaplerin. Ich würde niemals in der Minetta Tavern essen gehen, wenn ich die Rechnung selbst bezahlen müsste. Das kann ich mir nicht leisten.

»Ich bin wirklich nicht mehr hungrig«, sage ich.

»Ich dachte, du wärst immer hungrig«, erwidert Gabriel. »Du musst etwas bestellen.«

Gott, ich hasse es, wenn man mir sagt, was ich tun soll. Aber ich möchte keine Szene machen, nicht wenn Cornelia in der Nähe ist.

»Geröstetes Knochenmark«, sage ich. »Und danach einen Burger. Nicht den Black Label Burger, sondern einen normalen.«

Ich hatte den Black Label Burger im Januar, als ich mit meinem Vater hier war. Vielleicht werde ich ihn einfach anrufen, wenn ich in Kalifornien bin. Offenbar ist es ihm zu peinlich, mit mir zu reden. Vielleicht werde ich mich auch bei Annabel melden. Sie hat mich jede Woche mindestens dreimal versucht zu erreichen. Ich weiß, dass ich etwas an dem Verhältnis zu meinen Eltern tun muss … Ich weiß nur nicht, was.

Gabriel ist in bester Stimmung, nachdem er seinen Willen bekommen hat. Er wird ein bisschen nostalgisch und plaudert über seinen allerersten Besuch in New York, über die amerikanische Sterneküche, über das Lokal seines Cousins in Madrid, über seine Lieblingshotels und -restaurants überall auf der Welt. Dabei wirft er nur so mit berühmten Namen um sich, als wollte er sich für die Erlebnismeisterschaft der Reichen qualifizieren: Per Se, Babbo, Cipriani Downtown, Daniel, Mr. Chow, Hotel Arts in Barcelona, Ushuaia Hotel auf Ibiza, Capri Palace auf Capri, Hôtel de Crillon in Paris, Hôtel du Cap an der französischen Riviera, Le Club 55 in St. Tropez. Hat er überhaupt echten Spaß daran, oder macht er bestimmte Dinge nur, weil sie angesagt sind? Um der Welt auf diese Art zu zeigen, dass er es geschafft hat?

Wisst ihr, wenn ich genauer darüber nachdenke, war diese Facette seiner Persönlichkeit von Anfang an offensichtlich. Gabriel vermisst den Salat von seinem Lieblingshotel auf St. Barths, er besitzt einen Privatjet, ein Apartment direkt am Central Park … Ich habe die Zeichen nur nicht wahrgenommen. Oder sie ignoriert. Wieder so ein egozentrischer Reicher. Gut gemacht, Angie.

Ich werfe einen Blick auf seine Armbanduhr. Es ist eine Patek Philippe, die mehr kostet, als die meisten Menschen in ihrem ganzen Leben verdienen. Am kleinen Finger trägt er einen goldenen Siegelring, der mir im Flugzeug nicht aufgefallen ist, und seine Kleidung – dunkelblaues Sakko, weißes Hemd, schmale beigefarbene Jeans, Hermès-Gürtel – zeugt von legerer europäisierter gebügelter Perfektion. Seine Fingernägel sind tadellos gepflegt, seine Haare sind mit wohlüberlegter Nonchalance zurückgegelt, seine Haut sieht verdächtig geschmeidig aus, selbst seine Augenbrauen sind frisch getrimmt.

Geld, Geld, Geld.

Die wahre Frage lautet: Warum ist Gabriel mit mir hier? Er stellt mir keine persönlichen Fragen, er weiß nicht, was ich mit meinem Leben anfangen möchte. Ich war in seiner Gegenwart nie witzig oder interessant oder was zur Hölle auch immer. Er kennt mich überhaupt nicht. Warum sollte er mich also mögen?

Er mag nicht mich, lautet die Antwort, er mag nur meine äußere Hülle. Eine fast dreiundzwanzigjährige blonde Frau in einem Kleid, dem man hoffentlich nicht ansieht, dass sie es selbst genäht hat, und mit einem Gesicht, das ganz okay aussieht, wenn sie es mit Eyeliner zuschmiert.

Ich kann nicht glauben, dass ich erneut in diese Situation geraten bin.

Warum dachte ich, Gabriel wäre anders als die anderen Männer, mit denen ich jemals aus war? Weil er nett zu seinen Schwestern war?

Ich möchte nicht hier sein.

Aber ich möchte auch keine Szene machen.

Was soll ich also tun?

Mein Cocktail kommt – ein Wodka Martini mit vier Oliven –, und ich nehme einen großen ersten Schluck.

»Langsam, Tiger«, sagt Gabriel und lacht, als hätte er gerade den lustigsten Spruch der Welt gemacht.

Mein Handy piept wieder. Ich werfe rasch einen Blick darauf: eine Nachricht von Pia. *Wir müssen reden. Ich werde nach San Francisco ziehen.*

Ich sehe wieder Gabriel an. »Würdest du mich kurz entschuldigen?«

Ich gehe durch das Restaurant ganz nach hinten zu der kleinen Damentoilette und wähle dort Pias Nummer. Sie geht nicht ran. Entweder drückt sie sich absichtlich, weil sie denkt, dass ich mich gerade wahnsinnig aufrege und es keinen Sinn hat, mit mir zu reden, oder sie hat gerade Sex (iihhh) oder sie hat – höchstwahrscheinlich – die Nachricht auch an Julia geschickt, und Jules hat sie zuerst angerufen.

Ich spreche kurz auf Pias Mailbox.

»Süße, ruf mich an. Ich glaube … ich meine, ich *denke* … ich ziehe auch weg. Ich werde New York verlassen. Schätze, das ist dann wohl das Ende unserer Wohngemeinschaft …« Ich spüre plötzlich eine Traurigkeit. Das Ende unserer Wohngemeinschaft? Das Ende von *uns*? Ich räuspere mich kurz und zwinge mich weiterzureden. »Okay, dann bis später vielleicht.«

Gleich darauf bekomme ich die nächste SMS, dieses Mal von Sam. *Ignoriert zu werden macht Sam traurig.*

Ich antworte rasch. *Ich ignoriere dich nicht, Ehrenwort. Habe gerade ein Date mit einem Kerl, der wahrscheinlich ein dämlicher Wichtigtuer ist.*

Sam antwortet umgehend. *Name, Körpermaße?*

In diesem Moment kommt Cornelia in die Damentoilette.

»Angie, was für eine Überraschung«, sagt sie scherzhaft, während sie sich kurz umblickt, um sicherzugehen, dass wir allein sind. »Hast du für mich ein Näschen? Lass uns unartig sein.«

»Ob ich was habe? Oh. Nein. Sorry«, sage ich, als mir bewusst wird, dass sie Kokain meint.

»Keine Sorge, mein Kurier ist schon auf dem Weg. Ich brauche dringend was, um den Abend mit Rog zu überstehen.«

»Er macht einen netten Eindruck«, sage ich. Bedenkt man, dass er mindestens dreißig Jahre älter ist als du, fährt mir durch den Kopf.

»Rog ist ganz okay. Er ist geschieden, kennt einfach *jeden* und ist reicher als Gott. Die Tussis von Spence werden beeindruckt sein.« Sie zuckt mit den Achseln, und ihr Blick fällt auf meine Unterarmtasche. Es ist die weiche goldene, die ich aus den Art-déco-Tüchern genäht habe. »Ich bin begeistert von deiner Clutch. Von wem ist sie?«

»Sie ist von … von mir«, sage ich. »Ich habe sie selbst gemacht.«

»Blödsinn.«

»Kein Blödsinn. Sehen Sie, kein Label. Äh … ich sollte jetzt zurück zu meinem Begleiter gehen.«

»Natürlich. Die Pflicht ruft!«

Cornelia wendet sich von mir ab. Ich bin wieder entlassen.

Ich kehre an unseren Tisch zurück, wo große, längs halbierte Knochen auf mich warten. Es sind tatsächlich Knochen. Ich dachte eigentlich, die würden das Mark für mich herauskratzen und hübsch anrichten. Offenbar nicht. Das darf ich selbst machen.

»Ah, Angie, da bist du ja«, sagt Gabriel, der sich als Vorspeise einen sehr langweiligen Ziegenkäsesalat bestellt hat. *»Bon appétit.«*

Ich schenke ihm ein Lächeln, nehme meine Gabel und senke den Blick auf die gelblichen Dinger, die vor mir auf dem Teller liegen. Von was für einem Tier waren die noch gleich?

Ich möchte nichts essen, aber ich möchte auch nicht den Eindruck machen, als wüsste ich nicht, worauf ich mich eingelassen habe. Ich habe die Knochen bestellt, also werde ich das verdammte Mark herauskratzen und essen.

Und nach dem Essen werde ich mich schleunigst verabschieden, nach Hause gehen und anfangen zu packen.

Ich mache mich an die Arbeit, schmiere das eklige Zeug auf mein gebuttertes Brot, streue etwas Salz darüber und kaue munter drauflos. Das Mark hat einen eigenartigen, kräftigen, fleischigen Geschmack. Ziemlich mächtig und fett. Ich nehme einen Schluck von meinem Martini, um meinen Gaumen zu spülen.

»Koste den Wein.«

Gabriel kommandiert mich viel zu viel herum. Aber wen kümmert das?

Übersteh einfach das Essen und dann ab nach Hause.

Also koste ich den Wein, ein ziemlich gängiger Châteauneuf-du-Pape. Er schmeckt fabelhaft. Mein Vater kennt sich gut mit französischen Weinen aus, und ich habe ein bisschen von ihm gelernt. Mir wird bewusst, dass ich praktisch alles, was ich weiß, von meinem Vater gelernt habe. Nur das Nähen nicht.

»Er schmeckt großartig«, sage ich.

»Schmeckst du die Erde? Die Beeren? Dieser spezielle Jahrgang hat außerdem eine schokoladige Beinote.

Ich habe mich schon oft gefragt, warum. Ich bestelle ihn immer, wenn ich hierherkomme … Ich studiere nämlich Weine, eine große Leidenschaft. Aber man kommt nie ganz hinter ihr Geheimnis.«

Oh, Grundgütiger. Wer quatscht so eine Scheiße?

In diesem Moment greift Gabriel über den Tisch und legt seine Hand auf meine. Ich starre darauf, unsicher, ob ich meinen Arm ruckartig zurückziehen oder meine Hand ganz schlaff werden lassen soll in der Hoffnung, dass Gabriel den Wink versteht.

Dann fängt er an zu reden.

»Angie, ich weiß, du hast gesagt, keine Romanze, nichts Ernstes. Aber ich muss dir sagen … Ich muss immer wieder an dich denken, seit wir uns das erste Mal begegnet sind.«

»Wirklich?«

Ich habe nicht an ihn gedacht. Kein einziges Mal. Erst als ich eine Ablenkung brauchte. Eine Fluchtmöglichkeit vor der Realität.

»Meine letzte Freundin war sehr … anspruchsvoll«, fährt er fort. »Eine Spanierin. Temperamentvoll, schön …« Gabriel beschreibt ein paar wirklich zähe Minuten lang, wie außergewöhnlich seine Ex war, während der Kellner kommt und unsere Teller abräumt. »Also, Angie, erzähl mir mal was von dir«, sagt er schließlich.

Ich zwinkere ungläubig. Hat er mich gerade wirklich aufgefordert, über mich selbst zu sprechen? Das ist das erste Mal an diesem Abend.

»Ach, weißt du, ich bin … ich. Ich versuche, einen Job in der Modebranche zu ergattern, ich arbeite zurzeit im … äh … im Verkauf, ich wohne in Brooklyn … » Wie typisch, dass ich in dem Moment, in dem sich tatsächlich einmal jemand für meine Person interessiert, nichts zu sagen habe. »Eben eine durchschnittliche Anfangzwanzigjährige, die sich abrackert, um in New York über die Runden zu kommen.«

»Du brauchst Geld?«, erwidert er.

»Jeder braucht Geld«, sage ich und nehme wieder einen Schluck von meinem Wein. »Man kann in dieser Stadt nicht überleben ohne Geld.«

»Wo arbeitest du?«

»Bei Gap. Na ja, nicht mehr. Heute Morgen wurde ich gefeuert.« Ich sehe ihm direkt in die Augen, sein Urteil herausfordernd.

»Die Arbeit war sicher nicht gut bezahlt.«

»Nein.«

Unser Hauptgang wird nun serviert, und ich konzentriere mich darauf, meine Pommes frites zu salzen und meinen Burger herzurichten.

Ich fühle mich von dem Wein irgendwie befeuert. Rotwein hat auf mich immer eine leicht aufputschende Wirkung. Nur die schweren Sorten machen mich schläfrig. Das hat wohl mit den Histaminen zu tun. Und letzte Nacht konnte ich partout nicht einschlafen. Ich musste ständig an Julia und Sam denken. Wie dumm von mir, dass ich so eifersüchtig war! Natürlich ist Sam weiterhin mein Freund. Die beiden hatten nur ein freundschaftliches Essen, mehr nicht. Es ist nicht der Rede wert.

Gabriel räuspert sich leise. »Angie? Was tust du da?«

»Ich präpariere meinen Burger, damit der erste Bissen perfekt ist«, erkläre ich ihm und sehe ihn an. »Das ist enorm wichtig. Weißt du, der erste Bissen ist vergleichbar mit dem ersten Kuss. Er ist so, wie die restliche Mahlzeit sein wird.«

Gabriel lächelt mich an. »Du bist eine Romantikerin.«

»Das stimmt.«

»Ich bin ein Pragmatiker.«

»Wirklich?«

Ich beiße ein großes Stück von meinem Burger ab, während Gabriel in sein Sakko greift, eine Visitenkarte herauszieht und sie neben mein Weinglas legt.

»Das hier ist mein Finanzmanager. Er wird am Montag zehntausend Dollar auf dein Konto überweisen.«

»Was?«, stoße ich mit vollem Mund hervor. Plötzlich habe ich vergessen, wie man kaut.

»Du sollst nicht leiden, nur weil du knapp bei Kasse bist. Das Leben in New York ist so schon hart genug. Es ist ein Geschenk. Von mir für dich.«

Ich schlucke meinen Bissen hinunter und starre Gabriel an.

Zehntausend Dollar. Das würde bedeuten, dass ich unser Nest nicht verlassen muss. Dass ich mir keinen neuen Job in der Verkäuferhölle suchen muss. Mit zehntausend Dollar könnte ich mich für ein unbezahltes Praktikum in den Modeateliers bewerben, ohne mir Sorgen wegen der Miete und meiner laufenden Kosten machen zu müssen. Ich könnte einen Kurs in Modedesign belegen, ich könnte monatelang von diesem Geld leben, ich könnte … ich könnte …

Aber ich kann nicht. Ich kann das nicht machen. Ich kann kein Geld von einem Mann annehmen im Austausch für … was auch immer Gabriel als Gegenleistung erwartet. Ich kann nicht wissentlich ein Leben führen, das auf dem schmalen Grat zwischen einer subventionierten Freundin und einer gekauften Freundin basiert.

Ich betrachte Gabriel, der sich völlig unbekümmert einen Bissen von seiner Forelle in den Mund schiebt. Als hätte er nicht gerade versucht, mich zu kaufen. Er hebt den Kopf.

»Meine Schwestern würden sich übrigens sehr freuen, dich wiederzusehen. Hast du Lust, uns dieses Wochenende in unserem Haus auf dem Land zu besuchen?«

Ich hole tief Luft. »Nein.«

»Du hast bereits etwas vor? Du kannst deine Pläne ändern. Lucia hat Geburtstag, und die ganze Familie kommt zum Feiern …«

»Nein.«

Ich schiebe meinen Stuhl vom Tisch zurück, stehe auf, trinke meinen Wein aus, schnappe mir meine Clutch und meine Jacke und gebe Gabriel die Karte seines Finanzmanagers zurück.

»Danke für das Essen. Ich will dein Geld nicht. Auf Wiedersehen.«

Und damit stolziere ich aus dem Restaurant, vorbei an Cornelia und ihrem älteren Verehrer, vorbei an all den schönen Menschen an der Bar, und ich spüre eine Art kranke Euphorie.

Ich habe gerade zehntausend Dollar ausgeschlagen.

Damit hätte ich all meine derzeitigen Probleme lösen können, damit hätte ich mir mein Leben viel einfacher machen können.

Aber das will ich nicht.

Ich will das Richtige tun.

Draußen vor dem Eingang steht ein Paar, das sich dort vor dem Regen in Sicherheit gebracht hat.

O. Mein. Gott.

Mein Vater.

Zusammen mit einer Frau, die mir völlig unbekannt ist. Ungefähr Mitte dreißig, brünett, schlank.

Und sie küssen sich.

32

»Was zum Teufel ist das hier?«, sage ich.

Das Gesicht meines Vaters hellt sich auf. »Angelique? Engelchen! Ich wusste nicht ...«

»Dass ich jetzt in New York lebe? Dass wir uns zufällig begegnen würden? Dass du dich vielleicht mal bei deiner Tochter hättest melden können, um ihr zu sagen, dass du dich scheiden lässt?«

Plötzlich habe ich eine Stinkwut. Ich geifere förmlich vor Empörung darüber, dass mein Vater leidenschaftlich eine fremde Frau küsst vor dem Eingang eines New Yorker Restaurants, wo er mit ihr vor dem Regen Schutz gesucht hat, als wäre dies hier eine verdammte Szene aus *Breakfast at Tiffany's*.

»Und wer ist das? Irgendein Flittchen, das du in einer Bar aufgerissen hast? Oder arbeitet sie für dich wie all die anderen?«

Die Frau zuckt zurück, als hätte ich sie geohrfeigt. Sie trägt klassischen Midtown-Chic – ihr wisst schon, nicht fein genug für Uptown, und nicht annähernd trendig genug für Downtown.

Mein Vater starrt mich erschrocken an. »Also bitte, warte mal ...«

»Annabel hat mir schon vor vielen Wochen erzählt, dass ihr euch trennt«, falle ich ihm ins Wort. »Aber von dir habe ich monatelang nichts gehört. Nicht einen Ton. Und das nach allem, was ich für dich getan habe, nach all den Jahren, in denen ich deine ganzen beschissenen Geheimnisse gedeckt habe …«

»Deine Mutter sagte mir, dass du in Ruhe gelassen werden möchtest …«

»Blödsinn!«, knurre ich. »Du hast mich nicht mehr gebraucht, darum hast du dir die Mühe gespart. Weißt du überhaupt, dass heute mein Geburtstag ist?«

»O Gott.« Mein Vater schaut bestürzt drein. »Schatz, ich schwöre …«

»Hör auf zu LÜGEN!«, brülle ich so laut ich kann.

Alles um uns herum wird ganz still. Mein Vater starrt mich an, mit offenem Mund, unfähig, etwas zu sagen. Als ich klein war, fand ich immer, dass er aussieht wie George Clooney. Das denke ich jetzt nicht mehr. Ich finde, er sieht aus wie ein verdammter Zirkusclown.

»Es stimmt, Ihre Mutter hat wirklich gesagt, dass Sie nichts von ihm hören wollen«, sagt das Flittchen. »Ich war dabei, als wir uns alle trafen, um die Modalitäten zu besprechen.«

»Und wer zur Hölle sind Sie?«

»Ich bin … ich bin Veronica«, antwortet sie, während ihr Blick plötzlich wachsam wird. »Ich dachte, Sie wüssten …«

»Ich wüsste was?«

Mein Vater legt den Arm um seine Begleiterin und lächelt stolz. »Veronica ist schwanger. Wir werden heiraten.«

Ich weiß nicht wirklich, was als Nächstes passiert.

Ich glaube, ich schreie wie am Spieß, weil mir auf einmal die Ohren klingeln und meine Kehle sich wund anfühlt und ich nicht richtig Luft bekomme. Dann drehe ich mich um und laufe los, weg von den beiden, obwohl sie gar keine Anstalten machen, mir zu folgen. Ich renne weiter und immer weiter in die schwarze Nacht hinein. Ich sehe nirgendwo ein Taxi, und ich habe keine Ahnung, wo ich bin, aber ich laufe trotzdem durch den Regen und den Wind, der sich anfühlt, als könnte er mich mühelos umblasen. Mein Gehirn kann keinen einzigen Gedanken festhalten. Ich glaube, ich habe einen hysterischen Anfall, aber ich weiß es nicht genau, weil ich mich fühle … weil ich mich ehrlich gesagt fühle, als würde ich gerade meinen Verstand verlieren, als wollte ich nur noch davonlaufen, vor mir selbst, vor meinem Leben.

Ich frage mich, ob meine Mutter Bescheid weiß und ob sie sich darüber aufregt, und ich denke wie so oft an früher zurück, an meinen Weihnachtsstrumpf und den Rosinentoast und die Schmuseeinheiten. Früher, als alles herzlich war und gut und einfach.

Ich vermisse besonders einfach.

Irgendwann auf meiner Flucht gerate ich ins Stolpern und stürze in eine große Schmutzlache, aber ich zwinge mich, sofort wieder aufzustehen und weiterzulaufen, immer weiter, bis ich ganz die Orientierung verloren habe. Der Regen ist so stark, dass ich kaum die andere Straßenseite erkennen kann. Die Markisen vor den Geschäften flattern knallend im Wind, die Rinnsteine haben sich in wütende Sturzbäche verwandelt, ich bin der einzige Mensch weit und breit, und es ist so dunkel, dass es sich anfühlt wie das Ende der Welt.

Mein Kopf tut weh und auch mein Bauch, und in der Brust spüre ich diese seltsamen stumpfen Stiche. O Gott, wo bin ich?

Irgendwann bin ich zu erschöpft und zu durchnässt, um weiterzulaufen. Ich schleppe mich zu einem Spielplatz und setze mich auf ein Klettergerüst, in der Dunkelheit und dem strömenden Regen, zitternd vor Kälte und schluchzend, weil mein Leben voll im Arsch ist. Ich habe mich verlaufen, und ich friere, und ich habe weder einen Job noch Geld noch eine Zukunft noch eine Familie.

Ich habe nichts. Nichts.

In diesem Moment klingelt mein Handy. Es ist Sam.

»Hey! Wie läuft es mit deinem Date?«

»Sam … Sam …« Ich bin kaum fähig zu sprechen.

Sein Ton ändert sich schlagartig. »Wo bist du? Was ist passiert? Angie, hör auf zu weinen. Sag mir, wo du bist, ich komme dich sofort holen. Du solltest bei diesem Unwetter nicht draußen sein …«

Ich blicke mich suchend nach einem Straßenschild um. »Spring Street, Ecke Mulberry, auf dem Spielplatz. Es geht mir gut, ich bin okay, es ist nur so, mein Vater … Er will bald wieder heiraten, und er wird bald wieder Vater, ich weiß, ich bin so eine erbärmliche Heulsuse, ich kann einfach nicht …«

»Bleib, wo du bist. Ich bin schon unterwegs.«

Da ich nicht weiß, was ich mit mir anfangen soll, bleibe ich, wo ich bin, auf dem Klettergerüst. Ich spüre, dass die Nässe bis zu meinen Knochen durchdringt. In diesem Moment wirkt New York wie ausgestorben, und ich bin mutterseelenallein.

Dann, Minuten – oder Stunden – später, taucht Sam auf. Er springt aus einer schwarzen Limousine, und ich stehe auf und schaue über den Spielplatz zur Straße. Unsere Blicke treffen sich, während der Regen nach wie vor herunterprasselt wie eine Million kleine Sternschnuppen im Licht der Straßenlaternen.

Und in diesem Augenblick wird mir alles klar.

Ich liebe Sam.

Ich habe Sam von dem Moment an geliebt, als ich ihn

auf dem Pier in der Turtle Cove sah. Ich liebte ihn, als er mir den ganzen Weg bis zur Küste folgte, ich liebte ihn, als er mir meine Sachen zurückbrachte, ich liebte ihn, als er auf der Überraschungsparty Coco das Leben rettete, ich liebte ihn, als er mir half, Kaffee und Lebensläufe zu verteilen, ich liebte ihn, als er mich nach *Kramer gegen Kramer* tröstete, ich liebte ihn, als ich in seinen Armen aufwachte, und ich liebte ihn, als er in die Bar kam nach seinem Dinner mit Julia. Ich liebe alles, was er tut, und alles, was er ist. Er ist ehrlich und authentisch und sich selbst treu. Er ist alles, was ich sein möchte.

Wir starren uns sekundenlang durch den Regen an.

Dann renne ich zu ihm, zu meinem Sam, zu meinem umwerfenden Sam mit dem perfekten Stirnrunzeln. Zu all dem, was ich so gut kenne. Zu all dem, was ich liebe. Und ich weiß, *ich weiß*, dass er mich auch liebt.

»Sam …«

Ich stehe nun ganz dicht vor ihm, den Kopf leicht nach hinten geneigt. Unsere Lippen berühren sich beinahe, unsere Gesichter sind einander so nah, dass nicht einmal der Regen dazwischenpasst. Einen Moment lang, während der Sturm um uns herum tobt, fühlt es sich an, als würde der Wind uns gegeneinanderpressen, als wären wir die einzigen Menschen im Universum.

»Angie …«

Ich schüttle den Kopf. »Sei still. Sei einfach … still.«

Er grinst mich an, und wir starren uns weiter in die Augen.

Dies ist der Moment vor dem ersten Kuss.

Dies ist der Moment, von dem ich mir immer wünsche, er würde ewig dauern. Und für eine Weile halte ich das sogar für möglich. Aber ich möchte wissen, was als Nächstes passiert. Also schlinge ich meine Arme um Sams

Hals und ziehe seinen Kopf herunter, bis unsere Lippen sich endlich berühren.

Und *bang*, mein Kopf ist leer, aber ich habe das Gefühl, als würde ich gleich platzen, und all die schlimmen Dinge, die mir widerfahren sind, all die schlimmen Dinge, die ich getan habe, die mir ständig Sorgen bereiten, verschwinden einfach. Wie durch Zauberhand.

Wir küssen uns und küssen uns und küssen uns. Dann löse ich mich ein kleines Stück und bedecke fieberhaft sein ganzes Gesicht mit Küssen, als würde ich versuchen, mit meinen Lippen den Regen abzutupfen, bis Sam mich packt und mich wieder richtig küsst. O Gott, unsere Münder sind wie füreinander gemacht, und wir lachen gegenseitig in uns hinein, lachen und zittern, und seine Lippen sind so warm, und seine Wangen sind so kalt, und er riecht einfach genau richtig. Nach Regen und Seife und Zucker und Kaffee und allem, was ich auf der Welt am meisten mag.

Ich ziehe den Kopf leicht zurück, sehe Sam einen Moment lang in die Augen und sage es, aus heiterem Himmel.

»Ich liebe dich.«

»Wirklich?«

Ich zögere kurz, über mich selbst erschrocken. Ich habe es laut gesagt. Aber ich *weiß* es. Ich weiß, dass es wahr ist. Ich war mir in meinem ganzen Leben noch keiner Sache so sicher. Ich habe noch nie jemanden so geliebt, noch nie so, wie ich Sam liebe. Ich musste es sagen.

»Ja. Ich liebe dich.«

»Ich liebe dich auch.«

»Wirklich?«

»Ich schwöre. Großes Ehrenwort.«

Sam lächelt mich an, ein Lächeln, das ich noch nie zuvor an ihm gesehen habe. Und ich spüre in meiner Brust ein seltsames, berstendes Gefühl. Ich liebe Sam, und Sam liebt mich. Die Welt hat einen Sinn.

Er zieht mich an sich, und wir küssen uns wieder, küssen und küssen und küssen, bis meine Zähne so heftig klappern, dass Küssen nicht mehr möglich ist.

»Du bist völlig durchgefroren. Lass uns von hier verschwinden.«

»Zu dir«, sage ich. »Nicht zu mir.«

Ich möchte heute Nacht nur bei Sam sein. Ohne den Lärm und das Drama in unserem Nest. Pia geht fort, ich gehe fort, das ganze Haus fällt in sich zusammen … aber damit werde ich mich morgen beschäftigen.

Sam führt mich auf die Straße. So ein ungewohntes Gefühl: Händchenhalten mit Sam. Aber das alles hier fühlt sich einfach *richtig* an. Habe ich das schon gesagt? Aufregend, sicher und zauberhaft. Wie die Bescherung an Weihnachten.

Die schwarze Limousine wartet auf uns. Es ist eine Luxuslimousine. Sam hält mir die Wagentür auf. Im Fond sind kleine Evian-Flaschen untergebracht, Kleenextücher und Zeitschriften, das ganze Sortiment.

»Wie kannst du dir so was leisten?«

Er zuckt mit den Achseln. »Mein Mitbewohner Pete ist bei denen Kunde. Keine Sorge, er ist momentan verreist.«

»Wie rücksichtsvoll von ihm.«

Bevor Sam in den Wagen einsteigt, wirft er kurz einen Blick zurück zu dem Spielplatz.

»Kleinen Augenblick«, sagt er zu mir.

Dann rennt er hinüber zu dem Klettergerüst, hebt etwas auf und läuft zurück zum Wagen. Es ist meine goldene Clutch. Sie muss mir vorhin heruntergefallen sein. Sie ist vom Regen völlig durchgeweicht.

»Meine Handtasche! Danke!«

Sam zieht die Wagentür zu. »Zurück nach Fort Greene, bitte«, sagt er zu dem Fahrer. Dann dreht er sich zu mir.

Ich denke zum hundertsten Mal während der letzten Minute: *Ich liebe dich*.

Ich beuge mich zu ihm, und wir beginnen, uns wieder zu küssen, aber ich zittere am ganzen Körper vor Kälte unter meinen nassen, schweren Kleidern, also hilft Sam mir, meine vollgesogene Jacke auszuziehen. Dann zieht er seinen triefenden Fleecepullover aus, und ich erhasche einen kurzen Blick auf seinen gebräunten, muskulösen Oberkörper, und mein Unterleib zieht sich vor Lust zusammen. Heilige Scheiße, dieser Mann ist sexy. Ich packe ihn, und wir küssen uns wieder, während die Limousine durch den Sturm rast und wir vor Kälte und Aufregung und Lust zittern und der Regen und der Wind auf das Wagendach peitschen und wir nicht aufhören, uns zu küssen, bis der Wagen schließlich vor einem unauffälligen Hochhaus hält. Es handelt sich um die Art von Gebäude, der man von außen keinen zweiten Blick schenken würde.

Kaum sind wir im Haus, sieht es schon ganz anders aus: eine teuer wirkende Hochglanzausstattung und ein Lift, für den man einen Schlüssel benötigt, um nach oben zu gelangen. Sam steckt den Schlüssel in den Schlitz und drückt den obersten Knopf. Als der Aufzug lossaust, sehe ich Sam stirnrunzelnd an.

»Dein Freund wohnt in einem Penthouse?«

Sam holt tief Luft und nickt. »Willkommen.«

33

»In einem Penthouse …«, wiederhole ich. »Ernsthaft?«

Sam zuckt bloß mit den Schultern und lächelt.

Die Aufzugtür öffnet sich, und mir klappt die Kinnlade herunter. Wir stehen direkt im Apartment, in einem riesigen loftähnlichen Raum mit einer Fensterfront, die einen unglaublichen Panoramablick auf Brooklyn und Manhattan und den tosenden Sturm freigibt.

Und der Raum selbst ist in diesem dezenten, angenehm maskulinen Stil eingerichtet, den nur professionelle Innendesigner hinbekommen. Dies hier ist ein verdammt luxuriöser Unterschlupf für jemanden, der gerade auf Jobsuche ist. Warum wollte Sam so viel Zeit mit mir in unserem schäbigen alten Sandsteinhaus verbringen, wenn er es sich hier so bequem machen kann?

»Heilige Scheiße. Was ist dein Freund? Ein gottverdammter Großunternehmer?«

Ich schaue Sam an, um zu sehen, ob er lacht, aber er runzelt die Stirn und sieht mich plötzlich so eindringlich an, dass ich Magenflattern bekomme und Herzklopfen und, o Gott, jedes klischeehafte Symptom, das jemals in meinen Liebesromanen Erwähnung fand, und Sam ist einfach so sexy, und das hier passiert gerade wirklich, er liebt mich wirklich, so wie ich ihn liebe, er begehrt mich, so wie ich ihn begehre …

Ich möchte ihn wieder küssen, aber ich fühle mich wie gelähmt, vor Schüchternheit oder Angst, keine Ahnung.

Dann zieht Sam mich an sich und küsst mich wieder.

Und so küssen wir uns. Wir küssen uns im Stehen, vor der geschlossenen Lifttür. Dann gehen wir einen Schritt in Richtung Couch, bleiben stehen, küssen uns wieder, und machen dann erneut einen Schritt. Meine Kleidung ist klitschnass, und ich friere erbärmlich, aber alles, was ich spüren kann, sind Sams warme Lippen auf meinen und seine Arme um meinen Körper, alles, was ich hören kann, sind unsere Atemzüge und der Sturm draußen. Das hier ist perfekt.

Als wir schließlich die Couch erreicht haben, kracht es draußen so laut, dass wir vor Schreck zusammenfahren und kurz verharren, um das beängstigend heftige Gewitter zu beobachten, das sich gerade über der Stadt austobt. Der Donner bringt alle paar Minuten das Gebäude zum Beben, und der Regen prasselt unablässig herunter. Er schlägt in wütenden Böen gegen die Fensterfront und lässt die Holzrahmen bedrohlich knacken. Aber das Seltsamste von allem ist, dass der Himmel über New York City grauviolett gefärbt ist und richtig grimmig wirkt, bis er wieder von einem Blitz erhellt wird. Es sieht aus wie eine Computeranimation.

»Wahnsinn …«, murmle ich. »Das muss der beste Ausblick in der ganzen Stadt sein.«

»Stimmt«, sagt Sam, und ich drehe den Kopf zu ihm und stelle fest, dass er nur mich ansieht.

»Wie abgedroschen das klingt«, sage ich.

»Ja. Das klingt ein bisschen abgedroschen.« Sam küsst mich wieder.

»Das da draußen erinnert mich an den Hurrikan Sandy«, sage ich. »Der Wirbelsturm, der die ganze Nacht gedauert und halb New York einen tagelangen Stromausfall beschert hat.«

»Tatsächlich haben wir es hier eher mit einer ganzen Serie von Stürmen zu tun«, sagt Sam, »die alle gerade über New York City hinwegfegen.«

»Erzähl mir mehr über das Wetter«, sage ich. »Das ist so spannend.«

»Du bist so eine Klugscheißerin.«

Sam packt mich, und ich stoße unwillkürlich einen kleinen spitzen Schrei aus, und wir verlieren uns erneut in einem Kuss, bis der nächste laute Donnerschlag unsere Aufmerksamkeit wieder auf den Sturm lenkt. Im Moment entladen sich mehr als ein Dutzend Gewitter an verschiedenen Stellen über der Stadt wie lauter kleine Regengötter, die sich in den Wolken bekriegen.

»Warum hast du Julia zum Essen eingeladen?«, frage ich, aus dem Nichts heraus. »Ich meine … ernsthaft. Ich war echt geschockt.«

»Ich habe sie nicht eingeladen.« Sam macht ein überraschtes Gesicht. »Ich dachte, das wüsstest du. Sie hat *mich* eingeladen. Wir kamen kurz auf dieses mexikanische Restaurant zu sprechen, und ich habe zu ihr gesagt, dass wir da mal zusammen hingehen sollten. Mit wir meinte ich die ganze WG, vor allem dich natürlich …« Er beugt sich vor und küsst mich wieder. »Und bevor ich wusste, wie mir geschah, bekam ich von Julia eine SMS, in der sie mir schrieb, ab wie viel Uhr wir uns treffen könnten und ob ich sie abholen würde und dass sie schon richtig nervös sei vor unserem ersten Date und lauter so Zeug, und ich … ich wusste einfach nicht, was ich machen sollte.«

»Oh …«, sage ich.

»Ich habe dann versucht, mit dir darüber zu reden, aber du hast auf meine Anrufe nicht reagiert. Also bin ich halt zu diesem Dinner gegangen. Es war alles andere als romantisch. Und kaum waren wir mit unseren Burritos fertig, sind wir los, um euch zu suchen. Glaub mir, Julia hegt keine Gefühle für mich. Wir sind nur Freunde.«

Sam sieht so ernst und so aufrichtig und so verdammt hinreißend aus, und alles, woran ich denken kann, ist, wie sehr ich ihn wieder küssen möchte. Wir küssen uns ein paar weitere Minuten, bis wir von einem lauten Donner, der sich wie ein Schuss anhört, unterbrochen werden und wieder zusammenzucken.

»Mann, das war aber laut«, sage ich.

»Wusstest du, dass man ausrechnen kann, wie viele Meilen ein Gewitter entfernt ist, indem man die Sekunden zwischen Blitz und Donner zählt?«

»Ist das wahr? Ich dachte, das wäre nur so eine Art Mythos. Wie der Weihnachtsmann. Oder die Zahnfee.«

»Ja, klar. Als wäre die Zahnfee ein Mythos.«

In diesem Moment wird der Nachthimmel wieder von einem Blitz erhellt, und Sam und ich sehen uns an, während wir im Geiste mitzählen. Elf Sekunden später lässt mich ein ohrenbetäubendes Krachen zusammenfahren, obwohl ich wusste, dass es kommen würde.

»Elf Meilen«, sagt Sam.

»Das fühlt sich an wie das Armageddon«, sage ich. »Nicht das von Bruce Willis, das aus der Bibel. Hey, Sam?«

»Ja?«

»Küss mich noch mal.«

Wir lassen uns auf die Couch sinken und hören mit dem Küssen erst wieder auf, als ich in meinen nassen Klamotten so heftig zu schnattern anfange, dass ich nicht mehr küssen kann.

Sam gibt mir ein T-Shirt, auf dem vorn RUTHERFORD steht, und eine grüne Jogginghose. Ich gehe ins Bad, um mich umzuziehen, aber meine Haut ist so kalt und vom Regen aufgeweicht, dass ich es vor lauter Zittern nicht schaffe, in die trockenen Sachen zu schlüpfen. Also beschließe ich, mich kurz unter die heiße Dusche zu stellen. Ich benutze für meine Haare das Shampoo und den Conditioner (von Aveda, wie nett) des abwesenden Hausherrn und entferne mit Spucke und Toilettenpapier die letzten hartnäckigen Reste von Mascara und Eyeliner.

Danach betrachte ich mein Spiegelbild. Meine Lippen sind rau und leicht geschwollen, mein Gesicht ist gerötet und wund von Sams Bartstoppeln, meine Haare sind nass und strubbelig, ich bin völlig ungeschminkt und habe Männerklamotten an. Ich sehe unmöglich aus, aber es ist mir egal. Es spielt keine Rolle, weil Sam weiß, wer ich bin, ganz gleich, wie ich aussehe. Und er liebt mich.

Ich könnte vor lauter Glück an die Decke springen.

Mein Blick verharrt auf einem offenen Kulturbeutel. Aus dem Seitenfach ragt ein uralter zerrupfter kleiner Pandabär heraus. Sams Panda. Ich denke lächelnd an die Nacht zurück, in der er mir von seinem Panda erzählte, auf unserem Nachhauseweg vom Krankenhaus nach der Hausparty. Das scheint schon eine Ewigkeit her zu sein.

Ich nehme Panda heraus und kehre mit ihm ins Wohnzimmer zurück, wo ich einen kleinen Moment innehalte, um Sam zu betrachten. Er hat seine nassen Klamotten gegen eine trockene Jeans und ein langärmeliges T-Shirt ausgetauscht und sich auf der langen Ledercouch ausgestreckt, die Augen geschlossen, die Arme hinter dem Kopf verschränkt, ein glückliches Grinsen im Gesicht. Gott, er sieht einfach umwerfend aus. (Und wenn ich das hinzufügen darf, sein Bizeps ist der Hammer.)

Dann leuchtet draußen am Himmel der nächste Blitz auf, und ich zähle stumm mit. Eins … zwei … drei … vier … fünf …

»Fünf Meilen«, sagt Sam und öffnet die Augen.

Wir starren uns für ein paar lange, stille Sekunden an.

»Ist auf der Couch noch Platz für zwei mehr?« Ich halte Panda hoch.

»Panda! O mein Gott, er konnte es kaum erwarten, dich kennenzulernen.«

Ich stürze mich mit einem Satz auf Sam und falle mit Küssen über ihn her, während ich das Gefühl habe, dass ich geradezu körperlich süchtig nach ihm bin, dass ich am liebsten stundenlang an seinen Lippen saugen und knabbern möchte und dass mein Verlangen selbst dann noch nicht gestillt sein würde. Sam wieder zu küssen, obwohl seit unserem letzten Kuss nur ein paar Minuten vergangen sind, fühlt sich an wie nach Hause kommen. Als würde jeder Zentimeter seines Gesichts, als würden seine Lippen und sein Hals und sein Kiefer mir gehören.

»Wir sollten Panda woandershin setzen. Er ist noch viel zu jung, um so was mit anzusehen«, murmelt Sam.

Ich grinse und setze Panda auf den Couchtisch, mit dem Rücken zu uns.

»Wir harmonieren extrem gut beim Küssen«, murmle ich.

»Ich weiß. Gott sei Dank. Stell dir vor, du hättest diese ganze Ich-liebe-dich-Rede gehalten, und dann hätte ich herausgefunden, dass du völlig ungeschickt küsst oder so.«

Dies hier fühlt sich anders an als jedes Vorspiel, das ich bisher hatte, und ich glaube, ich weiß, woran das liegt. Daran, dass Sam nicht aggressiv seinen Ständer an mir reibt. Oder wie wild an meinem Oberteil zerrt oder meinen Hintern packt. Ich weiß, dass er angetörnt ist, und ich bin es definitiv. Aber im Gegensatz zu den anderen Männern, mit denen ich jemals etwas hatte, habe ich mit

Sam nicht das Gefühl, als würde er einen Wettlauf gegen die Zeit führen in dem endlosen Kampf, ans Ziel zu gelangen.

»Warum fällst du eigentlich nicht über mich her wie ein triebgesteuerter junger Stier?«, frage ich ihn irgendwann.

»Uh … *Möchtest* du denn, dass ich wie ein triebgesteuerter junger Stier über dich herfalle? Und wie triebgesteuert sollte ein junger Stier überhaupt sein?«

Ich lache und überlege dann kurz. »Nein, ich glaub nicht. Ich genieße gerade das Küssen.«

»Ich auch.« Sam runzelt kurz die Stirn, als würde er überlegen, ob er etwas hinzufügen soll. »Versteh mich nicht falsch, ich würde liebend gern … alle möglichen Dinge mit dir anstellen. Und das werde ich auch tun. Aber ich habe mir geschworen, sollte ich jemals das Glück haben, dich küssen zu dürfen, werde ich es so lange auskosten, wie ich kann. Vor dem Sex und vor allem anderen.«

»Du hast dir Gedanken darüber gemacht, wie es ist, mich zu küssen? Seit wann?«

»Oh Angie.« Sam sieht mich an und lächelt. »Von Anfang an. Seit du mich einen nautischen Hitlerjungen genannt und dann deine Zigarette ausgemacht hast und zu dem Schnellboot stolziert bist.«

Ich grinse. »Das ist so …«

»Romantisch?«

»Traurig, eigentlich. Richtig tragisch. Wie ein Liebesroman für Jugendliche.«

Sam blinzelt mit gespielter Verärgerung. »Dafür wirst du bezahlen.«

Und bumm, küssen wir uns wieder, aber dieses Mal legt Sam es darauf an, mich zu quälen. Er liebkost ausgiebig meinen Hals, so ausgiebig, dass ich unkontrolliert zu zittern anfange Seine Bartstoppeln kratzen, seine Zungenspitze fährt zu meinem Ohrläppchen. Er küsst nur meine Oberlippe, dann meine Unterlippe, dann knabbert er sanft an meinem Kinn …

Das ist die erotischste, göttlichste Tortur, die mir jemals widerfahren ist, und ich ertappe mich dabei, dass ich hechle, geradezu nach Luft japse. An irgendeinem Punkt stöhne ich auf und streife mit den Fingern durch sein Haar, bis mir bewusst wird, dass ich mich wie ein Klischee aus meinen gottverdammten Liebesromanen aufführe und anhöre, und ich reiße mich gewaltsam zusammen und halte den Mund.

»Alles an dir fühlt sich so gut an«, murmelt Sam eine kleine Weile später. »Du bist einfach genau richtig.«

»Dasselbe habe ich gerade von dir gedacht«, erwidere ich.

»An dem Abend, als wir zusammen in deinem Bett lagen, hatte ich so sehr das Bedürfnis, dich zu küssen … Gott, ich habe die ganze Nacht kein Auge zubekommen. Ich lag einfach da und habe gelauscht, während du im Schlaf wie ein Babyhippo gegrunzt hast.«

»Ich grunze nicht im Schlaf! Außerdem hättest du mich beinahe geküsst! Am nächsten Morgen … als wir eng umschlungen dalagen.«

»Wir lagen eng umschlungen da? Gott, und ich habe das verschlafen? Das werde ich mir nie verzeihen.« Sam küsst mich wieder. »Ich liebe deine Unterlippe. Sie ist prall und fordernd, wusstest du das? Sie möchte auf keinen Fall außen vor gelassen werden. Und dann deine Oberlippe … Sie ist so unschuldig und hoffnungsvoll. Wirklich schwer zu sagen, in welche ich mehr vernarrt bin.«

»Du solltest keine der beiden bevorzugen. Das wäre nicht fair.«

»Ich weiß. Und Gott allein weiß, wie ich reagieren werde, wenn ich erst einmal zu deinen perfekten Brüsten vorgedrungen bin. Okay, hast du Hunger? Warte, warum frage ich überhaupt, natürlich hast du Hunger. Komm, lass uns was essen.«

Wir machen uns auf in die Küche, händchenhaltend. Ich glaube, ich war noch nie so glücklich. Ich habe das Gefühl, dass ich förmlich strahle wie die gottverdammte Sonne.

Während Sam in dem großen Edelstahlkühlschrank herumkramt, nehme ich mir einen Moment Zeit, um den Sturm draußen zu beobachten, der immer noch über New York tobt, und lasse anschließend den Blick durch das Apartment schweifen. Es entspricht ganz und gar nicht dem, was ich von einer Junggesellen-WG in Fort Greene erwartet habe. Ich dachte, Sam und sein Kumpel würden in einem schäbigen kleinen Loch mit einer durchgesessenen, wanzenverseuchten Ikea-Couch und Wollmäusen hausen. Ihr wisst schon, mit Schmuddelheften und leeren Klopapierrollen im Bad und einer verkrusteten Ketchupflasche im Kühlschrank. Aber die Wohnung hier ist gediegen, schick und sehr sauber.

»Das Penthouse ist wirklich unglaublich«, sage ich. »Ist dein Freund Pete schwul?«

»Nein, Pete ist nicht schwul, er macht nur gern alles richtig«, antwortet Sam, sieht über seine Schulter hinweg zu mir und grinst. »Was hältst du von einem Grilled Cheese Sandwich?«

»Finde ich großartig.«

Sam holt einen Laib Brot aus einem der Schränke, Cheddarkäse und einen großen Block Butter aus dem Kühlschrank. Dann nimmt er aus einer Schublade eine Pfanne und schaltet den Herd ein.

»Das Sandwich wird dich umhauen«, erklärt er mit so viel Nachdruck in der Stimme, dass ich lachen muss. »Lach ruhig, meine Schöne. Du wirst schon sehen. Ich habe erst neulich noch Vic gezeigt, wie man ein perfektes Grilled Cheese Sandwich zubereitet. Er meinte hinterher, das sei das beste Käsesandwich gewesen, das er jemals gegessen habe, und dabei hat er schon Käsesandwiches gegessen, bevor das Fernsehen erfunden wurde. Gut, zuerst müssen wir die Butter braun werden lassen.«

»Du willst die Butter anbrennen lassen?«

»Nein, *bräunen*. Bei schwacher Hitze. Du kulinarischer Banause.« Er beugt sich vor und gibt mir einen Kuss. »Ich nehme das wieder zurück. Du bist kein kulinarischer Banause.« Dann schaut er auf die Pfanne, in der nun drei große Butterklumpen schmelzen. »Man muss die Butter rühren, wenn sie geschmolzen ist, bis sie sich braun färbt und man sie riechen kann … ah. Perfekt. Okay, jetzt das Brot.« Er schneidet vier Scheiben ab und legt sie in die Pfanne. »Die lassen wir jetzt erst mal ein bisschen in der Butter schwimmen. Komm wieder her.«

Ich grinse und lehne mich an ihn. Gott, ich glaube nicht, dass ich es jemals satthaben werde, ihn zu küssen.

Sam wirft erneut einen Blick auf die Pfanne. »Jetzt salzen wir das Brot, natürlich mit Meersalz. Ich kenne ja deine Vorliebe für Meersalz. Dann belegen wir zwei von den Brotscheiben schön dick mit Käse, packen anschließend die anderen beiden Scheiben obendrauf und machen zum Schluss den Deckel auf die Pfanne, damit der Käse schmelzen kann.«

»Und wann küssen wir uns wieder?«

»Wir küssen uns … jetzt wieder.«

Mit Sam zu schmusen ist so sexy und albern und ungezwungen. Es fühlt sich genauso an, wie man es sich als

Teenager immer ausmalt, wisst ihr? Unanstrengend und intim und romantisch. Es ist genau richtig.

Wieder zuckt ein Blitz durch die Nacht, und drei Sekunden später kracht der Donner lauter denn je – wie ein Kanonenschuss, der in der Wohnung widerhallt. Ich zucke erschrocken zusammen und klammere mich noch enger an Sam.

»Das Gewitter kommt näher«, murmle ich in Sams Lippen.

»Hast du Angst?«, murmelt er zurück.

»Im Moment habe ich vor gar nichts Angst.«

Sam drückt mich mit seinem Gewicht gegen die Anrichte. Sam ist viel größer als ich, sodass ich mit den Armen kaum seine Schultern umfassen kann. Ist es nicht total merkwürdig, dass Männer immer größer sind, als man eigentlich denkt? Oder vielleicht dachte ich auch immer, ich wäre größer, als ich tatsächlich bin. Keine Ahnung … O Mann, das Küssen ist einfach himmlisch.

Nach ein paar Minuten bekomme ich jedoch die unvermeidliche Genickstarre, und ich stemme mich auf die Anrichte, sodass unsere Gesichter auf einer Höhe sind. Ich presse meinen Oberkörper gegen Sams, schlinge die Beine um seine Hüften und liebkose seinen Hals, bis ich spüre, dass sein Atem ganz hektisch wird. Freude durchrieselt mich bei der Vorstellung, dass ich Sam in prickelnde Ekstase versetzt habe.

Schließlich hält er es nicht mehr aus und presst mich mit einem leisen Knurren an sich, bevor er mich wieder leidenschaftlich küsst. Leidenschaftlicher noch als zuvor. Dies ist nun eine andere Art von Kuss, das hier ist Küssen mit Vorsatz, ernstes Küssen, Küssen, das irgendwohin führt, und ich weiß auch, wohin, und ich wünsche es mir so sehr, aber ich habe Angst, obwohl ich nicht einmal weiß, warum ich Angst habe, und ich fahre mit beiden Händen unter sein T-Shirt und schlinge die Beine noch fester um ihn und stelle mir vor, wie es wäre, nackt mit ihm zu sein, wie es wäre, wenn wir jetzt in einem Bett liegen würden, wie es wäre …

Dann beugt Sam den Kopf leicht zurück und sieht mir in die Augen.

»Ich liebe dich wirklich sehr, Angie James.«

»Und ich liebe dich auch wirklich sehr, Sam Carter.«

»Und jetzt lass uns essen.«

Also reißen wir uns irgendwie voneinander los, nehmen unsere Käsesandwiches und gehen zurück auf die Couch. Wir sitzen uns gegenüber, jeweils an einer Seitenlehne wie zwei einander zugewandte Bücherstützen, die Beine ineinander verschlungen. Ich bin mir sicher, Sam spürt dasselbe Prickeln vor Verlangen und Erregung wie ich. Jemanden so sehr zu begehren ist die süßeste Qual der Welt.

Alles, was ich denken kann, ist: *Gott, du bist so unwiderstehlich. Du bist absolut perfekt, und ich liebe dich und vertraue dir und kenne dich in- und auswendig.*

Und während ich in Sams Augen schaue, weiß ich, dass er genau dasselbe denkt.

Ich lächle und beiße wieder in mein Sandwich, als der nächste laute Donnerschlag das Gebäude zum Beben bringt.

»Das ist das Beste, was ich jemals in meinem ganzen verdammten Leben gegessen habe.«

»Hab ich dir doch gesagt«, erwidert Sam.

Plötzlich blitzt in meiner Erinnerung ein Bild aus meiner Kindheit auf. Ich aß mit meiner Babysitterin Grilled Cheese Sandwiches. Meine Eltern kehrten an jenem Abend früh von einer Feier zurück, streitend, und ich hörte meine Mutter sagen »Angelique braucht das nicht zu erfahren!« und meinen Vater erwidern »Jetzt übertreib mal nicht! Sie ist ein zähes kleines Ding«, woraufhin meine Mutter schrie: »Nein! Das ist mein Ernst!« Am nächsten Tag eröffnete sie mir, dass sie mich auf ein Internat schicken würde, weshalb ich annahm, dies sei der Grund für ihren Streit gewesen.

Aber vielleicht war das gar nicht der Grund. Vielleicht war sie dahintergekommen, dass ich von Dads Affäre mit seiner Sekretärin wusste. Und wollte verhindern, dass er mich weiterhin zwang, sein Geheimnis zu vertuschen.

Als Annabel mir von der Scheidung erzählte, sagte sie, dass ich mich nicht wundern dürfe, »nach allem, was dein Vater sich in all den Jahren geleistet hat«. Ich nahm an, dass er ihr schließlich seine Affären gestanden hatte beziehungsweise dass er aufgeflogen war. Aber vielleicht wusste Annabel schon die ganze Zeit Bescheid und versuchte nur, mich davor zu schützen, dass ich in die Sache hineingezogen wurde. Weil ein Kind nicht gezwungen sein sollte, für seine Eltern – beziehungsweise vor ihnen – etwas geheim zu halten.

Der Wechsel auf das Internat war das erste Mal, dass ich vor meinen Problemen davonlief. Wenngleich unbeabsichtigt, löste dies eine Kettenreaktion des Davonlaufens aus, die nicht mehr aufhörte. Lief etwas schief oder funktionierte etwas nicht, war ich weg. Verschwunden. Rannte davon. Immer.

Und nun laufe ich vor Brooklyn davon.

Ist das die richtige Entscheidung? Oder ist das nur eine reflexartige Reaktion, auf die ich mich selbst programmiert habe, für jede Situation? Möchte ich überhaupt noch von hier weg, nachdem mir bewusst geworden ist, was ich für Sam empfinde? Und was möchte er? Seit wir uns kennen, hat er stets davon gesprochen, dass er von hier fort, dass er mit einer Jacht in See stechen und davonsegeln möchte. Also was passiert jetzt? Sind wir ein Paar? Ich meine, wir sind eins, richtig?

Aber ich kann ihn nicht fragen. Gerade noch haben wir uns gegenseitig unsere Liebe offenbart, aber es ist auch erst ungefähr eine Stunde her, dass wir uns zum ersten Mal geküsst haben. Ich möchte nicht anhänglich klingen oder krankhaft besessen, und vor allem möchte ich nicht den seltsamen Zauber brechen, der heute Abend offenbar über uns liegt. Der »Wir sind die einzigen Menschen im Universum«-Zauber.

Ich sehe Sam an und stelle fest, dass er mich mit diesem vertrauten intensiven Stirnrunzeln anstarrt.

»Was denkst du gerade?«, frage ich.

»Nur … dass ich froh bin, dass wir endlich offen zueinander sind«, sagt er. »Ich habe das Gefühl, als hätten wir viel zu bereden.«

»Klingt super. Okay. Aber vorher muss ich noch pissen gehen.«

»Oh, wow, aus dir spricht wieder einmal eine richtige Dame.«

Ich zeige ihm den Mittelfinger, und er zieht mich über die Couch zu sich hinüber, sodass ich auf ihm liege für noch mehr Küsse.

»Wirklich. Wenn man muss, muss man«, sage ich.

»Ist das nicht aus *Annie?*«

»Ich bin begeistert, dass du das nur weißt.« Ich beuge den Kopf zu ihm herunter, um ihn wieder zu küssen, bevor ich mich schließlich von der Couch loseise. Erneut leuchtet das Apartment hell auf, und der Donner gleich darauf sagt mir, dass das Gewitter inzwischen fast über uns ist. Gott sei Dank sind wir hier sicher.

Als ich das Bad wieder verlasse, bemerke ich, dass ich eiskalte Füße habe. Also husche ich kurz in das Zimmer, in dem Sam vorhin verschwunden ist, um mir das T-Shirt und die Jogginghose zu holen. Es ist ein geräumiges Schlafzimmer mit einem Schreibtisch und einem Stapel sauberer Wäsche auf dem Bett, akkurat zusammengefaltet in einem Wäschekorb. Ich nehme mir ein Paar Socken heraus und setze mich auf das Bett, um sie anzuziehen.

Als ich die zweite Socke überstreifen will, fällt sie mir herunter, und ich bücke mich, um sie aufzuheben. Dabei sehe ich, dass unter dem Bett ein gerahmtes Bild liegt. Wahrscheinlich ein Foto von Katie, Sams Exfreundin, denke ich in einem Anflug von Eifersucht. Ich ziehe den Rahmen hervor, um mir Katie genauer anzusehen In diesem Moment vereinen sich Blitz und Donner und erschüttern mit ihrer geballten Wucht das gesamte Gebäude.

Das muss man Mutter Natur lassen. Sie hat ein verdammt gutes Gespür für das richtige Timing.

Denn es ist kein Foto von Katie.

Es ist ein Foto von Sams Abschlussfeier auf dem College. Sam steht neben einem älteren Paar, bei dem es sich um seine Eltern handeln muss. Er sieht auf dem Bild jünger aus, aber irgendwie auch müde und unglücklich. Seine Mutter ist braun gebrannt. Sie hat ein freundliches und gleichzeitig trauriges Gesicht. Sein Vater hat die gleichen ruhigen grauen Augen wie Sam, silbergraue Haare und …

Augenblick.

Sam hat gesagt, dass er sein Studium abgebrochen hat und dass sein Vater tot ist. Aber das hier ist eindeutig sein Vater, die Ähnlichkeit lässt sich nicht bestreiten.

Plötzlich wird mir bewusst, dass ich diesen Mann kenne. Dies hier ist der wohlhabende ältere Herr, mit dem Cornelia noch vor wenigen Stunden in der Minetta Tavern war. Roger Rutherford.

Was zum Teufel …?

Dann schaue ich auf das T-Shirt, das Sam mir gegeben hat. Darauf steht in großen Buchstaben »Rutherford«. Es ist Sams Teamtrikot. Sams Familienname ist Rutherford. Sein Vater ist nicht tot. Cornelia meinte vorhin, er sei einer der reichsten Männer New Yorks. Dieses Penthouse hier gehört Sam und nicht irgendeinem Kumpel, und Sam ist auch kein armer Studienabbrecher aus Ohio, der sich als Matrose durchschlägt und sich die Klamotten seines Mitbewohners leiht und versucht, auf billige Weise nach Europa zu kommen. Nein, Sam ist nur ein weiterer beschissener, verwöhnter Sprössling aus der New Yorker High Society, ohne einen Sinn dafür, was richtig und was falsch ist.

Und er hat mich belogen. Von Anfang an.

34

Ich verlasse das Schlafzimmer, das gerahmte Bild in meinen zitternden Händen, während mein Herz qualvoll schlägt. In meiner Brust breitet sich ein Schmerz aus, von dem ich weiß, dass er erst der Anfang ist.

»Sam Rutherford«, sage ich cool.

Sam dreht den Kopf zu mir, und ich halte das Bild hoch, gerade als das Gebäude wieder erschüttert wird. Draußen heult der Wind, und der Regen hämmert gegen die Fensterscheiben. Aber alles, was ich sehen kann, ist Sam.

Unsere Blicke treffen sich.

Und ich weiß, dass es wahr ist.

Er hat mich belogen. Er hat mich darüber belogen, wer er ist, woher er kommt. Er hat mich mit allem belogen.

Nach allem, was ich erlebt habe, sollte man eigentlich meinen, dass ich inzwischen gelernt habe, dass das, was man sieht, so gut wie nie dasselbe ist wie das, was man kriegt. Dass auf meinen Instinkt kein Verlass ist, wenn es darauf ankommt. Dass ich immer, *immer* falsch liege.

Aber ich habe nichts daraus gelernt. Und diese Erkenntnis gibt mir den Rest.

»LÜGNER!«

Ich schleudere das Bild mit voller Wucht auf den Boden, sodass der Rahmen in lauter Einzelteile zerbricht.

Sam springt von der Couch auf. »Nein, Angie …«

Ich muss sofort hier raus. In diesem Fall ist Weglaufen ausnahmsweise einmal die richtige Entscheidung.

Tränen laufen mir über die Wangen, und ich schnappe mir meine Unterarmtasche, schlüpfe hastig in Jacke und Schuhe, knülle mein Kleid zusammen und stopfe es in meine Jackentasche. Mir ist so heiß und schlecht, dass ich das Gefühl habe, gleich ohnmächtig zu werden. Sam steht nun vor mir und versucht verzweifelt, mir Erklärungen zu geben.

»Angie, warte, ich habe dich nicht belogen! Nein, hör mir zu, du bist gerade auf hundertachtzig, bitte sieh mich an, ich wollte über all diese Dinge nicht reden, über meine Familie …«

»Fick dich!« Ich dränge mich an ihm vorbei. »Ich habe dir Sachen anvertraut, die ich noch nie jemandem erzählt habe. Noch nie! Ich war so verdammt ehrlich zu dir! Und du hast einfach nur … gelogen und gelogen und gelogen!« Meine Stimme bricht.

»Nein, Angie, ich habe nicht gelogen. Meine Eltern sind geschieden, und meine Mutter ist in New Mexico …«

»Und dein Vater? Er ist doch angeblich tot, oder? Und wie war das noch gleich mit deinem abgebrochenen Studium?«, fahre ich ihn an, während ich hektisch auf den Knopf für den Aufzug drücke. »Sam *Carter*! Selbst dein Name war gelogen!«

»Nein, Angie, das ist mein Zweitname …«

»Außerdem hast du immer so getan, als würdest du New York nicht kennen. Dabei bist du hier aufgewachsen! Wahrscheinlich kennst du dich hier besser aus als jeder andere! Und du pennst auch nicht bei deinem Kumpel auf dem Boden, sondern das hier ist *deine* Wohnung! Genau wie das vorhin *deine* Limousine war! Und die ganze Zeit, die wir miteinander verbracht haben, als wir jeden Cent zweimal umgedreht haben, weil wir ja angeblich pleite waren, als wir darüber gesprochen haben, was wir uns alles kaufen würden, wenn wir nur einen Job hätten … Wozu das alles? Nur um mich rumzukriegen? Um mich ins Bett zu kriegen? Oder verarschst du einfach nur gern deine Mitmenschen?«

»Nein! Angie, so ist es nicht …«

»Schwachsinn!« Ich drücke hektisch auf den Liftknopf. »Noch mehr Schwachsinn!«

»Diese Wohnung hier gehört meinem Bruder, wirklich, ich schwöre es dir, aber es stimmt, ich wohne hier praktisch auch. Ich war lange weg aus der Stadt, und zu meinem Vater habe ich schon seit Jahren keinen Kontakt mehr, ich hatte nie …«

»Halt endlich deinen verdammten Mund!«, brülle ich, während ich mir die Ohren zuhalte. »Ich habe dir vertraut! Ich habe es so satt, immer nur belogen und für dumm verkauft und ausgenutzt zu werden!«

Sam macht ein Gesicht, als würde er gleich losheulen. »Nein, Süße, nein …«

Endlich ist der Aufzug da. Ich betrete die Kabine, Sams Flehen ignorierend, und drücke ungefähr ein Dutzend Mal die Taste für das Erdgeschoss. Sam versucht, mir in die Kabine zu folgen, aber ich stoße ihn mit aller Kraft wieder hinaus.

»Verpiss dich! Verpiss dich einfach und lass mich in Frieden! Ich will dich nie wiedersehen!«

Während die Schiebetür sich schließt, sehe ich Sams verzweifeltes Gesicht. Aber das ist mir egal. Ich meine es absolut ernst.

Ich will ihn nie wiedersehen.

Dann sacke ich schluchzend gegen die Kabinenwand. O Gott, mein Herz, nein, mein ganzer Körper tut weh. Falls mir gerade das Herz gebrochen wurde, dann ist das nicht bloß so eine Redensart – ich spüre echte körperliche Schmerzen. Irgendetwas in mir ist zerbrochen und wird nie wieder heilen.

Schließlich komme ich unten in der Lobby an und bleibe dann vor der gläsernen Eingangstür stehen. Draußen wütet nach wie vor der Sturm, und der Wind pfeift durch sämtliche Ritzen. Der Regen ist so stark, dass ich vor dem Haus kaum etwas erkennen kann, geschweige denn auf der Straße. Ich habe noch nie so ein Unwetter erlebt.

Aber ich muss nach Hause.

Also hole ich tief Luft und drücke dann die Tür auf.

Der eiskalte Regen ist wie eine massive Wand aus Wasser. Die Bäume schwanken so stark im Wind, dass die Kronen beinahe den Boden berühren. Über das Heulen und Wimmern des Sturms hinweg kann ich Sirenen hören und seltsam knackende Geräusche. Die Hälfte der Straßenlaternen ist ausgefallen, was der ganzen Szenerie ein unheimliches, zahnlückenartiges Aussehen verleiht. Das Grauviolett des Nachthimmels ist einem beängstigenden trüben Grün gewichen. Weit und breit ist kein einziges Taxi in Sicht, nicht eine Menschenseele ist auf der Straße …

O Gott, ich glaube, im Moment ist es hier draußen nicht sicher. Aber ich muss nach Hause kommen.

Ich brauche meine Freundinnen.

Ich fange an zu laufen. Durch den Wind habe ich das Gefühl, von unsichtbaren Händen zurückgehalten zu werden, und der Regen peitscht mir so hart ins Gesicht, dass es richtig wehtut. An der ersten Straßenecke höre ich plötzlich ein eigenartiges Geräusch, und ich drehe mich um. Ein großer Baum kippt innerhalb von Sekunden um – so surreal, dass es mir beinahe wie ein Traum vorkommt –, und bleibt quer auf der Straße liegen. Er hat ein Auto zerschmettert. Verdammte Scheiße.

Mein Herz rast vor Angst, aber ich stemme mich weiter gegen den Sturm voran, meinen Instinkt ignorierend, der mir sagt, dass ich mich schleunigst in Sicherheit bringen sollte. Die Stimme in meinem Kopf kreischt: *Lauf weg, lauf weg …*

Dann setzt der Hagel ein. Kleine Eisklümpchen plumpsen auf den Boden, treffen mich von der Seite, werden vom Wind von links nach rechts gewirbelt, prallen mit einem dumpfen Geräusch von den parkenden Fahrzeugen ab.

Was zur Hölle?

Der Himmel leuchtet nun gelb und grau, Abfälle wirbeln über den Asphalt, und der Wind pfeift mir gellend um die Ohren …

O mein Gott.

Ich bin mitten in einem Tornado.

35

Ich habe im Fernsehen einmal eine Dokumentation über Großstädte gesehen, die von Tornados heimgesucht wurden. Alle denken immer, Wirbelstürme würden nur im Mittleren Westen vorkommen, wo sie alte Farmhäuser mit sich reißen und auf böse Hexen fallen lassen, wo sie leicht verdattert dreinschauende Kühe durch die Luft wirbeln und solche Sachen. Aber sie können überall wüten. Und ein Tornado in einer Stadt wie New York zählt in gewisser Weise zu den gefährlichsten seiner Art, weil dort alles – wirklich *alles* – zu einer tödlichen Waffe werden kann: Straßenschilder, Mülltonnen, Bäume, Fahrzeuge … Such dir was aus, und der Tornado wird es benutzen, um dich umzubringen.

Also tue ich das Einzige, was mir in den Sinn kommt: Ich mache auf der Stelle kehrt und renne zu Sams Apartmenthaus zurück, am Eingang vorbei zu der Rampe, die in die Tiefgarage führt und die vom Regen ganz glitschig ist. Unten steht das Wasser bereits mehrere Zentimeter hoch, und es ist kalt und stockdunkel, aber im Moment kann ich mir keine bessere Zuflucht vorstellen.

Ich klettere auf das Dach eines Hummer – lustigerweise ist das nicht das erste Mal, dass ich so etwas tue – und kauere mich zitternd hin, während ich dem Tosen des Orkans draußen lausche.

Ich habe hier unten keinen Handyempfang, also werde ich einfach so lange ausharren, bis der Sturm vorüber ist. Ich lege mich auf den Rücken und starre an die Betondecke, während mir Tränen über das Gesicht kullern. Sie strömen unaufhörlich, seit ich aus dem Apartment geflohen bin.

Sam hat mich angelogen.

Ich höre es knacken und ächzen und quietschen und dumpf poltern, sodass meine Fantasie kurz mit mir durchgeht. Die Vorstellung, dass ganz Manhattan und Brooklyn gerade dem Erdboden gleichgemacht wird, dass Gebäude in Trümmern liegen, Bäume entwurzelt werden wie in einem Katastrophenfilm, gleicht einem Albtraum, es passt aber zu meiner Gefühlslage.

Sam hat mich angelogen. Er hat gelogen und gelogen und gelogen …

Ich denke an unsere Gespräche zurück, an all die Gelegenheiten, die er hatte, um mir zu sagen, dass er aus einer reichen New Yorker Familie stammt so wie Stef und seine Clique. Aber stattdessen hat Sam behauptet, er stamme aus Ohio und habe sein Studium abgebrochen. Dass sein Vater tot ist, hat er auch noch gesagt … Warum?

Warum?

Dann, einfach so, kehrt plötzlich Ruhe ein. Der Sturm zieht ab. Der Regen lässt nach. Aber die Rampe zur Tiefgarage hat sich in einen reißenden Sturzbach aus Wasser und Laub und Abfällen verwandelt und …

Scheiße! Der Hummer unter mir bewegt sich plötzlich Er treibt langsam durch die Tiefgarage. Ich blicke mich fieberhaft um. Die Garage läuft gerade voll! Andererseits, kein Wunder, schließlich ist das hier das verdammte Untergeschoss. Keller werden immer als Erstes überflutet. Gott sei Dank ist mein Zimmer im ersten …

O Gott.

Vic.

In dem Moment, in dem mir bewusst wird, dass Vic in Gefahr sein könnte, klettere ich von dem Geländewagen, wate durch das dreckige Hochwasser, kraxele die Rampe hoch zur Straße und renne dann los, so schnell ich kann, in Richtung Union Street.

Brooklyn ist übel zugerichtet. Der Sturm hat ein unglaubliches Chaos hinterlassen. Kein einziger Strauch, der nicht seine ersten grünen Triebe verloren hätte. Viele Bäume wurden gleich mitsamt ihren Wurzeln aus der Erde gerissen und liegen nun quer auf Gehwegen und Fahrbahnen. Einige haben Autos unter sich begraben. Die Straßen sind übersät mit Scherben und Dachtrümmern und verbogenen Eisengittern, Windschutzscheiben sind vom Hagel zersplittert … Es sieht hier aus wie in einem Kriegsgebiet.

Ich brauche eine Ewigkeit, bis ich Carroll Gardens erreiche. Die nasse Jogginghose, die um meine Knöchel schlackert, oder die Tatsache, dass meine Hände vor Kälte fast taub sind, nehme ich nicht einmal wahr. Ich denke weder an Sam noch an mein Leben noch an meine Probleme.

Alles, woran ich denke, ist Vic.

Er ist ganz auf sich allein gestellt. Was, wenn er gestürzt ist? Was, wenn er in seiner Wohnung eingeschlossen ist? Zu Vics Wohnung geht es einige Stufen hinunter. Es ist nicht direkt eine Souterrainwohnung, sie liegt aber sehr tief. Überschwemmungen fordern immer wieder Menschenopfer. Vic ist schon sehr alt, wahrscheinlich ist er gebrechlicher, als er nach außen hin wirkt.

Schließlich erreiche ich die Union Street.

»Sind die Keller überflutet?«, frage ich eine Frau, die gerade aus einem der Nachbarhäuser herauskommt.

Sie starrt mich an, und Panik leuchtet in ihren Augen auf. »In Boerum Hill ist die Kanalisation übergelaufen! Das ganze Viertel steht einen Meter hoch unter Wasser! Meine Schwester wohnt dort, und …«

»Aber was ist mit unserer Straße?«, unterbreche ich sie. »Was ist mit *unseren* Kellern?«

Sie dreht sich um und blickt auf ihr Haus. »Oh … nein«, ruft sie und stürmt los in Richtung Kellereingang.

In mir macht sich eine dumpfe Angst breit, und ich sprinte die letzten zehn Meter zu unserem Haus, renne die Vordertreppe hinauf, wühle in meiner Tasche nach meinem Schlüssel, schließe auf und springe die Stufen zu Vics Wohnungstür hinunter.

»Vic? Vic! Vic!« Ich hämmere mit beiden Händen so fest gegen die Tür, dass es wehtut.

Keine Reaktion. Ich presse mein Ohr an die Tür. Ich kann drinnen zwar nichts hören, aber ich bin mir plötzlich sicher, absolut sicher, dass Vic da ist.

»VIC!«, brülle ich aus Leibeskräften und horche dann wieder …

Ich glaube, ich kann ein Klopfen hören. Also stürme ich hoch in unsere Wohnung.

»Ist jemand zu Hause?«, rufe ich.

Keine Antwort.

Ich haste durch die Diele in die Küche und von dort hinaus auf unsere Hinterterrasse, die übersät ist mit abgebrochenen Ästen und Hagelkörnern. Vom Geländer aus schaue ich in Vics Garten: eine wirbelnde, wogende braune Wassermasse im Licht unseres Küchenfensters. Und sie läuft in Vics Wohnung.

Scheiße, verdammt.

Unser Nest wird tatsächlich gerade überschwemmt.

Ohne zu überlegen, streife ich meine nasse Jacke ab

und klettere die Feuerleiter hinunter, um dann ein paar schreckliche Sekunden lang in der Luft zu baumeln und schließlich mit einem lauten Platsch im Garten zu landen. Das dunkle, unangenehm kalte Wasser reicht mir fast bis zu den Knien. Mit Mühe wate ich zu Vics Hintertür, die in seine Küche führt. Ich merke, dass der Druck des Wassers zunimmt, je näher ich der Tür komme, und spüre den Sog an meinen Beinen. Das Wasser bildet hier kleine Strudel und dringt unter der Tür hindurch, während es nach wie vor steigt …

Ich lege meine gewölbten Hände an die Scheibe der Hintertür und versuche, drinnen in der Küche etwas zu erkennen – nichts als Dunkelheit. Aber erneut überkommt mich ganz stark das Gefühl, dass Vic in seiner Wohnung ist. Ich klopfe verzweifelt an die Scheibe.

»Vic? Sind Sie da drin?«, brülle ich. »Vic! Ich bin es, Angie! Ich komme jetzt rein!«

Ich versuche, die Tür zu öffnen, natürlich ist sie abgeschlossen. Ich blicke mich um auf der Suche nach einem Gegenstand, mit dem ich die Glasscheibe einschlagen kann, und entdecke auf der Fensterbank einen alten Blumentopf. Die Blumen haben den Sturm ohnehin nicht überlebt, also nehme ich den Topf und schleudere ihn mit voller Wucht gegen die Scheibe.

Der Topf zerbricht, das Glas bleibt intakt. Das soll wohl ein verdammter Scherz sein.

Ich sehe mich erneut um und entdecke einen kleinen Schemel aus Holz und Metall, auf dem Vic manchmal im Garten sitzt und der nun in der dunklen Brühe herumschwimmt. Ich angle den Schemel aus dem Wasser und schleudere ihn mit voller Kraft gegen die Scheibe. Er bricht sauber das Glas. Dann ziehe ich meine Jacke aus und schlage damit die restlichen Glasscherben aus dem

Rahmen, bis das Loch groß genug ist, dass ich durchgreifen und die Tür von innen entriegeln kann.

Als ich sie aufstoße, werde ich vom Sog des Wassers so schnell in die stockdunkle Küche hineingerissen, dass ich das Gleichgewicht verliere und mit dem Gesicht voraus in der ekligen Dreckbrühe lande. O Gott, ich hoffe bloß, dass keins der Abwasserrohre geplatzt ist. Es stinkt nämlich bestialisch, dieses Wasser hier, es *stinkt*. Gegen meine Panik ankämpfend, stemme ich mich vom Boden hoch und stütze mich an der Wand ab, um aufzustehen.

»Vic?«, brülle ich. »Vic?«

Nichts. Ich war noch nie zuvor in Vics Wohnung, deshalb weiß ich nicht, wo es hier langgeht. Ich werde mich Zentimeter um Zentimeter vorantasten müssen, bis ich einen Lichtschalter finde.

»Vic? Sind Sie da? Hier ist Angie! Ich komme!«

Unser Haus ist ungewöhnlich breit für ein Steinhaus in dieser Gegend, aber auch tief, und von der Rückseite bis zur Vorderseite ist es ein langer Weg. Vor allem in pechschwarzer Dunkelheit. Und ganz besonders in kniehohem, eiskaltem Hochwasser.

Während ich unaufhörlich Vics Namen rufe, suche ich mir mit fahrigen Händen einen Weg durch das Dunkel. Ich ertaste die Kante der Küchenanrichte, den Kühlschrank, die Spüle und dann einen Türrahmen. Das Wasser wirbelt um meine Beine, zerrt und reißt an mir, während es von Sekunde zu Sekunde höher steigt.

Ich wate aus der Küche in einen Flur. Direkt links von mir befindet sich ein Raum, und ich rufe wieder Vics Namen. Das Echo gibt mir die Gewissheit, dass es sich um das Bad handelt, das Sam für Vic renoviert hat, und dass Vic nicht darin ist.

Sam.

Ich spüre einen kurzen Stich in meinem Herzen. Aber ich muss jetzt Vic finden. Nichts ist im Moment wichtiger, als Vic zu retten.

Ich setze langsam meinen Weg durch den Flur fort, während ich mit den Händen links und rechts über die Wände streiche auf der Suche nach einem Lichtschalter. Nichts! Wo sind in dieser Wohnung die verdammten Lichtschalter?

Dann tut sich vor meinen Armen ein offener Raum auf. Dank des schwachen Lichts, das durch das Fenster an der gegenüberliegenden Wand hereindringt, kann ich sehen, dass ich im Wohnzimmer bin, und hinten rechts kann ich gerade noch so eine offene Tür ausmachen. Das Schlafzimmer. Vic muss dort drin sein.

»Vic? Vic!«

Es kommt mir vor wie eine Ewigkeit, aber als ich es schließlich bis zu der Tür geschafft habe, höre ich ein seltsames Summen, das einsetzt, aussetzt, wieder einsetzt und wieder aussetzt.

Bsss. Bsss. Bsss …

Ich spähe in das Zimmer hinein und versuche, in der Dunkelheit etwas zu erkennen. Ich glaube, ich kann ein Bett ausmachen und eine Person, die darin liegt.

Plötzlich höre ich ein Stöhnen.

»Vic?«, sage ich. »Vic, sind Sie das? Sind Sie okay?«

Es ist definitiv jemand in diesem Zimmer. Das merkwürdige Summen hat wieder aufgehört, und ich taste mit den Händen an der Wand entlang nach dem Lichtschalter.

Hab ihn.

Gerade als ich das Licht einschalten will, fängt dieses Summen wieder an, begleitet von einem seltsamen kleinen Funken, der für einen kurzen Moment das Zimmer schwach erhellt, und ich kann das Bett sehen und Vic, der darin liegt. Der Funke kam vom Sockel einer alten Nachttischlampe, der schon beinahe in dem schlammigen Hochwasser versinkt.

O mein Gott.

Ich ziehe ruckartig meine Hand von dem Lichtschalter weg. Ich stehe mehr als knietief in Wasser, das kurz davor ist, mit Strom in Berührung zu kommen.

Ich kann jeden Moment sterben.

36

Ich tue das Einzige, was mir in den Sinn kommt.

Ich taste mich zu dem nächsten Möbelstück vor, eine hohe Kommode, und klettere darauf. Meine Kleider sind nass und schwer, aber ich nehme es nicht einmal wahr, weil ich komplett unter Adrenalin stehe.

»Vic? Vic, hier ist Angie. Sind Sie okay?«

»Angie … Sie sind es?« Vics Stimme klingt schwach und heiser. »Ich wollte eben die Lampe reparieren. Ich wollte …«

»Haben Sie einen Stromschlag bekommen?«

Vic versucht zu antworten, glaube ich, aber alles, was herauskommt, ist ein pfeifendes Geräusch. Fuck! Hat Vic Asthma? Das Wasser steht kurz davor, sein Bett zu überschwemmen. Wenn das passiert, wird er sterben.

Ich überlege fieberhaft. Kann ein Stromschlag einen Herzinfarkt auslösen? Hat Vic vielleicht einen Herzschrittmacher, der dadurch einen Kurzschluss erlitten haben könnte oder so? Ich habe keinen blassen Schimmer. Vic ist fast achtzig. Ein Stromunfall ist wahrscheinlich nicht das Beste, was ihm in seinem Alter passieren kann, ganz gleich, wie es um seine Gesundheit bestellt ist.

»Vic, wo schalte ich den Strom ab? Wo ist der Sicherungskasten?«

»Küche«, antwortet er pfeifend. »Über dem Eisschrank.«

Ich springe von der Kommode in das immer noch steigende Wasser. Es geht mir jetzt bis zur Mitte der Oberschenkel – in ein oder zwei Minuten wird es Vics Bett überschwemmen!

Mit quälend langsamen Fortschritten arbeite ich mich durch den Flur zurück in die pechschwarze Küche. Ich finde den Eisschrank und darüber den Sicherungskasten. Ich öffne die Klappe und taste mich an den kleinen Kippschaltern entlang. Was mache ich da? Ich kann mich nicht erinnern, dass ich in meinem ganzen gottverdammten Leben jemals eine Sicherung angefasst habe … Aber dafür kann ich mich daran erinnern, dass im Wohnzimmer meiner Großmutter beim Einschalten der Christbaumbeleuchtung einmal die Hauptsicherung herausgeknallt ist. Mein Vater hat damals einfach einen kleinen Hebel umgelegt, einen, der etwas größer als die anderen war. Und ich habe ihm dabei zugesehen.

Da hier die Sicherungen alle noch drin sind, brauche ich sie also nur hinunterzudrücken, um den Strom abzuschalten. Richtig? Richtig.

Rasch drücke ich der Reihe nach jeden Schalter mit einem befriedigenden Klick nach unten. Der große ist der letzte. Als ich damit fertig bin, passiert natürlich nichts.

Aber nun ist die Wahrscheinlichkeit, dass ich durch einen Stromschlag getötet werde, deutlich geringer. Also nennen wir das ein Plus.

Ich mache mich zurück auf den Weg in Vics Schlafzimmer, während mein Herz vor Kälte und Adrenalin und Angst laut klopft.

Vic atmet noch, aber er scheint das Bewusstsein verloren zu haben. »Vic! Bitte, wachen Sie auf!« Ich rüttle an seiner Schulter, mit vor Panik schriller Stimme. »Vic! *Bitte*!«

Ich versuche, ihn aus dem Bett zu heben, aber ich kann

ihn nicht von der Stelle bewegen. Vic ist mindestens zwei Köpfe größer als ich, und auch wenn er mager ist, scheint er trotzdem eine Tonne zu wiegen. Selbst wenn ich ihn aus dem Bett bekommen würde, wäre ich niemals in der Lage, ihn zu stützen. Er würde einfach im Wasser versinken. Wahrscheinlich würde er ertrinken. Aber ich kann ihn auch nicht hier liegen lassen. Er braucht ärztliche Hilfe. Gott! Was soll ich bloß tun?

Vic rührt sich nicht. Ich lege mein Ohr dicht an seinen Mund – so wie Sam es bei Coco getan hat nach ihrem Zusammenbruch –, um zu checken, ob Vic noch atmet. Aber ich zittere so sehr vor Kälte, dass ich kaum etwas spüre.

Scheiße. Ich weiß echt nicht, was ich tun soll. Ich … ich weiß einfach nicht, was ich tun soll.

In diesem Moment höre ich eine Stimme an der Haustür. »Vic? Vic! Hier ist Julia. Ist alles in Ordnung?«

»Julia! Hilfe!«

Eine zweite Stimme. »Vic? Ich bin es, Sam!«

Was zum Teufel macht Sam hier?

»Angie?« Julias Stimme klingt ganz hoch vor Stress und Panik. »Wo bist du? Wo ist Vic?«

»Wir sind hier, in seinem Schlafzimmer!«, rufe ich zurück. »Vic ist bewusstlos. Ich glaube, er hat einen Stromschlag bekommen!«

»Wie bist du in die Wohnung gekommen?«

»Ich habe die Hintertür aufgebrochen, als ich die Überschwemmung gesehen habe. Hör zu, wir brauchen hier dringend einen Arzt, okay? Vic ist in keinem guten Zustand, und das Wasser steigt immer noch.«

»Ich rufe sofort den Notruf an!«, ruft Julia.

Dann höre ich wieder Sams Stimme, aber dieses Mal lauter, und gleich darauf sehe ich im Wohnzimmer den hin und her schwingenden Lichtkegel einer Taschenlampe. »Angie? Wo bist du?« Sekunden später watet Sam in das Schlafzimmer. Das Licht der Taschenlampe ist so grell, dass ich meine Augen abschirmen muss. »Wie lange bist du schon hier? Alles okay mit dir?«

»Ich weiß nicht, zehn Minuten vielleicht. Vic war vorhin noch bei Bewusstsein. Er hat gesagt, dass er die Lampe reparieren wollte. Wahrscheinlich hat hier der Blitz eingeschlagen und eine Überspannung in der Stromleitung verursacht oder so.« Ich ignoriere Sams zweite Frage.

»Angie, wir müssen reden …«

»Verflucht, Sam, das ist jetzt wirklich nicht der richtige Zeitpunkt«, fahre ich ihn an. »Wir müssen Vic helfen.«

»Ich habe mir große Sorgen um dich gemacht, als du da draußen in dem Sturm warst. Ich habe die verdammten Straßen nach dir abgekämmt …«

»Nicht jetzt! Hilf mir, Vic hier rauszuschaffen!«

Schweigend tragen wir Vic durch das Wasser zur Vordertür. Gott sei Dank ist Sam hier: Julia und ich hätten es nie allein geschafft, Vic zu tragen. Vorn ist das Wasser nicht einmal bis zu unserer Vordertreppe gestiegen. Das Nest – unser Teil davon – ist unversehrt.

Wir legen Vic behutsam auf den Gehweg, flach auf den Rücken, und Sam schiebt seine Jacke unter Vics Kopf. Ich kauere mich neben Vic und halte seine Hand.

Sam überprüft seinen Puls und seine Atmung, so wie ich das vorhin getan habe.

»Ich habe ihn bereits gecheckt, er atmet«, sage ich. »Aber ich glaube, seine Atmung wird schwächer.«

Sam untersucht Vics Hände. »Hat er irgendwelche Verletzungen? Stromschläge können zu Verbrennungen führen. Riechst du was? Verbrannte Haut oder Haare kann man normalerweise riechen.«

»Nein«, sage ich.

Leute werden von Stromschlägen *gegart?*

Julia kommt die Vordertreppe heruntergeeilt.

»Oh Sam, du bist der Beste, vielen Dank!«

»Bist du okay?«, frage ich sie.

»Ja. Ich bin gerade erst nach Hause gekommen. Vor der Tür bin ich Sam begegnet, der nach Vic sehen wollte. Vic hat mir seinen zweiten Wohnungsschlüssel gegeben für den Notfall … Ich war bis jetzt im Büro und hab den Sturm von dort aus beobachtet. Das war der helle Wahnsinn! So was habe ich noch nie gesehen! Wo warst du während des Sturms?«

Ich spüre, dass Sam mich anblickt. Statt eine Antwort zu geben streichle ich einfach weiter Vics Hand. Er bewegt sich plötzlich, und seine Augen öffnen sich einen kleinen Spalt.

»Vic, ich bin es, Angie. Ich bin hier mit Julia …«

»Onkel Vic!« Julia kniet sich neben ihn und umklammert seine andere Hand.

»Kleine Julia? Und Sammy?«

»Ich stehe direkt hier, Boss«, sagt Sam. »Der Rettungswagen ist schon unterwegs.«

»Das sind gute Neuigkeiten.« Vic lächelt schwach. »Verflixte Elektrizität.«

Er schließt die Augen und stößt ein tiefes, keuchendes Seufzen aus.

»Sam, woher wusstest du, dass Vic in Gefahr war?«, fragt Julia. »Ich meine, schön, dich zu sehen! Ich bin nur …«

»Ich habe wochenlang für Vic gearbeitet, schon vergessen?«, erwidert Sam. »Als ich das Hochwasser sah, wollte ich vorsichtshalber nach ihm schauen.«

»Wow, das ist unglaublich nett von dir!«

»Seid ihr alle okay? O mein Gott, Vic?«, höre ich eine Stimme.

Ich hebe vorsichtig den Kopf, und da steht Pia mit Coco und Madeleine.

»Es geht ihm gut, glaube ich, aber wir wissen es nicht genau …«, sage ich. »Wo wart ihr denn alle?«

»Wir sind eben erst zurückgekommen«, antwortet Pia. »Wir hingen in Manhattan fest.«

»Ich war mit Ethan unterwegs«, sagt Coco mit tränenerstickter Stimme. »Oje, armer Vic.«

Die anderen gehen neben Vic in die Hocke und beginnen, ihm leise zuzureden, aber meine Aufmerksamkeit ist auf Julia und Sam gerichtet. Irgendetwas passt hier nicht zusammen.

»Sam …?«, fragt Julia, »hat die Wohnung von deinem Freund was abbekommen? Sie ist in Fort Greene, richtig?«

»Alles okay«, erwidert Sam, während er sein Handy checkt. »Hast du schon das restliche Haus überprüft?«

»Ein paar Fensterscheiben sind kaputtgegangen, aber das war's auch schon. Also, abgesehen von dem biblischen Unwetter, wie war dein Tag? Was hast du so getrieben?«

Ich wende mich ab. Ich kann Sam nicht ansehen, diesen verlogenen Mistkerl, oder dabei zuschauen, dass Julia ihn immer noch behandelt, als wäre er ein Freund, als würde sie ihn gernhaben …

Augenblick.

Ich dachte, ihr Date mit Sam am Samstagabend wäre der totale Reinfall gewesen. Warum klingt sie dann so begeistert und irgendwie, ich weiß auch nicht, aufgeregt, wenn sie mit ihm redet? Macht sie sich etwa immer noch Hoffnungen, obwohl Sam mir erklärt hat, dass das Date schrecklich war? Nun, dem kann ich ein Ende bereiten.

»Sam ist nicht der, für den du ihn hältst«, sage ich barsch und sehe Julia an. »Er heißt nicht Sam Carter. Er ist ein Lügner.«

Julia blickt mich verwirrt an. »Was willst du damit …«

»Er stammt aus New York, nicht aus Ohio. Er ist auch kein armer Studienabbrecher, sondern hat einen College-Abschluss, und seine Familie ist stinkreich. Sein richtiger Name ist Sam Rutherford.«

Julia sieht abwechselnd von mir zu Sam. »Ich verstehe nicht …«

»Ich habe versucht, es ihr zu erklären«, sagt Sam. »Carter ist der Mädchenname meiner Mutter, und …«

»O mein Gott«, sagt Julia und schlägt erschrocken die Hand vor den Mund. Langsam weicht sie vor Sam zurück. *»Rutherford.«*

Sie starrt mich an, die Sachen, die ich anhabe. Das Rutherford-T-Shirt, das mir ganz offensichtlich viel zu groß ist. Und sie kennt mich gut genug, um zu wissen, dass ich noch nie in meinem ganzen Leben eine Jogginghose getragen habe.

Sie weicht nun auch vor mir zurück. Ich folge ihr, unfähig, etwas zu sagen, während mich ein verzweifeltes Gefühl der Panik und Scham übermannt.

»Du warst mit ihm zusammen … Wie konntest du nur … Du hast gewusst, was ich empfinde …« Julia starrt mich völlig schockiert an, ihre Stimme ist nicht mehr als ein Flüstern. Niemand sonst kann uns hören.

»Nein, nein, es ist nicht das, wonach es aussieht, ich meine, bitte, Jules, hör mir zu!« In meiner Stimme schwingt ein verzweifelter Unterton mit, den ich selbst noch nie zuvor gehört habe. Dann sage ich die vier kleinen Worte, die überall auf der Welt von verräterischen Freunden gesagt werden. »Ich kann alles erklären …«

In diesem Moment trifft der Krankenwagen ein, und wir sind abgelenkt von den Sanitätern, die eilig herausspringen, um sich um Vic zu kümmern. Wir versuchen, ihm Trost zuzusprechen, als die Sanis ihn auf die Trage verfrachten.

»Sie werden wieder auf die Beine kommen, Vic. Alles wird gut«, flüstere ich, während ich seine Hand mit beiden Händen umfasse.

»Das ist des Guten zu viel«, brummt Vic, als ihm eine Sauerstoffmaske über den Kopf gezogen wird.

»Ich bleibe bei Vic.« Sam steigt hinten in den Rettungswagen, ohne etwas von dem Drama zwischen mir und Julia mitzubekommen. »Ich werde auf der Fahrt ins Krankenhaus seine Angehörigen verständigen.«

Gleich darauf sind sie weg.

Julia dreht sich wieder zu mir. Sie ist ganz blass, und ihre Worte kommen sehr langsam heraus, als würde ihr jeder neue Gedanke Schmerzen bereiten.

»Du hast gewusst, dass ich auf Sam stehe. Du hast es gewusst. Trotzdem hast du die letzten zwei Tage mit ihm verbracht. Du warst nicht zu Hause. Und ich habe nichts mehr von ihm gehört … O mein Gott, ich wette, er hat mich am Samstagabend stehen lassen, um sich mit dir zu treffen. Er hat die Bar nämlich kurz nach dir verlassen. Wahrscheinlich hast du ihm eine SMS geschickt.«

»Nein, Julia, so war es nicht, ich …«

Aber sie hört mir nicht zu. »Du hast gewusst, dass Sam der erste Mann seit Langem war, der mir gefiel, und du hast es kaputt gemacht. Nur um mir eins reinzuwürgen. Von all den bösen, gehässigen, gemeinen Dingen, die du tun konntest …«

»Nein, Jules, das ist nicht wahr, ich schwöre! Es ist … o Gott, es ist erst heute Abend passiert. Ich dachte, ich hätte Gefühle für ihn, aber das war ein Irrtum. Er ist nichts weiter als ein Lügner. Er hat mir erzählt, dass euer Date eine totale Katastrophe war, er hat behauptet, dass zwischen euch nicht das Geringste wäre, und ich dachte, du stehst nicht mehr auf ihn, und …«

»Und dir kam nicht *einmal* in den Sinn, mit mir darüber zu reden? Ich dachte, du wärst meine *Freundin*!«

Julias Augen füllen sich mit Tränen, sie macht auf dem Absatz kehrt und stürmt die Treppe hoch ins Haus.

Ich drehe mich zu Pia und Coco um, bemüht, nicht hysterisch zu wirken. »Scheiße, was zum …? Sam hat mir gesagt, dass mit Julia nichts läuft. War das auch gelogen?«

»Sie haben sich nicht geküsst oder so«, sagt Pia zurückhaltend. »Aber …«

»Sie ist in ihn verknallt, Angie.« Coco schaut bestürzt drein. »Sie schwärmt schon seit Wochen für ihn. Wie konntest du ihr das antun?«

Und schon läuft auch sie die Treppe hoch. Ich starre ihr hinterher. Gleich darauf knallt die Haustür hinter ihr zu.

Heute wurde ich fristlos entlassen und dann von einem Multimillionär angegraben, ich musste erfahren, dass mein Vater wieder heiraten und eine neue Familie gründen wird, ich bin in einem fürchterlichen Sturm durch New York gerannt und habe ihn überlebt, ich habe mich in den Mann verliebt, den ich für meinen besten Freund hielt, ich habe herausgefunden, dass er ein Lügner ist, ich habe mir das Herz brechen lassen und einem alten Mann das Leben gerettet, und zu guter Letzt habe ich versehentlich eine meiner besten Freundinnen betrogen.

Aber es ist die Reaktion von Coco, der liebenswertesten Person, die ich kenne, die mich wirklich fertigmacht. Coco ist enttäuscht von mir. Am liebsten würde ich direkt hier auf der Stelle kollabieren, mich zu einer kleinen Kugel zusammenrollen und nie wieder aufstehen.

Ich bin ein schlechter Mensch.

Ich setze mich auf die Treppe, und meine Hände zittern vor Kälte und Scham, mein Atem geht unregelmäßig. Ich bin so sehr von meinen Gefühlen überwältigt, dass ich nicht einmal weinen kann. Pia setzt sich neben mich und seufzt, dann legt sie ihren Arm um meine Schulter. Ihre unausgesprochene Loyalität mir gegenüber, obwohl unsere Wege sich wochenlang kaum gekreuzt haben, ist im Moment das einzig Gute in meinem Leben. Ich lehne den Kopf an ihre Schulter, und sie gibt mir einen Kuss auf die Stirn, eine mütterliche Geste, die so zärtlich und liebevoll ist, dass ich mich danach tatsächlich noch mieser fühle. Ich habe das nicht verdient.

Alles ist im Arsch.

Dann fällt es mir wieder ein.

»Wie spät ist es?«, frage ich Pia.

Sie wirft einen Blick auf ihr Handy. »Kurz nach Mitternacht.«

»Happy Birthday.«

»Happy Birthday.«

37

»Dann willst du also wirklich ausziehen?«, frage ich Pia an unserem Geburtstagsmorgen.

Sie nickt. »Ich glaub schon. Ich meine … ja. Ich möchte mit Aidan zusammen sein. Ich werde heute mit meiner Chefin reden und sie fragen, ob ich nicht auch von San Francisco aus arbeiten kann. Carus International hat dort eine Niederlassung … Aber den anderen habe ich noch nichts davon gesagt, also behalte es vorerst für dich, okay?«

Pia und ich sitzen in der sonnigen Küche und trinken Kaffee. Unmengen davon. Ich habe nicht geschlafen. Das hatte nichts mit Sam oder meinem Vater oder dem großen schwarzen Loch in meinem Leben zu tun, das meine Zukunft darstellt, sondern damit, dass ich jedes Mal, wenn ich die Augen schließe, Julia vor mir sehe, Julia, die mich anstarrt, als hätte ich ihr gerade einen Dolch ins Herz gerammt.

O Gott, ich habe so ein schlechtes Gewissen.

Schuldgefühle sind anders als Liebeskummer. Sie sind zwar genauso tiefgreifend und jeden Gedanken beherrschend, wenn sie dich überfallen, doch sie stürzen dich nicht nur in das Jammertal der Tränen, sondern sie machen dich innerlich *kribbelig* vor lauter Scham und Reue. Und das fühlt sich an, als würde es nie weggehen.

»Ich hau auch ab«, sage ich. »Ich gehe nach L.A. Die Geschichte mit Julia und Sam gibt mir erst recht einen

Grund dazu. Ich habe hier total versagt, weißt du? Ich denke, ich sollte ganz neu anfangen. Heute ist mein dreiundzwanzigster Geburtstag. Es ist Zeit, dass ich erwachsen werde.«

Pia nickt. »Ich verstehe. L.A. ist nicht so weit weg von San Francisco. Wir könnten uns an den Wochenenden treffen.«

»Komm schon, Aidan und du, ihr werdet doch sicher euren eigenen romantischen Traum leben. Lange Wochenenden in Napa, Ausflüge an den verdammten Lake Tahoe zum Wasserskifahren, Wandertouren. Ich bin mir ziemlich sicher, Wandern ist Pflicht, wenn man in Kalifornien lebt.«

Pia grinst und legt ihre Hand auf meine. »Süße, ich verspreche dir, ich werde nie wandern gehen.«

»Hast du keine Angst davor, alles, was du kennst, hinter dir zu lassen, um mit einem Mann zusammenzuleben?«, frage ich.

»Angst? Nein … Ich liebe Aidan. Liebe macht keine Angst.«

O doch, denke ich, aber das sage ich nicht. »Aber was, wenn er seine Meinung ändert?«, murmle ich leise.

»Du denkst, Aidan wird seine Meinung ändern?«

»Nein, nein … Ich meine ja nur für den Fall, weißt du? Rein theoretisch. Dieses ganze Trara um die Liebe … sie kann wieder verschwinden, einfach so. In der einen Sekunde fühlt man sich noch sicher und wie auf Wolke sieben, und in der nächsten kann es schon vorbei sein. Man hat jemandem vertraut, dem man nicht hätte vertrauen sollen.«

Pia starrt mich an, aber ich kann ihrem Blick nicht standhalten. Ich fühle mich innerlich kalt wie ein Eisblock.

»Man darf vor der Liebe keine Angst haben«, sagt sie sanft. »Man muss einfach … hoffen.«

Hoffnung ist was für Naive und Loser. Ich muss an meine Mutter denken, die immer hoffte, dass die Dinge mit meinem Vater sich bessern würden, dass er sie nicht länger belügen und stattdessen zu ihr nach Hause kommen würde … Wie naiv kann man sein? Aber dann denke ich an Pia, die im vergangenen Jahr so viele Risiken eingegangen ist, immer in der Hoffnung, dass die perfekte Kombination aus Optimismus, harter Arbeit und Glück sie durchbringen würde. Und es hat geklappt.

O Gott, ich weiß nicht. Wenn ich versuche, die Welt zu verstehen, indem ich auf die Menschen in meinem Leben blicke, verwirrt mich das nur noch mehr.

Ich nehme wieder einen Schluck von meinem Kaffee und sehe Pia an. »Ich werde dich vermissen, Süße.«

»Wirklich?«

»Na sicher«, sage ich. »Ich bin natürlich glücklich, wenn du glücklich bist, und Aidan ist ein toller Mann und alles, aber … Ich meine, du hast mir in den letzten Monaten schon gefehlt, weil du ständig bei Aidan warst. Stell dir vor, wie sehr ich dich erst vermissen werde, wenn du in einer anderen Stadt lebst.«

»Ich habe dir gefehlt?«

»Überrascht dich das?«

»Es ist nur, weil … Du verhältst dich immer so, als würdest du mich nicht brauchen. Du verhältst dich, als würdest du niemanden brauchen.«

Ich bin perplex. »Pia, du hast mir das Leben gerettet, als ich auf der Brooklyn Bridge aus dem Taxi gesprungen bin. Du hast mir all die Male das Leben gerettet, als deine Familie mich in den Urlaub mitgenommen hat, weil meine Eltern solche Versager waren und ich mich bei euch immer geborgen fühlte.« Ich hole tief Luft. »Und du hast mir das Leben gerettet, als du mir das Zimmer in der WG besorgt hast. Du hast mich einfach immer gerettet. Du bist so was wie mein … Rettungsanker.«

Pia streckt die Arme aus und drückt mich fest an sich. »Ich hab dich lieb.«

»Ich hab dich auch lieb.«

»Gott, sind wir blöd«, sagt sie mit Tränen in den Augen.

»Ich weiß«, sage ich, und in meiner Kehle bildet sich wieder dieser vertraute schmerzhafte Kloß.

Wahrscheinlich werden Pia und ich nie wieder zusammen unter einem Dach wohnen. Und ich habe nicht gerade das Beste daraus gemacht, als ich noch die Gelegenheit dazu hatte. Ich habe mich betrunken und auch sonst nur das getan, wozu ich Lust hatte, und ich habe mich verhalten, als wäre mir alles und jeder scheißegal.

Ich bin so ein Arschloch.

Pia scheint mit ihren eigenen Gedanken beschäftigt zu sein. »O Mann, ich weiß auch nicht. Eigentlich sollte ich glücklich sein, weil ich bald viel Zeit mit Aidan verbringen kann … Warum bin ich dann auf einmal so deprimiert?«

»Geburtstagsblues.«

»Ja. Ich hasse den verdammten Geburtstagsblues.«

Schon seltsam, wenn man am selben Tag Geburtstag hat wie seine beste Freundin. Pia und ich sind uns so ähnlich. Wir handeln, bevor wir überlegen, wir hatten beide in der Vergangenheit kein glückliches Händchen, was Männer angeht, wir haben denselben albernen Humor. Aber wir sind auch sehr verschieden. Pia ist ein geselliger Mensch, eine charmante Dramaqueen, ein engagierter »Wir schaffen das!«-Typ, eine fürsorgliche und loyale

Freundin. Ich dagegen bin eine Einzelgängerin, ich bin tougher, ich bin sturer, ich mache alles mit mir selbst aus, ich bin verträumt und ruhig.

Und ich bin ganz klar keine loyale Freundin.

Ich hasse das an mir.

Ich bin Julia heute Morgen nicht begegnet. Ich glaube, sie hat das Haus verlassen, bevor ich aufstand. Coco war vorhin kurz in der Küche, um sich ihr Lunchpaket für die Arbeit zu machen, hat aber meinen Blick gemieden, und Madeleine ist vor einer halben Stunde los, um ihre Morgenrunde zu drehen, gleichfalls ohne ein Wort mit mir zu wechseln.

Ich schätze, ich habe es verdient.

Bei dem Gedanken, dass mein Leben gestern Abend wenige Minuten lang komplett und sicher und perfekt zu sein schien, dass ich mich *wieder einmal* getäuscht habe und dass alles über Sam – den Mann, den ich zu lieben glaubte – eine riesengroße Lüge war, spüre ich tief in mir eine herbe Bitterkeit. Meine Freundschaft mit Sam existierte gar nicht wirklich. Mein Herz tut so weh, dass ich mir nicht vorstellen kann, dass ich mich jemals wieder gut fühlen werde.

Dann muss ich wieder daran denken, wie Julia mich angesehen hat, als sie erkannte, dass ich mit Sam zusammen war, und an Cocos Reaktion, und ich werde von einer Flutwelle von Schuldgefühlen und Reue übermannt. Ich habe meine Freundin betrogen.

Und das fühlt sich schlimmer an als Liebeskummer.

»Ich muss mich mit Julia versöhnen«, sage ich zu Pia. »Ich muss ihr zeigen, wie leid es mir tut.«

Pia seufzt. »Hör zu, Süße, es ist gerade erst passiert. Julia wird darüber hinwegkommen. Gib ihr Zeit.«

»Aber ich gehe nach L.A.! Ich habe keine Zeit!«

»Wer Mist baut, muss mit den Konsequenzen leben«, sagt jemand, und Madeleine kommt in die Küche, rosig vor Schweiß und Gesundheit und Fitness und all den Dingen, die mir immer gleichgültig sein werden.

»Danke für deine Unterstützung«, erwidere ich patzig. »Ich habe nicht gewusst, dass es Julia dermaßen erwischt hat. Sam hat mir gesagt, dass zwischen ihm und Julia nichts passiert ist. Ich habe es nicht *gewusst.*«

Meine Stimme bricht, und ich vergrabe den Kopf in meinen Händen. Bitte, Gott, lass mich vor den Mädels nicht in Tränen ausbrechen.

»Oh, schluchz«, sagt Madeleine, während sie ihre Beine an der Küchenanrichte dehnt.

»Hör auf, Maddy«, sagt Pia. »Das ist nicht lustig.«

»Tut mir leid«, sagt sie und setzt sich zu uns an den Tisch. »Angie, nicht weinen, okay? Es tut mir leid.«

»Du bist immer so verdammt gehässig«, sage ich, während ich mich anstrenge, meine gottverdammten Tränen zurückzuhalten.

»Ich wollte nur witzig sein«, erwidert sie. »Du machst ständig solche kleinen gehässigen Bemerkungen.«

Ich hebe den Kopf. »Tue ich das? Das ist keine böse Absicht. Meistens denke ich nicht nach, bevor ich etwas sage. Ich bin einfach irgendwie, keine Ahnung, gefangen in meinem Kopf.«

»Ich auch«, sagt Madeleine. »Es ist die Hölle auf Erden.«

Diese Bemerkung ist so dramatisch und widersprüchlich zu Madeleines sonst so zurückhaltender Art, dass Pia anfängt zu lachen. Ich versuche zu lächeln, aber mein Gesicht fühlt sich an, als wäre es aus Beton. Schwer und grau.

»Wie geht es Vic?«, fragt Madeleine.

»Gut«, antwortet Pia. »Julia hat mir vorhin eine SMS geschickt. Er muss noch ein paar Tage im Krankenhaus bleiben.«

»Ach, hey! Alles Gute zum Geburtstag!«, sagt Madeleine. Pia und ich schütteln beide den Kopf auf eine »Lass uns nicht darüber reden«-Art. »Oje. Okay.« Dann dreht Madeleine sich zu mir und räuspert sich kurz. »Angie … ich muss mich noch bei dir bedanken für das, was du am Samstagabend in der Bar getan hast. Weißt du, ich war so nervös und gehemmt, aber als ich dich tanzen sah, war es, als … als würde ich mich wieder erinnern, wie es ist, Spaß zu haben.«

»Du bist eine außergewöhnliche Sängerin«, sage ich. »Wirklich. Du bist unglaublich talentiert. Und ich wollte nur mit meinen ungeheuren Tanzkünsten angeben, weißt du. Die Betonung liegt auf ›ungeheuren‹.«

»In der Tat, du bist eine ziemlich lausige Tänzerin.« Madeleine grinst. »Aber ein besonderer Mensch.«

Und zack springen mir wieder Tränen in die Augen. »Das stimmt nicht … Ich bin kein … besonderer Mensch.« Meine Stimme klingt ganz zittrig. »Egal, was ich mache, es ist immer falsch. Ich bin ein schlechter Mensch, ich tue immer das Falsche, ich bin eine schlechte Freundin, ich bin so eine schlechte Freundin …«

Ich vergrabe mein Gesicht in den Händen, gegen meinen Kummer ankämpfend. Pia legt ihren Arm um mich, aber dieses Mal weiche ich ihr aus. Ich ertrage es nicht, mich an sie zu lehnen. Ich habe ihre Unterstützung nicht verdient.

»Hör auf, dich selbst zu bemitleiden«, sagt Madeleine streng. »Bring es einfach wieder in Ordnung. Es liegt in deiner Hand, alles wiedergutzumachen. Entschuldige dich bei Julia.«

»Aber was soll ich ihr sagen?« Meine Stimme klingt vor lauter Elend ganz krächzig. »Sorry, dass ich den Kerl geküsst habe, in den du verknallt bist? Damit wird es für Julia nicht getan sein. Das weißt du. Mit meinem Verhalten habe ich ihre schlimmsten Vorurteile über mich bestätigt.«

»Sag ihr einfach, was du empfindest«, sagt Pia.

Ich starre auf den Küchentisch, bis er beginnt, vor meinen Augen zu verschwimmen.

»Ich habe das Gefühl, dass eine große Geste angebracht wäre«, sage ich. »Keine Ahnung, zum Beispiel so was wie, dass ich Julia in ihrem Büro besuche und ihr einen Luftballon gebe, auf dem ›I'm sorry‹ steht.«

»Gott, nein, tu das bloß nicht«, sagt Madeleine. »Julia arbeitet in einer Investmentbank, so was Albernes wird sie umbringen … O mein Gott, ist es wirklich schon so spät? Ich muss los ins Büro!«

»Ich auch«, sagt Pia. »Ich will vorher noch kurz einen Abstecher zu Vic ins Krankenhaus machen.« Sie sieht mich an. »Dann sehen wir uns heute Abend, Süße? Vielleicht machst du ja in der Zwischenzeit ein bisschen Brainstorming, wie du dich mit Julia versöhnen kannst.«

»Brainstorming, meine Fresse. Du und dein verdammtes Business-Kauderwelsch«, erwidere ich.

Pia zeigt mir mit einem Augenzwinkern den Mittelfinger. »Bis später, Süße.«

Nachdem Pia und Madeleine weg sind, versuche ich, Pias Rat zu befolgen. Ich sitze am Tisch und überlege mir Möglichkeiten, um Julia zu verstehen zu geben, dass ich sie nicht betrogen habe, dass ich ihre Freundschaft wirklich ungemein schätze, dass es mir leidtut, dass ich sie verletzt habe.

Aber mir fällt nichts ein.

Also mache ich stattdessen eine Liste von Dingen, um die ich mich gern kümmern würde, um die ich mich kümmern muss:

Funkstille zwischen mir und meiner Mutter
Dads Hochzeit und Nachwuchs
Keine berufliche Perspektive
Kein Geld
Keine Ahnung, was ich mit meinem Leben anfangen soll
Alles, was auf der Jacht passiert ist
Nacht im Soho Grand Hotel (?)
Streit mit Sam
Kränkung von Julia

Soweit ich das sehen kann, habe ich im Moment nur die Macht, zwei dieser Punkte zu ändern. Den ersten und den letzten. Also greife ich zu meinem Handy und rufe meine Mutter an. Sie antwortet nach dem zweiten Klingeln.

»Angelique?«

»Hey … ja, ich bin es.«

»Oh Schätzchen! Alles Gute zum Geburtstag, mein Liebling! Ich wollte dich auch schon anrufen, aber ich wusste nicht, ob du … Ich meine, ich bin so froh, dass du dich meldest!«

Ich weiß nicht, was ich sagen soll … Wie lautete Pias Rat vorhin? *Mach einfach den Mund auf und sag ihr, was du empfindest.*

»Es tut mir sehr leid, dass ich bei unserem letzten Treffen einfach abgehauen bin, nachdem du mir von der Scheidung erzählt hast«, sage ich. »Das war eine überstürzte und … unreife Reaktion von mir. Ich hätte bleiben und mit dir darüber reden sollen. Und es tut mir leid, dass ich deine Anrufe ignoriert habe.«

»Oh Liebling …« Die Stimme meiner Mutter klingt weich vor Rührung. »Ich kann es verstehen. Ich hätte es dir schonender beibringen sollen, und schon gar nicht in der Öffentlichkeit. Kurz vor unserem Treffen rief dein Vater mich an, und, na ja, ich stand noch unter Schock, verstehst du …« Sie holt tief Luft.

»Ich weiß. Er will wieder heiraten. Und seine Freundin ist schwanger.« Meine Stimme ist völlig ausdruckslos. »Ich bin den beiden gestern Abend zufällig begegnet.« War das erst gestern Abend? Es kommt mir viel länger vor.

»Ich habe gehofft, er würde dich anrufen, um es dir persönlich zu sagen … Ich habe mir große Sorgen deswegen gemacht. Ich hätte es dir einfach selbst sagen sollen.«

»Nein, schon okay. Du solltest nicht die Drecksarbeit für ihn erledigen.« Und ich ebenso wenig. »Wie geht es dir damit, Mom? Bist du okay?« Ich kann mich nicht erinnern, wann ich dieses Wort zuletzt benutzt habe. *Mom.* Ich habe sie immer Annabel genannt. Ich habe ihr schon vor langer Zeit den Muttertitel entzogen. Wie eine Strafe. Was war ich für eine Rotzgöre.

»Ja, ich bin okay. Wirklich!« Ihr Ton wird plötzlich munterer. »Weißt du, unsere Ehe war schon seit vielen Jahren kaputt … und ich habe ein gutes Leben. Ich habe beschlossen, in Boston zu bleiben. All meine Freundinnen sind hier, und schließlich gehört deinem Vater die Stadt nicht, stimmt's? Ich habe mir eine reizende kleine Wohnung gemietet, für die ich jede Woche frische Blumen kaufe, und wer kann sich schon elend fühlen, wenn er von Blumen umgeben ist? Außerdem habe ich mit meiner ehrenamtlichen Arbeit alle Hände voll zu tun. Wir veranstalten morgen ein Dominoturnier für einen wohltätigen Zweck!« Sie stößt ein fröhliches Lachen aus. »Kannst du dir das vorstellen? Ist das nicht toll?«

»Klingt super … Aber warum bist du eigentlich mit diesen Frauen befreundet?«, frage ich. »Mit den reichen Schickimickitanten.«

»Ganz ehrlich, Liebling? Ich mag an ihnen, dass sie immer etwas *machen*. Ich kenne so viele Frauen, die nichts anderes mit ihrem Leben anzufangen wissen, als vor der Glotze zu sitzen und Tratsch zu verbreiten. Das ist deprimierend. Und, na ja, diese Schickimickitanten bezahlen mich sehr gut dafür, dass ich ihnen beim Organisieren helfe. So bin ich nicht mehr von deinem Vater abhängig, sondern stehe auf eigenen Füßen. Und das fühlt sich großartig an.«

Meine Mutter arbeitet gern. Was für eine Offenbarung.

»Also, mein Schatz, da ich nicht wusste, was du dir zu deinem Geburtstag wünschst, habe ich dir einfach fünfzehnhundert Dollar auf dein Konto überwiesen. Als kleine Überraschung.«

»Nein, nein, das ist nicht nötig«, sage ich rasch. »Wirklich, Mom, ich schwöre …«

»Zu spät, schon passiert! Komm schon, wenn ich eins noch weiß aus der Zeit, als ich dreiundzwanzig war, dann, dass ich nie genug Geld hatte … Und, mein Schatz, was gibt es bei dir Neues? Wie geht es Pia?«

Und zupp, beginnen wir zu reden, *richtig* zu reden, zum ersten Mal seit Jahren. Ich erzähle meiner Mutter von unserem Nest und den anderen, von meiner Jobsuche und meiner kurzen Beschäftigung bei Gap …

»Und die Liebe?«

Ich seufze. »Darin versage ich auch.«

»Das nennt man nicht versagen, Liebling, das nennt man leben. Probier es einfach immer weiter, denn das macht den eigentlichen Spaß aus. Dass du nach L.A. gehen willst, halte ich für eine wundervolle Idee. Das Wichtigste ist für mich, dass du glücklich bist.«

Dieser Satz bringt mich kurz ins Grübeln … Okay, vielleicht hätte sie mich nicht auf das Internat schicken sollen, ohne mich vorher zu fragen, aber sie dachte, sie würde das Richtige tun. Sie hat nur versucht, mich glücklich zu machen.

Während ich tat, was ich konnte, um sie unglücklich zu machen. Aber ich weiß, dass ich das alles nicht mit einem einzigen Telefonat wiedergutmachen kann. Das braucht Zeit.

Mom fährt zu reden fort. »Ich bin so froh, dass du angerufen hast. Ich wusste nicht, ob du noch mit mir sprechen würdest. Ich habe so oft an dich gedacht.«

»Ich auch an dich, Mom.« Ich zögere kurz. »Vielleicht kannst du mich in L.A. besuchen kommen. Oder ich komme zu dir nach Boston.«

»Sicher! Das fände ich großartig! Jederzeit. Ich hab dich lieb.«

»Ich hab dich auch lieb, Mom.«

Als ich auflege, lächle ich.

Wer kann sich schon elend fühlen, wenn er von Blumen umgeben ist …

Mir kommt eine Idee.

38

»Ich kann nicht *glauben*, dass du hier wohnst.« Edward schlägt fassungslos die Hand vor den Mund. »Hast du eine Ahnung, wie glücklich du dich schätzen kannst?«

Ich blicke an unserem Haus hoch. »Ganz nett, was?«

»Ganz nett? Großartig trifft es wohl eher. Du bist neu in der Stadt und erwischst direkt so eine Bleibe? Hast du eine Ahnung, wie mein erstes Apartment hier in New York aussah, bevor ich Adrian kennenlernte? Das Bad war voller Blutspritzer, und auf dem Boden konnte man noch die Kreideumrisse einer Leiche sehen.«

Ich lache. »Ich weiß, ich weiß. Ich hatte Glück.«

»Und du redest davon, von hier wegzuziehen?«, sagt Edward, während er die Hecktür seines Transporters öffnet. »Du musst deinen verdammten Verstand verloren haben.«

Ich stehe mit Adrians Freund Edward, den ich bei Gap kennengelernt habe, vor unserem Haus neben seinem Lieferwagen. Sein zweiter Transporter parkt direkt hinter uns.

Wir werden das ganze Haus mit Blumen dekorieren – für Julia.

Gleich nachdem ich heute Morgen das Telefonat mit meiner Mutter beendet hatte, habe ich Edward angerufen – zum Glück haben wir damals, nach dem Gap-Desaster, unsere Nummern ausgetauscht – und ihm mein Anliegen erklärt. Wenig später haben wir dann gemeinsam jede blaue Hortensie – Julias Lieblingsblume – in New York City aufgespürt – genug, um in unserem Nest die Eingangsdiele, das Wohnzimmer und alle Schlafräume damit zu dekorieren.

Das wird mich mehr als die Hälfte meines Geburtstagsgelds kosten, obwohl Edward mir einen großzügigen Rabatt gewährt hat. Man darf nie das Einsparpotenzial eines Floristen unterschätzen, der in einer Mission unterwegs ist. Aber das war es wert. Es wird nämlich *fantastisch* aussehen.

Edward leiht mir sogar die passenden Vasen. Plus zwei seiner Mitarbeiter, die beim Ausladen und Verteilen der Blumen helfen. Selbst für seine eigene Hilfe will er mir nichts berechnen.

»Es ist für eine gute Sache«, winkte er ärgerlich ab, als ich versuchte zu protestieren. »Ich habe dir schon einmal gesagt, man braucht Freunde, um in dieser Stadt zu überleben. Tu also, was du kannst, um an deinen Freunden festzuhalten. Außerdem bin ich dir was schuldig. Meinetwegen und wegen Adrian bist du bei Gap rausgeflogen, schon vergessen?«

Selbst zu viert ist es richtige Knochenarbeit, die ganzen Blumen und Vasen auszuladen, ins Haus zu schleppen und perfekt zu arrangieren. Jedes Mal, wenn ich die Vordertreppe hochgestapft bin, sehe ich hinunter zu Vics Wohnung. Seine Eingangstür steht offen. Gelegentlich dringen dumpfe Schläge und Rufe heraus, und auf dem Gehweg steht ein großer Generator, von dem aus mehrere Schläuche in die Wohnung führen. Ich nehme an, damit pumpen sie gerade das Wasser ab. Ich frage mich, ob Sam auch unten in der Wohnung ist, um mit anzupacken. Falls ja, hält er sich jedenfalls vom Eingang fern.

Gut so. Ich will ihn nämlich nicht sehen.

Eine Stunde später bin ich rot im Gesicht und in Schweiß gebadet, und das Haus sieht wie verwandelt aus. Große Tontöpfe, die von Hortensien überquellen, säumen die Vordertreppe, überall im Haus stehen Vasen und Töpfe mit den herrlichen Blüten. Nach dem längsten und kältesten Winter, den ich in Erinnerung habe, ist in unserem Nest der Frühling explodiert.

Wenn Julia heute Abend von der Arbeit nach Hause kommt, wird sie von einem Meer ihrer Lieblingsblumen erwartet. Vielleicht hilft ihr das, in Erwägung zu ziehen, mir zu verzeihen, dass ich so eine schlechte Freundin war.

»Danke«, sage ich zu Edward, als wir fertig sind. »Ohne dich hätte ich das nicht geschafft.«

»Kein Problem, Herzblatt«, erwidert er und küsst mich zum Abschied dreimal auf die Wangen. »Übrigens, mein Liebeskummerradar spielt in deiner Nähe verrückt. Möchtest du darüber reden?«

Ich sehe ihn an. Mein Körper ist es so leid, Tränen zu produzieren, dass ich nicht einmal einen Kloß im Hals zustande bringe.

»Ich glaube, wenn ich anfange, darüber zu reden, werde ich in tausend kleine Stücke zerbrechen.«

»Oh Schätzchen.«

Edward seufzt, nimmt mich in den Arm und drückt mich fest zum Abschied. Mann, neuerdings stehe ich echt auf diese Umarmungen. Sie sind verdammt angenehm.

Nachdem Edward weg ist, gehe ich nach oben, dusche ausgiebig und schlüpfe dann in frische Sachen. Als Coco später von der Arbeit kommt und die Vordertreppe hochgeht, höre ich sie entzückt jauchzen. Und als sie die Eingangsdiele betritt, klappt ihr die Kinnlade herunter.

»Ach du lieber Gadget! O mein Gott! Das hier ist traumhaft! Wer war das?«

»Ich«, sage ich von meinem Wachposten neben der Küchentür.

Cocos Lächeln erstarrt, als sie mich sieht. Schwesterliche Solidarität übertrumpft Freundschaft. So ist das eben.

»Das ist für Julia«, erkläre ich rasch. »Ich möchte mich bei ihr entschuldigen, weil ich sie verletzt habe. Weißt du, Sam hat mir gesagt, dass er und Julia nur Freunde seien und dass ihr gemeinsames Date schrecklich war. Und gestern Abend ging es bei mir drunter und drüber … Egal, keine Ausreden, jedenfalls dachte ich, ich hätte Gefühle für Sam. Aber wir haben nicht miteinander geschlafen. Wir haben uns nur geküsst.«

Coco mustert mich ein paar Sekunden mit misstrauisch zusammengekniffenen Augen. »Ich habe mich immer gewundert, warum du nicht mehr von ihm willst. Ihr versteht euch so super, und er ist … du weißt schon … wahnsinnig süß.«

»Sam und ich waren immer nur Freunde. Ehrenwort. Gestern Abend dachte ich, dass vielleicht mehr zwischen uns sein könnte … Aber das war ein Irrtum. Sam ist der totale Soziopath. Er hat sich als Joe Jedermann ausgegeben, der auf Jachten anheuert, um über die Runden zu kommen, und nun stellt sich heraus, dass er nur einer von diesen privilegierten, verlogenen, reichen Scheißkerlen ist, mit denen ich nichts mehr zu tun haben will.«

»Warum?«

»Warum was?«

»Warum hat er gelogen?«

»Weil die Menschen so sind. Sie haben Geheimnisse, und sie lügen.«

»Nein, ich meine … was hätte er für einen Grund, dich anzulügen? Er fährt schon seit Jahren auf irgendwelchen Jachten mit, richtig? Das hat er sicher nicht getan, nur um später lügen zu können, falls er einer Frau namens Angie begegnet, die reiche Jungs hasst.«

Ich starre Coco an und versuche, meine Überraschung zu verbergen. »Willst du damit sagen, dass sich nicht alles um mich dreht?«

Sie kichert.

Ich fasse das als ein Zeichen der Vergebung auf. »Coco, ich schwöre, ich würde niemals versuchen, Julia Schaden zuzufügen … Ich werde ihr eine kleine Nachricht hinterlassen, okay? Würdest du sie ihr nachher geben, wenn sie nach Hause kommt?«

»Wo willst du hin?«

»Ins Krankenhaus, Vic besuchen.«

Außerdem möchte ich, dass Julia die Blumen sieht, meine Nachricht liest und entscheidet, ob sie mir verzeiht, ohne dass ich in der Nähe bin. Wenn man auf jemanden wütend ist, genügt es manchmal schon, die Person nur zu sehen, um in die Luft zu gehen. Das hier ist im Prinzip eine Bitte um Vergebung durch die Seitentür.

Es dauert eine Weile, bis ich die Nachricht geschrieben habe. Ich bin es einfach nicht gewohnt, meine Gefühle auszudrücken. Aber schließlich ist die Botschaft gelungen. Hoffe ich.

Julia,
es tut mir schrecklich leid. Ich weiß nicht, ob es dich interessiert, aber das hier ist die Wahrheit: Sam hat mir gesagt, dass euer Date ein Flop war, dass ihr nur Freunde seid. Ich habe gestern Abend ein paar Dinge über meinen Vater erfahren und war völlig durch den Wind. Sam

tauchte auf, und wir haben uns geküsst. Ich dachte, ich würde etwas für ihn empfinden. Ich habe mich getäuscht.

Ich würde dich niemals mit Absicht kränken, und ich hasse es, dass ich die Ursache für deinen Kummer bin. Unsere Freundschaft ist das Einzige, worauf ich stolz bin, seit ich hier in New York bin. Ich hoffe wirklich sehr, dass sie nicht zu Ende ist.

Es tut mir wirklich unheimlich leid.

A x

Dann schnappe ich mir meine goldene Clutch und mache mich auf den Weg ins Krankenhaus. Die Tasche fühlt sich gut an in meiner Hand. Ich schätze, ich werde Drakey und meine Nähmaschine im Nest zurücklassen müssen, wenn ich umziehe … Das widerstrebt mir. Aber ich kann mir in L.A. eine neue Nähmaschine besorgen, richtig?

Heute ist das erste Mal seit einer gefühlten Ewigkeit, dass der Himmel blau ist, richtig blau. Als hätte der Sturm den Winter hinauskomplimentiert und alles reingewaschen. Es hatte in diesem Jahr den Anschein, als würde der Frost gar nicht mehr weichen, aber dem ist nicht so. Der Frühling kehrt schließlich jedes Jahr aufs Neue ein. Das sollte mich wirklich nicht mehr überraschen.

»Klopf klopf …«, sage ich leise, als ich im Eingang zu Vics Krankenzimmer stehe. Vic liegt im Bett, in einem hellblauen Pyjama, vor sich das Kreuzworträtsel der *New York Times*. »Warum versuchen Sie, so ein schwieriges Kreuzworträtsel zu lösen?«, frage ich ihn. »Ist das nicht noch zu anstrengend für Sie?«

»Hallo, mein Mädchen! Was, Sie meinen das hier?« Er deutet auf die Zeitung. »Das erinnert mich immer an meine Frau. Eleanor hat früher jeden Tag das Kreuzworträtsel in der *Times* gelöst, seit es zum ersten Mal erschienen ist und sie selbst noch ein Backfisch war, bis zu dem Tag, an dem sie starb. Also versuche auch ich jeden Tag, das Kreuzworträtsel zu knacken, so wie sie es tun würde, während ich mir denke, verflixt, Eleanor wusste schon immer, wie sie mir den Kopf verdrehen konnte.«

»Klingt, als wäre Eleanor eine kluge Frau gewesen.«

»Das war sie. Und auch schwierig und wundervoll.« Vic faltet die Zeitung zusammen und legt sie auf seinen kleinen Beistelltisch. »Wie alle guten Dinge. Setzen Sie sich zu mir.«

»Wie geht es Ihnen?«, frage ich.

Es ist seltsam, Vic im Pyjama zu sehen. Er wirkt darin noch verletzlicher als gestern Abend, als er voll bekleidet und durchnässt vom Hochwasser bewusstlos draußen auf dem Gehweg lag.

»Gut«, antwortet er. »Durch mich sind so viel Volt geflossen, dass man damit einen Wagen hätte starten können, ist das zu glauben? Und das nur wegen dieser verflixten Lampe. Ich war wie paralysiert … Der Stromschlag hat mich auf das Bett geschleudert. Das Nächste, woran ich mich erinnern kann, ist, dass Sie plötzlich da waren. Sie sind mein kleiner Schutzengel.«

Ich lache. »So hat mich noch nie jemand genannt.«

»Haben Sie schon einmal einen Stromschlag bekommen?«

»Nein.«

»Eine merkwürdige Erfahrung.« Vics Stimme klingt plötzlich heiser. »Für ein paar Sekunden kippt die ganze Welt aus den Angeln. Ich wusste, was gerade passierte, aber ich konnte mich nicht bewegen, ich konnte nichts dagegen machen … Ich habe jetzt noch das Gefühl, nach Luft schnappen zu müssen.«

In diesem Moment klopft es ungeduldig an der Tür.

Eine Krankenschwester. »Verzeihung, aber die Besuchszeit ist zu Ende.«

»Das hier ist meine Enkelin.«

»Sie hat sich als eine Freundin der Familie eingetragen.«

»Nun, wir sind eine freundliche Familie. Ich habe fünf Enkelinnen. Sie bedeuten mir sehr viel.«

Ich sehe Vic an, und er zwinkert mir zu. Aber er sieht tatsächlich müde aus.

»Ich muss jetzt sowieso los«, sage ich. »Großvater, ruh dich aus. Kommst du morgen wieder nach Hause?«

»Ich verspreche es.« Die Krankenschwester geht wieder, und Vic lächelt mich an. Sein furchiges altes Gesicht zerknittert sich. »Seien Sie bloß nett zu Ihrem kleinen Freund, hören Sie? Er ist ein Beschützer. Einer von den Guten. Er ist die ganze Nacht bei mir geblieben.«

»Wirklich?«

Ich bin überrascht, obwohl es mich nicht wundern dürfte. Das ist genau die Art von Verhalten, die für Sam typisch ist.

Aber er ist nicht mein kleiner Freund.

»Ja, er ist mir nicht von der Seite gewichen, bis eine meiner Nichten heute Morgen hier auftauchte. Wissen Sie, ich habe hier in Brooklyn noch nie so ein Unwetter erlebt. Menschen hätten sterben können. Ich bin einfach nur froh, dass das Glück auf unserer Seite war.«

Als ich das Krankenhaus verlasse, dröhnen Vics Worte in meinen Ohren.

Einer von den Guten.

Ha.

Gestern Abend ist auch meine Welt für ein paar Sekunden aus den Angeln gekippt. Einen kurzen Moment lang liebte ich Sam, und Sam liebte mich, und alles hatte

Sinn. Ich dachte, es wäre echt. Die Art von einfacher, warmer, wahrer Liebe, über die man immer in Liebesromanen liest. (Na ja, ich zumindest.) Zum ersten Mal in meinem Leben fühlte ich mich … vollständig. Komplett.

Warum hat Sam nur all diese Lügen erfunden? Er muss einen Grund dafür gehabt haben. Ich könnte es sofort herausfinden. Ich könnte mit ihm reden, ich könnte ihn alles erklären lassen …

Aber das werde ich nicht tun. Erstens würde Julia sich aufregen, und zweitens muss ich mir ein Flugticket nach L.A. besorgen, von dem restlichen Geburtstagsgeld meiner Mutter. Es ist Zeit für einen Neuanfang. Dann wird zwar von dem Geld nichts mehr übrig sein, aber ich werde mir gleich nach der Landung einen Job besorgen – wenn es sein muss, auch in einer gottverdammten Gap-Filiale –, und alles Weitere von dort aus regeln. Das Leben *wird* sich ändern.

Mein Handy klingelt. Ich werfe einen Blick darauf. Cornelia? Was will die denn?

»Hallo?«

»Angie! Herzchen, das ist ein Notfall! Ich brauche dich sofort! Heute Abend ist der Met-Ball, und diese bescheuerte Assistentin, die ich in Frankreich aufgegabelt habe, hat mich einfach sitzen lassen, diese haarige Zimtzicke. Ich zahle dir das Doppelte wie sonst. Du musst für mich nur die Limousine organisieren und solche Sachen. Wie schnell kannst du hier sein?«

Ich sehe auf die Uhr. Es ist fünf. »Ich bin in Brooklyn. In einer halben Stunde kann ich da sein.«

»Es kotzt mich wirklich an, dass heutzutage jeder in Brooklyn wohnt. Sieh gefälligst zu, dass du dich beeilst!«

Und klick, legt sie auf.

39

Cornelia wohnt in einem Loft im West Village von Manhattan. Hier wimmelt es von Boutiquen und Bäumen und kleinen Cafés, die Art von Bilderbuchviertel, die eine Mischung aus Sehnsucht und Missgunst weckt.

Cornelia macht gerade eine »intellektuelle Downtown-Slum-Phase« durch, jedenfalls hat ihre Mutter das meiner Mutter erzählt. Cornelias Mutter ist eine führende Persönlichkeit in der Bostoner High Society. Sie heiratete Cornelias deutlich älteren und sehr reichen Vater, zog nach New York und bekam Cornelia und ihren Bruder. Vor zwei Jahren kehrte sie nach Beacon Hill in Boston zurück, ungefähr eine Minute, nachdem ihr Mann gestorben war.

Cornelias Wohnung wurde natürlich von Profis eingerichtet und ist ein perfektes Sammelsurium von Designerchic: gestapelte Bücher (die sie nicht gelesen hat) überall, viele kleine Fundstücke von Pariser Flohmärkten auf fünfzehntausend Dollar teuren Beistelltischen, dicke Plüschteppiche, große weiche Sitzmöbel – ihr wisst schon, was ich meine. Eine Spur zu vollgestellt, eine Spur zu makellos, und alles picobello auf Hochglanz poliert, was man nur mit einer Vollzeithaushälterin bewerkstelligen kann.

Ich werde hereingelassen und platze mitten in einen heillosen Aufruhr hinein.

»FUCK!«, höre ich Cornelia in ihrem Schlafzimmer

brüllen. »Das hier ist ein VERDAMMTER Albtraum! Warum passiert immer mir so eine Scheiße?«

»Hi, Cornie!«, rufe ich. »Ich bin es, Angie!«

Ich begrüße kurz Keith, Cornelias Make-up-Artist, mit einem Küsschen auf die Wange. Keith und ich haben uns letztes Jahr in der Weihnachtszeit angefreundet, als Cornelia jeden gottverdammten Abend ausgegangen ist und ich der Depp war, der sich die Hacken ablaufen musste, um die passenden Schuhe auszusuchen und den passenden Schmuck auszuleihen und sicherzustellen, dass Cornelia eine Ersatzmiederhose hatte und eine zweite Face and Body Foundation von MAC und … uh, *alles*.

Aber der Druck von damals ist nichts im Vergleich zu heute Abend. Beim Met-Ball handelt es sich um eine 25 000-Dollar-Eintritt-Gala, die jährlich im Costume Institute des Metropolitan Museums stattfindet, um die Eröffnung der Modeausstellung zu feiern. Für die Fashionwelt ist das wie die Oscar-Verleihung, Weihnachten und Silvester zusammen, und jeder, der in der Branche einen Namen hat, nimmt daran teil – von den großen Designern über die *Vogue*-Redakteure und Models bis hin zu modebewussten Berühmtheiten, selbst Sportstars, alle in den exklusivsten, glamourösesten Roben, die man je in diesem gottverdammten Leben gesehen hat. Wer auf Haute Couture steht, für den ist dieser Ball das Mekka schlechthin.

»Hallo, Süße«, flüstert Keith. »Wir können uns auf einen *harten* Abend gefasst machen.«

»Angie!«, brüllt Cornelia. »Komm sofort her! Fuck!«

Ich haste aus dem Wohnzimmer und durch den mit Wandteppichen gesäumten Flur in das blütenweiße Schlafzimmer, dann weiter durch den begehbaren Kleiderschrank (der, ehrlich gesagt, größer ist als mein Zimmer und einem vor Neid Tränen in die Augen treibt) in das Ankleidezimmer, wo Cornelia ihr Spiegelbild anstarrt, während Bibi, ihre persönliche Hairstylistin, ihr gerade die Haare föhnt.

»Bibi, stopp«, befiehlt Cornelia mit einem Fingerschnalzen. »Angie, ich habe gerade eine SMS von Lauren bekommen. Diese Schlampe Olivia wird heute Abend genau das Zac-Kleid tragen, das ich anziehen wollte. Dieses miese Luder. Ich muss sofort mit Zac reden. Schaff ihn mir ans Telefon.«

»Äh … okay …« Ich gehe wieder zurück zu Keith ins Wohnzimmer. »Ich brauche die Nummer von Zac Posen.«

»Nun, *die* hat nur *Cornelia.*« Keith hat die Angewohnheit, halb in Kursivschrift zu reden. »Sie dreht *total* am *Rad*. Sie hat *nur deshalb* eine Karte bekommen, weil dieser *Rutherford* im *Aufsichtsrat* sitzt oder was weiß ich.« Seine Stimme wird ganz leise. »Das ist *weit* außerhalb ihrer Liga.«

»Angie!«, kreischt Cornelia. »Hast du Zac schon erreicht?«

Plötzlich verstehe ich, warum sie hysterisch ist. Cornelia schwimmt seit einigen Jahren in den niederen Gefilden der High Society. Sie ist reich, aber nicht superreich. Sie hat eine Limousine, aber keinen eigenen Chauffeur, eine Stylistin, aber keinen Starfriseur. Cornelia ist ehrgeizig: Sie möchte zu den *Page-Six*-Namen gehören, sie möchte, dass eine Handtasche nach ihr benannt wird, sie möchte eine Lifestyle-Boutique in den Hamptons eröffnen und eine eigene Make-up-Linie auf den japanischen Markt bringen. Der heutige Abend ist ihre Chance, auf der gesellschaftlichen Leiter emporzusteigen. Für sie ist das ein Bewerbungstermin.

Ich gehe wieder in das Ankleidezimmer und versuche, entschieden zu klingen und so, als würde ich nicht schwindeln. »Können Sie mir Zacs neue Nummer geben? Ich habe nur seine alte.«

»Gewöhn dich endlich an das Jetzt, Angie. Zacs neue Nummer ist schon ungefähr ein halbes Jahr alt.« Ohne den Blick vom Spiegel abzuwenden, gibt sie mir ihr Smartphone. »Sag ihm, wenn Olivia heute das Pinkfarbene anzieht, muss ich das wissen, weil ich dasselbe in Gelb anziehen wollte, beziehungsweise frag ihn, ob Lauren mich angelogen hat, weil ich diese Schlampe dann nämlich den ganzen Abend wie Luft behandeln werde.«

Ich nicke und gehe rückwärts aus dem Zimmer, während es bereits bei Zac klingelt. Nach dem elften Klingeln lande ich bei der Mailbox.

»Hallo, Mister Posen, hier ist Angie James. Ich rufe an im Namen von Cornelia Archer. Sie hat eine dringende Anfrage. Es geht um ein Kleid für den Met-Ball heute Abend. Würden Sie mich bitte zurückrufen?« Ich hinterlasse meine Nummer und lege dann auf.

Wen will ich hier verarschen? Zac Posen wird mich niemals zurückrufen. Dem ist es wurscht, was Cornelia anzieht. Sie ist nicht wichtig genug.

Dann fällt es mir wieder ein. Candie Stokes kleidet alle hochrangigen Prominenten ein. Und wenn nicht, weiß sie trotzdem, wer was trägt, das ist ihr Job. Candie Stokes würde zwar niemals einen Anruf von mir entgegennehmen, aber ihre dritte Assistentin dafür schon.

Also wähle ich zum zweiten Mal heute Edwards Nummer.

»Edward!«

»Angie! Herzblatt! Ist mit den Blumen alles okay?«

»Sie sind perfekt! Absolut perfekt! Aber … ich brauche noch einmal deine Hilfe. Würdest du für mich bitte, bitte die Assistentin in Candie Stokes' Büro anrufen, mit der du immer so nett plauderst, und herausfinden, wer alles heute Abend auf dem Met-Ball Zac Posen trägt? Ich weiß, das hört sich seltsam an, aber ich bin gerade bei Cornelia Archer, und …«

»Oohhh! Ich liebe solche Schickimickinotfälle! Selbstverständlich mache ich das! Aber nur, wenn du mir versprichst, nicht nach L.A. zu gehen. Ich möchte nämlich, dass wir BFFs werden!«

Tränen überschwemmen meine Augen. Edward ist so ein Schatz. Aber ich muss New York verlassen. Das Chaos mit Cornelia ist eine tolle Ablenkung, ich weiß dennoch, sobald ich wieder allein bin, wird Sam mir durch den Kopf spuken, und ich werde anfangen zu weinen. Das ist mir heute gleich zweimal in der U-Bahn passiert, auf dem Weg hierher, und ich habe sicher wie eine Geistesgestörte gewirkt. Ich brauche dringend einen Neuanfang.

Ich bringe kein Wort heraus, aber Edward scheint das nicht zu bemerken. »Ich rufe dich in drei Minuten zurück! Behalte dein Handy in der Nähe!«

Wie versprochen, meldet er sich drei Minuten später zurück. Und die Neuigkeiten sind nicht gut.

Ich kehre in das Ankleidezimmer zurück, wo Keith gerade Cornelias Gesicht für eine Lymphdrainage vorbereitet. Cornelia ist davon überzeugt, dass das ihre Wangenknochen stärker zur Geltung bringt.

»Cornelia, Olivia zieht heute Abend tatsächlich das Pinkfarbene an. Natalie und Anna haben sich auch für Zac entschieden. Außerdem habe ich in Erfahrung gebracht, was all die anderen Kundinnen von Candie Stokes heute Abend auf dem Ball tragen werden.« Ich gebe ihr die Liste. »Voilà.«

»Oh Angie, du bist die Beste!« Cornelia liest die Liste

durch und hebt anschließend den Kopf. »Diese Schlampen haben sich alles unter den Nagel gerissen. Für mich ist nichts mehr übrig! O mein GOTT!«, jammert sie mit panischem Unterton. Sie steht auf und stößt einen markerschütternden Schrei aus, dann rauft sie sich die Haare und sinkt auf den Boden. »Scheißescheißescheiße!«

Ich wechsle einen kurzen Blick mit Bibi und Keith, die wie üblich stumm und passiv dastehen. Jemand muss in dieser Situation das Kommando ergreifen.

»Cornelia, beruhigen Sie sich. Wir werden eine Lösung finden«, sage ich. »Okay, die schweren Geschütze sind also schon vergeben. Dann nehmen wir eben jemanden, der neu im Geschäft ist. Einen Nachwuchsdesigner.«

»Ich will aber keinen verfluchten Nachwuchsdesigner!« Cornelia liegt nun bäuchlings auf dem Boden und kreischt in den Teppich. »Ich will den verschissenen Oscar de la Renta! Oder das verschissene Armani Privé! Oder das verschissene Atelier Versace! Oder …«

»Was ist denn mit dem einen, der früher die Zuschnitte für Vera Wang gemacht hat?«, unterbreche ich sie, bevor sie noch weitere »verschissene« Haute-Couture-Marken aufzählen kann. »Ich habe neulich in der *Women's Wear Daily* gelesen, dass er vor Kurzem sein eigenes Atelier eröffnet hat.«

»Vera und ich haben uns verkracht, als sie mein Kleid für den Schulball nicht so nähen wollte, wie ich es mir gewünscht habe. Ich hasse diese verfluchte Schlampe, und ich hasse jeden, der für sie arbeitet«, erwidert Cornelia mit durch den Teppich gedämpfter Stimme.

»Okay …« Ich überlege kurz. Da gibt es noch jemanden, ich weiß, dass da noch jemand ist. »Augenblick! Ich hab's! Sarah Drake! Sie hat früher für Narciso Rodriguez gearbeitet?«

»Ich liebe seine Mode.« Cornelia rollt sich auf den Rücken. »Aber die tragen auch diese ganzen blöden Schlampen aus der Filmbranche.«

Mann, ich bin es leid, dass Cornelia jede Frau auf der Welt eine Schlampe nennt. »Nun, Sarah hat vor ungefähr einem halben Jahr ihr eigenes Label gegründet, Drake. Ich habe ihren Praktikanten Philly Meyer letztens im Starbucks getroffen, als ich … als ich mich im Fashion District beworben habe. Philly und ich sind Facebook-Freunde. Ich kann innerhalb von zehn Minuten den Kontakt zu Sarah herstellen.«

Cornelia schaut zu mir hoch, und in ihren hellblauen Augen schimmert Hoffnung.

»Tu das.«

Und es funktioniert. Gegen halb sieben liefert Philly Meyer drei Modelle direkt aus dem Atelier auf der Siebenunddreißigsten Straße in Cornelias Wohnung. Die Kleider sind eine kostenlose Leihgabe, weil Sarah Drake sich davon eine gute Werbung verspricht. Cornelia zählt zwar nicht gerade zur A-Prominenz beziehungsweise nicht einmal zur B-Prominenz, aber jeder, der heute Abend den Met-Ball besucht, erhält ein modisches Gütesiegel. Gott sei Dank hat Cornelia eine Mustergröße. Das ganze Koks ist doch für etwas gut.

Sie probiert alle drei Kleider an, nacheinander, und stolziert darin vor Bibi, Keith und mir auf und ab. Das erste Modell hat laut Etikett den Namen Bettina. Es handelt sich um eine schulterfreie blassrosafarbene Kreation. Cornelia sieht darin aus wie eine umgedrehte Tulpe, und das nicht auf eine gute Art. Das Kleid wäre perfekt für jemanden, der ausgefallenere Sachen tragen kann, aber nicht für Cornelia. Sie ist dafür zu spießig.

»Groß-artig!«, flöten Bibi und Keith.

Gott, das ist einfach nicht wahr.

»Nein. Das ist eher was für ein Gartenfest«, sage ich.

Cornelia nickt gehorsam und zieht das Kleid wieder aus. Sie vertraut meiner Meinung? Das überrascht mich.

Das zweite Kleid heißt Schatten. Es ist schwarz, ärmellos und hochgeschlossen, auf eine göttlich dramatische Art, aber Cornelias Schultern sind nicht breit genug, um es richtig zur Geltung zu bringen, also hängt es im Prinzip einfach von ihrem Hals herunter, sodass sie darin aussieht wie eine Mischung aus einer Fledermaus und einer Nonne.

»OmeinGott!«, rufen Bibi und Keith im Chor.

»Nicht gut für Fotos«, sage ich. »Ihre Figur geht darin völlig unter.«

Wieder nickt Cornelia gehorsam.

Das dritte Modell heißt Angel. Und es ist genau richtig. Es handelt sich um eine elfenbeinfarbene, bodenlange, schmal geschnittene Robe, eng tailliert, mit leicht futuristischen, symmetrischen Akzenten. Das Kleid streckt die Figur perfekt und verleiht Cornelia Stil und eine Eleganz, die sie, unter uns gesagt, im wahren Leben ganz sicher nicht besitzt. Sie sieht darin aus wie Grace Kelly, hätte Grace Kelly in *Blade Runner* mitgespielt.

»Wow! Wirklich, wow!« Bibi und Keith kriegen sich vor lauter Begeisterung nicht mehr ein.

»Das sieht fantastisch aus«, sage ich. »Schuhe?«

»Ich würde gern die Louboutins dazu anziehen«, sagt Cornelia und sieht mich flehentlich an, als müsste ich ihr die Erlaubnis dazu geben. Ich senke den Blick auf die Schuhe: Sie sind glänzend golden und absolut traumhaft.

»Gut. Tasche?«

Cornelia zieht prompt mehrere Schubladen auf, die insgesamt mehr als fünfzig Abendhandtaschen bergen.

Aber keine davon passt wirklich. Entweder haben sie die falsche Farbe oder sie sind zu groß, zu sehr letzte Saison, zu glänzend, zu kitschig …

»Ich kann kurz zu Christian Louboutin rüberlaufen«, sage ich. »Geben Sie mir zehn Minuten und …«

»Deine Clutch!«, unterbricht Cornelia mich. »Die goldene Clutch, die du in der Minetta Tavern dabeihattest. Wo ist sie?«

»Sie liegt hier bei meiner Jacke …«, sage ich verwirrt. »Sie wollen sich meine Clutch ausleihen?«

»Ja! Sie ist perfekt! Sie wird sicher das Gesprächsthema sein! Mit ihrer weichen, abgerundeten Form bildet sie einen perfekten Kontrast zu dem symmetrischen Schnitt meiner Robe. Und weil weder die Tasche noch das Kleid von einem großen Label stammen, werde ich einen mühelos kombinationssicheren, unaufdringlichen Gesamteindruck machen wie diese Schlampen, die immer auf den Listen der bestangezogenen Frauen landen … und nicht so aussehen, als hätte ich einen Haufen Geld für das Ergebnis hingeblättert. Das ist nämlich so stillos, weißt du?« Cornelia setzt ihren besten flehenden Blick auf. »Bitte, Angie. Bitte!«

»Äh … okay, sicher.« Ich greife nach meiner Clutch und räume den Inhalt in meine Jackentaschen. Zum Glück habe ich sie gewaschen, nachdem sie auf dem Spielplatz in den Schmutz gefallen war. »Sie gehört heute Abend Ihnen. Okay, wir haben noch dreißig Minuten, bis der Wagen kommt. Keith, fang an zu zaubern. Bibi, kümmere dich um ihre Haare. Cornelia, kann ich Ihnen ein Red Bull bringen?«

»Du benimmst dich seltsam«, sagt Cornelia ein paar Minuten später, als ihr sorgfältig Grundierung in die Poren gepinselt wird.

»Ach ja?«, sage ich. Ich knie auf dem Boden neben ihr und schlage die verworfenen Sarah-Drake-Modelle in Seidenpapier ein, damit sie faltenfrei zurückgeschickt werden können. »Wie denn?«

»Vielleicht nicht seltsam, aber du bist … ich weiß auch nicht. Anders. Selbstbewusst. Verantwortungsbewusst, irgendwie. Ich meine, du warst vorher auch schon selbstbewusst, aber nicht so … Früher war ich mir nie sicher, ob du machen wirst, worum ich dich bitte, oder ob du einfach davongehst.«

»Ha«, sage ich. Ohne jegliche Heiterkeit.

»Ich schätze, man sollte nie die lebensverändernde Macht eines kleinen Skandals unterschätzen, was?« Cornelia zieht vielsagend eine Augenbraue hoch, dann sieht sie auf ihr Handy, weil sie eine Nachricht bekommen hat. »Oh, verfluchte Scheiße … Roger muss sich um eine familiäre Angelegenheit kümmern. Er wird erst später auf dem Ball zu mir stoßen.«

»Familiäre Angelegenheit?«

»Ja, sein Sohn.« Mein Herz setzt für eine Sekunde aus. Sam? »Er bewirbt sich gerade für einen hohen Posten in einer Bank. Roger will den Vorstandsvorsitzenden unbedingt zu einem Drink einladen, um für seinen Sohn Werbung zu machen.«

Das ist ziemlich widerwärtig. Und Cornelia kann ganz sicher nicht Sam meinen. Dann hat er vielleicht doch einen Bruder.

»Wie alt ist Rogers Sohn?«

»Fünfundzwanzig, sechsundzwanzig, keine Ahnung. Er heißt Pete«, erwidert sie, dann senkt sie ihre Stimme. »Roger hat eigentlich *zwei* Söhne, aber der andere redet nicht mehr mit ihm.«

Sam! Mein Sam! Ich meine … nicht *mein* … ach, egal.

»Er redet nicht mehr mit ihm? Warum?«

»Ich weiß es nicht genau. Es hat was mit Rogs Exfrau zu tun. Anscheinend war sie ein verfluchter Hippie. Ist mit den beiden Jungs immer nach Südamerika oder Afrika oder wohin auch immer geflogen, um Freiwilligenarbeit zu leisten. Wie angeberisch. Man kann auch einfach eine Spendengala veranstalten, weißt du?«

»Klar …«, sage ich und starre ins Leere. Dann ist Sam also das Produkt einer aufrichtig menschenfreundlichen Mutter und eines leistungsorientierten, herrischen Vaters. Huh. »Ist … der andere Sohn auch ein Banker?«

»Ach wo. Er gondelt durch die Weltgeschichte, um sich selbst zu finden oder irgend so was Albernes. Ich glaube, er wollte Arzt werden, aber Rog wollte lieber, dass er Finanzmanagement oder Jura studiert, was Normales, weißt du? Und dann kam es zwischen den beiden zu einem großen Krach.«

Wer zum Teufel hat etwas dagegen, wenn sein Kind Medizin studieren will?

Plötzlich fällt mir wieder etwas ein, das Cornelia vorhin gesagt hat, bevor sie von Sams Vater anfing. Etwas, das keinen Sinn ergab.

»Was meinten Sie vorhin mit der lebensverändernden Macht eines kleinen Skandals?«

»Ich meinte nur … du weißt schon, Angie.« Sie senkt wieder ihre Stimme, als würde Keith nicht gerade nur zehn Zentimeter von ihr entfernt stehen, während er einzelne Wimpern an ihre Lider klebt. »Die *Bar*. Das *Tape*.«

Ich sehe zu ihr hoch, völlig verwirrt. »Welche Bar? Welches Tape? Wovon reden Sie?«

»Die kleine geheime Bar in Hell's Kitchen. Sie heißt Angies Geheimnis. Auf der Toilette läuft ein Sextape in einer Endlosschleife. Das hat mir dieser kleine Widerling gesteckt … Wie heißt er noch gleich? Der Kerl, mit dem du dich immer rumtreibst? Steven, oder Stef …«

Aber ich höre ihr nicht mehr zu. Ich habe mir bereits meine Jacke geschnappt und marschiere schnurstracks aus der Wohnung, während jeder Teil meines Gehirns und meines Körpers und meiner Seele vor Wut auflodert.

Die Nacht im Soho Grand Hotel.

Jetzt weiß ich, was passiert ist.

40

»Dieser miese kleine Wichser. Wir werden das Band zerstören, okay? Und diesem Arsch die Eier abschneiden. Ich bin in einer halben Stunde bei dir. Bring niemanden um, bevor ich nicht da bin.« Pia legt auf, ohne eine Antwort abzuwarten.

Was ein Glück ist, denn ich bin mir nicht sicher, ob ich im Moment mehr herausbringen würde. Ich habe Pia gerade die Wahrheit über die Nacht im Soho Grand Hotel erzählt, darüber, dass ich mich an nichts erinnern kann und neben dreitausend Dollar in einem Umschlag zu mir kam. Pia, wie sie nun einmal ist, war überhaupt nicht schockiert. Sie wird mich gleich in die Bar begleiten, um die Herausgabe des Videos zu verlangen.

Ich gehe die Hudson Street entlang, mit glühendem Kopf, rasendem Puls und revoltierendem Magen und dem fast überwältigenden Bedürfnis, mich zu übergeben oder ohnmächtig zu werden oder zu schreien.

Es gibt ein *Sextape* von mir, das aufgenommen wurde, als ich zu sehr neben der Kappe war, um zu wissen, was zur Hölle ich gerade tat.

Was bedeutet, dass ich Sex hatte mit – nun, mit irgendwem – in jener Nacht im Soho Grand Hotel, und dass ich dabei gefilmt wurde.

Der Film läuft in der geheimen Bar unter dem Westies in Hell's Kitchen und wurde letzten Endes »Angies Geheimnis« getauft. Sie wurde nach mir benannt.

Als hätte ich darum gebeten.

Ich frage mich, wer das war. Vielleicht einer der Typen, die ich an jenem Abend kennenlernte, beispielsweise der Barbesitzer … Emmett. Oder Busey.

Plötzlich blitzt in meiner Erinnerung das Bild von mir und Emmett auf dem Rücksitz eines Taxis auf. Emmett bietet mir eine kleine Line an. Und dann küsst er mich. Ich kann mich an Zungenküsse erinnern. Viel Zunge.

Ja. Es war Emmett.

O Gott. Mir wird vor lauter Scham kotzübel. Ich fühle mich, als hätte ich etwas verloren, das ich niemals zurückbekommen kann. Ich frage mich, was ich in dem Video veranstalte, wie schlimm es war … Ich meine, es dürfte eigentlich keine große Sache sein, richtig? Jeder Mensch hat Sex! Die Existenz der menschlichen Rasse ist Zeugnis für die Tatsache, dass jeder Mensch Sex hat. Und von jedem Z-Promi oder Dokusoapsternchen gibt es ein Sextape. Teufel noch mal, ich bin mir ziemlich sicher, dass die meisten von ihnen absichtlich ein Sexvideo drehen, um ihren Bekanntheitsgrad zu pushen. Sie würden so etwas wahrscheinlich mit einem Achselzucken abtun. Oder sogar stolz darauf sein.

Aber ich bin nicht so. Ich möchte nicht bekannt werden. Ich möchte keinen zweifelhaften Ruhm erlangen. Darauf war ich noch nie scharf. Ich möchte einfach nur einen Job, der mir den Start in eine richtige Karriere ermöglicht und in ein Leben, auf das ich stolz sein kann. Ich habe es satt, von anderen ausgenutzt zu werden, und ja, vielleicht war das teilweise meine Schuld, weil ich unreif und gedankenlos war und so viele törichte Entscheidungen getroffen habe.

Aber genug ist genug.

Während ich in meinem Kopf mit mir selbst diskutiere,

marschiere ich durch das West Village. Am Himmel wird es allmählich dunkel, und vor mir liegt eine New Yorker Postkartenansicht im April: herrliche Häuser mit hell erleuchteten Fenstern, die sich vor dem Abendhimmel abzeichnen, Bäume, die sich hoch über den Köpfen küssen, das Dämmerlicht, das alles in ein magisches Licht taucht. Jeder kehrt gerade von der Arbeit nach Hause zurück, in Gedanken bei seinem Job und bei Liebe und Sex und Ernährung und Familie und Geld und Mode und Spaß und all den Dingen, von denen New Yorker besessen sind … Gott, ich liebe diese Stadt. Ich will nicht fort von hier.

Was will ich dann?

Ich gehe weiter, bis ich den Meatpacking District mit seinem Kopfsteinpflaster erreiche, der mich an einen Besuch in New York erinnert, als ich neunzehn war und beim Sonntagsbrunch in den Lokalen auf den Stühlen tanzte. Das würde ich heute ganz sicher nicht mehr tun. Ich will dieses Leben nicht. Es entspricht einfach nicht mehr der Person, die ich jetzt bin.

Wer bin ich also?

Ich habe das Gefühl, als wäre ich immer noch dabei, es herauszufinden.

Mein Handy klingelt wieder. Es ist Pia.

»Wo bist du?«

Ich sehe zu den Straßenschildern hoch. »Dreizehnte, Ecke Neunte.«

»Bleib, wo du bist.«

Ein paar Minuten später kommt Pia mit Toto, ihrem blassrosa SchlankMobil, um die Ecke gebraust und hält mit quietschenden Reifen vor mir an. Julia sitzt neben ihr auf der Beifahrerseite. Sie öffnet die Tür und springt raus. Unsere Blicke treffen sich, und mir wird noch übler vor Beklommenheit.

»Hi, Julia …«

»Angie, vielen Dank für die Blumen«, sagt sie. »So was habe ich noch nie erlebt. Ich glaube, das ist das Romantischste, was jemals jemand für mich getan hat.«

Ich muss gegen meinen Willen lachen, während mich augenblicklich Erleichterung durchströmt. »Oh Jules. Es tut mir so leid, dass ich dich verletzt habe. Ich schwöre, das war keine Absicht.«

»Du hast mich nicht verletzt, nicht wirklich«, erwidert sie und umarmt mich. »Angie, das Date mit Sam war tatsächlich ein totaler Reinfall. Da war … ich weiß nicht … keine Verbundenheit, kein erotisches Knistern. Ich wusste, dass es eine Pleite war … Aber trotzdem habe ich mir gewünscht, dass der Funke auf Sam überspringt. Ich habe mir das so sehr gewünscht. Ich bin es einfach leid, Single zu sein.«

»Ich verstehe«, sage ich. »Und ich bin es einfach leid, ich zu sein.«

Julia lächelt. »Also gut, knöpfen wir uns diese Arschlöcher vor, okay?«

»Ja«, sage ich. »Gott, ja.«

Ich steige in den Truck zu Pia, und Julia klettert hinter mir hinein. Pia klopft zweimal gegen die Luke hinter ihrem Kopf. Sofort kommt ein doppeltes Klopfen zurück. Ich sehe sie mit einem Stirnrunzeln fragend an.

»Maddy und Coco«, erklärt sie. »Sie verstecken sich hinten. Das ist zwar nicht ganz legal, aber weißt du, sie sind fest entschlossen, dir zu helfen.«

»O mein Gott, ihr seid einfach die Besten. Ich habe euch nicht verdient«, sage ich. »Pia, hast du sie informiert? Über die Nacht im Soho Grand? Und die Kohle?«

»Ja, habe ich«, sagt Pia. »Ich hoffe, das ist okay.«

»Natürlich ist das okay«, erwidere ich. »Ich möchte

keine Geheimnisse mehr vor euch haben. Ihr denkt bestimmt …«

»Wir denken, dass du unsere Freundin bist und jedem mal Scheiße passieren kann und dass wir das wieder in Ordnung bringen werden«, sagt Julia. »Wir stehen das gemeinsam durch.«

Wir lächeln uns kurz an, dann schaltet Julia das Radio ein. In den ersten paar Sekunden hört man nur ein lautes Rauschen und Knistern, bevor *One Way or another* von Blondie ertönt.

»Toto hat es wirklich drauf, immer die passenden Songs zu spielen«, sagt Pia und tätschelt anerkennend das Lenkrad.

Als wir das Café auf der Tenth Avenue, Ecke Sechsundvierzigste Straße erreichen, nachdem wir die Radiosongs während der ganzen Fahrt laut mitgesungen haben, fühle ich mich besser. Ich schaffe das. Mit den Mädels an meiner Seite schaffe ich alles.

Wir steigen aus dem Truck und versammeln uns kurz auf dem Gehweg.

»Ich kann euch gar nicht genug danken«, sage ich. »Ihr müsst mich für eine Vollidiotin halten.«

»Das tun wir nicht, Ehrenwort«, sagt Madeleine. »Und ich persönlich denke, du solltest in Zweifel ziehen, ob der Sex mit deiner Zustimmung geschah.«

»Ich denke, das werden wir nicht erfahren, ohne uns das Video anzusehen«, sage ich. »Und dazu habe ich keine Lust.«

»Wir haben uns alle schon mal die Kante gegeben, und wir hatten alle schon mal Sex, und wir haben alle schon mal Fehler gemacht«, sagt Julia. »Das hätte jeder von uns passieren können.«

»Ja, besonders dir, schließlich gibt es von dir schon ein

Sextape, und dabei warst du nicht einmal betrunken«, bemerkt Pia.

Madeleine, Coco und ich keuchen erschrocken auf, während Julia mit den Achseln zuckt. »Das ist schon lange her, Liebelein. Das war in meiner experimentellen Phase. Außerdem habe ich das Beweisstück vernichtet. Es wird nicht unvermittelt wieder auftauchen, falls ich zum Beispiel für das Präsidentenamt kandidiere.«

Madeleine lacht. »Du hattest eine experimentelle Phase?«

»Genug!«, sagt Pia. »Konzentrieren wir uns auf das vorliegende Problem.«

»Ich bin konzentriert.« Coco gibt einen knurrenden Laut von sich. »Schnappen wir uns diese Arschlöcher.«

Wir stolzieren zu fünft in das Café, bemüht, so wütend und böse wie möglich dreinzuschauen, und marschieren an der schmierigen Glastheke mit den alten Cupcakes vorbei. Ich öffne die Tür am Ende des Raums, und wir gehen die klapprige Treppe hinunter in den Keller, wo es nach Kohl riecht, und anschließend durch den Samtvorhang in die Bar.

Es ist erst einige Wochen her, dass ich hier unten war, an jenem Abend, der mit einer schlechten Laune und einem schlechten Freund begann und endete mit … einem Blackout. Aber es kommt mir vor wie ein ganzes Leben.

Der Raum erinnert nun irgendwie an ein Bühnenbild, wie Bars das immer tun, wenn sie leer sind und die Deckenbeleuchtung brennt und man nüchtern ist. Alles sieht noch genauso aus wie damals, als ich mich mit Stef hier unten traf, bis auf eine Sache: Über der Theke hängt in Neonpink der Schriftzug ANGIES GEHEIMNIS.

Von dem bloßen Anblick wird mir schlecht.

Ich gehe voran und führe die anderen an das Ende des Raums, wo sich eine kleine Unisex-Toilette befindet.

Sie ist abgeschlossen.

»Scheiße!«, fluche ich.

»Keine Sorge«, sagt Madeleine. »Ich kann das Schloss knacken.«

»Wo zum Teufel hast du gelernt, wie man Schlösser knackt?«, fragt Pia.

Madeleine wölbt eine Augenbraue. »Du brauchst nicht alles über mich zu wissen, Pia. Okay, sieht so aus, als bräuchte ich hierfür nur ein Stück Draht. Hat jemand eine Haarklammer für mich?«

Pia zieht eine Klammer aus ihrem Nackenknoten.

»Und ich brauche außerdem …« Madeleine läuft hinter die Theke, nimmt ein Messer, wirft es wieder hin und schnappt sich dann einen Korkenzieher. »Voilà!« Sie saust zu uns zurück. »Gebt mir zwei Minuten.«

Aber tatsächlich braucht sie nur dreißig Sekunden. Klick, klick, klack, und schon ist das Schloss geknackt.

»Beeilt euch«, sagt Pia. »Es ist jetzt ungefähr halb acht. Selbst der Nachtclub mit den spätesten Öffnungszeiten braucht jemanden, der vorher kommt, um alles vorzubereiten.«

»Okay, okay.« Ich öffne die Tür und werfe einen Blick in den kleinen Raum. Darin befinden sich nur ein Waschbecken mit einem großen Spiegel und zwei Toilettenkabinen. Ich kann nirgendwo einen Monitor entdecken oder einen DVD-Player, nicht einmal einen Laptop.

Die anderen drängeln sich an mir vorbei. »Hast du das Tape gefunden? Dann nichts wie raus hier!«

»Es ist nicht hier«, sage ich, während ich einen Kloß der Verzweiflung in meiner Kehle spüre. »Hier ist kein Monitor, nichts. Was habe ich mir überhaupt dabei gedacht?

Bestimmt sind ohnehin schon lauter Kopien von dem Tape im Umlauf … Es ist digital, wahrscheinlich kann man es sich im Internet anschauen. Ich werde es niemals ganz vernichten können. Es wird immer irgendwo eine Kopie davon geben. Was haben wir uns bloß dabei gedacht, hier einzufallen wie eine verdammte Bürgermiliz?«

Julia runzelt die Stirn. »Irgendwas ist seltsam hier … Seht mal, warum ist der Spiegel nach oben geneigt? Normalerweise sind Spiegel eher nach unten geneigt, weil das dem Spiegelbild des Betrachters schmeichelt, richtig?«

Ich mustere den Spiegel. »Und?«

»Und … es hat den Anschein …«

»Was bist du, eine verdammte Nancy Drew?«, fragt Madeleine.

Julia gibt keine Antwort. Sie dreht sie sich um und betrachtet die nackte Wand auf der anderen Seite, bevor sie wieder herumwirbelt und an dem Spiegel hochschaut.

Und dann sehe ich es. In der Wand über dem Spiegel ist ein Loch in der Größe einer Quarter-Münze.

»Sie ist nebenan«, sagt Julia. »Die Kamera. Sie projiziert die Bilder an die Wand, und der Spiegel reflektiert das Ganze. So kann man den Film aus jeder Position sehen, egal, auf welche Wand man gerade schaut.«

Wir verlassen alle im Gänsemarsch die kleine Toilette. Nebenan befindet sich eine weitere Tür … die Putzkammer.

»Haarklammer! Haarklammer!«, sagt Madeleine und streckt ihre Hand aus wie ein Chirurg in einem OP-Saal.

»Scheiß auf die Haarklammer«, entgegnet Julia und fängt an, gezielt gegen die Tür zu treten, sehr kräftig, mit voller Wucht. Beim dritten Tritt höre ich Holz splittern, und die Tür schwingt ruckartig auf.

Drinnen stehen ein Eimer mit Putzmitteln und ein

paar Kisten mit alkoholfreien Getränken. Und als wir an der Wand hochschauen, entdecken wir ein kleines, neu angebrachtes Regal, auf dem eine altmodisch aussehende Kamera steht.

»Das ist eine Super 8«, sagt Pia. »Aidan besitzt noch ein paar alte Super-8-Kassetten aus der Zeit, als er ein Baby war und seine Eltern ihn gefilmt haben. Diese Kameras sind Aufnahme- und Abspielgerät zugleich ... Wisst ihr, mit einer Super 8 bekommt man diese körnige, altmodische Optik. Die ist gerade wieder voll angesagt.«

»Oh, prima«, sage ich. »Dann wurde ich also ohne mein Wissen beim Sex gefilmt, aber wenigstens sehe ich cool aus?«

»Nun, es ist unwahrscheinlich, dass diese Loser sich die Mühe gemacht haben, den Film zu digitalisieren. Also ein Vorteil für uns.«

»Schnappt euch die verdammte Kamera und lasst uns endlich verschwinden«, sagt Julia.

Ich greife hoch und stoße die Kamera von dem Regal. Sie kracht auf den Boden.

»Ups. Ich glaube, jetzt habe ich sie kaputt gemacht«, sage ich und sehe die anderen mit gespielt bestürzter Miene an.

Julia grinst und tritt so brutal auf die Kamera, dass sie in drei Teile zerbricht. »Ups. Ich glaube, ich habe sie noch mehr kaputt gemacht.«

»Okay, Leute, können wir das vielleicht auch in der Union Street machen?«, unterbricht Pia uns.

Während die anderen die Putzkammer verlassen, hebe ich die zerstörte Kamera auf und gehe ebenfalls zurück in die Bar. Die anderen stehen wie angewurzelt da.

Ich sehe sie verwirrt an. »Worauf wartet ihr? Lasst uns abhauen!«

Dann sehe ich, warum sie sich nicht von der Stelle rühren.

Emmett, Busey und Stef. Sie blockieren den Ausgang.

»Hallo, Angie«, sagt Stef. »Sieht ganz so aus, als wärst du hinter unser Geheimnis gekommen.«

41

»Wie konntest du mir das *antun?*« Ich marschiere direkt auf Stef zu. »Du hast mich gefilmt! Beim Sex! Du musst mich ja wirklich sehr hassen! Was zum Teufel habe ich dir getan?«

»Hey, das war nicht ich, Babe!« Stef hebt abwehrend die Hand und weicht einen Schritt zurück. »Ich war genauso überrascht wie du. Na ja, vielleicht nicht *ganz* so überrascht …«

»Ich glaube dir nicht.«

»Ich schwöre es dir.«

Ich sehe zu Emmett und Busey, während ich das Gefühl habe, vor lauter Anspannung und Wut gleich zusammenzubrechen. »Ihr Arschlöcher«, zische ich. »Dafür könnte ich euch hinter Gitter bringen.«

»Du übertreibst«, erwidert Busey, und seine dicken Backen wackeln bei jedem Wort. »Das ist wirklich ein schöner Film geworden. Sehr Sixties, sehr klassisch. Du solltest stolz sein.«

Ich schnappe nach Luft, während ich mich fühle, als wäre ich gerade geohrfeigt worden.

»Ich dachte, du stehst auf so was.« Emmett sieht gelangweilt drein. »Ich habe die Kamera aufgestellt, als du im Bad warst. Du hast sie nicht einmal bemerkt … Du warst ziemlich heiß drauf.«

Ich versuche zu sprechen, aber es kommt nur ein erstickter Laut heraus, und Tränen laufen mir über das Gesicht. Ich kann das hier nicht ertragen. Ich kann nicht. Ich weiß nicht, was ich machen soll.

»Ihr Drecksäcke«, schimpft Julia. »Wie könnt ihr es wagen, Angie so auszunutzen? Wie könnt ihr es wagen, in eurer widerlichen Bar ein Sextape von ihr zu zeigen, als wäre sie eine Art Pornostar!«

Busey grinst dreckig. »Wem der Schuh passt …«

»Halt deine verdammte Klappe«, sagt Pia mit bedrohlich gedämpfter Stimme. »Wage es nicht, so einen Mist über meine beste Freundin zu sagen, Fettsack.«

»Wir verschwinden jetzt«, sagt Madeleine. »Und die Kamera nehmen wir mit.«

»Übrigens«, fügt Coco hinzu, »mein Freund arbeitet im Gesundheitsamt, in der Abteilung Lebensmittelsicherheit und Hygieneüberwachung. Ich wette mit euch um zwanzig Mäuse, dass ihr innerhalb von einem Monat eure Schanklizenz verliert und euer Laden dichtgemacht wird.«

»Was für eine Schanklizenz?«, murmelt Stef, hebt den Kopf und sieht, dass wir ihn alle gehört haben.

Coco sieht ihn an, dann heftet sie den Blick wieder auf Busey und Emmett. »Ich würde sagen, ihr seid ziemlich am Arsch, ihr Wichser.«

Coco kann knallhart sein, wenn sie will.

Als wir den Samtvorhang erreichen, bleibt Julia stehen, dreht sich um, geht zurück zu Stef und verpasst ihm eine harte Ohrfeige.

»He …«

»Das ist für das, was du alles meiner Freundin angetan hast. Sie ist ein anständiger Mensch. Das hat sie nicht verdient.«

Als wir wieder draußen auf der Straße stehen, spüre ich eine berauschende Euphorie. Sieg! Aber bevor ich ihn feiern kann, muss ich noch eine Sache erledigen.

Mit zitternden Händen löse ich die Verriegelung an der Kamera und öffne die Klappe, hake einen Finger unter das Filmband und ziehe es dann von Hand heraus. Meter um Meter Zelluloid wirbelt herunter und sammelt sich zu einem großen Haufen vor meinen Füßen. Ich beginne, darauf herumzutrampeln, und die anderen folgen meinem Beispiel, während wir mit der Art von erleichterter Hysterie lachen, die einen überfällt, wenn man gerade einer beängstigenden, albernen, merkwürdigen Situation entkommen ist.

»Wir werden den Film von der Brooklyn Bridge werfen«, sagt Julia. »Und danach fahren wir nach Hause. Ich brauche einen Drink.«

»Wir sollten keinen Müll verursachen«, widerspricht Coco. »Wir fahren nach Hause und zerschneiden den Film dort in winzige Stücke.«

»Lasst uns Pizza bestellen«, sagt Pia. »Ihr seid eingeladen.«

Ich weiß, was sie vorhat. Es ist Beichtstunde. Pia und ich werden das Nest verlassen.

Als ich in das SchlankMobil einsteigen will, sehe ich Stefs Wagen, der ein kleines Stück weiter unten auf der Straße parkt. Sein roter Ferrari 308 GTS. Nichts auf der ganzen Welt bedeutet ihm so viel wie sein Wagen.

Mir kommt eine Idee.

Ohne zu zögern, marschiere ich in den Imbiss neben dem Café und kaufe eine Zwei-Liter-Flasche Coca Cola, gehe dann hinaus zu Stefs Protzschlitten, öffne den Tankdeckel, schraube die Colaflasche auf und leere die zuckerhaltige Brause bis zum letzten Tropfen in den Tank. Gluck, gluck, gluck.

»Was zum Teufel machst du da?«, ruft Pia aus dem Truck.

Ich antworte nicht. Erst als die Flasche ganz leer ist, drehe ich mich um und kehre zum Truck zurück, in mich hineinlächelnd. Stefs kostbarer Ferrari ist Schrott.

Rache. Ist. Süß.

Dann fahren wir nach Hause, setzen uns in die Küche, bestellen Pizza vom Bartolo's, öffnen eine Flasche Wein und attackieren den Film mit Scheren.

»Kein Wodka heute Abend, Angie?«, neckt Madeleine mich, während sie Einzelbild für Einzelbild zerschneidet. »Keine Gurkenscheibe, kein Meersalz? Keine Kippe im Mundwinkel?«

Ich grinse sie an. Ich verstehe Madeleine endlich. Sie versucht, witzig zu sein. Es kommt nur manchmal ein bisschen zickig rüber.

»Heute Abend nicht. Heute Abend möchte ich auf euch anstoßen. Danke, Leute. Ohne euch hätte ich das nicht überlebt.«

Wir erheben unsere Gläser und stoßen an, mit dem obligatorischen Sich-in-die-Augen-sehen-oder-sieben-Jahre-schlechter-Sex-Ritual.

Dann wird die Pizza angeliefert, und als wir alle genüsslich unseren ersten Bissen kauen, wechseln Pia und ich einen Blick. Es ist Zeit, den anderen Bescheid zu sagen.

»Ich werde nach San Francisco ziehen, um mit Aidan zusammen zu sein«, verkündet Pia.

»Ich werde nach L.A. ziehen, um mit mir selbst zusammen zu sein.« Ich ziehe eine Augenbraue hoch. »Gott, wie deprimierend.«

»Was?«, rufen Julia, Madeleine und Coco gleichzeitig.

»Warum?« Coco ist bestürzt. »Ihr zieht aus? Beide?«

»Ich bin nur ... Ich bin nicht glücklich ohne Aidan«, sagt Pia. »Wenn man jemanden liebt, möchte man mit demjenigen zusammen sein. Richtig?«

»Und was ist mit deinem Job?«, fragt Julia. »Kannst du in San Francisco weiterarbeiten?«

»Äh …«, sagt Pia. Sie sieht schuldbewusst auf. »Ich habe meine Chefin gefragt. Sie hat gesagt, sie brauche mich hier in New York.«

»Dann hast du bei Carus gekündigt?« Julia ist entsetzt. »Das war's?«

Ich staune selbst. Pia hat mir nichts davon gesagt, dass ihre Chefin den geplanten Umzug nach San Francisco nicht befürwortet. Pia will ihren perfekten Job aufgeben, obwohl es im Moment praktisch unmöglich ist, Arbeit zu finden? Ganz zu schweigen von einem Traumjob wie ihrem?

»Noch nicht«, gesteht Pia. »Ich konnte mich nicht überwinden, direkt zu kündigen. Nachdem meine Chefin meinen Vorschlag abgelehnt hat, habe ich gesagt, dass ich auch nur mal fragen wollte, ob die Möglichkeit bestünde, bla, bla, bla … Aber ich werde kündigen. Morgen.«

»Wie kannst du diesen Job aufgeben, für den du so hart geschuftet hast?« Ich knalle meine Hand auf den Tisch, und alle zucken zusammen. »Du hast dir diese Position *erarbeitet*, Pia. Du bist durch die Hölle gegangen, um so weit zu kommen.«

»Und wir sind mit dir durch die Hölle gegangen!«, ergänzt Madeleine.

»O Mann, ich weiß, ich weiß …« Pia wirft einen gequälten Blick an die Decke. »Ich liebe meinen Job. Ich meine, ich liebe ihn wirklich, und ich habe gerade erst angefangen, das Potenzial darin zu erkennen … Und ich bin gut! Endlich bin ich mal in etwas gut. Ich gehöre genau dorthin, dessen bin ich mir sicher … Aber ich habe das Gefühl, dass ich auch zu Aidan gehöre. Ich liebe ihn.«

»Schätze, dann musst du dich wohl entscheiden«, sagt Madeleine. »Beruf oder Liebe.«

»Ich hasse das!«, sagt Pia. »Warum bin ich diejenige, die Opfer bringen muss? Warum kann stattdessen nicht Aidan seinen blöden Job aufgeben und hier bei mir bleiben? In was für einem verdammten Jahrzehnt leben wir eigentlich?« Sie nimmt einen Schluck Wein und seufzt theatralisch.

»Und was ist mit dir, Angie?« Julia wendet sich an mich. »Du füllst das ganze Haus mit Blumen, und dann haust du einfach ab?«

»Gerade jetzt, da wir dich endlich näher kennenlernen?«, fügt Madeleine hinzu.

»Kommt schon, Leute«, sage ich. »Ihr wisst, dass ich es niemals schaffen werde, mir hier ein Leben aufzubauen. Ein richtiges Leben. Niemand gibt mir einen Job. Und ich kann nicht weiter in einem Laden wie Gap arbeiten oder die persönliche Sklavin einer reichen Zicke wie Cornelia oder dieser abgedrehten Fotografin sein, versteht ihr? Ich muss das Gefühl haben, auf dem richtigen Weg zu sein, mein Leben muss einer Richtung folgen, einem Ziel. Und das Gefühl habe ich nicht.«

Es herrscht Schweigen. Niemand scheint in der Lage zu sein, mir zu widersprechen. Das lässt mich innerlich ein wenig zerbröckeln. Ich habe irgendwie gehofft – vielleicht auch nur halb –, dass eine von ihnen sagen würde, dass sie nicht möchte, dass ich fortgehe, dass sie es mir einfach nicht erlaubt. Aber warum sollten sie versuchen, es mir auszureden? Das hat früher schon nicht funktioniert.

»Was ist mit Sam?«, fragt Julia.

»Sam ist ein Lügner.« Ich starre auf meinen Teller. Über meine Emotionen zu reden macht mich unheimlich verlegen. »Ich habe keine Gefühle für ihn. Ich dachte, ich hätte welche, aber das war ein Irrtum. Ich habe nur, du weißt schon, projiziert.«

Ja. Das ist ein gutes Wort. Ich bin mir nur nicht ganz sicher, was es bedeutet.

»Er ist verrückt nach dir, weißt du«, sagt Julia.

Ich hebe den Kopf. »Was?«

»Bei unserem Date hat er immer wieder von dir angefangen beziehungsweise sich nach dir erkundigt, weil er dich nicht erreichen konnte … Ich schwöre dir, wir sind nur in der Bar gewesen, weil ich ihm erzählt habe, dass du dort bist. Er hat darauf bestanden, dass wir hingehen. Dieses Date mit ihm war kein richtiges Date, sondern bloß ein Abendessen mit einem Mann, der auf eine meiner Freundinnen steht.«

»Oh«, sage ich leise, während ich versuche, das alles zu verarbeiten. »Nun, er hätte von vornherein offen zu dir sein sollen. Warum ist er überhaupt mit dir ausgegangen, wenn er an dir nicht interessiert ist? Er ist und bleibt ein Schwein.«

»Er ist kein Schwein. Ich bin ihm heute Abend begegnet, als ich von der Arbeit nach Hause kam. Er hat unten in Vics Wohnung aufgeräumt. Er hat sich bei mir entschuldigt und erklärt, dass er gedacht habe, ich würde ihn eher als einen Kumpel betrachten, so wie er mich. Er hat gesagt, er habe gehofft, dich und seinen Bruder Pete für das Dinner begeistern zu können. Für einen lustigen Abend zu viert. Er wollte dir seinen familiären Hintergrund offenbaren. Er steht nicht auf mich.«

»Autsch«, sagt Pia. »Jules, das tut weh.«

»Nein, es ist okay«, sagt sie, während sie ihre Schläfen massiert und die Stirn runzelt. »Er war so aufrichtig, ich konnte ihm nicht einmal böse sein … Außerdem weiß ich gar nicht, ob ich wirklich in Sam verknallt war. Ich wollte mich einfach nur so gern wieder verlieben …« Sie seufzt. »Ich wünsche mir wirklich eine Beziehung. Mehr nicht.«

Es entsteht eine lange Pause.

»Dann hat Sam also einen Bruder«, sagt Pia schließlich. »Ob sie sich wohl ähnlich sehen?«

Julia lacht. »Das habe ich mich auch als Erstes gefragt!«

In nachdenklichem Schweigen essen wir weiter. Ich denke über Sam nach und versuche herauszufinden, was ich empfinde und was ich tun soll, aber in mir herrscht einfach ein zu großes Gefühlschaos. Es ist zu viel passiert in den letzten vierundzwanzig Stunden. Ich fühle mich, als könnte ich mich ins Bett legen und eine Woche am Stück durchschlafen. Und ich brauche nach wie vor einen Job. Ich brauche ein richtiges Leben, ein Leben, das einer Richtung folgt. Darauf läuft es im Endeffekt hinaus.

»Gott, ich liebe die Küche vom Bartolo's«, sagt Julia, als die Pizza vertilgt ist. »Aber danach habe ich immer Lust auf was Süßes, kennt ihr das?«

»Ich schon!«, sagt Madeleine. Ich sehe sie stirnrunzelnd an. Madeleine isst praktisch nie Zucker. »Ich hätte jetzt echt Lust auf … hm … lasst mich überlegen, auf eine Köstlichkeit mit rosa-weißem Zuckerguss und mit Kerzen …«

Plötzlich fällt mir auf, dass Coco am Kühlschrank steht und einen Kuchen herausnimmt. »Ta-daa! Für Pia und Angie! Eure Geburtstagstorte!«

»Ich dachte schon, ich würde dieses Jahr keine bekommen!« Pia ist begeistert. »Unser dreiundzwanzigster Geburtstag ist gerettet!«

Coco zündet die Kerzen an, und alle singen *Happy Birth-*

day, dann holen Pia und ich tief Luft, schließen die Augen und pusten die Kerzen aus.

»Vergesst nicht, euch was zu wünschen!«, ruft Julia.

Ich wünsche mir, dass ich mir ein Leben schaffe, das mich glücklich macht.

Dieser Wunsch kommt mir ungebeten in den Sinn. Hätte ich mehr Zeit zum Überlegen gehabt, hätte ich mir etwas Spezifischeres gewünscht, zum Beispiel einen Job, der mir 150 000 Dollar im Jahr einbringt, und ein Haus mit einem Privatkoch und einem gottverdammten Swimmingpool auf dem Dach.

Oder sogar einfach nur einen Job. Aber das wird sich hier in New York nie erfüllen. Also nehme ich an, dass mein Wunsch mich nach L.A. führen wird.

Ich öffne wieder die Augen und lasse den Blick über die anderen schweifen. Die Mädels sind jetzt meine Familie. Ich möchte nicht von ihnen Abschied nehmen. Es läuft genau auf Folgendes hinaus: Ich will nicht weg, aber ich habe das Gefühl, ich muss.

Was zum Teufel soll ich tun?

42

Ich hatte eine schlaflose Nacht.

Wieder einmal.

Ich spüre diesen dumpfen Erschöpfungsschmerz hinter meinen Augenhöhlen. Die Art von Kopfschmerzen, die man nur mit vierundzwanzig Stunden Schlaf und anschließend einer Gallone Espresso lindern kann. Aber daran ist nicht zu denken. Ein Kaleidoskop von Bildern rauscht durch meinen Kopf. Noch immer. Alles, was geschehen ist, alles, was ich am liebsten ausradieren würde, alles, was ich Sam gern fragen würde, alles, was …

Ein paar Dinge sind mir allerdings in meinem schlaflosen Gedankenfestival letzte Nacht klar geworden.

Erstens, ich habe mich geirrt.

(Wieder einmal.)

Ja, Sam hat mich, was seine Identität und seine Herkunft betrifft, belogen.

Aber er hatte offensichtlich seine Gründe dafür.

Sein Vater, seine Mutter … ich kenne nicht die ganze Geschichte. Aber ich hätte dableiben sollen, um sie mir anzuhören. Ich hätte Sam einen Vertrauensbonus geben sollen. Genau wie ich an jenem Tag hätte dableiben sollen, als meine Mutter mir von der Scheidung erzählte, und ich hätte auch an dem Abend zu Hause bleiben sollen, als Julia und ich die Auseinandersetzung in der Küche hatten. Aber ich bin nicht geblieben. Mein Instinkt hat mir gesagt: Lauf weg!

Also lief ich weg.

Ich lasse mich immer von meinem Instinkt leiten. Eigentlich sogar beherrschen. Ich dachte immer, so bin ich halt, ich dachte, das wäre ein Teil meiner Persönlichkeit. Unberechenbar. Sprunghaft. Manchmal ist Weglaufen keine so schlechte Idee, wie zum Beispiel von der Jacht vor den Caicosinseln. Aber manchmal – öfter – ist es eine schlechte Idee.

Ist es also eine schlechte Idee wegzugehen, nur weil ich in New York bisher keinen richtigen Job bekommen habe? Oder ist es verständlich? Ich kann ehrlich nicht mehr beurteilen, was vernünftig ist und was verrückt beziehungsweise was schlau ist und was dumm. Es gibt zu viele Möglichkeiten. Das alles ist sehr verwirrend, und ich habe tief in mir diese schreckliche Angst, dass ich die falsche Wahl treffe und es immer bereuen werde.

Und nun ist es Mittwochmorgen. Alle anderen auf der Welt stehen auf, gehen zur Arbeit, verdienen Geld, haben ein Leben, das sich zu leben lohnt.

Außer mir.

Ich brauche frische Luft.

Also klettere ich aus dem Bett, stelle mich kurz unter die Dusche und schlüpfe anschließend in eine weiße Bluse, eine Jeans und meine Nieten-Chucks. Ich bin um drei Uhr morgens aufgestanden und habe den Ausschnitt der Bluse geändert. Sie ist so hübsch. Vielleicht bringt sie mir Glück.

Dann schnappe ich mir meine alte Lederjacke und stopfe meinen Schlüsselbund, Geld, Lippenbalsam und mein Handy in die Innentasche, weil Cornelia immer noch meine goldene Clutch hat. Ich verlasse das Haus, ohne jemandem zu begegnen. Während die Sonne aufgeht, schlendere ich langsam die Union Street entlang und spüre diesen leisen Kitzel, den man bekommt, wenn man der einzige Mensch ist, der schon munter ist, und man das Gefühl hat, dass einem die Welt allein gehört. Brooklyn wirkt um diese Tageszeit frisch und sauber und voller Versprechungen.

Ich biege in die Smith Street und spaziere weiter bis zur Atlantic Avenue, ins New Apollo Diner, dasselbe Lokal, in dem ich an dem Morgen nach dem Pijiu frühstücken war, als ich dachte, Julia und Sam hätten … Nun, ihr wisst schon.

An jenem Morgen habe ich auf die Speisekarte gestarrt und an Sam gedacht. Ich dachte an die Zeit, die wir gemeinsam verbracht hatten, an meinen Tränenausbruch in seiner Gegenwart, nachdem wir uns das gottverdammte *Kramer gegen Kramer* angesehen hatten, daran, dass er mir geholfen hatte, meinen Lebenslauf und den Caffè Latte zu verteilen. Daran, dass ich mir sicher war, absolut sicher, dass wir uns an jenem Abend in meinem Bett küssen würden.

Und ich redete mir einfach immer wieder ein: Nein, wir sind nur Freunde.

Was wäre passiert, wenn ich Sam in jener Nacht geküsst hätte, als er bei mir geschlafen hat? Warum hatte ich beschlossen, dass er nur mein Kumpel sein könne und dass es keine funktionierende Alternative gebe?

Aber er wäre trotzdem ein Lügner gewesen.

Und ich werde trotzdem nach L.A. gehen.

Aber ich will nicht weg.

Da. Ich habe es ausgesprochen. (In meinem Kopf zumindest.)

Die Episode gestern Abend in der Kellerbar hat mir bewusst gemacht, dass die Mädels und ich im selben Boot sitzen. Wenn ich nicht nach L.A. gehe, bin ich allerdings genau wieder da, wo ich angefangen habe. Kein Job, keine Karriere, kein Geld, keine Möglichkeiten.

Kein Sam.

Ich habe das dringende Bedürfnis, Sam anzurufen und mich dafür zu entschuldigen, dass ich so ausgeflippt und in das Unwetter hinausstürmt bin wie ein King Lear mit Titten. Ich möchte Sam fragen, ob er mir seine Situation erklären kann, warum er nicht ehrlich gesagt hat, wer er ist und woher er kommt. Ich bin mir sicher, er hatte einen guten Grund, mich zu belügen. Aber ich bringe es einfach nicht fertig, ihn anzurufen. Und er hat kein einziges Mal versucht, mich zu kontaktieren.

Obwohl er mich belogen hat, kann ich ihn nicht verurteilen. Ich kenne seine Vorgeschichte nicht, ich weiß nicht, wie es ist, er zu sein. So wie keiner weiß, wie es ist, ich zu sein.

Wann ist das Leben so kompliziert geworden?

Andererseits, bei genauerer Betrachtung, war das Leben jemals einfach?

Schließlich kommen meine Pfannkuchen, und da ich nicht essen kann und gleichzeitig über lebensverändernde Entscheidungen nachdenken, gieße ich großzügig Ahornsirup darauf, schnappe mir die *New York Post*, die jemand am Nebentisch zurückgelassen hat, und schaue auf die Titelseite, während ich mir den ersten süßen Bissen in den Mund schiebe.

O mein Gott.

43

Es ist Cornelia. Ein Polizeifoto von ihr. Auf der Titelseite der *New York Post*. Sie trägt das Modell Angel und starrt mit einem arroganten, mürrischen Ausdruck in die Kamera. Gleich daneben sehe ich ein weiteres Foto von ihr. Sie stürzt sich gerade in ihrer Abendrobe von hinten auf einen NYPD-Beamten, ich nehme an, kurz vor ihrer Verhaftung. Sie sieht umwerfend aus. Zwar offensichtlich wahnsinnig, aber umwerfend. Das Kleid ist einfach der Hammer.

»HEISSER RITT AUF EINEM COP!«, lautet die Schlagzeile.

Und dann sehe ich sie. Ganz unten in der Ecke ist meine Clutch! Meine goldene Clutch! Von mir selbst genäht aus Secondhandseidentüchern, die ich vor Monaten in der Court Street entdeckt habe. Was zum …? Ich lese rasch den Artikel.

Blond, schön … und aufgeflogen. Cornelia Archer, Angehörige der feinen Oberschicht von Manhattan und Ururenkelin von Randolph Archer, dem Gründer von Standard Oil, wurde gestern Abend verhaftet, weil sie zwei Gramm Kokain auf die Galaveranstaltung im Costume Institute des Metropolitan Museums geschmuggelt hatte.

Das Sicherheitspersonal, dem Archers unkontrolliertes Verhalten aufgefallen war, verständigte die Polizei, und es kam schließlich zu einer Rauferei vor hunderten schockierten Stilikonen, darunter Anna Wintour, Beyoncé und Jennifer Lopez.

Als Archer, die das Modell »Angel« von Sarah Drake trug, gewaltsam aus dem Saal abgeführt wurde, fiel ihr vor der wartenden Paparazzi-Schar ihre goldene Prada-Handtasche herunter, und der Inhalt verteilte sich für jedermann sichtbar auf dem Boden: Lipgloss, Smartphone … und Kokain.

Archer erwartet heute ihr Urteil.

O. Mein. Gott.

Die denken, meine Tasche wäre von Prada.

Mit Herzrasen und zitternden Händen greife ich zu meinem Handy und rufe Pia an.

»Süße?«

»Cornelia, gestern Abend, meine Clutch, Titelseite der *Post*, o mein Gott«, stammle ich.

»Was? Sprich bitte langsamer.«

Ich kann nicht stillsitzen, also stehe ich auf und beginne, durch das Lokal zu wandern, während ich Pia alles erkläre.

»Wow«, sagt sie anschließend. »Deine Clutch ist ein Drogenkurier!«

Ich zögere eine Sekunde und lache dann.

»Lass uns praktisch denken«, sagt Pia. »Was hast du jetzt vor? Ich wette, du kannst das zu deinem Vorteil nutzen, weißt du, karrieretechnisch.«

»Ja … äh …« Ich versuche zu überlegen. Was habe ich jetzt vor? Dann bemerke ich, dass jemand versucht, mich zu erreichen. Die Rufnummer ist unterdrückt. »Pia, ich muss aufhören, ich kriege gerade einen Anruf …« Ich lege auf und nehme den anderen Anruf an. »Hallo?«

»Angie! Hier ist Philly Meyer! Von Drake!«

»Hey …«

Philly klingt leicht hysterisch. »Cornelia Archer wurde gestern Abend verhaftet! Und …«

»Ich weiß.«

»Wir brauchen unbedingt das elfenbeinfarbene Kleid wieder! Angel. Es ist unser einziges Musterstück, und wir haben bereits zwei Anfragen dafür, von der *W* und von der französischen *Vogue*. Das ist eine Riesensache, weißt du? Es ist *superwichtig*. Jeder auf dem Met-Ball hat das Kleid gesehen. Die Leute reden von nichts anderem mehr.« Philly senkt seine Stimme. »Sarah Drake flippt gerade *völlig aus*.«

»Okay …« Ich überlege fieberhaft. »Ich kann es besorgen. Ich melde mich wieder.«

»Beeil dich!«

Ich stopfe mir hastig so viele Pfannkuchen wie möglich in den Mund, werfe ein paar Scheine auf den Tisch und breche auf. Wie soll ich das bewerkstelligen? Ich kann nicht einfach im Manhattaner Untersuchungsgefängnis anklopfen und das Kleid verlangen.

Denk nach, Angie, denk nach …

Wenn man verhaftet wird, ruft man einen Anwalt an. Und Cornelia als Mitglied der feinen Gesellschaft von der Upper East Side wird sicher den Anwalt der Familie angerufen haben. Jemanden, dem sie vertrauen konnte. Also ist dies wahrscheinlich die beste Möglichkeit, um mit ihr Kontakt aufzunehmen. Wenn ich an ihren Anwalt herankomme, komme ich auch an das Kleid heran. Und an meine Clutch. Falls sie nicht als Beweisstück konfisziert wurde. (Arme, unschuldige Clutch.)

Also rufe ich meine Mutter an, um die private Handynummer von Cornelias Mutter zu erfragen, der legendären High Society Lady CC Archer. Die Nummer, die CC nur an ihre engsten Freunde herausgibt.

»Liebling, bist du dir sicher, dass CC mit dir sprechen möchte?«, fragt meine Mutter. »Sie kann nämlich manchmal ein bisschen … schwierig sein. Und wenn ihre Tochter in einen Skandal verwickelt ist, nun ja …«

»Ich krieg das hin, Mom, versprochen. Ich möchte CC nur eine Frage stellen«, sage ich. »Ich melde mich in ein paar Tagen wieder und erkläre dir dann alles.«

Danach rufe ich Mrs. Archer an, nenne ihr meinen Namen und frage sie, ob sie mir sagen kann, wie der Anwalt ihrer Tochter heißt.

»Warum?«, erwidert CC misstrauisch.

»Weil ich dringend meine Handtasche wiederhaben muss, die ich Cornelia gestern Abend geliehen habe«, sage ich.

»Das ist im Moment wohl kaum von Belang«, entgegnet sie schnippisch. »Dieses ganze Affentheater wird sich bald wieder legen, und dann bekommen Sie auch Ihre Tasche zurück. Außerdem wird Chester im Moment sicher keine Anrufe entgegennehmen.«

»Chester?«

Das ist ein ziemlich obskurer Name für einen Anwalt. Ganz zu schweigen von verdammt albern.

»Und richten Sie Ihrer Mutter aus, dass Sie meine private Handynummer gefälligst nicht weitergeben soll. Es ist ein Privileg, diese Nummer zu haben, und kein Recht. Ich bin darüber sehr verstimmt.«

Ich unterdrücke das Bedürfnis, »Sie können mich mal!« zu sagen, und antworte stattdessen in meinem fröhlichsten Ton »Ich werde ihr ausrichten, dass Sie nach ihr gefragt haben. Vielen Dank!«, bevor ich auflege.

Dann google ich sofort die Begriffe »Chester Anwalt

Manhattan« auf meinem Smartphone. Ich scrolle durch die Ergebnisse und klicke auf einen Artikel der *New York Post,* der vor ein paar Jahren erschien, als ein gewisser Chester Newland ein Mitglied des Kennedy-Clans verteidigte, das wegen Trunkenheit am Steuer angeklagt war. Und einen Freispruch erzielte.

Das ist genau die Art von Referenz, die die Archers beeindrucken würde.

Ich recherchiere Chesters Nummer und rufe gleich darauf in seiner Kanzlei an.

44

Chester Newlands ungewöhnlich redselige Empfangssekretärin erklärt mir, dass ihr Chef gerade einen Termin im New Yorker Strafgericht hat. Um Cornelia so schnell wie möglich herauszupauken, nehme ich an.

Als Nächstes rufe ich Philly Meyer an und verspreche ihm, dass ich das Kleid vor Mittag zurückbekommen werde.

»Ich brauche es aber im Grunde *sofort*. Sarah dreht völlig am Rad. Du beeilst dich besser«, erwidert er. »Das ist kein Scherz.«

Mann, der steht ganz schön unter Strom.

Zum Strafgericht in Chinatown sind es knapp zwanzig Minuten. Ich schätze, dass Chester Newman in diesem Moment um eine Kaution verhandelt mit der Begründung, seine Mandantin sei bisher nie straffällig geworden, bla, bla, bla, und dass Cornelia in wenigen Minuten frei sein wird.

Und ausnahmsweise habe ich einmal in meinem Leben recht.

Als ich die Centre Street erreiche, sehe ich eine Paparazzi-Meute, die gerade durchdreht. Das Ganze erinnert an eine Tierdoku, in der sich die Horde um das Futter balgt: Alle drängeln vorwärts und schubsen sich gegenseitig aus dem Weg, während sie immer wieder dasselbe rufen.

»Cornelia! Hier! Hier drüben!«

»Cornie! Cornie, sind Sie drogenabhängig?«

»Cornelia! Sind Sie auf Kaution draußen?«

Mitten in der Menge erhasche ich hin und wieder einen Blick auf Cornelia, die immer noch Angel trägt und dazu eine Sonnenbrille, die sie irgendwo aufgetrieben hat. Sie wirkt blass und müde, aber überraschend würdevoll, während sie in ihren goldenen High Heels voranschreitet und eine Haltung wahrt, die grenzenloses Selbstvertrauen demonstriert. Sie wird von zwei großen Bodyguards in schwarzen Anzügen und einem kleinen glatzköpfigen Mann in einem feinen Zwirn flankiert. Chester Newland, wette ich.

Ich kann meine Clutch nicht sehen … Gott, was wenn die Polizei sie tatsächlich als Beweisstück konfisziert hat?

Auf der Straße wartet eine schwarze Limousine, also laufe ich rasch dorthin.

»Cornie, ich bin es, Angie!«, rufe ich wieder und wieder in der Hoffnung, dass sie mich wahrnimmt.

Sie ist zu sehr darauf konzentriert, die Sticheleien der Paparazzi zu ignorieren und dabei Gelassenheit auszustrahlen.

Dann werde ich von ihren Bodyguards zur Seite geschoben, der Chauffeur öffnet die Tür der Limousine, und Cornelia steigt ein. Die Tür knallt hinter ihr zu, und wegen der dunkel getönten Scheiben kann ich nicht einmal hineinsehen! Scheiße!

Die Bodyguards halten die Paparazzi zurück, und gerade als ich mir sicher bin, dass alles verloren ist, dass die Limousine mit Cornelia und dem Kleid und meiner Tasche jeden Augenblick davonfahren wird, öffnet sich das hintere Fenster einen kleinen Spalt.

»Angie?«

»Ja! Cornie, ich bin's! Ich muss dringend mit Ihnen reden!«

»Oh, Gott sei Dank!« Cornelia klingt, als würde sie gleich losheulen. »Chester! Lassen Sie sie einsteigen, schnell!«

Und zack, werden die Paparazzi wie von Zauberhand zurückgedrängt, und die Wagentür öffnet sich wieder, sodass ich hinten einsteigen kann.

Cornelia beugt sich sofort zu mir herüber und fällt mir um den Hals. Ich bin so überrascht und gerührt, dass ich ihre Umarmung einfach erwidere. Man stelle sich den Horror vor, wegen Drogenbesitzes verhaftet zu werden. Man stelle sich die Blamage vor. Ich würde mich in Grund und Boden schämen, ich wäre dermaßen …

»Ist das nicht fantastisch?«, kreischt Cornelia begeistert. »Keith und Bibi erwarten mich bereits bei meiner Mutter, um dieses ganze Chaos hier in Ordnung zu bringen.« Sie deutet auf ihr Gesicht. »Und danach gehe ich mit meiner Mutter zum Lunch ins La Grenouille, um der Welt zu zeigen, dass ich unschuldig bin.« Sie unterbricht sich kurz und sieht zu Chester hinüber. »Sie haben doch den Tipp mit dem La Grenouille an die Presse weitergegeben, oder?«

Cornelia schämt sich nicht im Geringsten. Sie ist einfach nur begeistert, dass sie im Zentrum der Aufmerksamkeit steht. Echt schräg.

»Cornelia, ich bin nicht hier, um …«, beginnt Chester.

»Hat Roger sich gemeldet?«, unterbricht sie ihn. »Nein? Scheiß auf ihn. Er hat sich gestern Abend nicht einmal blicken lassen, dieses Arschloch. Immer kommen seine Söhne an erster Stelle. Egal, ich kann mir jetzt was Besseres angeln. Angie, ruf Patrick an. Du erinnerst dich doch bestimmt noch an ihn, oder? Sag ihm, ich brauche heute Abend einen Begleiter.«

»Nein«, sage ich.

»Was?« Cornelia sieht mich schockiert an. »Was meinst du mit Nein?«

»Ich kann heute nicht Ihre Assistentin sein, Cornelia. Ich muss Sarah Drake das Kleid zurückbringen, und ich brauche meine goldene Clutch. Haben Sie sie noch, oder wurde sie als Beweisstück beschlagnahmt?«

»Die Klage wurde abgewiesen, weil die Polizei Beweise gefälscht hat«, erklärt Chester, eindeutig erleichtert darüber, dass die Unterhaltung sich wieder auf vertrautem Boden bewegt. »Hier.« Er zieht meine Clutch aus seiner Aktenmappe. Ich nehme sie rasch an mich. Gott sei Dank. Mein armer kleiner Drogenkurier. Und ernsthaft, »Beweise gefälscht«? Wen mussten sie bestechen, um *damit* durchzukommen?

»Nein, Angie! Ich brauche dich heute!«, protestiert Cornelia. »Du kannst das Kleid später per Kurier zurückschicken. Ich werde mich bei meiner Mutter umziehen. Ich kann mir eins ihrer Chanel-Kostüme borgen.«

»Wo wohnt Ihre Mutter?«

»Neunundsiebzigste, Ecke Park Avenue.« Cornelia seufzt. »Gott, ich vermisse unser Haus in der Fifth Avenue. Scheidungen sind so egoistisch.«

Wir haben das East Village erreicht. Es wird noch ewig dauern, bis wir da oben ankommen, ich die Robe erhalte, Cornelias Befehle erfülle, was auch immer ihr einfällt, und schließlich den ganzen Weg in den Fashion District zurückfahre, um Angel bei Sarah Drake abzuliefern.

»Das geht nicht, Cornelia.« Ich versuche, so energisch und gleichzeitig höflich wie möglich zu klingen. »Ich muss zuerst das Kleid zurückbringen, sofort. Bitte, lassen Sie uns zum Atelier fahren. Wir können Ihnen dort was anderes zum Anziehen besorgen, es wird …«

»Ich soll mich noch einmal in dieser Aufmachung öffentlich zeigen, mitten in Manhattan, wie irgendein sturzbetrunkenes Filmsternchen? Ich glaube nicht.« Mit jedem Block, den wir uns weiter vom Gericht entfernen, steigert Cornelia sich stärker hinein. »Außerdem muss ich in *diesem* Kleid vor dem Haus meiner Mutter aussteigen, damit die Paparazzi sehen, wie nah ich meiner Familie stehe. Und erst dann ziehe ich mich um für den Lunch, bei dem ich mich der Öffentlichkeit präsentiere.«

Chester räuspert sich. »Um ehrlich zu sein, Cornelia, ich bin der Meinung, Sie sollten sich in diesem Kleid nicht mehr in der Öffentlichkeit zeigen. Punkt. Nicht vor dem Haus Ihrer Mutter, nirgendwo. Von nun an müssen Sie den Eindruck erwecken, die unschuldigste Frau auf der ganzen Welt zu sein.«

Cornelia zieht einen Schmollmund. »Was zum Teufel soll ich also tun?«

Und so kommt es, dass ich in Slip und BH hinten in einer Limousine sitze, die an der Fünfunddreißigsten Straße Ecke Madison Avenue angehalten hat, während Chester, die Bodyguards und der Chauffeur draußen neben dem Wagen stehen. Cornelia und ich tauschen drinnen unsere Kleider.

»Das ist ein süßes Outfit.« Cornelia mustert meine Jeans und die weiße Bluse, die ich ihr gegeben habe. »Wo hast du das her?«

»Äh … die Bluse habe ich für mich umgeändert, und die Jeans ist von H&M«, sage ich, während ich mich in die Robe schlängele.

Cornelia rümpft die Nase. »Wie bewundernswert ökonomisch vernünftig von dir.«

»Danke.«

Cornelia streift ihre himmelhohen goldenen Pumps

wieder über die Füße und öffnet die Wagentür. »Okay, du kannst jetzt gehen.«

»Moment!«, sage ich und zappele hektisch herum, um meine Brüste zu bedecken, bevor jemand außerhalb des Wagens einen Blick auf mich erhaschen kann. »Können Sie mir den Reißverschluss zumachen?«

Dann nehme ich meine Clutch, steige aus dem Wagen und ziehe meine Lederjacke an. Ich trage immer noch meine weißen Nieten-Chucks. Das Kleid ist für mich ungewohnt eng und viel zu lang, das merke ich, als ich mich in Bewegung setze. Und so bleibe ich kurz stehen und raffe mit einer Hand den Rock.

Dann setze ich meine Sonnenbrille auf, halte den Kopf gerade und gehe – beziehungsweise, seien wir ehrlich, stolziere – die Fünfunddreißigste Straße entlang Richtung Westen, in dem Kleid, das heute Morgen auf der Titelseite der *New York Post* abgebildet ist.

Natürlich schenkt mir niemand einen zweiten Blick. Schließlich ist das hier New York City. Ich könnte mit einer Ratte Zungenküsse austauschen und mir nebenbei einen Schuss setzen, und kein Mensch würde auch nur mit der Wimper zucken.

Fifth Avenue, Sixth Avenue, Broadway … und schließlich bin ich im Fashion District. Wusstet ihr, dass die Seventh Avenue zwischen der Vierunddreißigsten und der Zweiundvierzigsten Straße »Fashion Avenue« genannt wird? Ich gehe weiter bis zur Siebenunddreißigsten Straße. Bizarrerweise werde ich ausgerechnet hier angestarrt. Vielleicht erkennen die Leute das Kleid aus der *Post* wieder, vielleicht fragen sie sich, warum eine junge Frau um zehn Uhr morgens in einer Abendrobe herumläuft, die offensichtlich mehrere tausend Dollar wert ist, vielleicht fragen sie sich aber auch nur, wer das Kleid entworfen hat. Es ist schließlich in der Tat eine atemberaubende Kreation, die von großem handwerklichem Können zeugt.

Ich hole mein Handy hervor und wähle Phillys Nummer.

»Wie lautet die genaue Adresse?«, frage ich ihn.

»Siebenunddreißigste West 220, sechste Etage«, antwortet er. »Wir treffen uns unten in der Lobby.«

»Nein, ich werde wohl hochkommen müssen«, sage ich.

»Warum?«

»Das wirst du gleich sehen.«

Ich lege auf und setze meinen Weg fort bis zur Hausnummer 220. Ein unscheinbares Gebäude, an dem ich normalerweise einfach vorbeigegangen wäre, ohne mir Gedanken darüber zu machen, was sich darin befindet. Ich spaziere an dem Wachmann vorbei, der vor sich hin döst, einen Kaffee von Dunkin' Donuts vor sich auf dem Tisch, und fahre mit dem Aufzug in den sechsten Stock. Plötzlich überkommt mich eine unerklärliche Nervosität. Ich bin nie so weit gekommen, als ich mich hier im District um einen Job beworben habe. Ich habe meinen Lebenslauf per Post und per E-Mail verschickt, mich telefonisch beworben … aber ich habe es tatsächlich nie bis in ein Atelier geschafft.

Der Aufzug hält auf einem schäbigen Flur, und ich blicke mich nervös um. An der linken Tür steht der Name eines Pilates-Studios, die rechte ist unbeschriftet. Das muss es sein.

Ich klopfe.

Ungefähr zehn Sekunden später – so eine lange Zeit, um auf eine Tür zu starren – macht jemand auf, und vor mir steht Philly Meyer, der Praktikant/DJ/Hutmacher, den ich damals im Starbucks kennengelernt habe und der mir Drakey geschenkt hat. Es ist irgendwie seltsam, Philly wieder persönlich gegenüberzustehen. Dank Facebook weiß ich, dass er gerade eine Trennung durchgemacht hat, seine Hüte auf dem Brooklyn Flea verkauft, letzte Woche in einem Club in Washington Heights aufgelegt hat und total besessen ist von Créme-brûlée-Donuts, obwohl er fürchtet, davon fett zu werden. Aber seit unserer ersten Begegnung habe ich ihn nie wieder persönlich getroffen.

»Wow«, sagt Philly und mustert mich kurz, bevor er die Tür weit öffnet, damit jeder im Atelier mich sehen kann.

Ich lasse den Blick rasch durch den Raum schweifen. Zwei Männer und eine Frau, die sich über einen Zuschneidetisch beugen, ein weiterer Mann, der gerade telefoniert, und in der Ecke, an einer Art Zeichentisch für Architekten, steht Sarah Drake.

Mitte dreißig, dunkelblonde Haare, Brille, kein Makeup. Sie wirkt imponierend und einschüchternd, aber gleichzeitig auch irgendwie normal, als hätte sie dringend einen Kaffee nötig und wohl vergessen, sich heute Morgen zu kämmen. Das haut mich ziemlich um. Wisst ihr, ich habe mit der Zeit offenbar ein bestimmtes Bild im Kopf entwickelt von den Leuten, die in der Modebranche arbeiten. Nicht von den Leuten aus dem Umfeld, nicht von denen, die gern dazugehören würden, nicht von denen, die darüber bloggen, sondern von denen, die tatsächlich Mode machen. Doch Sarah sieht ziemlich normal aus. Klug und stilbewusst und cool, aber normal.

Sie hebt den Blick in meine Richtung, und eine Sekunde lang scheint es, als würde jeder im Raum den Atem anhalten.

»Angel«, sagt Sarah schließlich.

Ich blicke an dem Kleid hinunter. Es herrscht totale Stille.

»Nun, das ist auch eine Art, es zu tragen.«

Plötzlich werde ich verlegen. Wer zum Teufel bin ich, dass ich zu dieser Robe meine verdreckten Chucks und meine alte Lederjacke trage?

»Tut mir leid, es blieb mir nichts anderes übrig, Cornelia hatte nichts zum Wechseln dabei. Wir haben in der Limousine die Kleider ge…«

»Und Sie sind darin wie weit gelaufen?«

»Oh, nur ein paar Blocks. Ich habe nicht geschwitzt oder so, aber … sonst hätte es zwei Stunden länger gedauert. Cornelia wollte sich eigentlich erst bei ihrer Mutter in der Upper East Side umziehen …« Ich verstumme.

»Ich verstehe«, sagt Sarah. »Ich weiß Ihre Mühe, das Kleid rechtzeitig bei uns abzuliefern, sehr zu schätzen. Ich lege nämlich großen Wert auf Pünktlichkeit.«

»Pünktlichkeit!«, wiederholen die beiden Männer am Zuschneidetisch im Chor.

Jeder im Raum grinst, offenbar handelt es sich um einen Insiderwitz.

»Von wem ist die Clutch?«

»Von mir«, sage ich. »Ich meine, ich habe sie mir aus ein paar alten Seidentüchern selbst genäht, nachdem ich ein bisschen damit herumexperimentiert habe.«

Sarah kommt zu mir herüber und nimmt mir die Clutch ab. »Hübsche Arbeit. Bei wem haben Sie gelernt?«

»Bei niemandem«, erwidere ich. »Ich habe nicht viel Ahnung, ich nähe einfach drauflos, wissen Sie. Ich muss noch jede Menge dazulernen, das ist mir klar …«

»Okay.« Von mir gelangweilt, legt Sarah die Clutch zur Seite und wendet sich an Philly. »Angel. Reinige es, bügle es, bring es zur *W*.«

»Aber ich muss gleich Julianne Moore die Dahlie bringen!« Philly wird wieder nervös. »Ihre Assistentin hat es eben für eine Filmpremiere heute Abend gebucht!«

»Ich kann mich um Angel kümmern«, sage ich rasch. »Ich weiß, wie man das macht. Ich kann das. Es ist wirklich kein Problem, ich … äh …«

Sarah sieht mich einen Moment lang mit schmalen Augen an, während sie überlegt, dann nickt sie.

»Okay. Das wäre super. Danke.«

Ich räuspere mich, woraufhin ich mich irgendwie töricht fühle. »Kann ich … kann ich etwas anderes zum Anziehen haben, wenn ich das hier ausziehe?«

Sarah grinst, holt eine Sporttasche unter ihrem Tisch hervor und wirft sie mir zu. »Ich hoffe, Sie mögen Elastan.«

45

Ich fühle mich, als hätte sich meine Welt ein Stück um ihre eigene Achse gedreht. Kein großes Stück. Nur ein kleines. Aber genug, dass mir schwindelig ist.

Als Erstes reinige und bügle ich die Robe und bringe sie anschließend zur *W*. Dann helfe ich einem der anderen Designer, ein besonders kompliziertes Kleid zusammenzulegen, um es für die japanische *Vogue* versandfertig zu machen. (Man kann über Gap sagen, was man will, aber zumindest habe ich dort gelernt, wie man Kleider faltet.)

Danach biete ich wiederum einem anderen Designer an, das Knöpfechaos in den Schubladen zu sortieren, nehme Telefonate an, gehe eine Runde Kaffee besorgen und futtere auf dem Rückweg hastig ein Sandwich, staube das Schuhregal ab, lege die Musterstücke neu zusammen, weil dort totale Unordnung herrschte, spiele für Sarah das Anprobemodell, damit sie einem Jackett den letzten Schliff verpassen kann, nehme drei Roben in Empfang, die Sarah anderen prominenten Damen für den Met-Ball als Leihgabe zur Verfügung gestellt hat, google, drucke und tackere sämtliche Presseberichte über Sarah Drake vom vergangenen Abend und knie stumm auf dem Boden, um Sarah dabei zu helfen, einer Privatkundin, einer koreanischen Erbin, ein exquisites Brautkleid anzupassen.

Mit anderen Worten, es war der beste Arbeitstag, nein,

der beste Tag, den ich je in meinem Leben hatte. Alles fühlte sich einfach … richtig an. Von Haute Couture umgeben zu sein und zu beobachten, wie Sarah Drakes neue Kollektion Form annimmt, ist wunderbar. Sarahs Designerstil ist eine Art Mischung aus Alt-Hollywood und Science Fiction, als würde Hitchcock *Alien* drehen, futuristisch und sehr glamourös. Ich vergöttere ihren Stil.

Ich habe mir den ganzen Tag nur einen kleinen Fehltritt geleistet. Bei der Anprobe des Brautkleids fiel mir auf, dass der Stoff am Ärmelsaum eine ganz leichte Falte warf. Ich machte Sarah mit einer stummen Geste darauf aufmerksam, ohne dass die koreanische Braut es mitbekam. Sarah bedachte mich mit einem tödlichen Blick. Ganz offensichtlich war es keine gute Idee, auf den kleinen Mangel hinzuweisen. Gut zu wissen.

Nach diesem Fauxpas wird mir ein bisschen bang ums Herz. Ich warte, bis die Koreanerin weg ist, und gehe dann hinüber zu Sarahs Arbeitstisch, wo ich verlegen auf den Fersen wippe und mir vor lauter Nervosität ein bisschen schlecht ist, bevor ich mein Anliegen vorbringe. Aber ich muss es tun. Das hier ist die erste richtige Gelegenheit, die ich jemals hatte, um den Job zu bekommen, den ich immer haben wollte. Ich darf jetzt nicht versagen.

»Sarah? Ich wollte mich dafür bedanken, dass ich heute aushelfen durfte.«

»Kein Problem, Sie waren großartig«, erwidert sie, ohne von ihrem Laptop aufzublicken.

Ich hole tief Luft. »Ich weiß, Sie haben bereits einen Praktikanten, aber ich habe mich trotzdem gefragt, ob Sie mich berücksichtigen könnten, falls Sie jemals eine Assistentin brauchen …«

Sarah sieht mich mit einem kleinen Lächeln auf den Lippen an. »Wir brauchen tatsächlich Verstärkung. Nach der ganzen Presse, die Angel gestern Abend bekommen hat, und nach der Menge an E-Mails, die ich heute erhalten habe, benötigen wir definitiv eine zusätzliche Hilfe, im Prinzip sofort.«

»Okay«, erwidere ich cool, bemüht, nicht vor Begeisterung in die Hände zu klatschen und in die Luft zu springen. »Ich meine, super! Was … äh …«

»Ich werde mir heute Abend Gedanken über die Konditionen machen, und dann können wir uns morgen Vormittag darüber unterhalten. Die Bezahlung wird nicht gerade üppig sein, aber im Vergleich zu einem Praktikanten kommt ein Juniorassistent besser weg, und wenn ich Sie losschicke, um mir einen Lunch oder einen Kaffee zu besorgen, dürfen Sie sich das Gleiche bestellen. Ich bin keine Sklaventreiberin.«

»Großartig!« Gott! Mir ist so heiß, dass ich innerlich geradezu glühe. »Das ist wirklich fantastisch! Vielen Dank!«

»Gut. Dann seien Sie morgen früh um neun wieder hier«, erwidert sie.

»Ich werde pünktlich sein, versprochen.« Ich grinse so breit, dass sich mein Gesicht schmerzhaft spannt. »Pünktlichkeit!«

»Genau«, sagt sie, und in ihrem Gesicht erscheint jetzt zum ersten Mal an diesem Tag ein aufrichtiges Lächeln.

»Oh! Und Ihre Sportsachen werde ich heute Abend waschen und Ihnen morgen wieder zurückbringen.«

»Kein Problem«, sagt sie und winkt ab. »Das gibt mir eine Ausrede, um das Training zu schwänzen. Übrigens, wo wohnen Sie eigentlich?«

»In Brooklyn«, antworte ich. »In Carroll Gardens.«

»Ach ja? Ich wohne in Boerum Hill. Brooklyn ist das Beste, nicht?«

Ich lächle. »Ja, kein Zweifel. Das Beste.«

Ich habe nie verstanden, was die Leute meinen, wenn sie sagen, dass sie praktisch *über dem Boden schweben,* aber jetzt weiß ich es.

Weil ich nämlich nach Hause schwebe.

Es kommt mir vor, als würde mein Körper sich wie von selbst bewegen, ohne dass ich darüber nachdenken muss. Ich fühle mich leicht und frei und unbeschwert. Und ich bin überglücklich. Am liebsten würde ich herumhüpfen und lauthals singen und in die Luft boxen und alle Menschen in meiner Nähe umarmen. Ich habe einen Job. EinenJobeinenJobeinenJob.

Es ist kurz nach sieben, als ich die Union Street erreiche, in Sarahs Sportklamotten und meiner Lederjacke und den Nieten-Chucks, während ich jeden, der mir entgegenkommt, fröhlich anlächle und mit Freude feststelle, dass fast jeder zurücklächelt.

Ich laufe die Vordertreppe zu unserem Haus hoch, vorbei an den Vasen mit den herrlich blühenden Hortensien, und brülle dann so laut ich kann.

»Ich habe einen Jooooooooob!«

Sofort höre ich vier Stimmen aufkreischen, und die Mädels stürmen aus allen Richtungen herbei – Coco aus der Küche, Pia und Julia aus dem Wohnzimmer und Madeleine von oben.

Pia: »Was? Was? Was ist passiert? Ich habe den ganzen Tag versucht, dich zu erreichen!«

Julia: »Pia hat uns die Story mit deiner Handtasche erzählt! Auf der Titelseite!«

Madeleine: »Wo hast du einen Job gefunden? Was für einen Job?«

Coco: »Ich freue mich unheimlich für dich!«

Also setzen wir uns in die Küche, und ich berichte ihnen alles. Wie ich Cornelia aufgespürt habe, wie ich die

Abendrobe zurückgeholt habe, wie ich in dem Kleid durch Manhattan gewandert bin zu Sarah Drakes Atelier. Und dann erzähle ich ihnen von meinem neuen Job.

»Das war heute der beste Tag in meinem Leben«, sage ich zum Schluss. »Ich meine, wisst ihr, ich habe nichts Bedeutendes getan, aber Sarah hat mir trotzdem einen Job gegeben, einen richtigen Job mit einem richtigen Gehalt und allem, was sonst dazugehört. Also kann ich nicht so schlecht gewesen sein!«

»Das ist so geil, Süße«, sagt Pia. »Ich bin stolz auf dich.«

»Ich bin auch stolz auf mich!«, sage ich. Ich nehme eine Zigarette aus der Schachtel und versuche, sie zwischen meine Lippen zu klemmen, aber ich muss so sehr lächeln, dass sie immer wieder herunterfällt. Ich stecke sie zurück in die Schachtel. Dann fällt es mir wieder ein. »Hey! Pia, hast du heute deine Kündigung eingereicht?«

Pia beißt sich auf die Unterlippe und zögert ihre Antwort so lange hinaus, wie es möglich ist. »Nein. Ich konnte es nicht. Mein Leben ist hier. Meine Arbeit ist hier. Ich liebe New York, ich liebe Brooklyn, und am meisten liebe ich unser Nest. Das ist mir klar geworden, als wir gestern Abend nach Hause kamen. Ich gehöre zu euch … Ich weiß nicht, was aus Aidan und mir wird, aber mein Zuhause ist hier.«

»Eine verdammt gute Rede«, sagt Julia.

»Ich dachte, du wärst auf das Wort Zuhause allergisch«, sagt Madeleine.

»Ich war ein bisschen überempfindlich. Aber das hat sich inzwischen gelegt.«

»Ich habe heute Morgen denselben Entschluss gefasst«, sage ich. »Mir ist klar geworden, dass ich unser Nest nicht verlassen möchte, ganz gleich, was passiert. Das war ungefähr zur selben Zeit, als ich die Titelseite der *New York Post* gesehen habe.«

»Cornelia ist ganz schön anstrengend, was?«, sagt Julia. »Ich frage mich, ob die Paparazzi ihr vor dem La Grenouille aufgelauert haben, so wie sie es geplant hat.«

»Ich checke das mal kurz«, sage ich und hole mein iPhone heraus. Ich google »Cornelia Archer«, und sofort erscheinen Bilder von ihr und ihrer Mutter beim Lunch auf den einschlägigen Klatschseiten. Beide tragen Chanel-Kostüme und gleichen sich wie ein Ei dem anderen. Nun, ich schätze, auch Cornelia hat den Job bekommen, den sie immer haben wollte. Sie wird nun eine Weile das neue Skandalgesicht der High Society sein. Bis jemand anders daherkommt und sie ersetzt.

Dann weckt ein Ergebnis weiter unten auf der Google-Trefferliste meine Aufmerksamkeit. Es handelt sich um die Seite fashionista.com, ein News-Portal für die Modebranche.

EXKLUSIVBERICHT:
Clutch-Designerin von Met-Ball-Skandal enttarnt!

Was zum Teufel?
Ich klicke auf den Link und versuche hektisch, den Artikel zu überfliegen, bevor ich mich zwinge, langsamer zu lesen, damit mir kein Wort entgeht.

Fälschlicherweise zunächst Prada, dann Miu Miu, dann Rodarte zugeschrieben, stammt die goldene Clutch, die zusammen mit der High-Society-Lady Cornelia Archer im Mittelpunkt des Drogenskandals auf dem Met-Ball stand, in Wirklichkeit von der Nachwuchsdesignerin Angie James.

Die Tasche, eine handgenähte Pochette aus goldener Seide mit Handschlaufe, fiel Cornelia Archer herunter, nachdem die Security auf ihr auffälliges Verhalten aufmerksam geworden war. Vor den Augen der versammelten A-Prominenz aus der Fashionszene rieselten dabei zwei Gramm Kokain heraus, wodurch Archer zum neuen Bad Girl der Reichen und Schönen aufstieg und die Clutch zur meistdiskutierten Handtasche des Abends wurde.

Aber wer ist Angie James? Gerüchten zufolge arbeitete sie früher als Muse für die niederländische Lebensmittelfotografin Anouk Brams, bis sie in einem monumentalen Showdown Ende letzten Jahres kündigte und danach untertauchte. Unsere Quellen – und unser Instinkt – sagen uns, dass wir eine Kollektion erwarten dürfen.

Ich lese den Artikel ein zweites und drittes Mal: einmal für mich selbst und dann laut für die anderen.

»Das ist unglaublich … Wer von euch war das?«, frage ich und starre die vier an, dann explizit Pia. »Süße, warst du das?«

»Nein«, antwortet Pia. »Ich schwöre bei Gott.«

»Julia? Maddy? Coco?«

»Als ob wir wüssten, wie man so was bewerkstelligt«, sagt Julia.

Plötzlich geht mir ein Licht auf. Es gibt nur eine einzige weitere Person auf der Welt, die weiß, dass diese Clutch von mir stammt.

Und das ist Sam.

46

Sam reagiert nicht auf meine Anrufe. Also werde ich ihn besuchen.

Mit einer Mischung aus Aufregung und Beklommenheit betrete ich das Apartmenthaus in Fort Greene. Ich nenne dem Pförtner meinen Namen, und er greift zum Telefon.

»Hier ist eine Angie James für Sie … Okay.«

Der Pförtner begleitet mich zum Aufzug und benutzt seinen Universalschlüssel, um mich in die oberste Etage zu schicken. Wenigstens möchte Sam mich sehen, das ist doch ein gutes Zeichen, richtig?

Ich überprüfe kurz mein Aussehen im Spiegel der Kabine. Natürlich habe ich Sarahs Sportsachen zu Hause ausgezogen, mich kurz unter die Dusche gestellt und anschließend ein, wie ich hoffe, perfektes »Hast du für mich Werbung gemacht?«-Outfit übergeworfen: weißes Seidentop, meine beste Jeans, Lederjacke und Stiefel. Ich musste so stark zittern bei der Vorstellung, was mich gleich erwarten würde, dass ich kaum imstande war, meinen Lidstrich vernünftig zu ziehen. Schließlich habe ich ihn wieder abgewischt.

Während ich darauf warte, dass der Aufzug das Penthouse erreicht, und vor lauter Nervosität nicht richtig Luft bekomme, versuche ich mir zum wiederholten Mal zu überlegen, was ich gleich sagen werde. Ich möchte mich bei Sam dafür entschuldigen, dass ich weggelaufen bin, ich möchte ihn fragen, warum er mich angelogen hat, ich möchte mich dafür bedanken, dass er der Welt mitgeteilt hat, dass die Clutch von mir stammt, und erfahren, wie er das angestellt hat, und ich möchte … ich möchte … ich möchte ihm etwas sagen, das mir zu viel Angst macht, um auch nur daran zu denken.

Letzten Endes entscheide ich mich für vier Worte.

Können wir bitte reden?

Der Aufzug kommt nun oben an, die Tür öffnet sich, ich hole tief Luft und setze mein bestes Lächeln auf, und …

Vor mir steht ein Mann, der nicht Sam ist, jedoch große Ähnlichkeit mit ihm hat. Dieselben blonden Haare, aber blassblaue Augen statt graue, und er ist etwas kleiner als Sam.

»Angie. Ich bin Pete, Sams Bruder.«

Er klingt sogar wie Sam. Nur deutlich unfreundlicher.

Ich betrete langsam die Wohnung und blicke mich um. »Wo ist Sam?«

»Keine Ahnung. Ich bin eben erst nach Hause gekommen. Seine Sachen sind weg, und er geht nicht an sein Handy. Ich dachte, du wüsstest vielleicht, wo er steckt.«

Ich starre Pete an, und mir wird bewusst, dass er denselben Maßanzug trägt wie Sam an jenem Tag, als wir in SoHo Kaffee und meinen Lebenslauf verteilten. Und dieselben Schuhe: J.M. Weston.

Dann waren das also doch die Schuhe seines Mitbewohners, genau wie er gesagt hat. Das war keine Lüge.

»Das hier ist dein Apartment«, sage ich schließlich.

»Ja«, sagt Pete.

Das war also auch keine Lüge. Dies hier ist nicht Sams Wohnung.

»Kann ich dich ein paar Sachen fragen?«

»Tu, was du nicht lassen kannst«, erwidert Pete und schaut auf sein Handy.

»Sam hat bei dir auf dem Boden geschlafen.«

»Im Gästebett. Aber er hat hier gewohnt, ja.«

»Hat er in Dartmouth einen Abschluss gemacht?«

»Ja. Sein Hauptfach war angewandte Mathematik.« Also war *das* eine Lüge. Ha! »Anschließend hat er sich an der medizinischen Fakultät eingeschrieben, aber er musste abbrechen, bevor das Semester überhaupt begonnen hatte.« Ah. Doch keine Lüge. Shit. »Warum fragst du?«

»Ich versuche nur … etwas Licht ins Dunkel zu bringen. Und euer Vater …«

»Ist gerade auf dem Weg hierher, um Sam zu finden.« Pete ist sehr kurz angebunden, ein deutlicher Wink an mich, das Thema Sam und das Verhältnis zu seinem Vater nicht weiter zu vertiefen. »Deshalb lass uns gleich los und Sam suchen.«

Die Erkenntnis, dass Sams sogenannte Lügen in Wahrheit gar keine Lügen waren, hat mich ins Wanken gebracht. Es waren nur Geheimnisse.

Was ist überhaupt der Unterschied zwischen einem Geheimnis und einer Lüge?

»Ich weiß wirklich nicht, wo er sein könnte«, sage ich, während wir auf den Aufzug warten. »Weißt du, Sam und ich haben die meiste Zeit bei mir verbracht, wir konnten nicht viel unternehmen … Wir hatten keine Kohle.«

Pete schenkt mir einen seltsamen Blick. Ah. Er hat nicht wirklich eine Vorstellung davon, wie es ist, pleite zu sein.

»Wo seid ihr denn meistens hingegangen, wenn ihr aus wart?«

»In jedes Lokal, wo es zu den Drinks umsonst etwas zu essen gab.«

Pete sieht mich wieder mit diesem verwirrten Blick an. Er ist noch nie wegen der Gratissnacks in ein Lokal gegangen.

»Warte!«, sage ich. »Ich weiß, wo er sein könnte! Er hat für meinen Nachbarn gearbeitet. Vic.«

»Vic? Was macht dieser Vic?«

»Äh … Vic ist ein alter Mann. Er macht, wozu auch immer er Lust hat.«

»Und was für Arbeiten hat Sam für ihn gemacht?«

»Er hat Vics Küche und Bad renoviert. Ich glaube, er hat auch geholfen, eine Zwischenwand rauszureißen …«

Wieder dieser Blick. Alten Leuten aus Brooklyn bei der Renovierung ihrer Wohnung zu helfen gehörte offensichtlich nicht zu Sams früherem Leben.

Pete und ich verlassen das Gebäude, und ich blicke die Straße hoch und runter. »Ich denke, wir sollten ein Taxi nehmen oder den Bus, falls keins frei ist …«

In diesem Moment hält eine Limousine vor uns, und Pete öffnet für mich die hintere Tür. Es ist derselbe Wagen, mit dem Sam mich an jenem Abend, als der Sturm wütete, vom Spielplatz abholte. Natürlich, Pete hat einen eigenen Chauffeur. Schließlich ist er der Sohn von Roger Rutherford.

»Also … warum wohnst du hier in Brooklyn?«, frage ich Pete, nachdem ich dem Fahrer das Ziel genannt habe. »Ich glaube, du arbeitest in der Finanzbranche, du bist Banker oder so, wie kommt es also, dass …«

»… ich nicht in Manhattan wohne wie all die anderen Banker?«, vollendet er und zieht eine Augenbraue hoch. »Beurteile ein Buch nie nach dem Cover, Angie.«

»Du bist ein Buch?«

Wieder einer dieser tödlichen Blicke. Wow, Sams Bruder ist ein arroganter Arsch. Sam mangelt es zwar auch nicht gerade an Selbstbewusstsein, aber irgendwie … irgendwie strahlt er eine offene, warme Selbstsicherheit aus. Er ist freundlich. Und sexy. Und witzig und albern und hinreißend und alles, was ich will und brauche und liebe …

Gott, ich vermisse Sam. Ich hoffe, dass wir ihn finden. Ich hoffe, dass er nicht einfach auf irgendeine karibische Insel geflogen ist, um weitere drei Jahre unterzutauchen.

Ich starre aus dem Fenster und versuche, mich zusammenzureißen. Ich bin irgendwie zappelig und aufgedreht. Ich war vorhin so nervös, als ich mit dem Lift in das Penthouse hochfuhr, dass mein ganzer Körper immer noch vom Adrenalin pulsiert, und diese Situation hier ist echt bizarr.

Dann kommt mir ein neuer Gedanke.

Was, wenn Sam mich gar nicht sehen möchte?

Ich räuspere mich. »Hör zu, Pete, ich bin mir nicht sicher, ob ich dich begleiten soll. Ich weiß nämlich nicht, ob Sam mich überhaupt sehen will. Wir hatten so was Ähnliches wie einen Streit.«

»Ich weiß«, erwidert Pete, während er einen Fussel von seinem Knie schnippt.

»Du weißt das?« Plötzlich bin ich Petes schnippische Arroganz leid. »Was zum Teufel weißt du?«

»Ich weiß, dass mein Bruder dir erzählt hat, dass er pleite ist, weil er sich nicht mit all den unvermeidlichen Rutherford-Fragen herumschlagen wollte und weil das einfach nichts mit dem zu tun hat, der er jetzt ist. Ich weiß, dass er einen Job hat sausen lassen, weil er dich wiedersehen wollte, und ich weiß, dass er länger in New York geblieben ist als ursprünglich geplant, nur um in deiner Nähe zu sein.«

»Oh«, sage ich mit leiser Stimme. »Das wusste ich nicht.«

Pete sieht mich stirnrunzelnd an. »Er ist bis über beide Ohren in dich verliebt, Angie. Natürlich will er dich sehen.«

»Oh«, sage ich wieder.

Aber innerlich explodiere ich gerade.

»Sam hat heute Morgen eine Freundin der Familie angerufen, die eine PR-Agentur hat und ihm noch einen Gefallen schuldet. Diese Freundin hat daraufhin unseren Vater angerufen, der wiederum mich anrief und von mir wissen wollte, warum ich ihm verschwiegen habe, dass Sam wieder in der Stadt ist.«

»Wie kam dein Vater darauf, dass du von Sams Rückkehr wusstest?«

»Sam ist mein einziger Bruder, Angie. Er ist mein bester Freund. Nur weil wir unterschiedliche Sachen machen, heißt das nicht, dass wir uns nicht wertschätzen.«

Wertschätzen. So was kann nur von einem Banker kommen. Sam würde dieses Wort niemals benutzen.

»Jedenfalls«, fährt Pete fort, »müssen wir Sam finden, sofort, bevor Rog ihn findet. Und dann müssen wir Sam dazu bringen, die Stadt zu verlassen.«

»Die Stadt zu verlassen?«

»Mein Vater will ihn umbringen, Angie.«

»Du meinst …«

Pete sieht wieder zu mir herüber. »Ich meine, er will ihn wirklich töten.«

47

»Ich habe ihn nicht gesehen«, ist das Erste, was Vic sagt, als er seine Tür öffnet.

Würde ich im Moment nicht vor Angst durchdrehen, würde ich lachen: Vic ist ein furchtbar schlechter Lügner.

»Ich glaube Ihnen nicht«, sagt Pete.

»Das ist mir gleich.« Vic reckt das Kinn, sodass die paar Zentimeter Größenunterschied zwischen den beiden nach viel mehr aussehen. Er richtet den Blick auf mich. »Sie sollten das eigentlich wissen.«

»Vic, es ist wirklich sehr wichtig, dass wir Sam finden«, sage ich. »Das hier ist sein Bruder.«

»Sie sind Pete?« Vics Miene ändert sich, und ein kleines bisschen Wärme kriecht hinein. »Okay, kommt rein.«

Pete und ich betreten Vics Wohnung. Es ist surreal, wieder in dem Zimmer zu sein, das vor wenigen Tagen noch hüfthoch unter Wasser stand. Die Möbel wurden alle ausgeräumt, der Teppich wurde herausgerissen, und es riecht nach Moder und Chemie, was auch immer hier für die Reinigung benutzt wurde.

»Ich bin gerade dabei, ein paar Sachen zusammenzupacken. Ich werde zu einer meiner Nichten nach Jersey gehen, bis das Apartment wieder bewohnbar ist«, sagt Vic. Er dreht sich um und starrt Pete ein paar Sekunden lang an, dann nickt er ihm zu. »Also, was möchten Sie wissen?«

»Wo ist Sam?«

»Er hat einen Job.«

»Wo?«

»Auf einer Jacht, von der er mir öfter erzählt hat und die wohl Kurs auf Europa nimmt«, antwortet Vic. »Ein Crewmitglied ist kurzfristig ausgefallen, und Sam springt als Ersatz ein. Er war vorhin noch bei mir, um sich von mir zu verabschieden.«

»Warum hat er mir nichts davon gesagt?«, fragt Pete.

Vic zuckt mit den Achseln. »Er wollte vermeiden, dass Sie Ihren Vater anlügen müssen.«

Tja, Sam hatte offensichtlich kein Problem damit, sich Vic anzuvertrauen.

Als Pete und ich wieder draußen stehen, sage ich zu ihm: »Wir fahren zur North Cove Marina.«

»Bist du sicher, dass Sam dort ablegt?«

»Darauf würde ich mein Leben verwetten. Nein, besser noch, darauf würde ich meinen Job verwetten.«

Pete wirft mir wieder einen sonderbaren Blick zu. Ich habe das Gefühl, dass er denkt, bei mir sei eine Schraube locker.

Die Fahrt über die Brooklyn Bridge verläuft größtenteils schweigend. Pete macht keine Anstalten, Konversation zu betreiben. Stattdessen trommelt er mit den Händen unablässig auf seine Oberschenkeln, zappelt herum, knabbert an seinem Daumen, fährt das Fenster runter, dann wieder hoch, dann wieder runter.

»Hör auf! Hör einfach auf!«, fahre ich ihn schließlich an, als wir gerade Manhattan erreichen. »Du bist so was von scheißnervös!«

Pete sieht mich an und erwidert mit zusammengebissenen Zähnen: »Ich muss. Meinen Bruder. Finden.«

»Deshalb brauchst du hier nicht die Dramaqueen zu

spielen. Ich muss ihn auch finden. Und dein Vater wird ihn schon nicht umbringen.«

»Ach nein?« Pete macht eine lange Pause, während er mich anstarrt, und trifft dann anscheinend eine Entscheidung. »Hör zu, Angie, wegen Sam musste unser Vater bei der Scheidung mehr als die Hälfte seines Vermögens an unsere Mutter herausrücken. Sam hat ihm hinterherspioniert und Fotos gemacht, als Rog… äh … sich austobte. Und die Fotos hat Sam dann unserer Mutter gegeben.«

»Und?«, sage ich. »Dein Vater hat sie betrogen. Sam hat das Richtige getan.«

Ich frage mich, ob ich das auch hätte tun sollen, als mein Vater von mir verlangte, für ihn zu lügen. Wahrscheinlich schon.

»Nun, es stellte sich heraus, dass sie ihn auch betrogen hat«, erwidert Pete barsch. »Sie hatte jahrelang eine Affäre. Also, Angie, du siehst, Sam hat in Wahrheit das Falsche getan. Er hat die Situation beurteilt, bevor er die ganze Geschichte kannte.«

»Oh.«

»Dad kam dahinter. Es gab einen Riesenstreit. Es war … es wurde ziemlich schlimm. Sam brach daraufhin sein Studium ab, flippte ein bisschen aus, verschwand dann plötzlich und ward nie wieder gesehen. Wir sind weniger als ein Jahr auseinander. Wir sind beste Freunde. Trotzdem weiß ich nur die Hälfte von dem, was bei ihm los ist. Sam macht grundsätzlich nur das, was er für richtig hält.«

»Zum Beispiel mir bestimmte Dinge zu verheimlichen? Obwohl ich angeblich der Grund war für seine Rückkehr nach New York?«

»Ja. Wahrscheinlich. Er hat mir erzählt, dass er einmal beinahe aufgeflogen wäre. Wegen dieses Typen, mit dem er früher zur Schule ging, Lev oder so ähnlich. Er ist ihm wohl auf einer Feier in eurem Haus begegnet.«

»Lev? Julias Arbeitskollege? Der Kerl, der Sam auf der Überraschungsparty Pingpong genannt hat?«

»Das ist Sams ehemaliger Spitzname aus der Schule«, sagt Pete und grinst in sich hinein. Dann setzt er wieder sein missmutig-finsteres Gesicht auf. »Jedenfalls, dank dir war mein Bruder in den letzten Tagen völlig durch den Wind.«

»Sam hat mich belogen.« Ich weiß, das klingt wie eine Rechtfertigung, aber ich kann es nicht ändern. »Ich habe ihm alles über mich erzählt, lauter persönliche Dinge, und er hat mich belogen.«

»Er hat dich nicht belogen, Angie. Er hat dir nur nicht alles gesagt. Das ist nicht dasselbe wie lügen. Er hat versucht, den richtigen Zeitpunkt abzuwarten … Niemand erfährt sofort alles über den anderen. Keiner von uns.«

Ich starre ihn an. Vielleicht stimmt das. Gut möglich, dass ich Sam oder irgendeinem anderen nie die ganze Geschichte von der Nacht im Soho Grand Hotel und von allem, was ich mit Hal und Stef erlebt habe, erzählen werde. Es ist mein Leben, es ist meine Vergangenheit, und sie gehört mir.

Wenn ich also Sam genau das zum Vorwurf mache, ist das dann nicht scheinheilig?

Pete seufzt. »Sams Problem war immer, dass er nie Zweifel hatte, dass er das Falsche tun könnte. Nie.«

»Jetzt schon, denke ich … Er bereut, was er damals getan hat«, sage ich und denke an das Gespräch zurück, das Sam und ich damals in meinem Bett hatten, als er bei mir übernachtete. »Er hat einmal die Scheidung eurer Eltern erwähnt … Ich glaube, er bereut den Streit mit eurem Vater.«

»Hat er das gesagt?«

»Er hat gesagt, dass er sich wie ein Penis benommen hat. Nein, warte, das war es nicht, nicht Penis … wie ein Schwanz.«

Pete lacht zum ersten Mal an diesem Abend. »Ja, das ist wohl wahr … Sam war immer sehr prinzipientreu, jemand, der immer alles richtig machte. Der ultimativ gute Mensch.« Wow. Also das Gegenteil von mir. »Aber manchmal konnte er sich auch wie ein Schwanz verhalten. Selbstgerecht. Und stur. Wenn er sich einmal festgelegt hatte, fiel es ihm schwer, eine Entscheidung zurückzunehmen.« Okay, vielleicht doch nicht das totale Gegenteil von mir. »Was soll ich sagen? Wir wurden dazu erzogen, arrogant zu sein.«

»Ich würde Sam nicht als arrogant bezeichnen«, sage ich. »Selbstbeherrscht, das schon. Cool unter Druck.«

»Ich glaube, die letzten drei Jahre haben ihn verändert. Früher waren ihm Prinzipien wichtiger als Menschen.«

»Das ist jetzt anders!« Plötzlich habe ich das Bedürfnis, Pete zu erklären, warum ich Sam so erstaunlich finde. »Er hat sich um meine Mitbewohnerin Coco gekümmert, und um Vic, und … äh … um mich …«

Ein Tränenkloß bildet sich in meinem Hals, und ich bringe kein Wort mehr heraus. Sam hat sich wirklich um mich gekümmert. Und ich hatte bescheuerte Wutanfälle wegen meiner Liebesromane und habe seine Anrufe ignoriert und geschmollt, als er mit Julia ausging, und er liebte mich trotzdem.

Pete ist zu sehr in seine eigene Welt vertieft, um meine Tränen wahrzunehmen.

»Tja, nun will er mit nichts irgendwo anfangen und am Schluss die Welt umsegelt haben.« Während wir uns über Sam unterhalten, hat Pete zu zappeln aufgehört, seine

Krawatte gelockert und den obersten Hemdknopf geöffnet. Er ist jetzt ruhiger und zugänglicher und erinnert mich irgendwie mehr an seinen Bruder. »Das ist symbolisch. Oder was auch immer. Jedenfalls kapier ich es nicht. Und er hat sich für ein Stipendium an der medizinischen Fakultät beworben.«

»Für ein Stipendium?«

»Ja. Er weigert sich, von unseren Eltern Geld zu nehmen, und er will auch von mir keins haben, obwohl ich ihm ständig erkläre, dass es irgendeinen Nutzen haben muss, dass ich die verdammte Miniausgabe unseres Vaters bin.«

Ich sehe Pete an und erkenne, dass er nicht verbittert ist, sondern einfach nur ehrlich.

Gott. Ich wünschte, Sam hätte mir ein bisschen was von diesen Dingen erzählt. Obwohl, vielleicht gab es Anzeichen, und ich habe bloß nicht richtig hingesehen und hingehört. Weil ich zu sehr mit mir selbst beschäftigt war. Und nun überschlagen sich meine Gedanken, denn ich weiß nicht, was das Richtige oder das Falsche ist und ob ich ein guter oder ein schlechter Mensch bin und was der Unterschied zwischen Geheimnissen und Lügen ist. Es ist so verwirrend …

Die Sache ist die: Jeder von uns denkt zunächst, dass er die richtige Entscheidung trifft. Erst später wird uns klar, dass wir einen Fehler begangen haben. Und dann leisten wir Wiedergutmachung und korrigieren diesen Fehler und setzen uns mit den Folgen auseinander, oder wir tun das nicht. So oder so, das Leben geht weiter.

Wir erreichen nun den Süden von Manhattan. Endlose Wolkenkratzer erleuchten den Nachthimmel. Millionen kleiner, funkelnder Lichter, Millionen von Menschen … Verdammt, diese Stadt ist riesig.

Und dann sind wir schließlich am Ziel.

Die North Cove Marina. Der Ort, wo Jachten auf Wolkenkratzer treffen, wo Manhattan auf das tiefe blaue Meer trifft.

Pete und ich springen aus der Limousine und laufen zum Pier, wo ich nun zwei Gestalten ausmachen kann. Sie schreien sich an. Gleich darauf wird mir bewusst, um wen es sich handelt, und schlagartig vergesse ich zu atmen.

Sam.

Und Roger Rutherford.

48

Zuerst kann ich kein Wort verstehen, sondern nur zwei sehr zornige, männliche Stimmen hören. Selbst aus zehn Metern Entfernung kann ich sehen, dass Sam außer sich ist – o Gott, ich hasse das. Mir wird beinahe übel bei der Vorstellung, dass Sam leidet.

Pete stürmt sofort zu den beiden Streithähnen und fängt auch an zu brüllen. Es ist ein schrecklicher Anblick, diese beinahe gewalttätige Wut zwischen Vater und Sohn. Ich kann mir nicht vorstellen, dass mein Vater oder meine Mutter mich jemals so anschreien würden. Es ist, als würde der alte Rutherford seinen Sohn wirklich hassen. Kein Wunder, dass es Sam von hier fortzieht.

»Behaupte ja nicht, du hättest das nicht gewusst …«

»Ich habe mich für das eingesetzt, was ich für richtig hielt, verdammte Scheiße …«

»Du hast dich gegen mich gestellt und mir das Leben zur Hölle gemacht …«

»Ich habe dir schon gesagt, dass ich dich nie wiedersehen möchte, das war mein Ernst …«

»HÖRT AUF!«, brüllt Pete so laut, dass mir ein bisschen die Ohren klingeln.

Sam und sein Vater drehen den Kopf zu Pete, mit wutverzerrten Gesichtern.

»Dad, lass ihn um Himmels willen in Ruhe!«, schreit Pete. »Denkst du, du könntest einfach hierherkommen und Sam mit Gewalt in die Familie zurückholen?«

»Ich dachte, ich …«

»Ich bin noch nicht fertig! Und Sam, denkst du, du könntest dich vielleicht bei dem alten Mann dafür entschuldigen, dass du ihm all die Jahre so viel Ärger verursacht hast?«

»Ich habe nur das getan, was ich für …«

»Aber es war nicht richtig! Es gibt nicht nur schwarz oder weiß, Sam. Nichts ist jemals nur schwarz oder weiß!«

»Das habe ich nicht nötig! Fuck! Genau das ist der Grund, warum ich damals abgehauen bin!«

Sam wirft die Arme in die Luft, dann dreht er sich um und stapft über den Pier auf mich zu. Ich habe ihn noch nie so aufgebracht gesehen. Er sieht aus, als würde er am liebsten losheulen und losbrüllen und losrennen, alles gleichzeitig. Ich kenne dieses Gefühl, Teufel, dieses Gefühl hat mich jahrelang beherrscht.

Und dann, als er noch ungefähr drei Meter von mir entfernt ist, nimmt er mich plötzlich wahr und bleibt abrupt stehen.

»Angie?«

Ich kann mich nicht mehr zurückhalten. Ich stürme auf Sam zu und falle ihm um den Hals.

»Es tut mir so leid«, sagen wir beide gleichzeitig.

Dann küsse ich ihn, wieder und wieder. Mein Verstand, mein Herz, mein Körper sind im freien Fall, und der einzige Gedanke in meinem Kopf ist *Sam*.

In dieser Sekunde ist alles, was ich mir wünsche, Sams Leben einfacher und glücklicher zu machen. Ich möchte jeden Kummer aus seinem Leben tilgen, alles besser für ihn machen, in jeder erdenklichen Hinsicht.

Es ist ein ganz seltsames Gefühl zu lieben. Liebe überwältigt einen. Ich möchte Sam beschützen und von ihm beschützt werden. Ich möchte mit ihm reden und ihm zuhören. Ich möchte, dass all seine Wünsche in Erfüllung gehen. Dies hier ist mit nichts vergleichbar, was ich bisher empfunden habe … es ist vollständig. Komplett. Es wird immer ein Teil von mir sein, es wird niemals weggehen. Aber im Moment habe ich keine Zeit, das alles auszusprechen.

Im Moment haben wir nur Zeit dafür, uns zu küssen.

Also versuche ich, Sam mit meinen Küssen zu sagen, dass ich ihn liebe, dass ich hoffe, dass er mir verzeiht, dass ich weggelaufen bin, dass ich verstehe, dass seine Vergangenheit seine Vergangenheit ist und er nicht darüber reden wollte. Ich versuche ihm zu sagen, dass ich ihn so gut kenne, dass ich jeden Zentimeter von ihm liebe und dass ich weiß, dass ich gerade einmal seine Oberfläche durchdrungen habe, bezogen darauf, wer er ist und was er will und zu was er in seinem Leben fähig ist. Ich möchte ihm sagen, dass er mein bester Freund ist und meine große Liebe, wie kein anderer zuvor beziehungsweise wie kein anderer es jemals sein wird. Und ich habe das Gefühl, als würde Sam mir dasselbe sagen.

»Oh Angie, ich bin so froh, dass du hier bist, so froh«, flüstert er und lehnt seine Stirn gegen meine. »Es tut mir leid. Ich hätte dir alles sagen sollen.«

»Nein, mir tut es leid, weil ich nicht richtig zugehört habe, ich habe mich geirrt …«

»Ich wollte es dir sagen, es hat mich umgebracht, wirklich …«

Und dann versinke ich wieder in der Wärme und Sicherheit seiner Lippen auf meinen, in seinen herrlichen Sam-typischen Geruch, in seiner Wahrhaftigkeit und Stärke und *Richtigkeit*.

Ich löse mich von ihm. »Die Clutch … die ganze Blogosphäre schreibt darüber … Das warst du, richtig? Du hast der Welt mitgeteilt, dass die Tasche von mir ist.«

»Eine alte Freundin meines Vaters schuldete mir noch einen Gefallen. Sie hat eine PR-Agentur.«

»Und dadurch bist du aufgeflogen«, erwidere ich, während ich an Sam vorbei zu Roger und Pete hinüberschaue. »Du bist aufgeflogen, weil du mir geholfen hast.«

Sam lächelt. »Du bist so talentiert, Angie, du brauchst nur eine einzige klitzekleine Chance.«

»Die habe ich bekommen«, sage ich. »Ich habe seit heute einen Job. Einen richtigen Job. In einem Atelier.«

Allein das Aussprechen dieser Worte bringt mich so sehr zum Lächeln, dass es in meinen Wangen schmerzhaft zieht.

»Oh Angie, das ist großartig, ich freue mich ja so für dich …« Sam zieht mich wieder eng an sich, und wir küssen uns erneut.

Dann reiße ich mich von ihm los und werfe einen Blick zu seinem Vater und seinem Bruder hinüber, die immer noch wütend miteinander diskutieren.

»Du musst mit ihnen reden, das weißt du. Du willst schließlich nicht, dass es so bleibt.«

Sam starrt mich an, lächelt und nickt.

Wir tauschen noch ein paar Küsse aus, dann noch einen, der Sam Glück bringen soll, bevor er mich an die Hand nimmt und über den Pier führt. Und zum ersten Mal seit Tagen bin ich innerlich ruhig und gelassen.

»Angie James, das ist mein Vater Roger, und das ist mein Bruder Pete.«

Ich nicke den beiden verlegen zu, schließlich weiß ich ganz genau, wer sie sind und dass sie im Moment nicht das geringste Interesse an mir haben.

Dann wendet Sam sich an seinen Vater. »Dad, es tut

mir leid, dass ich die Fotos gemacht habe, und es tut mir leid, dass ich gegen dich Partei ergriffen habe. Ich mochte es einfach nicht, Mom so aufgelöst zu sehen Ich dachte, ich würde das Richtige tun. Das war ein Irrtum. Ich bereue … alles.«

Roger macht den Eindruck, als würde jemand die Luft aus ihm herauslassen, seine Angriffslust scheint sich in nichts aufzulösen.

»Ich verstehe dich, Sammy. Wirklich. Du warst immer ein guter Junge, du hast dich immer schon für die Kleinen eingesetzt … Aber was ich nicht verstehe, ist, wie du es fertiggebracht hast, drei Jahre lang weder mit mir noch mit deiner Mutter zu reden. Drei Jahre lang nichts! Kein einziger Ton!«

»Ich dachte, ihr würdet keinen Wert darauf legen. Ich dachte, ihr seid wahrscheinlich glücklicher ohne mich.«

»Oh Sammy … Sicher nicht. Dein Weggang hat mich alles andere als glücklich gemacht. Du bist mein *Sohn*. Ganz gleich, was noch alles passiert.«

Und einfach so ist der Streit vorbei. Roger scheint innerhalb von zehn Sekunden um zehn Jahre gealtert zu sein. Er sieht aus wie ein trauriger alter Mann. Sam sieht aus wie, nun ja, wie ein trauriger junger Mann. Sie starren sich schweigend an.

»Du hast graue Haare bekommen«, sagt Sam schließlich.

Roger grinst. »Ich würde gern dir die Schuld daran geben, aber ich glaube, diese Ehre gebührt deiner Mutter.«

»Ha.«

»Hast du mit ihr gesprochen?«, fragt Roger.

Sam schüttelt den Kopf.

»Aber ich«, sagt Pete. Roger sieht ihn überrascht an.

»Ich habe dir nichts davon gesagt, Dad, weil ich wusste, dass du dann ausflippen würdest.«

»Nun, ich habe auch mit ihr gesprochen«, sagt Roger schließlich. »Sie ist sehr glücklich dort unten auf ihrer Ranch, weit weg von alldem hier …« Er deutet auf Manhattan, auf die Lichter und das Funkeln und den Reichtum, der hinter uns emporragt. »Trotzdem, Sammy, deine Mutter vermisst dich. Sie spricht sehr oft von dir, weißt du. Sie hatte Probleme mit ihrem Knie und musste sich schonen, deshalb hatte sie reichlich Zeit zum Nachdenken … Wir haben wieder Kontakt zueinander aufgenommen, weil wir uns beide solche Sorgen um dich gemacht haben. Pete wollte uns nichts sagen, außer dass es dir gut geht und du dein eigenes Leben führst.«

Sam wendet den Blick ab, und einen Moment lang glaube ich, er fängt gleich an zu weinen. Drei Jahre Funkstille, ohne ein einziges Wort mit seiner Mutter oder seinem Vater zu reden. Und währenddessen wurden seine Eltern älter und gebrechlicher und einsamer. In dem Moment, in dem man denkt, man würde seine Eltern nicht mehr brauchen, brauchen sie dich.

»Ich werde mich bei Mom melden«, erklärt Sam. »Sag ihr, dass ich ständig an sie denke. Sag ihr, dass ich sie anrufen werde. Ich weiß nicht, wann ich auf See ein Funksignal empfangen kann, aber ich werde mich bei ihr melden.«

Plötzlich hören wir ein kleines Motorboot näher kommen. Sam schaut ihm entgegen.

»Das ist mein Boss. Wir werden gleich ablegen«, sagt er, und sein Gesicht nimmt einen bekümmerten Ausdruck an. »Dad, Pete …«

Pete beugt sich vor, um Sam zu umarmen, und klopft ihm ein paar Mal auf den Rücken. Dann wendet Sam sich seinem Vater zu. Ich bezweifle, dass Roger Rutherford der Typ für körperliche Zuneigungsbekundungen ist, aber dann überrascht er mich, indem er sich vorbeugt und Sam fest an sich drückt. Er flüstert ihm etwas ins Ohr, und Sam nickt, bevor er sich von seinem Vater löst.

»Ich melde mich, okay? Versprochen.«

Sam sieht wieder zu Pete und salutiert kurz, ein seltsamer kleiner brüderlicher Abschiedsgruß. Dann nimmt er mich an die Hand und führt mich zum Ende des Piers, wo die *Peripety* – die Jacht, die ihn den weiten Weg auf die andere Seite der Welt bringen wird – auf ihn wartet. Wir bleiben schließlich vor dem Schiff stehen, während das kleine Motorboot direkt daneben anlegt. Der Skipper klettert heraus, eine Kiste mit Vorräten in den Armen.

»Hey, Sam! Das ist die letzte Box. Alles klar zum Ablegen? Wir werden zunächst die Sandy Hook ansteuern und dort übernachten, und morgen bei Tagesanbruch stechen wir in See.«

»Aye, aye, alles klar zum Ablegen.« Sam nickt und setzt sein professionelles »Ich bin im Dienst«-Gesicht auf, das ich noch von unserer ersten Begegnung in Erinnerung habe. »Kann ich nur noch zwei Minuten haben?«

»Sicher.« Der Skipper steigt an Bord der *Peripety* und verschwindet unter Deck.

Die Jacht wirkte beim ersten Mal, als ich sie sah, so groß, jetzt kommt sie mir winzig vor. Sam kann in diesem Ding nicht über den Atlantik segeln. Es ist nicht sicher. Ich meine, *sie* ist nicht sicher.

Ich sehe Sam an. »Bitte, bitte, sei vorsichtig. Ich bitte dich. Dir darf nichts passieren, klar? Ich brauche dich lebend.«

»Ich verspreche es. Wenn ich könnte, würde ich dich

jeden Tag sechsmal anrufen, aber auf dem Atlantik ist der Handyempfang wirklich scheiße.«

Er zieht mich an sich und küsst mich wieder. Ich löse mich von ihm. Ich habe so viele Fragen.

»Dann kannst du an Bord nicht telefonieren? Und was ist mit E-Mails? Wie lange werdet ihr brauchen bis Griechenland?«

»Drei Wochen, vielleicht vier … Der Typ, dem die Jacht gehört, wird erst im Juni an Bord gehen, und dann segeln wir mit ihm um die griechischen Inseln, bevor wir im September wieder zurückkommen. Ich habe mich bei mehreren Hochschulen für einen Studienplatz beworben. Manche davon sind nicht so weit weg, Angie. Wir werden eine Lösung finden …«

»Wow.«

Sam wird fünf Monate fort sein. Fünf Monate sind eine lange Zeit. Und danach wird er nicht mehr in Brooklyn leben. Plötzlich spüre ich in meiner Brust eine panische Verzweiflung. Was, wenn Sam mich vergisst? Was, wenn es das war?

Von der Jacht ertönt ein Ruf. »Sammy! Lass uns losmachen!«

»Also keine E-Mails? Keine Anrufe? Nichts?« Ich kann nicht verhindern, dass meine Stimme vor Verzweiflung schrill wird. »Ich werde dich schrecklich vermissen.«

»Ich werde dich noch mehr vermissen.« Sam küsst mich wieder. »Ich werde versuchen, dir zwischendurch SMS zu schicken, und sobald ich irgendwo die Gelegenheit habe, ins Internet zu kommen, schreibe ich dir eine E-Mail, okay?«

»Die Jacht hat kein WLAN?«

Sam lacht und küsst mich wieder, und ich versuche, meinen Kopf zu leeren, damit ich mich ganz auf dieses

Gefühl konzentrieren kann, auf diesen Kuss, darauf, wie sich Sams Lippen auf meinen anfühlen, seine Arme um meinen Körper. Ich möchte dieses Gefühl so verinnerlichen, dass ich es mir jederzeit in Erinnerung rufen kann bis zu dem Moment, in dem ich Sam wiedersehen werde.

»Übrigens, das hier ist für dich. Happy Birthday.« Sam gibt mir ein kleines, als Geschenk verpacktes Kästchen. »Das habe ich schon vor Wochen besorgt … Ich wollte es dir an deinem Geburtstag geben und dir alles erklären. Mach es später auf.«

Ich nehme das Geschenk und lächle Sam an. »Ich liebe dich.«

»Ich liebe dich auch.«

Eine Träne kullert über meine Wange, und Sam wischt sie sanft mit seinem Daumen weg. Er gibt mir einen letzten Kuss, dann dreht er sich um und geht rasch davon.

Panik übermannt mich. O Gott, das war's. Er verlässt mich.

Eine Sekunde später dreht er sich um und läuft zu mir zurück.

»Einen noch«, sagt er mit leiser Stimme und drückt seine Lippen auf meine. »Nur noch einen. Ich konnte das gerade nicht als letzten Kuss gelten lassen. Es ging einfach nicht.« Ich lache und weine gleichzeitig und erwidere seine Küsse. Zwischen zwei Küssen flüstert er: »Ich kann hierbleiben. Du musst es nur sagen, und ich bleibe.«

»Auf keinen Fall«, erwidere ich, während mir Tränen über das Gesicht laufen. »Das hier ist dein Ding. Es ist das, was du willst, es ist das, was du brauchst. Du musst es machen. Geh einfach.«

Und wir küssen uns wieder, und dann noch einmal. Schließlich dreht Sam sich um und entfernt sich von mir, ohne einen Blick zurückzuwerfen, bevor er an Bord der Jacht klettert. Ich beobachte während der nächsten paar Minuten, wie der Skipper Sam und der restlichen Crew Anweisungen erteilt. Sam erledigt die Aufgaben rasch und selbstsicher mit höchster Konzentration.

Gefühlte Sekunden später legt die Jacht schließlich ab, und ich sehe, dass der Abstand zwischen Sam und mir immer größer wird.

Ich starre dem Segelschiff mit Herzklopfen, tränenverschleiertem Blick und einer tiefen Traurigkeit in mir hinterher. Trotzdem weiß ich, ich *weiß*, dass es das Richtige ist. Ich muss hierbleiben, um meine Zukunft zu finden. Und Sam muss fort, um seine zu finden.

Bitte, Sam, dreh dich um. Bitte sieh mich an. Nur noch ein letztes Mal.

Dann, gerade als ich denke, das war's, ich werde ihn niemals wiedersehen, dreht Sam sich um. Sein Gesicht wird von den flackernden Hafenlichtern und den Außenlichtern auf der Jacht erhellt, und selbst aus dieser Entfernung erkenne ich, dass er lächelt und seine Lippen ein »Ich liebe dich« formen.

Ich erwidere es lautlos. »Ich liebe dich auch.«

Als die *Peripety* schließlich von der Nacht verschluckt wird, wende ich mich ab, mein Gesicht ist feucht von Tränen. Ich atme ein paar Mal tief durch und blicke hoch zu den Wolkenkratzern über mir. Seltsamerweise fühle ich mich gut und innerlich ruhig.

Sam wird zurückkommen.

Und in der Zwischenzeit habe ich mein eigenes Leben zu leben.

Ich gehe langsam zurück zu Pete und Roger, ein kleines Lächeln auf den Lippen. Als ich sie erreiche, sieht Roger mich zum ersten Mal richtig an.

»Sind wir uns nicht schon mal begegnet?«

»Ja, in der Minetta Tavern«, sage ich. »An dem Abend mit Cornelia.«

»Ah, Cornelia. Die ungezogene und doch ehrgeizige feine Lady.« Roger nickt. »Ich denke, von der werde ich eine Weile lang nichts mehr hören. Sie hat jetzt nämlich Wichtigeres zu tun.«

»Dad, sollen wir zusammen einen Happen essen gehen?«, fragt Pete.

»Ja, sehr gern«, erwidert Roger. Er wendet sich an mich. »Haben Sie Lust, uns Gesellschaft zu leisten?«

»Nein … äh … vielen Dank, aber ich muss nach Hause«, sage ich. »Ich brauche jetzt meine Freundinnen.«

»Nimm meine Limousine«, sagt Pete. »Ich kann bei Dad mitfahren.«

»O nein, das kann ich nicht annehmen, wirklich nicht.«

»Hör zu, Angie, das ist das Mindeste, was ich tun kann«, sagt Pete in gedämpftem Ton zu mir. »Dank dir habe ich Sam gefunden. Ohne dich hätten sich die beiden gegenseitig umgebracht.«

Und so verabschiede ich mich von den Rutherfords und steige in Petes Limousine.

»Nach Brooklyn, bitte. In die Union Street. Höhe Court Street.«

Der Chauffeur nickt, und wenige Sekunden später fahren wir durch Manhattan in Richtung Brooklyn Bridge. In Richtung Zuhause.

Gleich darauf packe ich das kleine Geschenk aus, das Sam mir auf dem Pier gegeben hat. Zum Vorschein kommt ein kleines Etui. Darin befinden sich Ohrstecker mit blauen Saphiren.

Und eine Notiz.

Alles Gute zum Geburtstag, Angie. Die Ohrringe haben dieselbe Farbe wie das karibische Meer, in das du gesprungen bist an dem Tag, an dem wir uns zum ersten Mal begegnet sind. Wahrscheinlich wirst du sie hassen. Dein Schmuckgeschmack ist nur ein Punkt auf einer langen Liste von Dingen, die mich an dir interessieren und die ich nicht kenne … noch nicht.

Ich liebe dich.

Sam

Ich lege lächelnd die Ohrringe an und spüre wieder diese wohlige Wärme in mir. Sam wird zurückkommen. Da ist jetzt nur noch eine Sache, die ich erledigen muss.

Ich hole mein Handy hervor und schreibe rasch eine Nachricht an meinen Vater. Auch wenn er sich nicht so verhalten hat, ist er immer noch mein Vater. Und er braucht mich wahrscheinlich genauso sehr wie ich ihn.

Lass uns dieses Wochenende treffen. Ich denke, wir sollten reden. A x

Dann klingelt mein Handy. Eine unbekannte Nummer.

»Hallo?«

»Angie James?«

»Am Apparat …«

»Hi! Hier ist Edie Jansen. Wir haben uns vor ungefähr einem Monat kennengelernt. Sie haben vor Maven gestanden und Ihren Lebenslauf mit einem kostenlosen Caffè Latte verteilt. Das waren Sie doch, richtig?«

»Ja?«

»Ich war die mit dem Marni-für-H&M-Rock!«

»Oh! Hi!«

Die schicke junge Frau mit dem spitzen Gesicht, die Einzige, die sich damals mit mir unterhalten hat!

»Super! Gott, Sie ahnen nicht, was ich heute für einen Tag hatte! Ich habe überall Ihren Lebenslauf gesucht, und letztendlich lag er bei Cynthia, ist das nicht unglaublich? Sie war damals von Ihrem Einfallsreichtum so beeindruckt, dass sie ihn aufgehoben hat! Also, Cynthia hat auf fashionista.com gelesen, dass Sie die Clutch von Cornelia Archer designt haben, richtig? Wir würden gern wissen, ob Sie Interesse daran haben, mit einem unserer Kunden zusammenzuarbeiten. Es handelt sich um eine kleine Fast-Fashion-Marke namens Serafina. Sie ist im Moment noch nicht sehr bekannt, aber …«

»Ja«, sage ich, ohne zu überlegen. »Ich habe Interesse.«

»Können Sie morgen Vormittag bei uns vorbeikommen?«

»Ich arbeite jetzt für Sarah Drake.« Ich versuche, so geschäftsmäßig und professionell wie möglich zu klingen. »Ginge es auch abends, so ab sieben?«

»Sicher! Ich bin übrigens ein großer Fan von Sarah Drake. Also, kein Problem, wir werden uns nach Ihnen richten. Sieben ist perfekt! Okay, dann bis morgen, *ciao!*«

Ich lege auf, lasse die Scheibe herunter und betrachte die nächtliche Skyline der Stadt, während wir über die Brooklyn Bridge fahren. Ich fühle mich gelassener und sicherer als je zuvor in meinem Leben.

Ich bin genau dort angekommen, wo ich hingehöre. Ich habe einen Job. Ich habe eine Passion. Ich habe tolle Freundinnen. Ich habe meine große Liebe gefunden. Ich habe ein Leben. Ich habe Dinge, auf die ich mich freuen kann, und Menschen, die mir am Herzen liegen. Ich bin niemals allein. Ich bin glücklich.

Das ist der Punkt, an dem alles beginnt.